हाफ गर्लफ्रेंड

चेतन भगत ने छह बेस्टसेलिंग किताबें लिखी हैं। इनमें पाँच नॉवल शामिल हैं–'फाइव पॉइंट समवन' (2004), 'वन नाइट @ द कॉल सेंटर' (2005), 'द थ्री मिस्टेक्स ऑफ माय लाइफ' (2008), '2 स्टेट्स: द स्टोरी ऑफ माय मैरिज' (2009), 'रिवोल्यूशन 2020' (2011) और एक नॉन-फिक्शन किताब 'व्हाट यंग इंडिया वांट्स' (2012)।

चेतन की किताबें अपनी रिलीज़ के बाद से ही बेस्टसेलर्स की सूची में बनी हुई हैं। उनके कई नॉवल्स पर कामयाब फिल्में बनाई गई हैं।

'द न्यूयॉर्क टाइम्स' ने उन्हें 'भारत के इतिहास में सबसे ज्यादा बिकने वाला अंग्रेजी नॉवलिस्ट' बताया है। 'टाइम' पत्रिका उन्हें 'दुनिया के सौ सर्वाधिक प्रभावशाली लोगों' की फेहरिस्त में शामिल कर चुकी है और अमेरिका की फास्ट कंपनी ने उन्हें 'दुनिया के शीर्ष सौ क्रिएटिव लोगों' में से एक माना है।

चेतन भारत के शीर्ष अंग्रेजी और हिंदी अखबारों में लिखते हैं और उनका फोकस युवाओं और देश की विकास संबंधी समस्याओं पर रहता है। वे एक मोटिवेशनल स्पीकर और स्क्रीनप्ले राइटर भी हैं।

चेतन ने वर्ष 2009 में अपने इंटरनेशनल इंवेस्टमेंट बैंकिंग कैरियर को अलविदा कह दिया, ताकि अपना पूरा समय लेखन और देश में बदलाव लाने की कोशिशों के लिए दे सकें। वे मुंबई में अपनी पत्नी अनुषा, जो उनकी आईआईएम-ए की एक्स-क्लासमेट हैं, और दो जुड़वा बेटों श्याम और इशान के साथ रहते हैं।

हाफ गर्लफ्रेंड

चेतन भगत

अनुवादक:
सुशोभित सक्तावत

रूपा

प्रकाशित
रूपा पब्लिकेशंस इंडिया प्राइवेट लिमिटेड 2015
7/16, अंसारी रोड, दरियागंज
नई दिल्ली 110002

सेल्स सेन्टर:
इलाहाबाद बेंगलुरू चेन्नई
हैदराबाद जयपुर काठमाण्डू
कोलकाता मुम्बई

कॉपीराइट © चेतन भगत 2015

हिन्दी अनुवाद © चेतन भगत 2015

यह एक काल्पनिक रचना है। सभी व्यक्तियों के नाम, चरित्र, जगहों के नाम तथा घटनाएँ या तो काल्पनिक हैं या काल्पनिक संदर्भ में उपयुक्त हैं; किसी भी जीवित या मृत व्यक्ति, जगह या घटना से समानता एक सुयोग मात्र है।

पृष्ठ संख्या 240 पर छपे गीत के बोल Aerosmith (Sony Music) के गीत से; पृष्ठ संख्या 242 पर छपे गीत के बोल Christina Perri (Atlantic Records) के गीत 'A Thousand Years' से; तथा पृष्ठ संख्या 269-270 पर छपे बोल James Blunt के 'You're Beautiful' से लिए गए हैं। कॉपीराइट होल्डरों को ढूँढने तथा उनकी अनुमति लेने की हर कोशिश की गई है, किन्तु यह हर बार सम्भव नहीं हो पाया है; अगर कोई भी त्रुटि रह गई हो तो प्रकाशक उसे सुधारेंगे।

सर्व अधिकार सुरक्षित
प्रकाशक की पूर्व अनुमति के बिना इस प्रकाशन का कोई भी हिस्सा, किसी भी रूप में या किसी भी प्रकार से, इलेक्ट्रॉनिक, मशीनी, फोटोकॉपी या रेकार्डिंग द्वारा प्रतिलिपित या प्रेषित नहीं किया जा सकता।

ISBN: 978-81-291-3968-9

नौवां संस्करण 2017

15 14 13 12 11 10 9

चेतन भगत इस पुस्तक के लेखक होने के नैतिक अधिकार का दावा करते हैं।

मुद्रक: न्यूटेक प्रिंट सर्विस, नई दिल्ली

इस पुस्तक का आंशिक रूप में पुन: प्रकाशन या पुन: प्रकाशनार्थ अपने रिकार्ड में सुरक्षित रखने, इसे पुन: प्रस्तुत करने के प्रति अपमाने, इसका अमुदित रूप तैयार करने अथवा इलेक्ट्रॉनिक, मैकेनिकल, फोटोकॉपी तथा रिकार्डिंग आदि किसी भी पद्धति से इसका उपयोग करने हेतु समस्त प्रकाशनाधिकार रखने वाले अधिकारी तथा पुस्तक के प्रकाशक की पूर्वानुमति लेना अनिवार्य है।

माँ के लिए
ग्रामीण भारत के लिए
नॉन-इंग्लिश टाइप्स के लिए

आभार और कुछ विचार

प्रिय पाठकों और मेरे दोस्तों, 'हाफ गर्लफ्रेंड' को चुनने के लिए आपका शुक्रिया। मैंने अपनी ज़िंदगी में आज तक जो कुछ भी हासिल किया है, वह आपकी ही बदौलत है। यहां मैं उन लोगों का शुक्रिया अदा करना चाहूँगा, जो इस किताब को लिखने में मेरे लिए मददगार साबित हुए:

शाइनी एंटनी, जो 'फाइव पॉइंट समवन' के वक्त से ही मेरी एडिटर और पहली पाठक रही हैं। उनकी प्रतिक्रियाएँ मेरे लिए बेशकीमती होती हैं।

वे तमाम लोग, जिन्होंने इस किताब की परिकल्पना से लेकर रिसर्च और एडिटिंग तक अलग-अलग पड़ावों पर मेरी मदद की: अनुभा बंग, अभिषेक कपूर, अनुषा भगत, मसाबा गुप्ता, आयशा रावल, आभा बाकाया और अनुषा वेंकटाचलम।

मेरी टीम - भक्ति, मिशेल, तान्या और विरली।

मेरा परिवार - अनुषा, इशान, श्याम। मेरी माँ, रेखा। मेरे भाई और भाभी, केतन और पिया। मेरे इन-लॉज़ - सूरी, कल्पना, आनंद और पूनम।

मेरे दोस्त, जिनकी वजह से ज़िंदगी में मज़ा है।

ट्विटर और फेसबुक पर मेरी एक्सटेंडेड फैमिली।

रूपा पब्लिकेशंस इंडिया की समूची टीम।

वे तमाम लोग, जिनसे यह किताब लिखने के दौरान बिहार में मेरी मुलाकात हुई।

और फाइनली - बिल गेट्स। और इस बार केवल माइक्रोसॉफ्ट वर्ड के लिए ही नहीं।

मैं आप लोगों से कुछ कहना चाहता हूँ। इस किताब के साथ मेरे लेखन के दस साल पूरे हो रहे हैं। जब मैंने लिखना शुरू किया, तब मेरा मकसद कुछ और था। मैं कुछ कर दिखाना चाहता था। मैं कुछ साबित करना चाहता था। लेकिन आज मेरे लिखने की वजहें बदल गई हैं। आज मैं बदलाव के लिए लिखता हूँ। भारतीय समाज की मानसिकता में बदलाव के लिए। यह बहुत बड़ा मकसद है और मैं इतना नासमझ नहीं, जो यह मान लूँ कि मैं अपना यह मकसद हासिल कर लूँगा। फिर भी, यदि ज़िंदगी में आपके इरादे नेक हैं और आपके सामने एक दिशा है, तो आपको मदद मिलती है। मुझे खुशी है कि मुझे अपनी दिशा मिल गई।

मैं किताबों, फिल्मों और मनोरंजन के दूसरे माध्यमों की मदद से ज़्यादा से ज़्यादा लोगों तक पहुँचना चाहता हूं। आखिर मैं भी इंसान हूँ। कभी मैं लड़खड़ाऊंगा। कभी मेरी ज़िंदगी में उतार-चढ़ाव आएँगे। जहाँ तक संभव है, मुझे अपना समर्थन देते रहिए, ताकि मेरे पैर हमेशा धरती पर टिके रहें।

एक और बात, मुझे आपकी सराहना नहीं, आपका प्यार चाहिए। सराहना खत्म हो जाती है, लेकिन प्यार बना रहता है। फिर, सराहना के साथ कुछ अपेक्षाएँ भी आती हैं, जबकि प्यार हमारी कमज़ोरियों को भी कुबूल करने के लिए तैयार रहता है।

वास्तव में, कभी-कभी लोग मुझसे पूछते हैं कि मैं किस तरह याद रखा जाना चाहूँगा। हालाँकि मैं उम्मीद करता हूँ कि वह वक्त अभी दूर है, फिर भी मैं इतना ही कहूँगा कि–मैं नहीं चाहता मुझे याद रखा जाए, मैं बस इतना ही चाहता हूं कि लोग मुझे मिस करें।

'हाफ गर्लफ्रेंड' में आपका स्वागत है!

प्रस्तावना

'ये तुम्हारी डायरियाँ हैं तो तुम ही इन्हें पढ़ो,' मैंने उससे कहा।

उसने सिर हिलाकर मना कर दिया।

'देखो, मेरे पास इसके लिए न तो वक्त है, न सब्र,' मैंने झुंझलाते हुए कहा। अगर आप लेखक हैं और किसी बुक-टूर पर हैं तो आपको सोने को ज्यादा वक्त नहीं मिल पाता। मैं पिछले एक हफ्ते में एक रात में चार घंटे से ज्यादा नहीं सो पाया था। मैंने घड़ी देखी। 'आधी रात हो गई है। मैंने तुम्हें अपना व्यू बता दिया। अब मेरे सोने का वक्त हो गया है।'

'मैं चाहता हूँ कि आप ही इन डायरियों को पढ़ें,' उसने कहा।

पटना के चाणक्य होटल में हम मेरे कमरे में थे। सुबह जब मैं बाहर जा रहा था तो उसने मुझे रोकने की कोशिश की थी। इसके बाद वह दिनभर मेरा इंतजार करता रहा। मैं देर रात को लौटा तो पाया कि वह होटल की लॉबी में बैठा हुआ था।

'सर, मुझे केवल पांच मिनट का वक्त दीजिए,' उसने लिफ्ट में मेरा पीछा करते हुए कहा था। और अब, मेरे कमरे में वह मेरे सामने अपनी तीन कटी-फटी नोटबुक्स लिए खड़ा था, जो उसने अपने बैग से निकाली थीं।

जब उसने नोटबुकों को टेबल पर पटका तो उनकी स्पाइन चरमरा गई। पीले पड़ चुके कागज हमारे बीच में फड़फड़ा रहे थे। उन पर हाथ से कुछ लिखा गया था। स्याही फैल जाने के कारण उसके एक बड़े हिस्से को ठीक से पढ़ा नहीं जा सकता था। कई पेजों में छेद थे। जाहिर है, चूहों ने उन पर दावत मनाई थी।

एक एस्पायरिंग राइटर, मैंने सोचा।

'यदि यह कोई मैन्युस्क्रिप्ट है, तो प्लीज इसे किसी पब्लिशर के यहाँ सबमिट कर दो। लेकिन उसे इस हालत में मत भेजना,' मैंने कहा।

'मैं कोई लेखक नहीं हूँ। और यह कोई किताब नहीं है।'

'यह कोई किताब नहीं है?' मैंने एक चरमराते हुए कागज को धीमे-से छूते हुए कहा। मैंने उसकी तरफ देखा। बैठा हुआ होने के बावजूद वह भरे-पूरे कद का लग रहा था। वह कोई छह फीट से भी अधिक का रहा होगा और उसको देखकर लगता था कि उसने अपने शरीर को हवा-पानी-धूप में तपाया है। काले बाल, काली आँखें और बेध देने वाली

नजरें। उसने अपने नाप से दोगुनी बड़ी कमीज पहन रखी थी। उसके हाथ बड़े-बड़े थे। वह ऐहतियात के साथ, लगभग सहलाते हुए, नोटबुक्स के पन्नों को तरतीब से जमाने लगा।

'ये क्या है?' मैंने पूछा।

'मेरी एक दोस्त थी, ये उसकी डायरियाँ हैं,' उसने कहा।

'उसकी डायरियाँ। अहा। गर्लफ्रेंड?'

'हाफ-गर्लफ्रेंड।'

'क्या?'

उसने कंधे उचका दिए।

'लिसन, तुमने आज कुछ खाया है?' मैंने पूछा।

उसने सिर हिला दिया। मैंने आसपास देखा। मेरे बेड के पास फलों और चॉकलेट्स का एक बॉउल रखा था। मैंने उसे चॉकलेट पेश कीं तो उसने डार्क चॉकलेट का एक टुकड़ा उठा लिया।

'तो तुम मुझसे क्या चाहते हो?' मैंने पूछा।

'मैं चाहता हूँ कि आप ये डायरियाँ पढ़ें। जो भी इसमें पढ़ने लायक है... क्योंकि मैं नहीं पढ़ सकता।'

मैंने हैरत से उसकी ओर देखा।

'पढ़ नहीं सकते? यानी तुम पढ़ ही नहीं सकते या इन्हें नहीं पढ़ सकते?'

'इन्हें।'

'क्यों नहीं पढ़ सकते?' मैंने एक चॉकलेट की ओर हाथ बढ़ाते हुए कहा।

'क्योंकि रिया अब इस दुनिया में नहीं है।'

मेरा हाथ बीच में ही रुक गया। जब कोई किसी के इस दुनिया में न रहने की बात कहे तो आप चॉकलेट नहीं उठा सकते।

'तुम्हारा मतलब है जिस लड़की ने यह सब लिखा, उसकी अब मौत हो चुकी है?'

उसने सिर हिला दिया। मैंने कुछ गहरी साँसें भरीं और सोचने लगा कि अब मैं क्या कहूँ।

'और इनकी हालत इतनी खस्ता क्यों है?' मैंने कुछ देर बाद कहा।

'ये बहुत पुरानी हैं। ये उसके पुराने लैंडलॉर्ड को सालों बाद मिली हैं।'

'सॉरी, मिस्टर तुम-जो-भी-हो। क्या मैं पहले खाने के लिए कुछ बुला सकता हूँ?' मैंने रूम का फोन उठाया और आधी रात के लिमिटेड मैन्यू

में से दो क्लब सैंडविच का ऑर्डर दिया।

'मेरा नाम माधव है। माधव झा। मैं सिमराँव में रहता हूँ। यहां से अस्सी किलोमीटर दूर।'

'तुम क्या करते हो?'

'मैं वहाँ एक स्कूल चलाता हूँ।'

'ओह, यह तो...' मैं एक सही शब्द की तलाश में रुक गया।

'...बहुत अच्छा काम है? नहीं तो। वह मेरी माँ का स्कूल है।'

'नहीं, मैं कहने वाला था कि यह थोड़ा अजीब है। तुम अच्छी इंग्लिश बोल लेते हो। इस तरह के कस्बों में स्कूल चलाने वाले अमूमन ऐसा नहीं कर पाते।'

'लेकिन मेरी इंग्लिश अब भी खराब है। मैं बिहारी लहजे में बोलता हूँ,' उसने खोए-खोए ढंग से कहा।

'जब फ्रेंच लोग इंग्लिश बोलते हैं तो वे फ्रेंच लहजे में बोलते हैं।'

'लेकिन मेरी इंग्लिश तो ठीक से इंग्लिश भी नहीं थी, जब तक कि मैं...' इतना कहकर वह चुप हो गया। मैंने देखा कि वह खुद को संभालने के लिए थूक गटक रहा है।

'जब तक कि?'

उसने यूँ ही, जैसे बेखुदी में, डेस्क पर रखी नोटबुक्स को थपथपाया।

'नथिंग। एक्चुअली, मैंने सेंट स्टीफेंस से पढ़ाई की थी।'

'दिल्ली में?'

'हाँ। इंग्लिश टाइप के लोग उसे "स्टीवेंस" बुलाते हैं।'

मैं मुस्करा दिया। 'और तुम उन इंग्लिश टाइप के लोगों में नहीं हो?'

'बिलकुल नहीं।'

दरवाजे की घंटी ने हमें चौंका दिया। टेबल पर सैंडविचेस रखने के लिए वेटर ने नोटबुक्स को खिसकाया। कुछ कागज नीचे गिर पड़े।

'केयरफुल!' माधव चिल्लाया, मानो वेटर ने कोई एंटीक क्रिस्टल तोड़ डाला हो।

वेटर ने माफी माँगी और सरपट भागते हुए रूम से बाहर चला गया।

मैंने माधव को क्लब सैंडविच ऑफर की, जिसमें टमाटर, पनीर और लेटस भरी थी। लेकिन उसने ध्यान नहीं दिया और कागजों को जमाता रहा।

'तुम ठीक तो हो? प्लीज, कुछ खाओ।'

उसने सिर हिलाया। उसकी आँखें अब भी बिखरे हुए कागजों पर जमी थीं। मैंने तय किया कि मुझे खाना शुरू कर देना चाहिए, क्योंकि

खुद को मुझ पर थोप देने वाले इस मेहमान को मेरी मेहमाननवाजी की ज्यादा परवाह नहीं थी।

'जाहिर है ये डायरियाँ तुम्हारे लिए बहुत मायने रखती हैं। लेकिन तुम इन्हें यहाँ लेकर क्यों आए?'

'ताकि आप इन्हें पढ़ें। शायद, ये आपके काम की साबित हों।'

'ये मेरे लिए कैसे काम की साबित हो सकती हैं?' मैंने सैंडविच खाते हुए भरे मुँह वाली आवाज के साथ कहा। मेरे भीतर का एक हिस्सा चाहता था कि वह अब जल्द से जल्द मेरे कमरे से चला जाए।

'उसे आपकी किताबें पसंद थीं। हम दोनों मिलकर उन्हें पढ़ते थे,' उसने कोमल स्वर में कहा। 'ताकि मैं इंग्लिश सीख सकूँ।'

'माधव,' मैंने जितना संभव हो सकता था, उतने शांत स्वर में कहा, 'यह एक सेंसेटिव मैटर लगता है। मैं इसमें इनवॉल्व नहीं होना चाहता। ओके?'

उसकी नजरें फर्श पर गड़ी रहीं। 'मुझे ये डायरियाँ नहीं चाहिए,' उसने थोड़ी देर बाद कहा।

'यह तो तुम्हीं को तय करना है।'

'यह मेरे लिए बहुत तकलीफदेह है,' उसने कहा।

'मैं समझ सकता हूँ।'

वह शायद जाने के लिए उठ खड़ा हुआ। उसने सैंडविच को छुआ भी नहीं था, जो कि एक तरह से अच्छा ही था, क्योंकि तब उसके जाने के बाद मैं उसे भी खा सकता था।

'मुझे टाइम देने के लिए शुक्रिया। और मैंने आपको डिस्टर्ब किया हो तो सॉरी।'

'इट्स ओके,' मैंने कहा।

उसने कागज के एक टुकड़े पर अपना फोन नंबर लिखा और उसे टेबल पर रख दिया। 'यदि आप कभी सिमराँव आएँ और आपको किसी चीज की जरूरत हो तो मुझे बताइएगा। हालाँकि इसके आसार कम ही हैं कि आप कभी वहाँ आएँगे, लेकिन फिर भी...' वह उठ खड़ा हुआ। अब मैं उसके कद के सामने बौना नजर आ रहा था। वह दरवाजे की ओर चलने लगा।

'माधव,' मैंने उसे पुकारा, 'तुम अपनी डायरियाँ यहीं भूल जा रहे हो। प्लीज, इन्हें भी अपने साथ ले जाओ।'

'मैंने आपको कहा था ना कि मुझे अब इनकी जरूरत नहीं है।'

'तो तुम इन्हें यहाँ क्यों छोड़ जा रहे हो?'

'क्योंकि मैं इन्हें कहीं फेंक नहीं सकता। आप ऐसा कर सकते हैं।'

इससे पहले कि मैं कुछ कहता, वह बाहर निकला, दरवाजा बंद किया और वहाँ से चला गया। मुझे यह समझने में कुछ सेकंड्स का वक्त लगा कि आखिर हुआ क्या है।

मैंने डायरियाँ उठाईं और रूम के बाहर दौड़ा, लेकिन तब तक होटल की इकलौती चालू लिफ्ट नीचे जा चुकी थी। मैं सीढ़ियों की मदद से नीचे पहुँचकर उसे पकड़ सकता था, लेकिन एक लंबे दिन के बाद मुझमें इतनी ताकत नहीं रह गई थी।

मैं उसकी इस हिमाकत से नाराज होता हुआ अपने रूम में चला आया। नोटबुक्स और उसके द्वारा दी गई उसके फोन नंबर की पर्ची को डस्टबिन में फेंकते हुए मैं कुछ-कुछ परेशान-सा बिस्तर पर बैठ गया।

ऐसा नहीं हो सकता कि कोई ऐसा आदमी मुझ पर भारी पड़ जाए, जिससे मैं अभी-अभी मिला हूँ, मैंने सिर हिलाते हुए सोचा। मैंने लाइट बंद की और लेट गया। अगले दिन मुझे मुंबई की एक अर्ली-मॉर्निंग फ्लाइट पकड़नी थी और इस बीच मैं केवल चार घंटे की ही झपकी ले सकता था। मैं जल्द से जल्द अपने घर पहुँच जाना चाहता था।

लेकिन मैं मिस्टीरियस माधव से हुई अपनी मुलाकात के बारे में सोचने से खुद को रोक नहीं पा रहा था। कौन है यह शख्स? मेरे दिमाग में 'सिमराँव', 'स्टीफेंस' और 'दिल्ली' जैसे शब्द तैरते रहे। मेरे मन में सवाल उठते रहे: ये हाफ गर्लफ्रेंड क्या होता है? और मेरे कमरे में एक मर चुकी लड़की की डायरियाँ क्या कर रही हैं?

मैं अपनी आँखें खोले बिस्तर पर लेटा था और छत पर लगे स्मोक डिटेक्टर की लाल बत्ती को एकटक देख रहा था।

वे डायरियाँ मुझे परेशान कर रही थीं। यकीनन, वे अब कूड़ेदान में थीं, लेकिन इसके बावजूद उन फटे-पुराने कागजों, उस मर चुकी लड़की और उसके हाफ बॉयफ्रेंड या वह जो भी हो, में कुछ ऐसा था, जो मेरे दिमाग को उलझाए हुए था। उस बारे में मत सोचो, मैंने खुद से कहा, लेकिन मेरे दिमाग ने अपने ही सजेशन को मानने से इनकार कर दिया: एक पेज तो पढ़कर देखो!

'इस बारे में सोचना भी नहीं,' मैंने खुद से जोरों से कहा। लेकिन तीस मिनट बाद मैंने कमरे की लाइट जला ली, डस्टबिन में से डायरियों को ढूँढ निकाला और पहले वॉल्यूम को खोला। अधिकतर पेज इतनी बुरी हालत में थे कि उन्हें ठीक से पढ़ पाना मुश्किल था। फिर भी मैं उसे समझने की कोशिश करता रहा।

पहले पेज पर नौ साल पुरानीए यानी 1 नवंबर 2002 की तारीख दर्ज थी। इसमें रिया ने अपने पंद्रहवें जन्मदिन के बारे में लिखा था। एक और पेज, मैं सोचने लगा। मैं एक के बाद एक पन्ने उलटता गया। मैं एक सेक्शन खत्म करता तो दूसरा शुरू कर देता। तीन घंटे बाद मैं उस सेट में जो कुछ भी पढ़ने लायक था, उसे पढ़ चुका था।

सुबह 5 बजे रूम का फोन बजा, जिससे मैं चौंक उठा।

'आपका वेकअप कॉल, सर,' होटल ऑपरेटर ने कहा।

'मैं जाग रहा हूँ, थैंक यू,' मैंने कहा, क्योंकि मैं रातभर नहीं सोया था। मैंने जेट एयरवेज को फोन लगाया।

'मैं इस सुबह की पटना-मुंबई फ्लाइट का एक टिकट कैंसल कराना चाहता हूँ।'

फिर मैंने डस्टबिन से वह पर्ची निकाली, जिस पर माधव का नंबर लिखा था और उसे मैसेज किया: वी नीड टु टॉक। इम्पोर्टेंट।

सुबह 6.30 बजे ऊँचे-पूरे कद का वह शख्स एक बार फिर मेरे रूम में था।

'हम दोनों के लिए चाय बनाओ। केटल मिनीबार के ऊपर रखी है।'

उसने मेरे निर्देशों का पालन किया। सुबह की रोशनी में उसके चेहरे के नाक-नक्श बहुत साफ नजर आ रहे थे। उसने मुझे चाय की एक प्याली थमाई और डबल बेड पर मेरे सामने कुछ तिरछा होकर बैठ गया।

'पहले मैं बोलूँ या तुम बोलोगे?' मैंने कहा।

'किस बारे में?'

'रिया के बारे में।'

उसने एक आह भरी।

'क्या तुम्हें लगता है कि तुम उसको बहुत अच्छी तरह से जानते थे?'

'हाँ,' उसने कहा।

'तुम उसके बारे में मुझसे बात करने में कम्फर्टेबल रहोगे?'

उसने कुछ पल सोचा और फिर हामी भर दी।

'तो मुझे सब कुछ बताओ। मुझे माधव और रिया की कहानी सुनाओ।'

'एक ऐसी कहानी, जिसे किस्मत ने अधूरा छोड़ दिया,' उसने कहा।

'किस्मत वाकई बहुत अजीब साबित हो सकती है।'

'मैं कहाँ से शुरू करूँ? जिस दिन हम पहली बार मिले थे?'

'कोई भी कहानी शुरू करने के लिए इससे बेहतर कुछ नहीं हो सकता,' मैंने कहा।

अध्याय 1
दिल्ली

1

'कहाँ पर?' मैंने हाँफते हुए पूछा।

इंटरव्यू शुरू होने में दो मिनट का वक्त बाकी था और मुझे अपना रूम नहीं मिल रहा था। सेंट स्टीफेंस कॉलेज के भूलभुलैयानुमा गलियारों में भटकते हुए मुझे जो मिलता, मैं उसी से रास्ता पूछने लगता।

बहुत-से स्टूडेंट्स ने मुझे इग्नोर कर दिया। कुछ तो मुझे देखकर खी-खी कर हँसने लगे। पता नहीं क्यों।

वेल, अब मुझे पता चला क्यों। मेरा लहजा। साल 2004 में मेरी इंग्लिश बिहारीनुमा हुआ करती थी। उसे इंग्लिश नहीं कहा जा सकता था। वह तो नब्बे फीसदी बिहारी-हिंदी मिक्स थी, जिसमें दस फीसदी खराब इंग्लिश मिक्स कर दी गई थी। मिसाल के तौर पर, मैं इन शब्दों में अपने रूम का पता पूछ रहा था: 'कम्टी रूम... बतलाइएगा जरा? हमारा इंटरव्यू है ना वहाँ... मेरा खेल का कोटा है... किस तरफ है?

'व्हेयर यू फ्रॉम, मैन?' एक लड़के ने पूछा, जिसके बाल बहुतेरी लड़कियों से भी लंबे होंगे।

'मी माधव झा फ्रॉम सिमराँव बिहार।'

उसके दोस्त हँस पड़े। यह तो मुझे बाद में पता चला कि लोग अकसर इस तरह के प्रश्न पूछते हैं, जिन्हें वे 'रेटॅरिकल क्वेश्चन' कहते हैं, यानी एक ऐसा सवाल, जिसे वे महज कुछ साबित करने के लिए पूछते हैं, कोई जवाब पाने के लिए नहीं। यहाँ, उसके इस सवाल का मतलब यह साबित करना था कि मैं उन लोगों के बीच एलियन था।

'तुम किस चीज के लिए इंटरव्यू देने आए हो? पियून के लिए?' लंबे बालों वाले लड़के ने कहा और हँस दिया।

मुझे तब इतनी इंग्लिश भी नहीं आती थी कि मैं उसकी इस बात को समझकर उसका बुरा मान सकूँ। फिर मैं जल्दी में भी था। 'आपको पता है रूम कहाँ है?' मैंने उसके दोस्तों की ओर एक नजर डालते हुए पूछा। वे सभी अमीरजादे, इंग्लिश टाइप्स लग रहे थे। छोटे कद के एक थुलथुल लड़के को शायद मुझ पर तरस आ गया और उसने कहा, 'मेन रेड बिल्डिंग के कॉर्नर से लेफ्ट में चले जाओ तो तुम्हें कमेटी रूम का साइन नजर आ जाएगा।'

'थैंक यू,' मैंने कहा। कम से कम मुझे इंग्लिश में इतना तो ठीक से कहना आता ही था।

'साइन बोर्ड इंग्लिश में लिखा होगा। तुम उसे पढ़ सकोगे?' लंबे बालों वाले लड़के ने फिर कहा।

◆

वह मेरी जिंदगी का पहला इंटरव्यू था। तीन बुजुर्ग मेरे सामने बैठे थे। उन्हें देखकर लगता था कि जिस दिन से उनके बाल सफेद होना शुरू हुए, तब से वे मुस्कराए नहीं थे।

मैं यह सीखकर आया था कि इंटरव्यू से पहले इंटरव्यू लेने वालों को विश करना चाहिए। मैंने इसकी बाकायदा प्रैक्टिस भी की थी। 'गुड मॉर्निंग, सर।'

'यहाँ एक से ज्यादा लोग हैं,' बीच में बैठे एक सज्जन ने कहा। वे कोई पचपन साल के होंगे और उन्होंने काली चौकोर फ्रेम का चश्मा और चेक्ड जैकेट पहन रखी थी।

'गुड मॉर्निंग, सर, सर, एंड सर,' मैंने कहा।

वे मुस्करा दिए। मुझे लगा कि वह कोई बहुत नेक किस्म की मुस्कराहट नहीं है। वह एक हाई-क्लास-टु-लो-क्लास स्माइल थी। सुपीरियरिटी की स्माइल। इस बात की स्माइल कि उन्हें इंग्लिश आती थी और मुझे नहीं आती थी।

जाहिर है, मेरे पास सिवाय इसके कोई और चारा न था कि जवाब में मैं भी मुस्करा दूँ।

बीच में बैठे हुए सज्जन प्रो. परेरा थे, सोशियोलॉजी के हेड, जिसके लिए मैंने अप्लाय किया था। फिजिक्स पढ़ाने वाले प्रो. फर्नांडीस और इंग्लिश पढ़ाने वाले प्रो. गुप्ता उनके बाएँ और दाएँ बैठे थे।

'स्पोर्ट्स कोटा, ऐं?' प्रो. परेरा ने कहा, 'यादव कहाँ है?'

'मैं यहाँ हूँ, सर' मेरे पीछे से एक आवाज आई। मैंने पलटकर देखा तो पाया कि ट्रैकसूट पहने एक शख्स दरवाजे पर खड़ा है। उनकी उम्र को देखकर लग रहा था कि वे स्टूडेंट तो नहीं हो सकते, लेकिन वे फैकल्टी भी नहीं लग रहे थे।

'ये 85 परसेंट तुम्हारा डिसीजन है,' प्रो. परेरा ने कहा।

'नो वे सर, फाइनल अथॉरिटी तो आप ही हैं,' वे प्रोफेसरों के पास जाकर बैठ गए। पीयूष यादव कॉलेज के स्पोर्ट्स कोच थे और स्पोर्ट्स कोटा के सभी इंटरव्यू में बैठते थे। वे प्रोफेसरों की तुलना में अधिक सहज और मित्रतापूर्ण लग रहे थे। उनका लहजा भी कोई बहुत फैंसी

नहीं था।

'बास्केटबॉल?' प्रो. फर्नांडीस ने मेरी फाइलों को पलटते हुए पूछा।

'येस, सर,' मैंने कहा।

'व्हाट लेवल?'

'स्टेट।'

'तुम पूरे सेंटेंसेस बोल पाते हो या नहीं?' प्रो. गुप्ता ने सख्त आवाज में पूछा।

मैं उनका सवाल ठीक से समझ नहीं सका। मैं चुप रहा।

'डु यू?' उन्होंने फिर पूछा।

'येस, येस,' मैंने कहा। मेरी आवाज दोषियों सरीखी लग रही थी।

'सो...तुम सेंट स्टीफेंस में क्यों पढ़ना चाहते हो?'

कुछ पल चुप्पी छाई रही। कमरे में बैठे चारों व्यक्ति मुझे देखते रहे। प्रोफेसर ने मुझसे एक स्टैंडर्ड क्वेश्चन पूछा था।

'आई वांट गुड कॉलेज,' मैंने मन ही मन अपने दिमाग में वाक्य जमाते हुए कहा।

प्रो. गुप्ता ने खीसें निपोर दीं। 'वाह क्या जवाब है। और सेंट स्टीफेंस एक गुड कॉलेज क्यों है?'

मैं हिंदी बोलने लगा। इंग्लिश में जवाब देने के लिए मुझे रुक-रुककर बोलना पड़ता और इससे मैं उन लोगों को स्टुपिड लगता। शायद, मैं सचमुच स्टुपिड ही था, लेकिन मैं नहीं चाहता था कि उन्हें यह बात पता चले।

'आपके कॉलेज का बड़ा नाम है। यह बिहार में भी फेमस है,' मैंने कहा।

'कैन यू प्लीज आंसर इन इंग्लिश?' प्रो. गुप्ता ने कहा।

'क्यों? क्या आपको हिंदी नहीं आती?' मैंने फौरन हिंदी में जवाब दिया।

उनके चेहरों को देखकर मैं समझ गया कि मैंने कितनी बड़ी भूल कर दी है। मैंने यह बात उनका अपमान करने के मकसद से नहीं कही थी। मैं सचमुच यह जानना चाह रहा था कि जब मैं हिंदी बोलने में ज्यादा कंफर्टेबल हूँ तो वे मेरा इंटरव्यू इंग्लिश में क्यों करना चाह रहे हैं। जाहिर है, तब मुझे यह नहीं पता था कि सेंट स्टीफेंस के प्रोफेसर यह पसंद नहीं करते कि उन्हें हिंदी बोलने को कहा जाए।

'प्रो. परेरा, यह कैंडिडेट इंटरव्यू देने कैसे चला आया?' प्रो. गुप्ता ने कहा।

प्रो. परेरा उन तीनों में से सबसे उदार लग रहे थे। उन्होंने मुझसे मुखातिब होते हुए कहा, 'हम अपने कॉलेज में इंग्लिश को इंस्ट्रक्शन के मीडियम के रूप में प्रिफर करते हैं। बस इतनी ही बात है।'

इंग्लिश के बिना मैं खुद को नंगा महसूस कर रहा था। मैं बिहार के अपने रिटर्न टिकट के बारे में सोचने लगा। मेरा इस दुनिया से कोई सरोकार नहीं हो सकता था। इंग्लिश बोलने वाले ये खूंखार लोग मुझे कच्चा चबा सकते थे। मैं सोच रहा था कि इन लोगों को अलविदा कहने का सबसे अच्छा तरीका क्या हो सकता है कि तभी पीयूष यादव ने मेरी सोच में खलल डाला।

'बिहार से हो?' उन्होंने पूछा।

हिंदी में कहे गए ये चंद शब्द मुझे तपती धरती पर बारिश की ठंडी बूँदों की तरह लगे। उस पल मुझे पीयूष यादव बहुत अच्छे लगने लगे थे।

'येस सर। सिमराँव से।'

'पता है। यह पटना से तीन घंटे की दूरी पर है ना?' उन्होंने कहा।

'आप सिमराँव को जानते हैं?' मैंने कहा। मेरा जी चाह रहा था कि मैं उनके कदम चूम लूँ। लेकिन इंग्लिश बोलने वाले वे तीन खूंखार प्राणी मुझे घूरते रहे।

'मैं पटना से हूँ। एनीवे, इन लोगों को बॉस्केटबॉल में अपनी अचीवमेंट्स के बारे में बताओ,' पीयूष ने कहा।

मैंने सिर हिला दिया। पीयूष मेरी नर्वसनेस को भाँप गए और फिर बोलने लगे, 'टेक योर टाइम। मैं भी हिंदी-मीडियम हूँ, इसलिए तुम्हारी परेशानी समझ सकता हूँ।'

तीनों प्रोफेसर पीयूष की तरफ देखते रहे, मानो सोच रहे हों कि इसको कॉलेज में नौकरी कैसे मिल गई।

मैंने खुद को संभाला और वे पंक्तियाँ बोलने लगा, जिनकी मैं रिहर्सल करके आया था।

'सर, मैंने छह साल तक स्टेट-लेवल बास्केटबॉल खेला है। पिछले साल मैं बीएफआई नेशनल टीम की वेटिंग लिस्ट में था।'

'बीएफआई?' प्रो. गुप्ता ने पूछा।

'बॉस्केटबॉल फेडरेशन ऑफ इंडिया,' पीयूष ने मेरी जगह जवाब दिया, हालाँकि मुझे भी यह जवाब पता था।

'और आप सोशियोलॉजी की पढ़ाई करना चाहते हैं? क्यों?' प्रो. फर्नांडीस ने कहा।

'क्योंकि यह सरल कोर्स है और इसके लिए ज्यादा पढ़ाई करने की जरूरत नहीं होती, क्यों?' प्रो. गुप्ता ने टिप्पणी की।

मैं समझ नहीं पा रहा था कि क्या प्रो. गुप्ता को मुझसे कोई प्रॉब्लम थी, या उनका स्वभाव ही ऐसा तुनकमिजाज था, या फिर उन्हें कब्ज की शिकायत थी।

'आई एम फ्रॉम रूरल एरिया।'

'आई एम फ्रॉम अ रूरल एरिया,' गुप्ता ने 'अ' पर जोर देते हुए कहा, मानो इसको न बोलकर मैंने बहुत बड़ा गुनाह कर दिया हो।

'हिंदी, सर? क्या मैं हिंदी में एक्सप्लेन कर सकता हूँ?'

किसी ने जवाब नहीं दिया। मेरे पास ज्यादा च्वॉइस नहीं थी। मैंने चांस लिया और अपनी भाषा में जवाब देने लगा। 'मेरी माँ एक स्कूल चलाती हैं और गाँव वालों के साथ काम करती हैं। मैं हमारे समाज के बारे में और जानना चाहता था। हमारे गाँव इतने पिछड़े हुए क्यों हैं? हमारे यहाँ जाति और धर्म के नाम पर इतने मतभेद क्यों हैं? मुझे लगा, इनमें से कुछ सवालों के जवाब मुझे इस कोर्स में मिल सकेंगे।'

प्रो. गुप्ता मेरी बात को बहुत अच्छे-से समझ गए थे, लेकिन वे उस किस्म के आदमी थे, जिन्हें इंग्लिश-स्पीकिंग लोग 'अपटाइट प्रिक' कहते हैं। उन्होंने पीयूष से कहा कि मैंने जो कुछ कुछ कहा, उसे वे ट्रांसलेट करके उन्हें समझाएँ।

'दैट्स अ गुड रीजन,' पीयूष की बात खत्म होते ही प्रो. परेरा ने कहा। 'लेकिन अब तुम दिल्ली में हो। यदि तुम स्टीफेंस से पासआउट हो गए, तो तुम्हें बड़ी कंपनियों में जॉब मिलेंगे। तुम लौटकर अपने कस्बे में जाओगे?' उनकी चिंता जायज थी।

मुझे उनका सवाल समझने में कुछ पल का वक्त लगा। पीयूष ने ट्रांसलेट करने का प्रस्ताव रखा, लेकिन मैंने इशारे से उन्हें मना कर दिया।

'मैं जाऊँगा, सर।' मैंने अंतत: कहा। मैंने इसके लिए कोई कारण नहीं बताया। मैंने उन्हें यह बताने की जरूरत नहीं समझी कि मैं वहाँ इसलिए जाऊँगा, क्योंकि मेरी माँ वहाँ अकेली थीं। मैंने यह भी नहीं कहा कि हम सिमराँव के शाही खानदान से ताल्लुक रखते थे, अलबत्ता अब हमारे खानदान में कुछ भी शाही नहीं रह गया था।

'तो हम तुमसे बिहार के बारे में कुछ पूछेंगे,' प्रो. फर्नांडीस ने कहा।

'श्योर।'

'बिहार की आबादी कितनी है?'

'दस करोड़।'
'बिहार में कौन सरकार चला रहा है?'
'फिलहाल तो लालू प्रसाद की पार्टी।'
'कौन-सी पार्टी?'
'आरजेडी - राष्ट्रीय जनता दल।'
एक सवाल ने मुझे स्टम्प्ड कर दिया।
'बिहार इतना बैकवर्ड क्यों है?' प्रो. गुप्ता ने पूछा।
मुझे इस सवाल का जवाब नहीं पता था, न हिंदी में न इंग्लिश में। पीयूष ने मेरी तरफ से जवाब देने की कोशिश की, 'सर, ये एक ऐसा सवाल है, जिसका जवाब कोई भी ठीक से नहीं दे सकता।'
लेकिन प्रो. गुप्ता ने अपना हाथ उठाते हुए कहा, 'तुमने कहा था कि तुम्हारी माँ गाँव में एक स्कूल चलाती हैं। तुम्हें बिहार के बारे में पता होना चाहिए।'
मैं चुप रहा।
'इट्स ओके। हिंदी में जवाब दो,' प्रो. परेरा ने कहा।
'किसकी तुलना में बैकवर्ड, सर?' मैंने प्रो. गुप्ता की ओर देखते हुए हिंदी में कहा।
'भारत के दूसरे राज्यों की तुलना में।'
'लेकिन भारत खुद काफी बैकवर्ड है,' मैंने कहा, 'वह दुनिया के सबसे गरीब देशों में से एक है।'
'श्योर, लेकिन बिहार गरीबों में भी सबसे गरीब क्यों है?'
'बैड गवर्नमेंट,' पीयूष ने फौरन कहा, लेकिन प्रो. गुप्ता की आँखें मुझ पर टिकी थीं।
'क्योंकि उसका एक बड़ा हिस्सा ग्रामीण है, सर,' मैंने कहा। 'लोगों के पास आधुनिकता के साधनों तक पहुँच नहीं है और वे अपने पिछड़ेपन से चिपके रहते हैं। शिक्षा की हालत बहुत खराब है। मेरे राज्य में कोई भी इंवेस्ट नहीं करना चाहता। सरकार अपराधियों से मिली हुई है और वे आपस में मिलकर इस राज्य और इसके लोगों को लूटते-खसोटते हैं।'
प्रो. परेरा ने प्रो. गुप्ता के लिए मेरे जवाब को ट्रांसलेट किया। उन्होंने यह सुनकर सिर हिलाया। 'तुम्हारे जवाब सेंसिबल हैं, लेकिन तुम्हारी इंग्लिश टेरिबल है,' उन्होंने कहा।
'आपको एक सेंसिबल स्टूडेंट चाहिए, या एक ऐसा स्टूडेंट, जो एक विदेशी भाषा को अच्छे से बोल लेता है?'

मेरी इस बात ने उन सभी को स्टम्प्ड कर दिया। प्रो. फर्नांडीस ने मेरी ओर सिर घुमाया और चश्मे को पोंछते हुए बोले, 'इंग्लिश अब एक फॉरेन लैंग्वेज नहीं रह गई है, मिस्टर झा। अब यह एक ग्लोबल लैंग्वेज है। मैं तुम्हें सुझाव दूँगा कि तुम इसे सीख लो।'

'इसीलिए तो मैं यहाँ आया हूँ,' मैंने कहा।

मैं दिल से जवाब दे रहा था, लेकिन मुझे पता नहीं था कि उनका प्रोफेसरों पर कोई असर हो रहा है या नहीं। इंटरव्यू पूरा हो गया था। उन्होंने मुझे रूम से चले जाने को कहा।

♦

मैं कॉरिडोर में खड़ा सोच रहा था कि अब मैं कहाँ जाऊँ। तभी पीयूष कमेटी रूम से बाहर निकले। अपनी पतली और फिट कदकाठी के कारण वे एक स्टूडेंट लग रहे थे, हालाँकि उनकी उम्र उससे कहीं अधिक थी। वे मुझसे हिंदी में बोले।

'एक घंटे बाद तुम्हारा स्पोर्ट्स ट्रायल है। मुझे बास्केटबॉल कोर्ट में मिलो।'

'सर, क्या इसका कोई फायदा है। मेरा इंटरव्यू बहुत खराब हुआ है।'

'तुम बास्केटबॉल के साथ थोड़ी इंग्लिश नहीं सीख पाए?'

'हमारे एरिया में कोई भी इंग्लिश नहीं बोलता।' मैं रुका और अंत में जोड़ दिया, 'सर।'

उन्होंने मेरी पीठ पर धौल जमाते हुए कहा, 'बिहार मोड से बाहर आ जाओ, बेटा। खैर, स्पोर्ट्स कोटा ट्रायल 85 परसेंट के बराबर होता है। अच्छे-से खेलना।'

'मैं अपना बेस्ट देने की कोशिश करूँगा, सर।'

2

यदि वह ऊँचे कद की न होती तो मेरा उस पर ध्यान ही नहीं जा पाता। कितनी अजीब बात है कि उसके कद ने मेरी जिंदगी की दिशा तय कर दी थी।

यदि वह चार इंच छोटी होती तो मेरी आँखें कभी उसकी आँखों से नहीं टकरातीं और सब कुछ अलग होता। यदि मैं बोर होकर बास्केटबॉल कोर्ट पर एक घंटा पहले ही नहीं पहुँच गया होता तो सब कुछ अलग होता। यदि एक खिलाड़ी ने अपना पास मिस नहीं किया होता और गेंद कोर्ट से बाहर आकर सीधे मेरे सिर पर नहीं लगती तो मेरी जिंदगी कुछ और होती। हम घंटों बैठकर चाहे जितने लॉन्ग-टर्म प्लान बना लें लेकिन बहुत छोटी-छोटी चीजें हमारी जिंदगी का नक्शा तय करती हैं। मैंने ऐसा कोई प्लान नहीं बनाया था कि जिस लड़की से मैं प्यार करूँगा, उससे मेरी मुलाकात एक बास्केटबॉल कोर्ट पर होगी। मैं तो वहाँ केवल वक्त काटने के लिए गया था और इसलिए भी कि मेरे पास जाने के लिए कोई और जगह न थी।

स्टीफेंस बास्केटबॉल कोर्ट के बाहर कुछ स्टूडेंट्स जमा थे, जिनमें से अधिकतर लड़के थे। लड़कियों का स्पोर्ट्स ट्रायल जो चल रहा था। उन्हें निहारने का इससे बेहतर कोई बहाना नहीं हो सकता था। सभी अंग्रेजी में बतिया रहे थे, लेकिन मैं चुप्पी साधे रहा। मैंने अपनी पीठ सीधी की और गौर से कोर्ट को देखने लगा, खासतौर पर यही समझने के लिए क्या यह जगह मेरे लिए है भी या नहीं। जैसे ही दस लड़कियाँ कोर्ट पर आईं, दर्शकों ने चीयर किया। इनमें से पाँच लड़कियाँ स्टीफेंस की थीं और बाकी पाँच वे थीं, जिन्होंने स्पोर्ट्स कोटा के तहत एडमिशन के लिए अप्लाय किया था।

पीयूष कोर्ट में आए। उनके हाथ में गेंद थी और मुँह में सीटी। जैसे ही उन्होंने सीटी बजाई, लड़कियाँ हरकत में आ गईं।

पाँच फीट नौ इंच की एक लड़की को भारतीय मानदंडों के हिसाब से लंबी ही कहा जाएगा। एक बास्केटबॉल टीम में भी इस हाइट की लड़की लंबी ही कहलाएगी। उसकी लंबी गर्दन, लंबी बाँहें और लंबी टाँगें हर लड़के के आकर्षण का केंद्र बनी हुई थीं। वह स्पोर्ट्स-कोटा एप्लिकेंट्स टीम की सदस्य थी। उसने ब्लैक फिटेड शॉर्ट्स और स्लीवलेस स्पोर्ट्स वेस्ट पहन रखी थी, जिसके पीछे पीले रंग में 'आर' लिखा

हुआ था। चंद ही सेकंड में उसने गेंद हासिल कर ली। उसने नाइकी के महंगे एंकल-लेंग्थ स्नीकर्स पहन रखे थे। मैंने एनबीए के खिलाड़ियों को ऐसे स्नीकर्स पहने टीवी पर देखा था। उसकी डायमंड ईयर रिंग्स धूप में झिलमिला रही थीं। उसने अपने दाएँ हाथ से गेंद को ड्रिबल किया। मैंने देखा कि उसकी खूबसूरत लंबी-लंबी अंगुलियाँ हैं।

'लुक्स के लिए टेन प्वाइंट्स, कोच,' 'आर' के द्वारा गेंद पास करने पर एक सीनियर स्टूडेंट ने टिप्पणी की। दर्शक दबी जुबान से हँस पड़े। खासतौर पर लड़के। इससे पलभर को आर का ध्यान भटका, लेकिन उसने अपना गेम जारी रखा। मानो उसे इस तरह के कमेंट्स की आदत हो।

स्पोर्ट्स कोटा टीम की लड़कियों ने अच्छा खेल दिखाया, लेकिन वे एक टीम के रूप में अच्छा नहीं खेल सकी थीं।

'आर' ड्रिबल करते हुए विरोधी खेमे की बास्केट तक पहुँच गई। तीन विपक्षी लड़कियाँ उसे घेरे हुई थीं। उसने गेंद अपनी एक टीममेट को पास की, लेकिन वह पास मिस कर गई।

'क्या यार...' 'आर' चिल्लाई, लेकिन तब तक बहुत देर हो चुकी थी। गेंद विरोधी खेमे के हाथों में पहुँच गई थी, जिसने उसे दूसरे छोर तक पास कर दिया और बास्केट में दे मारा।

'आर' ने मन ही मन खुद को कोसा। इसके बाद उसने अपनी तीन टीममेट्स को सिग्नल किया कि वे विरोधी खेमे की तीन लड़कियों को कवर करें। फिर वह कोर्ट के दूसरे छोर की ओर जाने लगी। जब वह मेरे करीब से होकर गुजरी तो मैंने पसीने में लथपथ, थोड़े लालिमा लिए हुए उसके चेहरे को करीब से देखा। पलभर को हमारी नजरें मिलीं, या फिर शायद यह मेरी कल्पना रही होगी। लेकिन उस पलभर में मेरे दिल को कुछ हो गया।

'बेब्स, उसको कवर करो, मैंने कहा कवर करो,' 'आर' चिल्लाई। मेरा खयाल उसके दिमाग से कोसों दूर था। उसने अपनी एक टीममेट को गेंद पास की और वह एक बार फिर बास्केट में गेंद मारने से चूक गई।

'वॉट आर यू गाईज डुइंग?' उसने परफेक्ट इंग्लिश में चिल्लाते हुए कहा। मैं नर्वस हो गया। मैं भला उससे कैसे बात कर पाऊँगा? उसका चेहरा मैला-कुचेला हो रहा था और उसके माथे और कपोलों पर धूल जमा हो गई थी। इसके बावजूद मैंने अपनी जिंदगी में इससे खूबसूरत चेहरा नहीं देखा था।

निश्चित ही, मैंने सोचा भी नहीं था कि उसके साथ मेरी बात आगे

बढ़ेगी। वह इतनी पॉश लग रही थी कि शायद वह मेरी तरफ दूसरी बार देखती भी नहीं।

लेकिन मेरे नसीब में कुछ और ही लिखा था। नहीं तो फर्स्ट हाफ के सातवें मिनट में कॉलेज टीम की कप्तान गेंद को कोर्ट के बाहर क्यों दे मारती, जो सीधे आकर मेरे सिर से टकराती? मैं क्यों गेंद को फौरन उठा लेता? और सबसे अहम बात यह कि गेंद को लेने के लिए 'आर' ही क्यों आती?

'बॉल, प्लीज,' उसने हाँफते हुए कहा। मुझे जैसे लकवा-सा मार गया।

'आई सेड बॉल, प्लीज,' उसने कहा। मैं एक्स्ट्रा आधे सेकंड तक गेंद को थामे रहा। मैं उसे थोड़ी देर और देख लेना चाहता था। मैं पसीने में लथपथ उसके चेहरे का एक स्नैपशॉट ले लेना चाहता था, उसे जिंदगी भर के लिए अपने माइंड के कैमरा में सहेजकर रख लेना चाहता था।

मैंने गेंद को उसकी ओर फेंका, जिसे उसने आसानी से थाम लिया। मेरे गेंद फेंकने के अंदाज से ही वह समझ गई थी कि मुझे यह खेल आता है।

'चेंज योर प्वाइंट शूटर,' मैंने कहा। ना जाने क्यों, मैं इस बार सही इंग्लिश बोल गया था।

'व्हाट!' उसने कहा। उसने मुझे ऊपर से नीचे तक देखा। मैंने मन ही मन सोचा कि काश मैंने बेहतर कपड़े पहने होते। मैंने अपने इंटरव्यू के शर्ट-पैंट नहीं बदले थे, जिन्हें मेरे कस्बे के दर्जी ने बहुत ढीला-ढाला सिल दिया था। मैं बास्केटबॉल कोर्ट में बेगाना-सा लग रहा था। मेरे हाथों में मेरे सर्टिफिकेट्स का फोल्डर था, जिसकी वजह से मैं सेवंटीज की उन हिंदी फिल्मों का हीरो लग रहा था, जिसे कोई नौकरी नहीं मिल पा रही हो। मेरे पास बिहार स्टेट टीम की टी-शर्ट भी है, मैं उससे कहना चाहता था। पर निश्चित ही, चलते खेल के बीच में और पहली बातचीत के मद्देनजर ऐसा कहना बहुत वाहियात होता।

'योर शूटर इज यूजलेस,' मैंने कहा।

रेफरी ने सीटी बजाई, जिसका मतलब था कि खेल फिर से शुरू किया जाए। वह मुड़ी और जितनी तेजी से उसका थ्रो अपनी टीम मेंबर्स तक पहुँचता, उससे भी तेजी से वह मेरे बारे में भूल गई। 'हियर, पास इट टु मी,' विरोधी खेमे की बास्केट तक पहुँचने के बाद 'आर' ने चिल्लाते हुए कहा।

गेंद उसकी प्वाइंट शूटर के हाथों में थी और वह उसे थामे हुए

कंफ्यूज होकर इधर-उधर देख रही थी।

'आई सेड हियर,' 'आर' इतनी जोर से चिल्लाई कि लॉन में पेड़ों पर बैठे कबूतर उड़ गए। प्वाइंट शूटर ने गेंद पास की, 'आर' ने उसे पकड़ा और थ्री-प्वाइंट लाइन के भी काफी पीछे से उसे उछाला।

गेंद सीधे बास्केट में जाकर गिरी। दर्शकों ने चीयर किया। उनके दिल में तो पहले ही 'आर' के लिए सॉफ्ट कॉर्नर बन गया था।

दस मिनट पूरे होने पर रेफरी ने ब्रेक की घोषणा की। कॉलेज टीम 12-5 से आगे थी। 'आर' अपनी टीम के साथ एक गुट बनाकर खड़ी थी और अगले राउंड के लिए रणनीति बना रही थी। जब उनकी मीटिंग खत्म हुई तो उसने एक टॉवल से अपना चेहरा और गर्दन पोंछी।

मैं उसे देखता ही रह गया। मैं यह भी भूल गया कि एक घंटे से भी कम समय में मेरा खुद का ट्रायल होने जा रहा है। मैं बस उससे थोड़ी और बात करने की तरकीब ढूँढ निकाल लेना चाहता था। शायद मैं उसे बता सकता था कि वह बहुत अच्छा खेल रही थी। मैं यह भी सोच रहा था कि खुद को एक शो-ऑफ साबित किए बिना उसे अपने स्टेट-लेवल गेम के बारे में कैसे बताऊँ। और सबसे बढ़कर यह कि इंग्लिश में पाँच शब्दों का वाक्य बोलने से आगे मैं कैसे बढ़ूँ?

उसने देख लिया कि मैं उसे निहार रहा हूँ। मैं अपनी जान ले लेना चाहता था। वह सीधे मेरी ओर देखती रही। उसके गले में टॉवेल लिपटा हुआ था। इसके बाद वह मेरी ओर चलकर आने लगी। मेरी रीढ़ की हड्डी में झुरझुरी दौड़ गई।

मैं आपको वैसी नजरों से नहीं देख रहा था, मैं उससे कहना चाहता था। मैं सोचने लगा कि कहीं वह मुझ पर चिल्लाएगी तो नहीं, जैसा कि मैच के दौरान वह अपनी साथी खिलाड़ियों पर चिल्ला रही थी।

'थैंक्स,' 'आर' ने कहा।

वह पूरा कोर्ट पार करते हुए मुझे थैंक्स कहने के लिए आई थी!

वह गहरी साँसें भर रही थी। मेरी आँखें उसकी आँखों से हट नहीं रही थीं।

दूसरी तरफ देखो, माधव, मैंने खुद को लगभग झिड़कते हुए कहा और नजरें फेर लीं।

'दैट वाज अ गुड टिप,' उसने कहा।

'वेलकम... यू... आर... गुड...,' मैंने कहा। एक-एक शब्द मानो ईंटों की तरह भारी था।

'एनी अदर सजेशंस फॉर द सेकंड हाफ? वी आर लूजिंग।'

'येस,' मैंने कहा और उसकी ओर फिर से मुड़ा। मैं उसे और टिप्स देना चाहता था, लेकिन मैं इंग्लिश में नहीं बोल सकता था। 'यू स्पीक हिंदी?' मैंने कहा।

वह इस सवाल से हैरान लग रही थी। सेंट स्टीफेंस में कोई भी किसी से यह सवाल नहीं पूछता था।

'वेल, येस, ऑफ कोर्स,' उसने कहा।

'ओके,' मैंने कहा और अपनी भाषा में समझाने लगा, 'उनके पास दो स्ट्रांग प्लेयर्स हैं, उन्हें एकदम टाइट कवर करो। अपनी प्लेयर्स के लिए फॉर्मेशंस फिक्स मत करो। आपकी दो खिलाड़ियों को उनके साथ मूव करना चाहिए। आप शूटर बनो। बाकी दो में से एक आपकी डिफेंस है और दूसरी आपको सपोर्ट करेगी।'

सीटी फिर बजी।

'गॉट टु गो,' उसने कहा, 'कैच यू लेटर।'

मैं समझा नहीं कि 'कैच यू' का क्या मतलब होता है।

क्या वह वास्तव में मुझे कैच करना चाहती थी? यानी कि मैं उसे इतना पसंद आया कि वह मुझे कैच करना चाहती है। निश्चित ही, यह तो होने से रहा था। लेकिन फिर भी मैंने उसे कुछ बहुत अच्छी टिप्स दी थीं और इन मॉडर्न लोगों का कोई भरोसा नहीं है।

गेम फिर शुरू हुआ।

'येस्स!' बास्केट स्कोर करते ही वह चीखी। गेंद रिंग को छुए बिना सीधे अंदर गई थी। इससे बास्केटबॉल की सबसे खूबसूरत ध्वनि पैदा होती है: एक हल्की-सी छक्क की आवाज, जब गेंद केवल नेट को छूती है। जब वह दौड़कर अपनी साइड में आई तो उसके चेहरे से पसीना टपक रहा था।

मैच 21-15 के स्कोर पर खत्म हुआ। स्पोर्ट्स कोटा एप्लिकेंट्स टीम की लड़कियाँ हार गई थीं, फिर भी उन्होंने कमाल का जुझारूपन दिखाया था। लेकिन 'आर' निराश नजर आ रही थी। मैं उससे बातें करना चाहता था, लेकिन सिमराँव के किसी लड़के में इतना दमगुर्दा नहीं हो सकता कि वह दिल्ली की एक हाई क्लास की लड़की से बतियाने के लिए आगे बढ़े। मैं चाहता था कि वह मेरा गेम देखे। मेरे पास उसे इम्प्रेस करने का कोई और जरिया नहीं था। कोच पीयूष उससे बातें करने के लिए आगे बढ़े। दोनों में देर तक बातचीत होती रही। मेरे लिए यही

एक चांस था। जिन लड़कों में कांफिडेंस नहीं होता, उन्हें किसी लड़की से बात करने के लिए इसी तरह से किसी की मध्यस्थता की जरूरत होती है। मैं दौड़कर पीयूष के पास गया।

'माय ट्रायल नाऊ। आई चेंज, सर?' मैंने उनसे कहा।

पीयूष मेरी ओर मुड़े और हैरानी से मुझे देखा, पता नहीं उन्हें मेरी इंग्लिश पर हैरानी हुई थी या फिर मेरे स्टुपिड सवाल पर, या दोनों पर।

'अइसे खेलियेगा? ट्रायलवा है या मज्जाक?' उन्होंने भोजपुरी में कहा।

मुझे अफसोस हुआ कि वे मेरे बारे में जानते थे।

'आई...आई...'

तब 'आर' ने बात संभाली। 'ओह, तुम भी स्पोर्ट्स कोटा हो?'

पीयूष हम दोनों को देखते रहे। अब वे इस बात पर हैरान थे कि हम दोनों एक-दूसरे को कैसे जानते हैं।

'येस,' मैंने कहा। यह इंग्लिश में दिया जाने वाला एक ऐसा जवाब था, जो मैं पूरे कांफिडेंस से दे सकता था।

'स्टेट-लेवल प्लेयर। इस बिहारी का खेल देखकर ही जाना,' पीयूष ने कहा और ठहाका लगाते हुए वहाँ से चले गए।

मुझे इससे बुरा लग सकता था। उन्होंने 'बिहारी' शब्द का इस्तेमाल इस तरह किया था, मानो वे यह कहना चाह रहे हों कि 'देखो, इसके जैसा एक छोटा-मोटा बिहारी भी यह खेल खेल सकता है।' जबकि वे खुद एक बिहारी थे। बहरहाल, वे जाने-अनजाने मेरी मदद कर गए थे, इसलिए मैं उनसे नाराज नहीं था। उसने मेरी ओर देखा और मुस्कराई।

'नो वंडर यू गेव दोज टिप्स,' उसने कहा। 'स्टेट लेवल, माई गॉड!'

'व्हाट इज योर गुड नेम?' मैंने बिना सोचे-समझे तपाक से कह दिया। न इस सवाल की कोई तुक थी और न ही यह उसका सही समय। वैसे भी आजकल 'गुड नेम' जैसे शब्दों का कौन इस्तेमाल करता है, सिवाय मेरे जैसे किसी लूजर के, जो हिंदी के 'शुभ नाम' को इंग्लिश में ट्रांसलेट कर बैठते हैं।

'गुड ऑर बैड, ओनली वन नेम। रिया,' उसने कहा और मुस्करा दी।

रिया। मुझे यह छोटा-सा प्यारा-सा नाम बहुत अच्छा लगा। या शायद जब आप किसी को पसंद करने लगते हैं तो आपको उसकी हर चीज अच्छी लगने लगती है: पसीने में लिपटी उसकी आईब्रोज से लेकर उसके छोटे-से नाम तक।

'योर नेम?' उसने कहा। जिंदगी में पहली बार मुझसे किसी लड़की

ने नाम पूछा था।

'माईसेल्फ माधव झा।'

यह मेरा रटा-रटाया जवाब था। यह तो मुझे बाद में पता चला कि इस तरह के वाक्य बोलने वालों को लो-क्लास माना जाता है। हम पहले हिंदी में सोचते हैं और फिर शब्द-दर-शब्द उसको इंग्लिश में ट्रांसलेट कर देते हैं।

'फ्रॉम बिहार,' उसने कहा और हँस पड़ी। 'राइट?'

वह इसलिए नहीं हँसी थी कि मैं बिहारी था। वह इसलिए हँसी थी, क्योंकि पीयूष पहले ही इस तथ्य का खुलासा कर चुके थे। उसकी आवाज में कोई जजमेंट नहीं था। अब मैं उसे और ज्यादा पसंद करने लगा था।

'येस। यू?'

'फ्रॉम देल्ही इटसेल्फ।'

मैं उससे बातचीत जारी रखना चाहता था। मैं उसका पूरा नाम और पुश्तैनी मुकाम के बारे में जानना था। सिमराँव में इसी तरह से एक-दूसरे को अपना परिचय देते हैं। लेकिन मुझे पता नहीं था कि इंग्लिश में इसे कैसे पूछा जाए। आखिर यह लड़कियों को इंप्रेस करने की भाषा जो है। फिर, चंद मिनटों में मेरा सिलेक्शन ट्रायल शुरू होने वाला था।

कोच ने सीटी बजा दी।

'अब मेरे ट्रायल्स हैं। आप देखेंगी?'

'ओके,' उसने कहा।

मैं चेंजिंग रूम की ओर दौड़ा। दौड़ा नहीं, बल्कि उत्साह में फुदकते हुए चेंजिंग रूम की ओर बढ़ा। जल्द ही मैं कोर्ट पर था। पीयूष ने खेल की शुरुआत की।

मैं अच्छा खेला। मैं शेखी नहीं बघारना चाहता, लेकिन मैं कॉलेज टीम के किसी भी खिलाड़ी से बेहतर खेला।

'बास्केट!' अपना पाँचवा शॉट दागने के बाद मैं चिल्लाया। लोग तालियाँ बजाने लगे। मैंने इधर-उधर देखा। वह एक बेंच पर बैठी एक बॉटल से पानी की चुस्कियाँ ले रही थी। उसने भी ताली बजाई।

मेरा गेम अच्छा रहा, लेकिन उसकी मौजूदगी की वजह से मैं और बेहतर खेल पाया था।

स्कोर इंच-दर-इंच आगे बढ़ता रहा। मैंने थोड़ा और जोर लगाया और कुछ और बास्केट्स स्कोर कीं। जब मैंने एक टफ शॉट लिया तो सीनियर्स ने मेरी पीठ थपथपाई। पीयूष ने फाइनल व्हिसल बजाई। स्कोर

था: 25-28। हमने बाजी जीत ली थी। चंद नौजवान लड़कों ने सेंट स्टीफेंस की टीम को हरा दिया था।

मेरा पूरा शरीर पसीने में नहा रहा था। मुझे लग रहा था जैसे मेरे शरीर में अब दम बाकी नहीं रह गया है। मैं हांफ रहा था। पीयूष ने मेरी पीठ थपथपाई। वे कोर्ट के बीच तक मेरे लिए दौड़ते हुए आए थे।

'तुमने 28 में से 17 स्कोर किए। वेल डन, बिहारी,' उन्होंने कहा और पसीने में लथपथ मेरे बालों पर अंगुलियाँ घुमाईं। मैं कोर्ट से बाहर निकला और रिया की ओर बढ़ने लगा।

'वॉव, यू रियली आर गुड,' उसने कहा।

'थैंक्स,' मैंने कहा। मैं अब भी हाँफ रहा था।

'एनीवे, आई हैव टु गो,' उसने कहा और अपना हाथ बढ़ा दिया। 'नाइस मीटिंग यू, बाय।'

'बाय,' मैंने कहा। मेरा दिल बैठ रहा था। मेरा दिमाग जानता था कि यह कहानी इसी तरह खत्म होगी, लेकिन मेरा दिल उसे कबूल करने को तैयार नहीं था।

'अगर हम लकी साबित हुए,' उसने कहा और मुस्करा दी, 'और यहाँ की हायर पॉवर्स ने इजाजत दी तो फिर मिलेंगे।'

'कौन जाने,' मैंने कहा।

'येस, बट अगर ऐसा हुआ, देन सी यू। नहीं तो, बाय।'

वह जाने लगी। मैंने रियलाइज किया कि मुझे उसका पूरा नाम भी नहीं पता था। जैसे-जैसे वह मुझसे दूर होती जा रही थी, मैं सेंट स्टीफेंस में एडमिशन लेने से ज्यादा कुछ और नहीं चाहने लगा था।

मैं बास्केटबॉल कोर्ट के बीचोबीच अकेला खड़ा था। सभी जा चुके थे। मैंने देखा कि मेरे इर्द-गिर्द केवल ईंटों के रंग की इमारत और हरियाली है।

'क्या यही जगह मेरे नसीब में लिखी है?' मैं सोचने लगा। वेल, सवाल केवल मेरे नसीब का नहीं था, सवाल अब 'हमारे' नसीब का था।

यही वजह थी कि एक महीने बाद सिमराँव में मेरे घर में एक पोस्टमैन आया, जिसके पास सेंट स्टीफेंस कॉलेज का एक लेटर था। वह मुझसे एक बड़ी टिप भी चाहता था!

3

'हे,' उसकी आवाज से मैं चौंका। मैं कॉलेज के नोटिस बोर्ड को पढ़ रहा था।

मैंने मुड़कर देखा। मैंने दुआ की थी कि ऐसा ही हो। मेरी उससे एक बार फिर मुलाकात हो चुकी थी।

उसने ब्लैक स्किन-टाइट जींस और ब्लैक-एंड-व्हाइट स्ट्रिप्ड टी-शर्ट पहन रखी थी। कोर्ट पर उसके चेहरे पर जो पसीना और लालिमा थी, उसके बिना उसके चेहरे पर एक रौनक नजर आ रही थी। उसने पिंक लिप-ग्लॉस लगा रखा था और उसके होंठों पर छोटे-छोटे कतरे चमक रहे थे। कुछ-कुछ लहराते हुए उसके बाल उसकी कमर तक जा रहे थे। मेरा कलेजा मानो मुँह को आ गया।

'रिया,' उसने कहा। 'तुम्हें याद तो है ना?'

मैं भला कैसे भूल सकता था!

मैं उसे बताना चाहता था कि दिल्ली से लौटकर आने के बाद मैंने एक पल के लिए भी उसे नहीं भुलाया। मैं उससे कहना चाहता था कि मैंने अपनी जिंदगी में उससे खूबसूरत कोई और लड़की नहीं देखी। और मैं उसे यह बताना चाहता था कि मेरे फेफड़ों को होने वाली ऑक्सीजन की सप्लाई अभी थम गई है।

'ऑफ कोर्स,' मैंने कहा। 'मुझे खुशी है कि तुमने भी ज्वाइन कर लिया।'

'एक्चुअली, मैं तो श्योर नहीं थी,' उसने कहा और नोटिस बोर्ड की ओर इशारा किया। 'क्या यह फर्स्ट-ईयर का टाइम टेबल है?'

मैंने हामी भरी। वह एक बार फिर मुस्करा दी।

'तुम्हारा कोर्स क्या है,' उसने नोटिस बोर्ड पर नजरें हटाए बिना पूछा।

'सोशियोलॉजी,' मैंने कहा।

'ओह, इंटेलेक्चुअल,' उसने कहा।

मुझे पता नहीं, इसका मतलब क्या था। लेकिन इतना कहकर वह हँस पड़ी और मैं भी यह सोचकर उसके साथ हँस दिया कि शायद उसने कोई मजेदार बात कही है। नोटिस बोर्ड पर कुछ और स्टेपल्ड शीट्स भी थीं, जिन पर फर्स्ट-ईयर के सभी स्टूडेंट्स के नाम और उनके रोल नंबर लिखे थे।

'और तुम्हारा?' मैंने कहा। वह बोर्ड की ओर देख रही थी, इसलिए

मैंने अपनी पीली टी-शर्ट और जींस को एडजस्ट किया। मैंने सेंट स्टीफेंस के लिए पटना से नए कपड़े खरीदे थे। अब मैं किसी सरकारी दफ्तर का क्लर्क नहीं नजर आ रहा था। मैं अपने नए कॉलेज में फिट लगना चाहता था।

'इंग्लिश,' उसने कहा। 'देखो, ये रहा मेरा नाम।' वहाँ लिखा था: रिया सोमानी, इंग्लिश (ऑनर्स)। मेरा दिल बैठ गया। इंग्लिश में डिग्री करने वाली एक लड़की मेरे जैसे देहाती भोंदू से कभी दोस्ती नहीं करेगी।

उसका फोन बजा। उसने अपनी जींस की पॉकेट से अपना नोकिया का बेहतरीन इंस्ट्रूमेंट निकाला।

'हाय, मॉम,' उसने कहा। फिर वह हिंदी में बोलने लगी, 'हाँ, मैं पहुँच गई हूँ। हाँ, सब ठीक है, बस मैं कॉलेज को समझने की कोशिश कर रही हूँ।'

उसकी हिंदी मेरे कानों को म्यूजिक की तरह लगी। इसका यह मतलब था कि मैं उससे बातें कर सकता था। उसने एक मिनट और बात की और जब उसने फोन रखा तो पाया कि मैं उसकी ओर देख रहा हूँ।

'मॉम्स, यू नो,' उसने कहा।

'येस। यू स्पीक हिंदी?'

वह हँस पड़ी। 'तुम बार-बार मुझसे यही सवाल पूछते रहते हो। ऑफ कोर्स, मैं हिंदी बोल लेती हूँ। व्हाय?'

'माई इंग्लिश इज नॉट गुड,' मैंने कहा और फिर हिंदी में बोलने लगा, 'क्या मैं आपसे हिंदी में बातें कर सकता हूँ?'

'जरूरी बात यह है कि हम क्या कहते हैं, यह नहीं कि हम किस लैंग्वेज में कहते हैं,' उसने कहा और मुस्करा दी।

कुछ लोग कहते हैं कि कोई एक खास लम्हा होता है, जब हमें किसी से प्यार हो जाता है। पहले मुझे पता नहीं था कि यह बात सही है या नहीं, लेकिन अब मैं जानता था। यह वही लम्हा था।

शायद मुझे उससे प्यार करने के लिए थोड़ा और इंतजार करना चाहिए था। लेकिन मैं जानता था कि इसकी कोई तुक नहीं है। मेरा अपनी फीलिंग्स पर कंट्रोल नहीं रह गया था। लिहाजा, कॉलेज में अपने पहले दिन ही मुझे प्यार हो गया था। बेहतरीन बास्केटबॉल खिलाड़ी, इंग्लिश लिट्रेचर की स्टूडेंट, दुनिया की सबसे खूबसूरत लड़की, शानदार आईब्रोज की मल्लिका और कमाल की लाइन्स बोलने वाली रिया सोमानी ने मेरे दिल को उसकी आरामगाह में से झपटकर हासिल कर लिया था।

जाहिर है, मैं इसका इजहार नहीं कर सकता था। न तो मुझमें इतना साहस था, और न ही यह कोई बहुत स्मार्ट आइडिया होता।

हम कॉरिडोर से होकर अपनी-अपनी क्लास की ओर बढ़ने लगे। मुझे और दो मिनट के लिए उसका साथ मिला।

'तुम्हारी यहाँ किसी से दोस्ती हुई?' उसने पूछा।

'नहीं तो,' मैंने कहा। 'और आप?'

'स्टीफेंस में मेरे स्कूल के कुछ क्लासमेट्स हैं। प्लस, मैं दिल्ली की ही हूँ तो बाहर भी मेरे कई दोस्त हैं।'

'आई होप, मैं एडजस्ट कर पाऊँगा,' मैंने कहा। 'मैं तो यहाँ खुद को बेगाना महसूस करता हूँ।'

'ट्रस्ट मी, अपना तो यहाँ किसी को भी नहीं लगता,' उसने कहा। 'तुम्हें कौन-सा रेसिडेंस दिया गया है?'

'रुद्र,' मैंने कहा। 'और तुम्हें?'

'ये लोग दिल्ली वालों को रेसिडेंस नहीं देते। अनफॉर्च्यूनेटली, मैं डे-स्की हूँ,' उसने कहा। डे स्कॉलर्स के लिए डे-स्की एक कॉमन टर्म है।

मेरा क्लासरूम आ गया, लेकिन मैंने उसे अनदेखा कर दिया। मैं उसका क्लासरूम आने तक उसके साथ चलना चाहता था।

'ओह, ये रही मेरी क्लास,' उसने कहा। 'और तुम्हारी?'

'मैं ढूँढ लूंगा। गो अहेड,' मैंने कहा।

वह मुस्करा दी और मुझे गुडबाय वेव किया। मैं उससे पूछना चाहता था कि क्या वह मेरे साथ कॉफी पीने चलेगी, लेकिन पूछ न सका। मैं हाफ कोर्ट से लगातार तीन बार बास्केट को शूट कर सकता था, लेकिन एक लड़की से मेरे साथ कॉलेज कैफेटेरिया तक चलने को नहीं कह सकता था।

'बास्केटबॉल,' अचानक यह मेरे मुँह से निकल गया।

'व्हाट!'

'मेरे साथ खेलना चाहोगी?' मैंने तेजी से खुद को संभालते हुए कहा।

'तुम्हारे साथ? यू विल किक माय एस,' उसने कहा और हँस पड़ी। मुझे पता नहीं था कि उसे ऐसा क्यों लगा कि मैं ऐसा कुछ करूँगा और उसे यह मुहावरा क्यों मजेदार लगा। फिर भी, मैं उसके साथ हँसी में शामिल हो गया।

'तुम अच्छा खेलती हो,' मैंने उससे कहा। अब हम उसकी क्लासरूम के दरवाजे पर खड़े थे।

'ओके, शायद कुछ दिनों बाद। पहले हम अपनी क्लासेस में सेटल हो जाएँ,' उसने कहा।

◆

'यू आर गुड। रियली गुड,' उसने टॉवेल से अपना चेहरा पोंछते हुए कहा।

हमने एक हाफ-कोर्ट गेम खेला था। मैंने उसे 20-9 से हरा दिया था।

'मैं तो होपलेस हूँ,' उसने कहा और अपनी पानी की बॉटल से घूँट पिया। उसने एक फिटेड स्लीवलेस व्हाइट टॉप और पर्पल शॉर्ट्स पहने थे।

'ऐसी बात नहीं है। बस तुम्हें थोड़ी प्रैक्टिस की दरकार है,' मैंने कहा।

पानी पीकर उसने खाली बोतल को हिलाया। 'मुझे तो और प्यास लग रही है,' उसने कहा।

'कैफे?' मैंने कहा।

उसने मेरी तरफ कुछ-कुछ हैरत से देखा। मैंने अपने चेहरे पर कोई भाव नहीं आने दिए।

'कैफे में अच्छा फ्रूट जूस मिलता है,' मैंने मासूमियत से कहा।

◆

कैफेटेरिया स्टूडेंट्स से भरा हुआ था। लंच ऑवर होने के कारण हमें टेबल मिलने में ही पाँच मिनट लग गए। कैफे में जूस नहीं था, लिहाजा रिया को लेमनेड से ही संतोष करना पड़ा। मैंने मिंस और कोल्ड कॉफी मंगाई। मैंने रियलाइज किया कि हम दोनों को ही बातचीत शुरू करने में दिक्कत आती थी। मैं इसलिए बातचीत की शुरुआत नहीं करता था, क्योंकि मुझमें कांफिडेंस नहीं था। और वह जहाँ तक मुमकिन हो, चुप ही रहना पसंद करती थी। साइलेंट रिया, मैं उसे इसी नाम से पुकारना चाहता था।

वेटर आया और हमें हमारा खाना दे गया।

'बिहार में हम आलू चॉप बनाते हैं, जिसमें हम कभी-कभी कीमा भी भर देते हैं। यह मिंस भी वैसा ही है,' मैंने कहा।

'बिहार कैसा है? मैं कभी वहाँ गई नहीं,' उसने कहा और अपने लेमनेड को सिप करने के लिए स्ट्रॉ से अपने होंठ लगा दिए।

'दिल्ली जैसा तो बिलकुल नहीं है। सिंपल। बहुत सारे धान के खेत। और पटना जैसे शहरों को छोड़ दें तो पीसफुल।'

'मुझे पीसफुल जगहें अच्छी लगती हैं,' उसने कहा।

'लेकिन वहाँ बहुत प्रॉब्लम्स भी हैं। लोग एजुकेटेड नहीं है। वायलेंस बहुत है। तुमने तो सुना ही होगा। पुअर एंड बैकवर्ड स्टेट, जैसा कि लोग कहते हैं।'

'रिच और बैकवर्ड भी हुआ जा सकता है।'

दो मिनट तक अजीब-सी खामोशी पसरी रही। साइलेंट रिया और डरा हुआ माधव।

'दीवार को तोड़ो,' मैंने अपने आपसे कहा।

'तो तुम दिल्ली में अपनी फैमिली के साथ रहती हो।'

'हाँ। एक बड़ी फैमिली। पैरेंट्स, अंकल्स, कजिन्स और एक भाई।'

'तुम्हारे पैरेंट्स क्या करते हैं,' मैंने कहा।

लड़के को लड़की से इंट्रेस्टिंग बातें करनी चाहिए, लेकिन मेरे जैसे लूजर को इस मामले में न के बराबर तजुर्बा या महारथ थी।

'फैमिली बिजनेस। रियल एस्टेट एंड इंफ्रास्ट्रक्चर।'

'तुम रिच हो ना?' मैंने कहा। इडियट माधव, उसे इससे बेहतर कोई दूसरी बात नहीं सूझी थी।

वह मेरे इस डायरेक्ट सवाल पर हँस पड़ी। 'पैसों के मामले में रिच या फिर माइंड के मामले में, ये दोनों अलग-अलग चीजें हैं।'

'हुँह, रिच यानी पैसेवाला होना।'

'अनफॉर्च्यूनेटली, हाँ।'

'अनफॉर्च्यूनेटली क्यों? सभी पैसेवाले होना चाहते हैं।'

'हाँ, शायद। लेकिन मुझे इससे दिक्कत होती है। प्लस, पैसों के लिए अंधी दौड़ और उससे जुड़ी हुई आपकी पहचान, मैं इस सबको समझ नहीं पाती।'

मैं समझ गया कि मेरी और उसकी दुनिया अलग-अलग हैं। शायद मुझे उसके बारे में सपने संजोने बंद कर देने चाहिए। प्रैक्टिकली, लॉजिकली, रैशनली, किसी भी तरह से इसमें कोई सेंस नहीं था।

'कैन आई ट्राय योर मिंस?' उसने कहा। 'मुझे भूख लग रही है।'

मैंने हामी भर दी। मैंने वेटर से एक और फोर्क लाने को कहा, लेकिन उसने मेरा फोर्क उठाया और खाना शुरू कर दिया।

उसने मेरे फोर्क का इस्तेमाल किया था, क्या इसका कोई मतलब है?

'तुम्हारा घर कहाँ है?' उसने कहा।

'सिमराँव। पटना से तीन घंटे की दूरी पर मौजूद एक छोटा-सा कस्बा।'

'नाइस,' उसने कहा।

'तुम्हें तो वह शायद बोरिंग लगे।'

'नहीं, नहीं, मुझे उसके बारे में और बताओ। जैसा कि तुम देख सकते हो, मैं ज्यादा बातूनी नहीं हूँ। मुझे सुनना ज्यादा पसंद है,' उसने कहा। वह वाकई इंट्रेस्टेड लग रही थी। मैंने उसे अपनी जिंदगी के बारे में बताया। मेरी माँ, उनका स्कूल और बास्केटबॉल। बताने के लिए ज्यादा कुछ था नहीं। मेरे पिता को गुजरे दस साल हो चुके थे। वे हमारे लिए विरासत में एक बड़ी-सी खस्ताहाल हवेली, कुछ जमीनें और प्रॉपर्टीज से जुड़े कई लीगल केसेस छोड़ गए थे।

मेरे पुरखे जमींदार थे और सिमराँव के शाही खानदान के सदस्य थे। सिमराँव ब्रिटिश काल के भारत की सबसे पुरानी रियासत थी। जब देश आजाद हुआ तो सरकार ने हमारी रियासत ले ली और हमारे हिस्से केवल एक सालाना पेंशन आई। वह भी पीढ़ी-दर-पीढ़ी कम होती गई। मेरे परदादा-काकाओं ने पूरा पैसा उड़ा दिया, क्योंकि उन्हें लगता था कि जुए के दाँव लगाने में पूरी दुनिया में उनसे अव्वल कोई नहीं है। आखिरकार घर की औरतों को कामकाज की कमान अपने हाथों में लेनी पड़ी। मेरे तमाम कजिन्स विदेश जा चुके थे और उन्होंने कभी देश नहीं लौटकर आने की कसम खा ली थी। इकलौते मेरे पिता ही बिहार में रुके रहे थे और वे ही सिमराँव के आखिरी राजा साहिब साबित हुए। दस साल पहले दिल का दौरा पड़ने से उनकी मौत हो गई। मेरी माँ रानी साहिबा दुर्गा झा घर में मजबूत इरादों वाली इकलौती शख्स थीं। उन्होंने मुझे पाल-पोसकर बड़ा किया और खेती-बाड़ी का काम भी देखा। उन्होंने सिमराँव रॉयल स्कूल भी खोला, जिसमें आसपास के गाँवों के कोई सात सौ बच्चे पढ़ते हैं।

एयर बबल्स की आवाज से मेरा ध्यान भटका। रिया अपना लेमनेड लगभग खत्म कर चुकी थी। मैंने रियलाइज किया कि मैं पिछले दस मिनट से नॉन-स्टॉप बोले जा रहा था।

'मैं तुम्हें बोर कर रहा हूँ ना,' मैंने कहा। मैंने तय कर लिया था कि अब मैं कुछ मिनटों तक चुप्पी साधे रहूँगा। अब साइलेंट रिया के बोलने की बारी होनी चाहिए।

'बिलकुल नहीं।'

मैं मुस्करा दिया। 'अब तुम बोलो। अगर तुमने मुझे इसी तरह बोलते रहने दिया, तो मैं तो कभी चुप ही नहीं होऊँगा।'

'ओके, बट वेट। टेक्नीकली, तुम एक प्रिंस हो, है ना? या शायद,

तुम किंग हो। राजा साहिब?'

मैं हँस पड़ा। 'अब कोई राजा या राजकुमार नहीं बचे हैं। अब तो केवल अनपढ़ देहाती ही उनके बारे में बात करते हैं।'

'लेकिन वे बातें तो करते हैं ना? सीरियसली, तो क्या मैं एक प्रिंस से बात कर रही हूँ? क्या वो लोग तुम्हें राजकुमार कहकर पुकारते हैं?' उसकी आँखें फैल गई थीं। उसकी अवार्ड-विनिंग आईब्रोज भी कुछ-कुछ ऊपर-नीचे हो रही थीं।

'कभी-कभी वो लोग कहते हैं, लेकिन अब इसकी कोई अहमियत नहीं है। हम अब अमीर नहीं हैं।'

'तुम एक महल में रहते हो?'

'हवेली। हाँ, उसे एक छोटा-मोटा महल ही समझो। खैर, मैं कोई प्रिंस-व्रिंस नहीं हूँ। मैं एक मामूली बिहारी लड़का हूँ, जो ग्रेजुएशन करने की कोशिश कर रहा है। क्या मैं तुम्हें किसी भी एंगल से प्रिंस लगता हूँ?'

'कमऑन, तुम टॉल और हैंडसम हो। यदि तुमने कुछ ज्वेलरी वगैरह पहनी होती तो तुम बिलकुल किसी प्रिंस जैसे लगते,' उसने कहा। हालाँकि उसने यह बात मजाक में कही थी, लेकिन फिर भी यह उसकी तरफ से मेरे लिए पहला काम्प्लिमेंट था। मेरे भीतर खुशी के छोटे-छोटे लड्डू फूटने लगे।

'क्या मेरे जैसी एक मामूली-सी लड़की ने अभी-अभी सिमराँव के राजा साहिब के साथ बास्केटबॉल खेला है?' उसने कहा और जोरों से हँस पड़ी।

'मुझे तुम्हें यह सब नहीं बताना चाहिए था,' मैंने सिर हिलाते हुए कहा।

'कम ऑन,' उसने कहा और मेरी कलाइयों को थपथपाया। मेरी बाँह पर जैसे गरमाहट की एक लहर दौड़ गई।

'और तुम्हारे बारे में क्या? ऐसी कौन-सी अठारह साल की लड़की होगी, जो बीएमडब्ल्यू में कॉलेज आती है और फिर भी खुद को एक मामूली लड़की बताती है?'

'ओह, तुमने देख लिया। वह मेरे डैड की कार है।'

'तुम तो बहुत रिच होंगी।'

'मेरी फैमिली है। मैं नहीं।'

इसी दौरान तीन लड़कियाँ हमारी टेबल पर आईं। 'हमने तुम्हें कहाँ-कहाँ नहीं खोजा,' उनमें से एक ने कहा।

'हे, गर्ल्स,' रिया ने कहा। 'आओ, हमारे साथ बैठो। माधव, इनसे मिलो। ये हैं गरिमा, आयशा और रचिता। मेरी क्लासमेट्स। गर्ल्स, ये हैं माधव। मेरे बास्केटबॉल फ्रेंड।'

मुझे पता चला कि उसकी जिंदगी में मेरी क्या जगह है। एक बास्केटबॉल फ्रेंड। शायद, उसके पास इसी तरह अलग-अलग चीजों के लिए अलग-अलग दोस्त होंगे।

लड़कियों ने ऊपर से नीचे तक और नीचे से ऊपर तक मेरा मुआयना किया। 'नॉट बैड, रिया,' गरिमा ने कहा और आँख मारी। लड़कियाँ हँस पड़ीं और हमारे साथ बैठ गईं।

'तुम कॉलेज टीम में हो,' रचिता ने मुझसे पूछा। उसने अपने सिर पर लाल-काला रूमाल बांध रखा था।

मैंने सिर हिला दिया। मैं उनकी इस बोल्ड बेतकल्लुफी से नर्वस था।

'माधव स्टेट लेवल पर खेल चुके हैं,' रिया ने कहा और मेरी तरफ गर्व से देखा।

'वॉव,' सभी लड़कियों ने एक स्वर में कहा।

'क्या आप कुछ ऑर्डर करना चाहेंगी?' मैंने इंग्लिश में कहा।

तीनों लड़कियाँ पहले तो चुप हो गईं और फिर एक साथ हँस पड़ीं। मैं समझ गया कि वे मुझ पर हँस रही हैं। मैंने इंग्लिश में वह वाक्य कुछ इस तरह से बोला था: 'वूड यू लाईक टू आर्डर एनीथिंग?' मुझे पता नहीं था कि इस तरह से इंग्लिश बोलना इतना बड़ा गुनाह साबित हो जाएगा।

'व्हाट हैप्पंड?' मैंने कहा।

'नॉट अ थिंग,' गरिमा ने कहा और उठ खड़ी हुई। 'थैंक्स माधव, हमने अभी-अभी लंच किया है। हे रिया, लेट्स कैच-अप लेटर, या?'

तीनों लड़कियाँ चली गईं। हमने उन्हें गुडबाय वेव किया।

'क्या हुआ, रिया?' मैंने कहा।

'दे आर डिट्ज़ी। फरगेट देम,' उसने कहा।

'डिट्ज़ी?'

'सिली एंड स्टुपिड। एनीवे, अब मुझे भी चलना चाहिए। मेरा ड्राइवर आ गया होगा।'

हम कैफेटेरिया से निकलकर मेन गेट तक आए। वहाँ उसकी डार्क ब्लू बीएमडब्ल्यू उसका इंतजार कर रही थी।

'तो मैं तुम्हारा बास्केटबॉल फ्रेंड हूँ?' जैसे ही हम कार के पास

पहुँचे, मैंने कहा।

'वेल, हाँ, और मेरे लेमनेड और मिंस फ्रेंड भी।'

'टी-फ्रेंड बनने के बारे में क्या खयाल है?'

'श्योर,' वह कार में बैठ गई। उसने गुडबाय कहने के लिए खिड़की का शीशा नीचे किया।

'या फिर मूवी-फ्रेंड?'

'हम्मम।'

'क्या?'

'इस बारे में सोचना पड़ेगा?'

'क्या सोचना पड़ेगा?'

'यही कि अगर मैंने ना कह दिया तो कहीं शहजादे साहब मुझे सज़ा-ए-मौत न सुना दें।'

मैं हँस पड़ा। 'हो सकता है।'

'सी यू लेटर, प्रिंस,' उसने कहा। कार चल दी।

पता नहीं, मैं सचमुच का प्रिंस था या नहीं, लेकिन मुझे तो अपनी प्रिंसेस मिल गई थी।

4

तीन माह बाद

'क्या तुमने अभी-अभी अपना हाथ मेरे हाथ पर रखा?' उसने फुसफुसाते हुए कहा, लेकिन उसकी आवाज इतनी तेज तो थी ही कि मूवी थिएटर में हमारे इर्द-गिर्द बैठे लोग हमारी तरफ देखने लगे।

'एक्सीडेंटली।'

'इंग्लिश के बड़े वर्ड्स बोलना सीख रहे हो, है ना?' उसने कहा।

'मैं कोशिश कर रहा हूँ।'

'मिस्टर माधव झा, आप मूवी देखने आए हैं, इसलिए उसी पर फोकस कीजिए।'

'मैं कोशिश कर रहा हूँ,' मैंने फिर कहा और अपना फोकस फिर से शाहरुख खान पर केंद्रित कर लिया। शाहरुख ने कॉलेज ज्वॉइन किया था और वे हर मददगार को 'मैं हूँ ना' कह रहे थे।

हम कनॉट प्लेस के ओडियन सिनेमा में आए थे। रिया फाइनली मेरे साथ मूवी देखने के लिए राजी हुई थी। वह बास्केटबॉल की एक शर्त हार गई थी। उसने मुझे चैलेंज किया था कि मैं हाफ-कोर्ट से एक ही बार में बास्केट स्कोर नहीं कर सकता।

'नाऊ दैट विल बी अ सुपर शॉट,' उसने कहा था।

'बदले में मुझे क्या मिलेगा? एक मूवी ट्रीट?'

'तुम यह कर ही नहीं पाओगे।'

मैंने कोशिश की और पहले हफ्ते में नाकाम रहा। हाफ-कोर्ट शॉट्स बहुत टफ होते हैं। मैं अगले दो हफ्तों में भी ऐसा नहीं कर सका।

'देखो, किस्मत भी यही चाहती है कि हम दोनों साथ-साथ बाहर न जाएँ।'

चौथे हफ्ते में मैंने जमकर फोकस किया और शॉट लगाया। गेंद ने रिंग को हिट किया, दो बार उस पर घूमी और फिर बास्केट में जा गिरी।

'येस्स!' मैं चीखा।

उसने शर्त हारने के बावजूद ताली बजाई।

'तो अब मुझे मेरी डेट मिलेगी,' मैंने कहा।

'यह डेट नहीं है। हम केवल मूवी देखने जा रहे हैं। फ्रेंड्स की तरह।'

'लेकिन हाई-क्लास पीपुल इसी को तो डेट कहते हैं ना?'

'नहीं।'

'तो फिर डेट किसको बोलते हैं?'

'तुमको मेरे साथ मूवी देखनी है या नहीं?' उसने अपने होंठों पर अंगुली रखते हुए कहा।

इसका मतलब था अब आगे कोई सवाल नहीं। पिछले तीन महीनों में मैं उसे जितना जान पाया था, उससे मैं समझ गया था कि उसे पसंद नहीं उस पर जोर डाला जाए। मैंने सोचा कि शायद अमीर लोग ऐसे ही होते हैं। कुछ-कुछ प्राइवेट। गाँवों में तो हम आपस में कुछ ज्यादा ही मेलजोल दिखा देते हैं।

अब जब शाहरुख खान अपना गाना गा रहे थे, मैं सोचने लगा कि मैं उसके लिए क्या मायने रखता हूँ। हम कॉलेज में रोज मिलते थे और हफ्ते में कम से कम तीन बार साथ में चाय पीते थे। मैं ही ज्यादा बातें करता। मैं उसे रेसिडेंट्स - या जैसा कि स्टूडेंट्स उसे पुकारते थे: रेज - की कहानियाँ सुनाया करता था। वह गौर से सुनती थी और कभी-कभी मुस्करा भी देती थी। जब मैंने उससे उसके घर के बारे में पूछा तो उसने ज्यादा कुछ नहीं बताया।

क्या मैं उसके लिए स्पेशल हूँ? मैं बार-बार खुद से यह सवाल पूछता था। कभी-कभी मैं उसे किसी दूसरे लड़के से बातें करते देखता तो जल-भुन जाता। मैंने यही जानने के लिए उसका हाथ पकड़ा था। उसके रिस्पॉन्स से मुझे पता चल गया कि उसकी जिंदगी में मेरी क्या जगह है।

वास्तव में उसने उसके बाद से आर्मरेस्ट से अपना हाथ ही हटा लिया। वह अपसेट लग रही थी, हालाँकि उसने एक शब्द भी नहीं कहा। वह चुपचाप फिल्म देखती रही।

◆

'सब ठीक है ना?' मैंने पूछा। वह चुपचाप अपनी ड्रिंक सिप करती रही। हम ओडियन से चलकर केवेंटर्स आए थे। यह जगह ग्लास बॉटल्स में बेचे जाने वाले मिल्कशेक के लिए मशहूर है।

'हुं' उसने कहा। इसका मतलब हाँ था। लेकिन मुझे उसके इस तरह के जवाब पसंद नहीं थे।

हमने बिना एक-दूसरे से बातें किए अपना दो-तिहाई मिल्कशेक खत्म

कर लिया था। वह सामने देख रही थी और खयालों में खोई हुई थी। मुझे लगा कि अगर मैंने उसे कुछ कहने के लिए उकसाया तो वो रो पड़ेगी।

'आई एम सॉरी।'

'व्हाट?' उसने कुछ-कुछ हैरानी के साथ कहा।

'तुम्हारे हाथ पर अपना हाथ रखने के लिए,' मैंने कहा। मैं नहीं चाहता था कि मेरी एक जरा-सी बेवकूफी मेरे लिए महंगी साबित हो जाए।

'कब?'

'मूवी के दौरान। यू नो, आई...'

'वह तो अब मुझे याद भी नहीं,' उसने मुझे बीच में ही रोकते हुए कहा।

'ओह,' मैंने कहा। राहत की एक लहर मेरे भीतर दौड़ गई। 'तो फिर तुम अपसेट क्यों नजर आ रही हो?'

'नेवर माइंड।' यह साइलेंट रिया का जाना-पहचाना जवाब था। उसने अपनी आँखों के आगे से अपने बालों को हटाया।

'तुम मुझे अपने बारे में कभी कुछ बताती क्यों नहीं?' मैंने कहा। मेरी आवाज में आग्रह और अनुरोध मिला-जुला था।

उसने अपना मिल्कशेक खत्म किया और खाली बॉटल टेबल पर रख दी। 'चलें?' उसने कहा।

'रिया, तुम कभी अपने बारे में बात नहीं करतीं। क्या मैं केवल तुम्हारे साथ बास्केटबॉल खेलने के लिए ही हूँ?'

'व्हाट?'

'हम मिलते हैं, साथ खेलते हैं, खाते हैं, बतियाते हैं, लेकिन तुम मुझसे कभी कुछ शेयर नहीं करतीं।'

'मैं हर किसी के साथ अपनी लाइफ के बारे में ज्यादा शेयर नहीं करती, माधव।'

'क्या मैं हर किसी की श्रेणी में आता हूँ?'

एक वेटर खाली बोतलें लेने के लिए आया। उसके चले जाने के बाद ही उसने कहा, 'तुम एक फ्रेंड हो।'

'तो?'

'तो क्या? मेरे कई दोस्त हैं। मैं उनसे भी कभी कुछ शेयर नहीं करती।'

'क्या मैं तुम्हारे हर दोस्त की तरह हूँ? क्या मुझमें कुछ स्पेशल नहीं है?'

वह मुस्करा दी। 'वेल, तुम सभी से अच्छा बास्केटबॉल खेलते हो।'
मैं खड़ा हो गया। मुझे उसकी यह बात अच्छी नहीं लगी थी।
'हे, वेट,' रिया ने मुझे फिर बैठा लिया।

मैं चेहरे पर एक सख्त एक्सप्रेशन लिए बैठ गया।

'तुम मेरी जिंदगी के बारे में क्यों जानना चाहते हो?' उसने कहा।

'क्योंकि मेरे लिए उसके मायने हैं। तुम्हारे दूसरे दोस्तों के उलट, जब तुम्हें कोई चीज परेशान कर रही होती है तो मैं उसे समझ जाता हूँ। और अगर तुम परेशान हो तो मैं भी परेशान हो जाता हूँ। मैं तुम्हारे बारे में जानना चाहता हूँ, लेकिन तुमसे कुछ कहलवाना तो डेंटिस्ट से दाँत निकलवाने की तरह है।'

वह हँस पड़ी और मुझे बीच में ही रोक दिया।

'आई हैव अ फक्ड-अप फैमिली। तुम क्या जानना चाहते हो?' उसने कहा।

मैं उसे देखता रह गया। मैं उसके शब्दों के चयन पर हैरान था। सबसे ज्यादा तो मैं यह बात नहीं समझ पा रहा था कि जिस फैमिली के पास बीएमडब्ल्यू है, वह कैसे 'फक्ड-अप' हो सकती है।

उसकी आँखें मेरी आँखों से मिलीं। शायद, आखिरी बार यह चेक करने के लिए कि मैं उसके भरोसे के लायक हूँ या नहीं। 'लेट्स गो फॉर अ वॉक,' उसने कहा।

◆

उसकी शानदार कार ने हमें इंडिया गेट पर छोड़ दिया।

हम साथ-साथ चलते रहे। कम से कम हमारी परछाइयों को देखकर तो ऐसा लगता था मानो हम हाथ थामे हुए हैं।

'मैं लोगों के सामने ज्यादा खुलती नहीं। ज्यादा से ज्यादा मैं एक डायरी लिखती हूँ, लेकिन वह भी कभी-कभी। तुम तो जानते ही हो, मैं खामोश रहने वाली लड़की हूँ,' रिया ने कहा।

'मैं समझता हूँ।'

'थैंक्स। प्रॉब्लम है मेरी फैमिली। वे लोग पैसों के पीछे पागल हैं। मैं नहीं हूँ।'

'यह तो अच्छी बात है, है ना?'

'पता नहीं। वैसे भी मैं उनके लिए ज्यादा मायने नहीं रखती, मेरे भाई उनके लिए ज्यादा अहम हैं, क्योंकि आगे चलकर बिजनेस की बागडोर

उन्हें ही संभालनी है। मेरा क्या है, मुझे तो शादी करके किसी दूसरे घर चले जाना है। मेरी जिंदगी का मकसद यही रह गया है कि मैं बच्चे पैदा करूँ और बाजार में जाकर खरीदारी करूँ।'

'और तुम यह करना नहीं चाहतीं?'

'बिलकुल नहीं!' उसने लगभग चिल्लाते हुए कहा। 'तुम तो मुझे जानते हो, है ना?'

'सॉरी।'

'इस देश में एक लड़की होना गुनाह है। सच में।'

'तुम अपसेट नजर आ रही हो। क्या आज कुछ हुआ?'

'मैंने उन्हें कहा कि मैं कॉलेज में म्यूजिक की पढ़ाई करना चाहती हूँ। लेकिन वे लोग चाहते हैं कि मैं किसी अमीर मारवाड़ी घर में शादी करूँ और रानियों की तरह रहूँ। लेकिन मुझे किसी रानी-वानी की तरह नहीं रहना। यह मेरा सपना नहीं है।'

'ट्रस्ट मी, किंग्स और क्वीन्स ओवररेटेड होते हैं,' मैंने कहा।

वह चुप रही।

'तुम क्या करना चाहती हो, रिया? क्या तुम्हारा कोई सपना है?'

'वेल, सपने देखना आसान काम नहीं है। हमें अपने सपनों से प्यार हो जाता है और फिर वे पूरे नहीं होते।'

'कभी-कभी सपने पूरे भी होते हैं।'

'मेरे मामले में ऐसा नहीं हो सकता।'

'तुम्हारा सपना क्या है?' मैंने फिर पूछा।

उसने मेरी तरफ देखा। 'तुम हँसोगे।'

'आजमाकर देख लो।'

वह मुस्करा दी। 'ओके, तो मेरा सपना यह है कि मैं म्यूजिक बजाना चाहती हूँ और गाना चाहती हूँ... न्यूयॉर्क के किसी बार में!'

'वॉव!'

'व्हाट? तुम्हें लगता है यह स्टुपिड है, है ना?'

'नहीं। यह तो बहुत स्पेसिफिक है। न्यूयॉर्क के एक बार में गाना गाना।'

'हाँ, यही। मैं कोई फेमस सिंगर या कोई रॉक स्टार नहीं बनना चाहती। मैं किसी अरबपति से शादी नहीं करना चाहती। मैं केवल शांति से गाना चाहती हूँ, जबकि मेरे इर्द-गिर्द जज्बे से भरे हुए लोग हों। मैं चाहती हूँ कि मैनहैटन में मेरा एक घर हो। मेरा घर किताबों और म्यूजिक सीडीज से भरा हुआ हो। मैं वीकेंड्स में बास्केटबॉल खेलना

चाहती हूँ। मैं नहीं चाहती कि अपनी इंगेजमेंट के लिए दर्जनों लहंगे पसंद करती रहूँ।'

'ऐसा लगता है, तुमने सबकुछ पहले ही सोच रखा है।'

'नहीं तो। शायद यह महज हकीकत से मुँह मोड़ने के लिए मेरी हवाई कल्पना है। लेकिन बारह साल की उम्र से ही यह बात मेरे दिमाग में है। हम न्यूयॉर्क गए थे। उस शहर ने मुझे दीवाना कर दिया। मैंने देखा कि वहाँ लोग वही काम कर रहे हैं, जो कि वे करना चाहते हैं। वे अमीर नहीं थे, लेकिन वे खुश थे। और तब मैंने एक बार में एक लेडी को देखा...वह दिल से गा रही थी और इसे अपने इर्द-गिर्द के लोगों का कोई खयाल नहीं रह गया था।'

सूर्य डूब रहा था और आकाश का रंग नारंगी से गहरा स्लेटी हो गया था। हम राष्ट्रपति भवन के करीब उस बिंदु तक पहुँच गए थे, जहाँ दिल्ली पुलिस के गार्ड आपको रुकने और पलटकर जाने को कह देते हैं। वह मुझे अपनी न्यूयॉर्क की यात्रा के बारे में बताती रही।

'इन फैक्ट, मुझे बास्केटबॉल का शौक भी तभी लगा, जब मैंने न्यूयॉर्क में मैडिसन स्क्वायर गार्डन में एक एनबीए गेम लाइव देखा।'

'तुमने एक एनबीए गेम लाइव देखा है?' मैंने कहा।

'हाँ, वह माहौल...पूरी तरह से इलेक्ट्रिक होता है। तुम्हें भी कभी न कभी वह देखना चाहिए, माधव।'

मैंने कंधे उचका दिए। 'एनीवे, मुझे तुम्हारा ड्रीम पसंद आया, रिया,' मैंने कहा। 'इसे किया जा सकता है। यह अनरियल नहीं है।'

'और अनरियल क्या होता है?' उसने कहा।

'जैसे कि टॉप एक्ट्रेस बनना या प्राइम मिनिस्टर बनना। तुम तो महज एक सिंपल-सी चीज चाहती हो।'

वह मुस्करा दी। 'मेरी फैमिली जिस तरह की है, उसमें मेरे जैसी लड़की के लिए कुछ भी सिंपल नहीं है,' उसने कहा।

वह कुछ मिनटों तक चुपचाप चलती रही।

'मैं अब बेहतर महसूस कर रही हूँ,' उसने कुछ समय बाद कहा।

'क्या?'

उसने मेरी तरफ देखा। दिन की बुझती हुई रोशनी की आखिरी किरण उसके चेहरे पर पड़ रही थी, जिसकी वजह से वह किसी दूसरी दुनिया की लग रही थी। मेरा जी चाहा कि उसे बाँहों में भर लूँ।

'तुमसे बातें करने के बाद मुझे बेहतर लग रहा है। थैंक्स,' वह

मुस्करा दी।

सूरज डूबा और सड़क पर अंधेरा पसर गया। राजपथ की रोशनी में उसकी त्वचा दमक रही थी। मैंने एक चांस लिया और उसका हाथ थाम लिया।

'एक और एक्सीडेंट?' उसने कहा, लेकिन इस बार अपना हाथ नहीं खींचा।

हम दोनों हँस पड़े। उसने अपनी बातें जारी रखीं, 'मेरे अंकल्स भी ऐसे ही हैं, सभी मेरे पैरेंट्स की साइड लेते हैं।'

वह बोलती रही और मैं सुनता रहा, हालाँकि मेरा पूरा ध्यान इस पर लगा था कि मेरे हाथों में उसका हाथ कितना प्यारा लग रहा है।

5

हमारी मूवी डेट के बाद हम एक-दूसरे के साथ और समय बिताने लगे। लंच ब्रेक के दौरान हम कॉलेज के लॉन पर बैठ जाते और रिया के घर का पका हुआ खाना खाते। वह एक छोटे-से टिफिन बॉक्स में एक भरी-पूरी मारवाड़ी थाली समेटकर ले आती थी।

'रेज में कैसा खाना मिलता है?' उसने कहा।

'सोमानी कैफे जितना बढ़िया नहीं,' मैंने कहा।

हम लाल ईंटों वाली कॉलेज की बिल्डिंग के सामने बैठे थे। सर्दियों का सूरज हमें और उसके टिफिन बॉक्स को सहला रहा था। मैं उसकी चार में से तीन चपातियाँ खा गया और साथ ही पालक-दाल का एक बड़ा हिस्सा भी। वह मीठा चूरमा कभी नहीं खाती थी। उसे भी मैं खा गया।

'तुम्हारा रूम कैसा है?' उसने कहा।

'हर रेज रूम की तरह। बेसिक। किताबें, बास्केटबॉल्स और बेड लिनन।'

'तुम उसकी सफाई करते हो?'

मैं सिर हिलाया और खीसें निपोर दीं।

'व्हाट? तुम अपने रूम की रेगुलरली सफाई नहीं करते?'

'हफ्ते में एक बार।'

'ऑफुल!'

'मेरे पास तुम्हारी तरह छह नौकर नहीं हैं, मिस रिया।'

'मैं तुम्हारा रूम देखना चाहती हूँ।'

'तुम ऐसा नहीं कर सकती,' मैंने कहा। 'वहाँ लड़कियाँ अलाउड नहीं हैं।'

'पता है। मैं तो बस मजाक कर रही थी,' उसने हँसते हुए कहा।

'तुम्हारी फैमिली कैसी है?' मैंने कहा।

'सेम। मेरे भाई, कजिन्स और अंकल्स सभी इसी में लगे हुए हैं कि कारोबार और कैसे बढ़ाया जाए। महिलाएँ अपनी पिछली शॉपिंग ट्रिप के बारे में बतियाती रहती हैं या फिर इसका हिसाब लगाती रहती हैं कि उन्हें अगली कौन-सी शादी अटेंड करनी है।'

'गुड, इसका मतलब है सबकुछ नॉर्मल है,' मैंने कहा।

'मैंने एक गिटार खरीद ली है,' उसने कहा।

'नाइस।'

'हाँ, मैं घर पर कम ही बोलती हूँ। बस मैं और मेरी गिटार, हम

दोनों खुश रहते हैं।'

'लेकिन तुम मुझसे तो बातें करती हो,' मैंने कहा।

'जबकि तुम मेरा पूरा लंच खा जाते हो,' उसने कहा और मेरे सिर पर एक थपकी दी।

'डु यू लाइक मी?' मैंने पूछा। वह मुझसे यह सवाल कई बार सुन चुकी थी।

'नॉट अगेन, माधव। प्लीज।'

वह घास पर पसर गई। उसने व्हाइट-एंड-मरून सलवार-कमीज और ब्लैक कश्मीरी कार्डिगन पहन रखा था। उसने कार्डिगन को उतारकर अपने सामने रख दिया था।

सूरज की रोशनी से बचने के लिए उसने अपनी आंखें मींच रखी थीं। मैं अपनी जगह बदलकर उसके सामने बैठ गया, ताकि मेरी परछाई उसे ढाँक ले।

'आह, दैट्स नाइस। जैसे एक ट्री की छाया। थैंक यू।'

'कॉलेज में लोग हमारे बारे में बातें करते हैं। वे कहते हैं हम हमेशा साथ क्यों रहते हैं,' मैंने कहा।

'तो? कहने दो उन्हें। हम तो जानते हैं ना कि हमारे बीच में कुछ भी नहीं है।'

मैंने जैसे प्रोटेस्ट करते हुए अपने शरीर को तिरछा कर लिया। सूर्य की रोशनी फिर से उसके चेहरे पर पड़ने लगी।

'व्हाट?' उसने कहा और अपनी आँखों को हाथों से ढँक लिया। 'मेरा ट्री कहाँ चला गया?'

'ट्री अपने आपको एप्रिशिएटेड नहीं महसूस कर पा रहा है।'

'क्या मतलब?'

'हमारे बीच में कुछ क्यों नहीं है?' मैंने कहा। मेरा शरीर अब भी तिरछा था।

'क्यों होना चाहिए? पहले तो तुम फिर से पहले की तरह सीधे हो जाओ, ताकि लोग तुम्हें अजीब न समझें और मेरी डेलिकेट स्किन भी धूप से बच सके।'

मैं फिर सीधा हो गया।

'बेटर,' उसने कहा। 'अब मुझे एक तकिया चाहिए। ट्री, प्लीज थोड़ा आगे बढ़ो।'

उसने अपना सिर मेरी गोद में रख दिया।

'नाइस। अब बताओ तुम क्या चाहते हो, पिलो-ट्री?'

पिछले एक महीने में मेरी उससे इस तरह की बातचीत कई बार हो चुकी थी। वह बात को टालने में एक्सपर्ट बन गई थी। हर बार वह किसी न किसी बहाने से बात को घुमा देती थी, जैसे कि इस बार।

'मुझे अपना कार्डिगन दो,' मैंने कहा।

'क्यों? तुम्हें सर्दी लग रही है? लेकिन वह तो गर्ल्स स्वेटर है, पिलो-ट्री,' उसने कहा और खिलखिला पड़ी।

मैंने स्वेटर अपने सिर पर रख लिया। इससे मेरा चेहरा छिप गया।

'क्या हुआ?'

मैंने कुछ नहीं कहा।

'क्या तुम गुस्सा हो गए हो, मेरे टॉल-ट्री?' उसने कहा।

मैंने अब भी कोई जवाब नहीं दिया। उसने स्वेटर को अपनी ओर खींचा। अब हम दोनों का मुंह उसके अंदर था।

'हाँ, नाराज इंसान। अब बताओ, क्या प्रॉब्लम है?' उसने कहा। उसका चेहरा मेरे चेहरे के बहुत करीब था, हालाँकि उसके लेटे हुए होने की वजह से वह अपसाइड-डाउन था।

मैं चुप रहा। उसने मेरे चेहरे पर धौल जमाई, पर मैंने कोई प्रतिक्रिया नहीं दी।

'यहाँ पर हमें इस तरह से देखकर सबको बड़ा अजीब लग रहा होगा,' उसने कहा। 'हमारे चेहरे इस तरह स्वेटर के भीतर।'

'किसी को कोई फर्क नहीं पड़ता,' मैंने कहा।

'मेरे खयाल से अभी-अभी तुमने कहा था कि सभी हमारे बारे में बातें करते हैं।'

मैं गुस्से में घुरघुरा उठा। वह हँस पड़ी। मैंने निशाना साधा और नीचे झुका। उसका चेहरा उलटा होने के बावजूद एक पल में मेरे होंठ उसके होंठों पर थे। इस तरह से तो स्पाइडरमैन किस करता है। ऐसा करना आसान नहीं है। यदि आप किसी को पहली बार किस कर रहे हैं तो आपको ऐसा करने की सलाह नहीं दूँगा।

वह तेजी से उठ बैठी। उसका सिर मेरी ठोढ़ी से टकराया और मेरी जीभ दाँतों तले दब गई।

'हे,' उसने कहा। 'नॉट फेयर।'

मैं अपना मुँह पकड़कर बैठा दर्द से कराह रहा था। उसका सिर मुझे बहुत जोर से लगा था। लेकिन अपना पहला किस करने की खुशी के

सामने यह दर्द कुछ भी नहीं था।

'तुम्हें लगी है क्या?'

मैंने मुँह बनाया।

'लिसन, आई एम सॉरी। लेकिन वह क्या था?' उसने कहा।

'एक किस।'

'वह तो मुझे पता है। लेकिन क्यों?'

'क्योंकि मेरा जी चाहा।'

वह खड़ी हुई, अपना टिफिन उठाया और चल पड़ी। मैं उसके पीछे दौड़ा। उसने मुझे इग्नोर किया और तेजी से चलने लगी।

मैंने उसकी बाँह पकड़ ली। वह रुक गई और आँखें तरेरकर मुझे देखा। मैंने उसका हाथ छोड़ दिया। वह फिर चल पड़ी।

'आई एम सॉरी, ओके?' मैंने कहा और उसका रास्ता रोक दिया। 'मैंने सोचा तुम मुझे पसंद करती हो।'

'माधव, प्लीज अंडरस्टैंड। मैं इस सबको लेकर कंफर्टेबल नहीं हूँ।'

'मैं तुम्हें बहुत पसंद करता हूँ रिया। तुम मेरे लिए बहुत मायने रखती हो। तुम्हारे कारण ही मैं इस शहर में टिका रह पा रहा हूँ।'

'तो फिर हमारे इस रिश्ते को एप्रिशिएट करो। इसको स्पॉइल मत करो।'

'हमारा रिश्ता क्या है? मैं तुम्हारे लिए क्या हूँ?'

'यदि हम किस करते हैं, तभी हमारे बीच में कुछ है, यदि नहीं करते हैं तो क्या कुछ नहीं है?' उसने कहा।

मैं चुप रहा।

वह कुछ पल मेरी ओर देखती रही। फिर उसने निराशा में अपना सिर हिलाया और वहाँ से चल पड़ी। मैंने उसे मेन गेट तक पहुँचते और अपनी नीली गाड़ी में बैठते देखा।

और तब जाकर मुझे खयाल आया कि उसका कार्डिगन अब भी मेरे हाथों में था।

◆

मुझे पता नहीं था कि इस घटना के बाद वह मेरे साथ बास्केटबॉल खेलने आएगी या नहीं। लेकिन मैं हैरान रह गया, जब मैंने देखा कि वह आई। उसने नाइकी का नया टॉप और व्हाइट शॉर्ट्स पहन रखे थे। हम बिना ज्यादा बातें किए खेलते रहे। अमूमन हम हर पाँच मिनट बाद बातें करने के लिए ब्रेक लेते। लेकिन आज वह बॉल पर इस तरह

फोकस कर रही थी, जैसे कि किसी जंग में कोई सिपाही दुश्मन पर नजरें जमाए रखता है।

'आई एम सॉरी, ओके?' मैंने कहा। उसके साथ खेलना अब पहले जैसा मजेदार नहीं रह गया था।

'इट्स फाइन,' उसने कहा। 'अब उसके बारे में बात नहीं करना।'

मैंने बीस मिनटों तक मुँह लटकाए रखा। आखिर में मैंने अपने कान पकड़े और कोर्ट के बीचोबीच खड़ा हो गया।

इससे बात बन गई। वह मुस्करा दी।

'सॉरी, मैंने भी ओवर-रिएक्ट किया,' उसने कहा। 'फ्रेंड्स?'

मेरा मन हुआ कि इस शब्द पर पाबंदी लगा दूँ। 'येस, फ्रेंड्स,' मैंने कहा।

वह मुझे हग करने के लिए आगे बढ़ी। मैंने उसे धीमे-से धक्का दे दिया।

'क्या हुआ?' उसने कहा।

'मैं इस सबको लेकर कंफर्टेबल नहीं हूँ। प्लीज, हमारे बीच में जो कुछ है, उसे स्पॉइल मत करो,' मैंने उसकी नकल उतारते हुए कहा। मैं पैर पटकते हुए कोर्ट से बाहर चला गया। वह मेरे पीछे-पीछे आई।

लड़कियों को इग्नोर करो तो फिर वे आपको नहीं छोड़ेंगी। बड़ी अजीब बात है। मैंने उसकी तरफ नहीं देखा।

मुझे पीछे से उसकी आवाज सुनाई दी।

'ओके, मैं इस बात को मानती हूँ। लेकिन मैं लड़की हूँ, मुझे कभी-कभी थोड़ा ड्रामा करने की इजाजत होनी चाहिए।'

'रियली?'

'वेल, मैंने सॉरी भी तो कहा।'

'जो भी हो। वैसे, तुम्हारा कार्डिगन अब भी मेरे पास है।'

'ओह, प्लीज कल उसे कॉलेज ले आना। वह मेरा फेवरेट है।'

'तुम खुद उसे चलकर क्यों नहीं ले लेतीं, तुम मेरा रूम देखना चाहती थीं ना?' मैंने कहा।

उसकी आईब्रोज तन गईं। 'रियली? लेकिन कैसे?'

'इसका एक सिस्टम है। मुझे गार्डों को खुश करना होगा और इस दौरान तुम जल्दी से अंदर चले जाना।'

'तुम मुझे चोरी-छुपे वहाँ ले जाओगे?' उसने कहा। उसकी आँखें फैल गई थीं।

'तुम रेसिंडेसेस में आने वाली पहली लड़की नहीं होओगी।'

हम रुद्र–नॉर्थ की ओर बढ़ने लगे। रुद्र पहुँचने के कुछ कदम पहले वह रुक गई।

'यदि हम पकड़े गए तो?' उसने कहा।

'मुझे यहाँ से बाहर कर दिया जाएगा, लेकिन तुम्हारा कुछ नहीं होगा। तुम लड़की हो और तुम्हारे फादर के भी बहुत सारे कॉन्टैक्ट्स होंगे।'

'तो?'

'लेट्स डू इट,' मैंने कहा।

मैं एक गार्ड के पास गया और वही किया, जो सभी करते हैं। मैंने उसे बाथरूम में एक प्रॉब्लम चेक करने के लिए कहा और उसके हाथ में पचास रुपए थमा दिए। वह दूसरे लड़कों के लिए यह काम पहले भी कर चुका था, इसलिए वह फौरन समझ गया। उसने रिया को दूर खड़े देख लिया।

'वह बाहर से है या कोई स्टूडेंट है?' गार्ड ने कहा।

'तुम्हें उससे क्या?' मैंने कहा।

'बस यूँ ही। बाद में कोई बखेड़ा हो तो।'

'बखेड़ा क्यों होगा?'

'नहीं, लेकिन उसके लिए तुम्हें उसे आधे घंटे बाद बाहर कर देना होगा। नए गार्ड की मैं कोई गारंटी नहीं ले सकता।'

6

वह मेरे रूम में आई और दरवाजा बंद कर दिया।

मेरे रूम में केवल जरूरत भर की चीजें थीं: एक बेड, एक डेस्क, एक आरामकुर्सी और एक स्टडी चेयर। दीवारों पर सर्टिफिकेट्स और तस्वीरें थीं।

'इतने सारे सर्टिफिकेट्स,' उसने उन्हें देखते हुए कहा। उनकी शुरुआत उन इंटर-स्कूल टूर्नामेंटों से होती थी, जो मैंने आठवीं क्लास में जीते थे और यह सिलसिला नेशनल गेम्स में मेरे द्वारा पार्टिसिपेट करने तक जारी था, जिसमें बिहार की टीम आठवें नंबर पर आई थी।

'और ये क्या तुम्हारे दोस्तों की तस्वीरें हैं?'

'ये मेरी पुरानी बास्केटबॉल टीम के दोस्त हैं,' मैंने कहा। मैं उसके पीछे खड़ा था। इतने करीब कि उसके बाल मुझे छू रहे थे। हम इससे पहले कभी अकेले नहीं हुए थे।

'और फैमिली-पिक्चर्स?' उसने कहा।

मैंने अपनी स्टडी टेबल की दराज खोली और उसमें से सिमराँव रॉयल स्कूल के एन्युअल डे का फोटो निकाला। तस्वीर में मेरी माँ स्टेज पर खड़ी थीं और उनके साथ लाल स्वेटर पहने स्कूली बच्चे थे।

'तुम्हारी मॉम?' उसने तस्वीर को थामते हुए कहा।

'वे प्रिंसिपल हैं।'

'और तस्वीरें हैं?'

'नॉट रियली,' मैंने कहा और दराज खंगालने लगा। उसमें मुझे एक और ब्लैक-एंड-व्हाइट फोटो मिला, लेकिन मैंने उसे छुपा लिया।

'वह क्या है?'

'कुछ नहीं।'

'दिखाओ तो।'

'वह बचपन की तस्वीर है।'

'ओह, तब तो मैं जरूर देखना चाहूँगी।'

वह मेरी तरफ आई।

'नहीं,' मैंने प्रोटेस्ट करते हुए दराज बंद करने की कोशिश की। वह हँस पड़ी और मुझे इस तरह से टेकल किया, जैसे कि बास्केटबॉल कोर्ट पर करती थी। यहाँ पर तस्वीर गेंद की तरह थी।

कोर्ट पर जब हम कभी-कभी एक-दूसरे को छू लेते थे तो उसका

कोई मतलब नहीं होता था। लेकिन इस रूम में उसके द्वारा मुझसे शरारत करने पर मेरे बदन में जैसे बिजली दौड़ गई। मैं उसे कसकर अपनी बाँहों में भर लेना चाहता था, लेकिन मैंने ऐसा नहीं किया। मैं नहीं चाहता था कि पिछली बार जैसा तमाशा फिर से हो।

मैंने उसे तस्वीर ले लेने दी और बाजू में हो गया। उसने उसे देखा और हँस पड़ी।

'तुम इसमें कितने साल के हो?'

'चार साल का।'

इस तस्वीर में मैं और मेरे माता-पिता हवेली के बाहर खड़े थे। मेरी माँ ने एक साड़ी पहन रखी थी और घूँघट उनका आधा चेहरा ढँके हुए था। मैंने एक बनियान के अलावा ज्यादा कुछ नहीं पहन रखा था।

रिया बेड पर बैठ गई। वह तस्वीर का इस तरह मुआयना कर रही थी, जैसे कोई डिटेक्टिव किसी मर्डर मिस्ट्री को सुलझा रहा हो। मैं उसके करीब बैठ गया।

'क्या यह तुम्हारी हवेली है?' उसने कहा।

मैंने हामी भरी।

'बहुत खूबसूरत है।'

'लेकिन यह पंद्रह साल पुरानी तस्वीर है। अब तो इसकी हालत बहुत खस्ता हो गई है।'

उसने और गौर से देखा। बैकग्राउंड में एक गाय नजर आ रही थी। दो बच्चे एक पेड़ के नीचे एक बूढ़े आदमी के साथ बैठे थे।

'ये लोग कौन हैं?'

'गाँव के कुछ लोग हमसे मिलने आए होंगे। मैंने तुम्हें बताया था ना कि लोग हमारे पास अपनी समस्याएँ लेकर आते हैं। उनके लिए हम आज भी राजा हैं।'

'मैं वहाँ जाकर इसे देखना चाहूँगी।'

मैं हँस पड़ा।

'क्या हुआ?' उसने कुछ उलझन में पड़ते हुए कहा।

'तुम और बिहार में?'

'हाँ, क्यों नहीं?'

मैंने अपना सिर हिलाया और फिर हँस पड़ा।

'इसमें हँसने वाली क्या बात है, प्रिंस?' उसने कहा और मुझे गुदगुदाने लगी।

'स्टॉप इट, मुझे गुदगुदी हो रही है,' मैंने कहा और अब तो ठहाके लगाकर हँसने लगा।

'तुम्हें लगता है कि मैं अपने चारदीवारी से बाहर नहीं निकल सकती, क्यों?' उसने मेरे पेट पर अपनी अंगुलियों से गुदगुदाते हुए कहा। मैंने उसे बाँहों में भर लिया। उसे कुछ पल बाद ही इसका एहसास हुआ।

'हे,' उसने कहा।

'क्या हुआ?'

'तुमने मुझे पकड़ रखा है।'

'गुड ऑब्जर्वेशन।'

मैं सीधे उसकी आँखों में देख रहा था। उसने भी अपने नजरें नहीं घुमाईं। हालाँकि मैं लड़कियों के मामले में अनाड़ी था, इसके बावजूद मैं बता सकता था कि यह एक अच्छा संकेत है।

'व्हाट?' उसने कहा।

मैं उसे किस करने के लिए आगे झुका। आखिरी पल में उसने अपना मुँह फेर लिया और मैंने उसके गालों को चूम लिया।

'माधव झा,' उसने कहा। 'बिहेव योरसेल्फ।'

उसने ठोस लहजे में यह बात कही थी, हालाँकि इसमें उस दिन जैसा गुस्सा नहीं था, जो उसने लॉन पर दिखाया था।

'मैं अपनी तरह ही बिहेव कर रहा हूँ। मैं यही करना चाहता हूँ।'

'तुम सभी लड़के एक जैसे होते हो,' उसने कहा और मेरी कलाई पर एक थपकी दी।

'क्या तुम सभी लड़कों को आजमा चुकी हो?' मैंने अपनी भौंहें उठाते हुए कहा।

'शट अप। ओके लिसन, इससे पहले कि मैं भूल जाऊँ, मुझे तुम्हें एक पार्टी में इनवाइट करना है।'

'सब्जेक्ट चेंज मत करो।'

'लेकिन एक सब्जेक्ट से चिपके भी मत रहो,' उसने कहा और अपने को मुझसे आजाद कराते हुए स्टडी चेयर पर चली गई।

'यहाँ आओ, मेरे करीब,' मैंने कहा।

'नो सर, मैं आप पर भरोसा नहीं करती।'

'रियली? आई एम योर बेस्ट फ्रेंड?'

'जो अभी एक "फ्रेंड" की तरह बिहेव नहीं कर रहा है,' उसने 'फ्रेंड' शब्द पर जोर देते हुए कहा।

मैं नाराज-सा होकर बेड पर बैठ गया और अपने पैरों को झुलाने लगा। मैंने बुकशेल्फ से एक बास्केटबॉल उठाई और उसे अपनी छोटी अंगुली पर घुमाने लगा।

'मैंने कहा कि मैं तुम्हें एक पार्टी में इनवाइट कर रही हूँ। तुम्हारा ध्यान किधर है?' उसने कहा।

'तुम किसी ऐसे व्यक्ति का अटेंशन क्यों चाहती है, जिस पर तुम्हें भरोसा नहीं?'

'नेक्स्ट सेटरडे, मेरे घर पर। 100, औरंगजेब रोड,' उसने कहा।

मैं बेड पर उठकर बैठ गया।

'तुम्हारे घर पर?' मैंने कहा।

'हाँ, पार्टी मेरे घर पर ही है।'

'तुम मुझे अपने पैरेंट्स से मिलवा रही हो?'

'क्यों भला? वहाँ पर ढेर सारे लोग होंगे। आखिर, वह एक पार्टी है।'

'अच्छा, और यह पार्टी किस खुशी में?' मैंने कहा। मैं अब फिर गेंद को अपनी अंगुली पर नचाने लगा था।

'मेरी बर्थडे पार्टी।'

'तुम्हारा बर्थडे अगले मंथ है। 1 नवंबर। देखो, मुझे याद है।'

'डैड चाहते हैं कि मैं अगले हफ्ते ही सेलिब्रेट कर लूँ। शहर में हमारे कुछ फैमिली फ्रेंड्स आए हुए हैं।'

मैंने सिर हिलाया और गेंद घुमाता रहा। उसने एक झटके में गेंद मुझसे छीन ली।

'अरे,' मैंने विरोध जताते हुए कहा।

'हाँ या ना?'

'क्या मेरे पास कोई और च्वॉइस है?'

उसने गेंद मुझ पर दे मारी। उसका निशाना चूक गया और गेंद मेरे चेहरे के बजाय मेरी गर्दन पर लगी।

'तुम्हारी बातों से ऐसा लग रहा है, जैसे तुमको कोई पनिशमेंट दी जा रही है। मैं तुम्हें एक पार्टी के लिए इनवाइट कर रही हूँ,' उसने कहा।

'मैं केवल एक शर्त पर आऊँगा।'

'क्या?'

'यहाँ मेरे करीब आकर बैठो।'

मैंने बेड को थपथपाया। उसने नजरें घुमाकर मेरी ओर देखा, खड़ी हुई और मेरे पास आकर बैठ गई।

'तुम मुझे तुम्हें अपनी बाँहों में क्यों नहीं लेने देतीं?' मैंने कहा और उसे अपनी बाँहों में भर लिया।

'वेल, वह तो तुम पहले ही कर चुके हो।'

'तुम्हें यह अच्छा नहीं लगता?'

'माधव...' उसकी पुलिसवालियों जैसी आवाज लौट आई थी।

'इसमें क्या बुराई है?'

'मुझे इससे प्रॉब्लम होती है, बस यही बात है।'

'प्रॉब्लम? तुम्हें कुछ पता भी है? चलो, रहने दो।'

'देखो, तुम सुनना भी नहीं चाहते। एनीवे, मैं अभी इसके लिए तैयार नहीं हूँ।'

'किस चीज के लिए तैयार?'

उसने अपना सिर हिला दिया। मैं अपना चेहरा उसके पास ले गया। उसने मेरी ओर देखा।

'तुम फिर शुरू हो गए। क्या है ये आखिर?' उसने कहा। मैं चुप रहा। उसकी हल्की भूरी आँखें मुझे ताकती रहीं।

'मेरी जिंदगी में ऐसी कोई और वुमन नहीं हुई है, जो मेरे लिए तुमसे ज्यादा मायने रखती हो।'

वह हँस पड़ी।

'क्या हुआ?'

'इस बात के दो मतलब हो सकते हैं। या तो मैं रियली बहुत स्पेशल हूँ। या शायद तुम्हारे सामने ज्यादा च्वॉइस नहीं है।'

मैं इस बात का कोई जवाब नहीं दे सका। मैं आगे बढ़ा और उसके होंठों को हलके से चूम लिया। उसने कोई विरोध नहीं किया, लेकिन मेरा साथ भी नहीं दिया। उसके होंठ मुलायम और गर्म थे। मैंने उसे एक बार और चूमा।

उसने मुझे पीछे धकेल दिया।

'क्या हुआ?' मैंने कहा।

'अब मुझे चलना चाहिए,' उसने कहा और उठ खड़ी हुई।

'रिया, हमने किस किया,' मैंने एक्साइटेड होते हुए कहा।

उसने मेरी ओर देखा। उसकी भूरी आँखें अभी और गहरी नजर आ रही थीं।

'तुम लड़कियाँ को समझ नहीं पाते हो है ना?'

'व्हाट?'

'तभी तो तुम ब्रॉडकास्टिंग कर रहे हो, एक ऐसे बच्चे की तरह, जिसे कैंडी जार मिल गया हो।'

'कुछ-कुछ ऐसा ही है। हालाँकि, कैंडी जार से कहीं बेहतर।'

'यह जानकर अच्छा लगा कि मैं तुम्हें एक लॉलीपॉप से बेहतर लगती हूँ।'

मैं हँस पड़ा।

'आर वी डेटिंग?' मैंने कहा।

'माधव झा। या तो लड़कियों को समझने की कोशिश करो, या कोई और रास्ता निकाल लो। लेकिन इसे स्पॉइल मत करो। समझे?'

मैं कुछ भी नहीं समझ पाया था।

'हाँ, समझा,' मैंने कहा।

'बाय। अब मुझे बाहर तक छोड़कर आओ।'

हम अपने कमरे से निकले और रुद्र एग्जिट तक गए। हमने गार्ड को सैल्यूट करके थैंक-यू बोला और चले गए।

मैंने हमेशा बिहार स्टेट टीम में अपने सिलेक्शन को अपनी जिंदगी का सबसे खुशनुमा दिन माना था। रिया को किस करने के बाद, सिलेक्शन वाला दिन दूसरे नंबर पर खिसक गया।

7

'होस्टल में लड़की?' आशु ने मेरी पीठ थपथपाई। 'तुम तो बड़े छुपे रुस्तम निकले।'

मेरे होस्टल के साथी मेरे रूम पर चले आए थे। थुलथुल आशु मेरे बेड पर बैठा था और उसके बैठने से ही मेरा बेड चरमरा रहा था। उसकी थपथपाहट के कारण मेरी पीठ में दर्द होने लगा था।

रुद्र में आशु, रमन और शैलेष मेरे सबसे करीबी दोस्त बन गए थे। रिया हर समय तो मेरे साथ नहीं हो सकती थी, और जब वह मेरे साथ नहीं होती थी, तब मैं इन लोगों के साथ हुआ करता था।

'तुम लोगों को कैसे पता चला?' मैंने कहा।

'परफ्यूम की खुशबू अभी तक आ रही है,' रमन ने कहा और किसी कार्टून कैरेक्टर की तरह सूंघने लगा। सभी हँस पड़े।

हम चारों बिहार या झारखंड से थे और हममें से कोई भी वैसा 'क्लासी' टाइप नहीं था, जैसे कि आमतौर पर स्टीफेंस में पाए जाते हैं।

'नॉनसेंस। रिया और मैं सीधे बास्केटबॉल कोर्ट से यहाँ आए थे और उसने कोई परफ्यूम नहीं लगाया था,' मैंने कहा।

'लड़की का पसीना भी परफ्यूम की तरह महकता है,' शैलेष ने कहा। मैंने बास्केटबॉल उसके सिर पर दे मारी। उसका आयताकार फ्रेम वाला चश्मा नीचे गिर गया। वह चीखा और अपना सिर पकड़ लिया।

'मार डालना चाहते हो क्या?' उसने कहा। मैंने उसका चश्मा फिर से उसे पहना दिया।

'रिया के बारे में इस तरह से बातें करना बंद कर दो,' मैंने कहा।

'ओह माय, प्रोटेक्टिव एंड ऑल,' शैलेष ने कहा।

हम चारों में से शैलेष की इंग्लिश सबसे अच्छी थी। निश्चित ही, वह भी हम चारों की तरह हिंदी में ही बोलना पसंद करता था, लेकिन जब वह इंग्लिश बोलता था तो उसे एक 'रियल' स्टीफेनीयन माना जा सकता था।

'तो क्या तुम लोग रिलेशनशिप में हो? लगता है बात आगे बढ़ रही है,' शैलेष ने कहा।

'क्या?' मैंने कहा।

आशु हँस पड़ा।

'ही इज फकिंग विद यू,' रमन ने कहा। उसने हाल ही में फ-वर्ड सीखा था और वह इसका कुछ ज्यादा ही इस्तेमाल करना पसंद करता था।

'कुछ हुआ?' आशु ने पूछा।

मैंने कंधे उचका दिए।

'क्या?' आशु ने कहा। 'डूड, मैं तुमसे पूछ रहा हूँ कि क्या तुमने बीएमडब्ल्यू5 सीरिज वाली रिया सोमानी के साथ कुछ किया?'

'ज्यादा कुछ नहीं हुआ,' मैंने कहा। 'और अब तुम सब लोग इसे बंद करो।'

'क्या वो तुम्हारी गर्लफ्रेंड है?' शैलेष ने कहा। 'आधा कॉलेज तुम लोगों के बारे में बात करता है।'

'पता नहीं,' मैंने कहा।

'तुम्हें पता नहीं?' आशु ने कहा।

'वह श्योर नहीं है,' मैंने कहा।

'और तुम?'

मैं चुप रहा।

'यू लव हर?' आशु ने पूछा।

मैं मुस्करा दिया। आशु ने मुझसे बहुत स्टुपिड सवाल पूछा था।

क्या मैं उससे प्यार करता था? क्या धरती सूर्य के चक्कर काटती थी? क्या दिन के बाद रात होती थी?

'तुम तो गए काम से, मैं तुम्हारे चेहरे को देखकर बता सकता हूँ' आशु ने कहा। उसने बेड को थपथपाते हुए बाकी सभी को उसके साथ बैठने को कहा।

मेरा सिंगल बेड तीन लड़कों के एक साथ उस पर बैठ जाने की वजह से चरमराने लगा। फिर सेल्फ-स्टाइल्ड रिलेशनशिप एक्सपर्ट्स की तरह वे सलाह देने लगे।

'इस तरह की लड़की से सावधान रहना,' रमन ने कहा।

'क्या बकवास कर रहे हो,' मैंने इरिटेट होते हुए कहा। 'इस तरह की लड़की से तुम्हारा क्या मतलब है? और मेरे बेड से अपने शूज हटाओ।'

मैं स्टडी टेबल पर बैठ गया और फिर से बास्केटबॉल निकाल ली।

'इस तरह की लड़की मतलब अमीरजादियाँ। उन्हें टाइमपास के लिए खिलौने चाहिए। तुम खिलौना मत बनो,' रमन ने कहा।

'खिलौना? मैं उसका बेस्ट फ्रेंड हूँ। फिर वह सबसे अलग है। वह मनी-माइंडेड नहीं है,' मैंने कहा।

'तुम्हें पता है उसका बाप कौन है?' शैलेष ने अपने चश्मे को एडजस्ट करते हुए कहा।

'कोई बड़ा मारवाड़ी बिजनेसमैन,' मैंने कहा।

'सोमानी इंफ्रास्ट्रक्चर्स। तुम्हारी लेडी के डैड और उसके भाइयों का पांच सौ करोड़ रुपयों का बिजनेस है,' शैलेष ने कहा।

आशु और रमन ने सीटी बजाई।

'पाँच सौ करोड़?' रमन ने कहा। 'तो फिर वो यहाँ क्या कर रही है? और उसे पढ़ाई करने की भला क्या जरूरत है?'

मैंने रमन को तकिया फेंककर मारा।

'तुमने दिखा दिया कि तुम कितने बैकवर्ड झारखंडी हो। तुम मुझे अपने बिहार के देहातियों की याद दिलाते हो। पढ़ाई दूसरी वजहों से भी तो की जा सकती है।'

'कौन-सी वजहें?' आशु ने गर्दन उचकाते हुए कहा।

'वह खुद इसको समझने की कोशिश कर रही है। उसके सपने, पैशंस, इच्छाएँ...'

'और उसे तुम्हारी इच्छाओं के बारे में पता है? उसका बेस्ट फ्रेंड, जो होस्टल के इस चरमराते हुए बेड पर उसे प्यार करना चाहता है।'

आशु हिलने लगा, ताकि बेड के चरमराने की और आवाजें आएँ।

सभी हँस पड़े।

'शट अप, बास्टर्ड्स,' मैंने कहा।

मुझे अपने हालात को समझने के लिए इससे बेहतर एडवाइस चाहिए थीं।

'उसने मुझे अपनी बर्थडे पार्टी के लिए अपने घर पर इनवाइट किया है।'

तीनों उठ खड़े हुए।

'हम भी चलें?' आशु ने कहा।

'नहीं।'

'तुम किसी काम के नहीं हो,' रमन ने कहा।

'मेरे सामने तो सवाल यह है कि क्या मुझे भी जाना चाहिए या नहीं?' मैंने कहा।

'व्हाट?' रमन ने कहा। 'ऑफ कोर्स, जाना ही चाहिए। कहाँ रहती है वो?'

'औरंगजेब रोड। कहाँ है ये?'

'रिचेस्ट एरियाज में से एक। लुटियंस दिल्ली में।'

'देखो, इसीलिए मैं वहाँ नहीं जाना चाहता।'

'व्हाय नॉट?'

'वहाँ उसके घर-परिवार के लोग होंगे। सभी मुझे देखेंगे।'

'और तुम्हें इससे डर लग रहा है?' आशु हँस पड़ा। 'वैसे मैं तुम्हारी जगह होता तो मुझे भी डर लगता।'

'शट अप, मोटू!' शैलेष ने कहा। 'लिसन, तुम्हें जाना ही होगा। यदि तुम इस लड़की के करीब जाना चाहते हो तो तुम्हें एक न एक दिन उन लोगों से वैसे भी मिलना पड़ेगा।'

'वे लोग मुझे जज करने की कोशिश करेंगे। मैं उनकी तरह कपड़े नहीं पहन सकता या उनकी तरह बातें नहीं कर सकता।'

'व्हाट नॉनसेंस? एक अच्छी-सी सफेद शर्ट भर पहन लो। एक दिन के लिए मुझसे ले लो,' शैलेष ने कहा।

मैं चुप रहा।

'बेहतर तो यही होगा कि यह किस्सा जितनी जल्दी खत्म हो जाए, उतना अच्छा,' रमन ने कुछ देर के बाद कहा।

'क्या मतलब?' मैंने कहा।

'बॉस, उसकी अमीर और क्लासी फैमिली कभी भी एक गाँववाले को नहीं अपनाएगी। तुम, मैं और यहाँ मौजूद सभी लोग इस बात को जानते हैं,' रमन ने कहा।

'लड़का स्टेट-लेवल का बास्केटबॉल खिलाड़ी है और सेंट स्टीफेंस में पढ़ता है। क्या यह काफी नहीं?' शैलेष ने कहा।

रमन बनावटी हँसी हँस दिया।

'फिर भी यह है तो एक देहाती बिहारी लड़का ही ना?' उसने कहा।

मैं काँप गया। मेरे दिमाग में एक बड़े-से बंगले में रिच जजमेंटल पैरेंट्स की छवियाँ तैरने लगीं।

'तुम उसके कांफिडेंस की बजा रहे हो,' आशु ने कहा। 'डैम, वह उसको प्यार करता है, ओके?'

'तो?' रमन ने कहा।

'वह उसके कमरे पर आई थी ना?' आशु ने कहा। 'माधव, बॉस, वह तुम्हारे कमरे पर आई, यह जानते हुए कि तुम एक बिहारी हो, राइट?'

'वह तो बिहार भी जाना चाहती है,' मैंने कहा।

'देखा,' आशु ने कहा।

रमन ने अपनी आँखें घुमाई।

'पार्टी में जाओ। और कुछ नहीं तो मुफ्त में अच्छा खाना तो मिलेगा,' आशु ने कहा और मेरी पीठ फिर थपथपाई। मोटू ने इतनी जोर से मारा कि कई दिनों तक दुखता रहा।

8

मैंने औरंगजेब रोड तक पहुँचने के लिए दो बसें बदलीं। वहाँ कोई रेगुलर घर तो थे ही नहीं, केवल आलीशान कोठियाँ थीं। हर बिल्डिंग एक घर नहीं, बल्कि किसी इंस्टिट्यूशन की इमारत लग रही थी।

'100, औरंगजेब रोड,' मैंने ब्लैक ग्रेनाइट फलक पर सुनहरे अक्षरों में लिखी इबारत पढ़ी। छुपी हुई पीली बत्तियाँ नेमप्लेट पर रोशनी फेंक रही थीं, जिस पर केवल 'सोमानी' लिखा हुआ था। मैंने शैलेष से उसका ब्लेजर और शर्ट लिया था। मैंने अपने कपड़ों को एडजस्ट किया।

अक्टूबर की शामें अब कुछ-कुछ सर्द होने लगी थीं। मैं गार्ड की ओर बढ़ा।

'क्या नाम है?' गार्ड ने बिहारी लहजे में पूछा। उसने अपने दाएँ हाथ में एक इंटरकॉम फोन पकड़ रखा था।

'माधव, माधव झा। मैं रिया का दोस्त हूँ।'

गार्ड ने मुझे ऊपर से नीचे तक देखा। फिर उसने इंटरकॉम पर मैसेज दिया: 'रिया मैडम का फ्रेंड। भेज दूँ?'

इसके बाद वह रुक गया और मेरी ओर देखा।

'क्या हुआ?' मैंने कहा।

'अभी रुको। वे लोग बताएँगे।'

'अंदर एक पार्टी चल रही है ना?'

'हाँ, बैक गार्डन में। मेड पूछने गई है।'

कॉलेज में मुझे रिया से मिलने के लिए किसी तरह के सुरक्षा-घेरे को पार नहीं करना पड़ता था। मुझे वहाँ खड़े-खड़े इंतजार करना अजीब लग रहा था, इसलिए मैं गार्ड से बतियाने लगा।

'तुम बिहार से हो?' मैंने पूछा।

'हाँ। मुंगेर से। और तुम?'

'सिमराँव से।'

'और तुम रिया मैडम के दोस्त हो?' उसने कहा। उसकी आवाज में अब नरमी थी। एक लो-क्लास आदमी दूसरे लो-क्लास आदमी को आसानी से पहचान लेता है।

'हम एक ही कॉलेज में पढ़ते हैं,' मैंने कहा। गार्ड ने सिर हिला दिया। अब वह समझ गया था कि मैं और रिया कैसे एक-दूसरे के दोस्त हो सकते थे।

इंटरकॉम की घंटी बजी।

'जाओ अंदर,' उसने कहा, जैसे कि उसे एयर ट्रैफिक कंट्रोल से क्लीयरेंस मिल गया हो।

मैं भीतर गया। एक मेड ने मुझे इशारा करके अपने पीछे आने को कहा। कंपाउंड में पाँच महंगी कारें खड़ी थीं: एक ऑडी एसयूवी, दो मर्सीडीज बेंज, एक बेंटले और एक रिया की बीएमडब्ल्यू।

मैं घर में घुसा और खुद को चमचमाते व्हाइट मार्बल की फर्श वाले एक बड़े-से लिविंग रूम में पाया। पंद्रह फीट ऊँची छत से चमचमाते फानूस झूल रहे थे। महंगे सिल्क में लिपटे तीन सोफा-सेट यू-शेप में जमे थे। सागौन और शीशे की बनी एक कॉफी टेबल कमरे के बीच का हिस्सा घेरे हुए थी। यदि शाही खानदान वालों के पास सचमुच में पैसा होता तो एक शाही महल कुछ ऐसा ही नजर आता। मैंने दरकती दीवारों और उखड़ते फर्श वाली अपनी हवेली के बारे में सोचा। फानूस की बात तो रहने ही दें, पांच घंटे से कम की बिजली कटौती होने पर हम खुद को खुशनसीब महसूस करते थे।

अचानक इस आलीशान जगह में मैंने खुद को अकेला महसूस किया। मुझे अपने घर, अपनी माँ और अपने होस्टल रूम की याद आने लगी। क्लास किस तरह से काम करता है, यह बताना बड़ा मुश्किल है। जैसे ही आप खुद को हाई क्लास में पाते हैं, आपके भीतर का एक हिस्सा खुद को डरा हुआ और अकेला महसूस करने लगता है।

'इस रास्ते से आओ,' मेड ने मुझे रुका हुआ देखकर कहा।

बैक गार्डन में पहुँचते ही तेज संगीत और ताजी हवा के झोंके ने मेरा स्वागत किया। दाएँ कोने में एक छोटे-से स्वीमिंग पूल में पानी झिलमिला रहा था। वहाँ मौजूद तकरीबन अस्सी मेहमानों में से अधिकतर स्वीमिंग पूल के पास डटे हुए थे। सभी ने इस तरह के कपड़े पहन रखे थे, मानो वे अभी-अभी किसी फैशन शो में पार्टिसिपेट करके आ रहे हैं।

लोग छोटे-छोटे झुंड में बतिया रहे थे। सभी बहुत खुश नजर आ रहे थे।

मैंने अपने नजरें घुमाकर उस लंबी-सी लड़की को खोजने की कोशिश की, जिसने मुझे यहाँ इनवाइट किया था।

'हे माधव!' मुझे उसकी आवाज सुनाई दी।

मैंने कनखियों से देखा तो पाया कि रिया कुछ दूरी से मेरी ओर हाथ हिला रही है। वह मेरे पास आई। उसने वाइन कलर की एक ड्रेस

पहन रखी थी, जो उसके घुटनों से छह इंच ऊपर ही खत्म हो जा रही थी। वह रोजाना से भी ज्यादा प्यारी लग रही थी। उसने डार्क रेड लिपस्टिक लगा रखी थी, जिससे उसके होंठ ज्यादा भरावदार नजर आ रहे थे। मुझे यकीन नहीं आ रहा था कि एक हफ्ते पहले मैंने इन्हीं होंठों को चूमा था।

उसने मुझे हमेशा की तरह हग किया। इतने सारे लोगों के सामने गले मिलना अजीब लग रहा था।

'इतने लेट क्यों हो गए?' उसने पूछा।

'मुझे बस का रूट समझने में खासा वक्त लग गया।'

'मैंने तो कहा था कि मैं तुम्हारे लिए कार भिजवा दूँगी, लेकिन तुम और तुम्हारी ईगो प्रॉब्लम,' उसने कहा। 'एनीवे, कम।'

उसने मेरी कलाई पकड़ी और पूल की तरफ ले गई, जहाँ उसके दोस्त खड़े थे।

'गरिमा, आयशा और रचिता, इन्हें तो तुम जानते ही हो, राइट?' रिया ने कहा।

'हाँ, हम कैफे में मिले थे।'

'ऑफ कोर्स,' आयशा ने कहा।

मैंने रिया को एक गिफ्ट थमा दी।

'ओह, थैंक यू,' रिया ने कहा। 'लेकिन मेरा बर्थडे तो अगले महीने आएगा।'

उसने मुझसे बिना पूछे ही गिफ्ट का पैकेट खोल लिया।

'यह क्या है?' उसने भीतर मौजूद फैब्रिक्स को छूकर पूछा।

'यह एक शॉल है,' मैंने कहा। मेरे पास इतना पैसा नहीं था कि मैं उसको एक बड़ा-सा तोहफा दे पाता। चूँकि सर्दियाँ आ रही थीं, इसलिए मैंने सोचा कि यह एक अच्छी भेंट होगी। इसके अलावा, वह पांच सौ रुपयों के मेरे बजट में भी थी।

'सो थॉटफुल। यह मुझे वॉर्म बनाए रखेगी,' रिया ने कहा। उसके चेहरे पर एक बड़ी-सी मुस्कराहट थी।

'सुना है तुम बहुत अच्छा बास्केटबॉल खेलते हो। क्या तुम रिया को भी हरा सकते हो?' यामिनी ने कहा।

'कोशिश कर सकता हूँ,' मैंने कहा।

'ही इज बीइंग मॉडेस्ट। यह स्टेट-लेवल खेल चुका है और बहुत जल्द कॉलेज टीम का कैप्टेन बनने जा रहा है।'

'हैंडसम कॉलेज कैप्टेन,' यामिनी ने खिलखिलाते हुए कहा।

एक वेटर ट्रे में स्नैक्स ले आया।

'ये क्या है?' मैंने कहा।

'सुशी,' वेटर ने कहा।

मैंने इससे पहले कभी यह शब्द नहीं सुना था। मैं उलझन में था।

'इट्स फिश ऑन राइस,' यामिनी ने कहा।

मैंने एक पीस उठाने के लिए अपना हाथ बढ़ाया।

'रॉ फिश,' रिया ने कहा।

'क्या?' मैंने कहा और ट्रे से दूर हट गया।

दोनों लड़कियाँ हँस पड़ीं।

'इट्स ओके। जैपनीज फूड। इसे तो मैं भी नहीं खाती हूँ,' रिया ने कहा।

'तुम्हारी फैमिली वेजिटेरियन है ना?' मैंने कहा।

'हाँ, लेकिन हमारे गेस्ट नहीं हैं। यह उनके लिए है। चलो, मैं तुम्हें कुछ लोगों से इंट्रोड्यूस कराती हूँ,' रिया ने मेरी बाँह थाम ली।

'हे रिया, वन सेकंड,' पीछे से आयशा ने आवाज लगाई।

रिया ने मुझे रुकने को कहा और उसके पास चली गई। मैंने देखा कि पाँचों लड़कियाँ एक-दूसरे के साथ बहुत उत्साहित होकर बात कर रही हैं। फिर रिया को छोड़कर सभी हँस पड़ीं। शायद उसे उन लोगों का जोक इतना मजेदार नहीं लगा होगा।

'सॉरी,' रिया ने मुझे ज्वाइन करते हुए कहा। 'तुम्हें यहाँ अच्छा तो लग रहा है ना?'

'तुम्हारा घर बहुत शानदार है,' मैंने कहा। हम गार्डन के दूसरे छोर की ओर चलकर जा रहे थे।

'तुम्हारा मतलब है मेरे डैड और अंकल्स का घर।'

'फिर भी, शानदार तो है।'

'थैंक्स,' उसने कहा। 'आर यू हैविंग अ गुड टाइम।'

'मैं तुम्हारे साथ हूँ। मेरे लिए गुड टाइम का यही मतलब होता है।'

उसने मेरी पीठ पर एक धौल जमाई और मुस्करा दी।

'तो, किससे मिलवा रही हो मुझे?' मैंने कहा।

'डैड, मॉम और उनके कुछ दोस्त।'

'डैड और मॉम?' मैंने कहा।

हर लड़के को अपनी गर्लफ्रेंड के पैरेंट्स से मिलने में डर लगता है।

इसके लिए एक साइंटिफिक टर्म भी है: सॉसराफोबिया।

हम बार तक पहुँचे। दिखने में ही खास नजर आने वाले एक अधेड़ दंपती कुछ मेहमानों के साथ वहाँ खड़े थे।

रिया के मॉम और डैड दोनों के हाथों में शैम्पेन का ग्लास था। वे उन लोगों जैसे नजर आ रहे थे, जिन्हें हम अमूमन टाइटन वॉच के विज्ञापनों में देखते हैं। उन्होंने महंगे कपड़े और एक्सेसरीज पहन रखी थीं। उनकी हर चीज डिजाइनर थी, मुस्कराहट भी। रिया के डैड ने ब्लैक बंदगला पहन रखा था और उनके चश्मे की कमानियाँ सुनहरी थीं। उसकी मॉम ने गोल्ड-कलर्ड सिल्क साड़ी पहन रखी थी।

'रिया, तो तुम यहाँ हो,' मिस्टर सोमानी ने कहा। उन्होंने अपनी बेटी के गले में अपना हाथ डाल दिया। 'रोहन तुम्हारे बारे में पूछ रहा था।'

रिया ने अपने को अपने पिता से अलग किया और एक कदम दूर खिसक गई।

'हाय रोहन,' उसने कहा। 'तुम कब आए?'

रोहन एक हैंडसम नौजवान था। उसके बाल जेल्ड थे और उसने एक ब्लैक फॉर्मल सूट पहन रखा था।

'दो मिनट पहले। द पार्लर टुक सो ब्लडी लॉन्ग टु फिनिश माय फेशियल,' रोहन ने भारी ब्रिटिश एक्सेंट के साथ कहा।

मुझे पता चला कि रोहन चांडक तीन दिन पहले ही लंदन से आया है। वह और उसकी माँ अपनी एक हफ्ते की यात्रा के दौरान रोहन के घर पर ही ठहरे हुए थे। चांडक और सोमानी परिवार दोनों जयपुर से थे और उनकी दोस्ती तीन पुश्तों से थी। उनका लंदन में हॉस्पिटैलिटी बिजनेस था। मैंने मान लिया कि सोमानियों की तरह वे भी अमीर थे।

'नेवर माइंड, यंग मैन,' रिया के पिता ने कहा और रोहन की पीठ थपथपाई। 'वी आर सो प्राउड ऑफ यू, बेटा।'

मिस्टर सोमानी ने रोहन के पिता की कहानी सुनाई, जिनकी दो साल पहले मौत हो गई थी। रोहन ने बहुत कम उम्र में ही होटल बिजनेस का काम बहुत अच्छी तरह से संभाल लिया था। ऐसा लग रहा था कि रिया और रोहन इससे पहले भी कई बार यह कहानी सुन चुके थे और वे झेंपे हुए लग रहे थे। मैंने घड़ी मिलाकर देखा, मिस्टर सोमानी पूरे तीन मिनट तक बोलते रहे थे।

'इट्स ओके, अंकल,' रोहन ने कहा। 'मैं तो यह सब केवल अपनी मॉम की खुशी के लिए करता हूँ। दैट्स ऑल।'

पूरे समय रिया की माँ अपने पति के पास खड़ी रहीं। मेरी तरह उन्होंने भी एक भी शब्द नहीं कहा था।

'तो, महज 24 साल की उम्र में तुम लंदन में चार सौ कमरों वाले छह होटल चला रहे हो और अब सातवाँ होटल खोलने की तैयारी कर रहे हो। सो प्राउड ऑफ यू सन,' मिस्टर सोमानी ने अपने बातों को दोहराते हुए आखिरकार अपना ट्रिब्यूट खत्म किया।

मैंने अपने चेहरे पर अत्यंत सराहना और आश्चर्य का भाव बना रखा था, जैसी कि मुझसे उम्मीद की जा सकती थी।

'लेकिन मेरी बेटी रिया भी कुछ कम नहीं है। लेट मी टेल यू...' मिस्टर सोमानी ने बोलना शुरू किया था कि रिया ने उन्हें बीच में ही टोक दिया।

'डैड, स्टॉप,' रिया ने कुछ-कुछ रूखेपन से कहा। मिस्टर सोमानी मुस्करा दिए और चुप हो गए।

'डैड, मैं आपको माधव से मिलाना चाहती हूँ, जो कि कॉलेज में मेरा बहुत अच्छा दोस्त है,' रिया ने कहा।

मिस्टर सोमानी ने मेरी ओर देखा। हैलो कहने से पहले वे एक पल रुके। मैंने शैलेष का बेस्ट ब्लेजर और शर्ट पहन रखी थी, लेकिन फिर भी वहाँ लोगों ने जिस तरह के कपड़े पहने थे, उसकी तुलना में वे कुछ भी नहीं थे। डिजाइनर चीजों के शौकीन मिस्टर सोमानी यह तुरंत ताड़ गए थे कि मैंने कम डिजाइनर कपड़े पहन रखे हैं।

'हैलो, माधव,' मिस्टर सोमानी ने कहा। उन्होंने एक्स्ट्रा-फ्रेंडली तरीके से मुझसे हाथ मिलाया, मानो चंद सेकंड पहले उन्हें मेरे बारे में जो खयाल आए थे, उनकी भरपाई कर रहे हों।

'गुड टु मीट यू, सर,' मैं अपनी इनसिक्योरिटीज के चलते उन्हें सर बोल गया था।

'माधव व्हाट?' भारत में आपकी हैसियत का अंदाजा लगाने के लिए आपका सरनेम जानना जरूरी होता है।

'माधव झा,' मैंने कहा।

'झा, एज इन...'

'बिहार। आई एम फ्रॉम बिहार,' मैंने कहा। मैं जानता था कि अब मुझसे यही पूछा जाने वाला है। मिस्टर सोमानी ने कोई जवाब नहीं दिया।

रिया ने इस अस्वाभाविक खामोशी को तोड़ने की कोशिश की।

'और ये हैं मेरी मॉम,' उसने कहा।

रिया की माँ मुस्कराई और अपने हाथ जोड़ लिए। मैंने भी उन्हें नमस्ते किया।

ड्रिंक्स की एक ट्रे लिए एक वेटर आया। रोहन ने बीयर ली, रिया ने वाइन का एक ग्लास उठाया और मिस्टर सोमानी ने अपने लिए व्हिस्की चुनी। मुझे नहीं पता था कि क्या लेना है, इसलिए मैंने ना कर दिया।

'नाइस पार्टी, सोमानी अंकल,' रोहन ने कहा।

मिस्टर सोमानी ने टोस्ट के लिए अपना ग्लास उठाया। मिसेज सोमानी ने अपनी आँखों से इशारा किया कि कुछ महत्वपूर्ण मेहमान अभी-अभी आए हैं - कोई अमीर या पॉवरफुल शख्स, या शायद दोनों। मिस्टर और मिसेज सोमानी ने हमसे माफी माँगी और उन्हें रिसीव करने चले गए।

रिया मुझे देखकर मुस्कराई। मैं भी मुस्करा दिया। मैं माहौल के अनुरूप खुद को ढालने की भरसक कोशिश कर रहा था।

'सो यू गाईज डु कॉलेज टुगेदर, इनिट?' रोहन ने कहा। उसके ब्रिटिश एक्सेंट के कारण मेरे लिए उसकी बात को समझना मुश्किल हो रहा था।

'येस, डिफरेंट कोर्स, सेम कॉलेज,' रिया ने कहा।

रोहन रिया से एक इंच और मुझसे पाँच इंच छोटा था, लेकिन उसके कांफिडेंस के कारण हम उसके सामने बच्चे लग रहे थे।

'बास्केटबॉल, वह तो बहुत बुरी चीज है।' रोहन ने कहा।

'बुरी, बुरी क्यों भला?' मैंने कहा।

वह हँस पड़ा, मानो उसका मतलब उसके सचमुच बुरे होने से नहीं था। रिया भी मुस्करा दी।

'व्हाट?'

'नथिंग। इट इज सच अ ब्रिटिश इंग्लिश थिंग,' रिया ने कहा।

मैं ब्रिटिश या इंग्लिश थिंग्स दोनों में से ही कुछ नहीं समझ सका था।

'तुम्हें इंडिया कैसा लगा?' मैंने बातचीत का सिलसिला आगे बढ़ाने के लिए कहा।

'मैं यहीं पला-बढ़ा हूँ, डूड। मैं दस साल पहले ही यहाँ से लंदन गया था,' उसने कहा।

मैं सोचने लगा कि क्या दस साल में किसी इंसान के बोलने का लहजा भी पूरी तरह से बदल जाता है।

'स्टीफेंस, है ना? टॉप कॉलेज। तब तो तुम बहुत डैम स्मार्ट होओगे,' रोहन ने मुझसे कहा।

'मुझे स्पोर्ट्स कोटा के तहत कॉलेज में दाखिला मिला था,' मैंने कहा।

रिया हम दोनों को देख रही थी। वह हम दोनों को तौल रही थी। रोहन मुझसे छह साल बड़ा था। वह बेहद अमीर और बहुत सुसंपन्न था। उसका एक्सेंट भी बहुत फैंसी था। वह अपने बालों में जेल लगाता था और लंदन में रहता था। उसके सामने मेरी कोई औकात नहीं थी। फिर भी, रोहन चांडक में कुछ-कुछ बेवकूफाना अंदाज था, या शायद यह मेरी कल्पना ही थी। कम से कम मैं उससे लंबा हूँ, मैंने खुद को बेहतर महसूस कराने के लिए कहा।

'रिया, बेब, तुम्हारे केवल लड़के ही दोस्त हैं या तुम मुझे कुछ लवली लेडीज से भी इंट्रोड्यूस कराओगी?'

'बहुत हैं। चलो पूलसाइड की ओर,' रिया ने कहा।

'हाँ, मुझे यहाँ बुजुर्गों के बीच मत फँसाओ।'

रिया और रोहन पूल की तरफ जाने लगे।

'हे माधव,' रिया ने कहा।

'हाँ?'

'ऐसे गुमसुम-से मत रहो।'

हम फिर से रिया की गैंग से जा मिले।

'ओह, तो दिल्ली की सबसे लवली लेडीज यहीं पर हैंगआउट करती हैं,' रोहन ने कहा।

मैं उसके जैसी बातें क्यों नहीं कर पाता?

रिया ने रोहन को सभी से मिलाया। रोहन ने हर लड़की का हाथ पलभर को थामा, उसे उठाया और कहा 'अ प्लेजर टु मीट यू' या ऐसा ही कुछ। यदि मुझसे पूछो तो वह कुछ ज्यादा कर रहा था, लेकिन खिलखिलाती हुई लड़कियों को यह अच्छा लगा।

'सो, यू आर द लंदन हॉट-शॉट,' यामिनी ने कहा।

'फ्रॉम लंदन, फॉर श्योर, मैडम, बट नॉट अ हॉट-शॉट,' रोहन ने कहा।

सभी हँस पड़े। मुझे लगता है कि जब कोई अमीरजादा कुछ कहता है तो लड़कियों को उसकी बात कुछ ज्यादा ही अच्छी लगती है।

'वेट अ मिनट, गाईज,' रोहन ने अपनी पॉकेट से अपना फोन निकालते हुए कहा। 'येस, मम्मीजी। एवरीथिंग ओके, राइट? आप कब आओगी? यहाँ सभी आपको पूछ रहे हैं... ओके, ज्यादा देर मत करना। पार्टी आपके बिना शुरू नहीं हो सकती।'

जब रोहन फोन अटेंड करने के लिए बाजू हुआ तो मैंने उसके चेहरे को देखा। वह दमक रहा था। शायद, उस फेशियल की वजह से, जिसका

उसने जिक्र किया था, या फिर शायद अपनी माँ की आवाज सुनकर।

'यू लेडीज लाइक टु पार्टी? आसपास कोई नाइटक्लब है, जहाँ पर यहाँ के बाद जाया जा सके?' रोहन ने लौटकर कहा।

'पार्क में "अग्नि" है,' आयशा ने अपने बालों से खेलते हुए कहा।

मैं सोचने लगा कि आखिर क्यों कोई इस तरह की फैंसी पार्टी छोड़कर किसी दूसरी जगह जाना चाहेगा। खैर, रईस लोग ऑप्शंस पसंद करते हैं और वे तरह-तरह की चीजें ट्राय करते हैं।

'तुम रिया को काफी समय से जानते हो?' रचिता ने रोहन से पूछा।

'तब से, जब वह एक बच्ची थी,' रोहन ने कहा। 'मैं उसे बड़ी आसानी से उठा लिया करता था।'

'हाँ, मैं दो साल की थी और तुम आठ साल के थे, रोहन।' रिया ने कहा।

'येस। जरा अभी वह ट्राय करके देखूँ।'

रोहन ने अपना ग्लास नीचे रखा। वह नीचे झुका और रिया की कमर थाम ली। रिया इतनी हक्की-बक्की थी कि कोई प्रतिरोध नहीं कर पाई। मेरे पूरे शरीर में गुस्से की लहर दौड़ गई। मेरी मुट्ठियाँ तन गईं और चेहरे पर खिंचाव आ गया।

'लीव हर अलोन, यू बास्टर्ड', मैंने मन ही मन कहा।

रोहन ने उसे उठा लिया। लड़कियाँ खिलखिला उठीं। फिर उसने उसे फिर नीचे उतार दिया। यह सब केवल दो सेकंड में हो गया। लेकिन, मेरे भीतर इसके काफी देर बाद तक आग सुलगती रही।

'तुम थोड़े क्वाइट टाइप के हो, मेट,' रोहन ने कहा। 'क्या बात है? एक और ड्रिंक चाहिए?'

'हाँ, मैं तुम्हारा खून पी जाना चाहता हूँ,' मैंने फिर मन ही मन कहा।

रोहन ने ड्रिंक्स ले जा रहे एक वेटर को बुलाया और बिना मुझसे पूछे मुझे एक बीयर का मग थमा दिया। मुझे बीयर की जरूरत नहीं थी। मैं इस एनआरआई के सिर पर किसी स्लैम-डंक शॉट की तरह प्रहार करना चाहता था। मैं रिया के साथ अकेले में वक्त गुजारना चाहता था।

मैं एक बार में पूरी बीयर पी गया। मैंने ऐसा इस ग्रुप पर अपनी मर्दानगी का प्रभाव फिर से जमाने के लिए किया था, जो कि बहुत तेजी से खत्म होता जा रहा था। सभी ने मुझे हैरत से देखा।

'मेट, दिस इज रफ। गो ईजी,' रोहन ने कहा।

रिया समझ गई कि मैं पूरी तरह ठीक नहीं हूँ। उसने मेरी ओर

देखा, मानो पूछ रही हो कि क्या बात है। मैं आई कॉन्टेक्ट से बचने के लिए दूसरी तरफ देखने लगा।

लड़कियाँ रोहन के इर्द-गिर्द जमा हो गईं। वह उन्हें इंडियन एयरपोर्ट्स पर अपने एडवेंचर्स की कहानियाँ सुनाने लगा।

'माधव, क्या मैं तुमसे एक सेकंड बात कर सकती हूँ?' रिया ने कहा।

हम उस ग्रुप से बाहर चले आए।

♦

हम रिया के ड्राइंग रूम में मुलायम सफेद सोफों पर आमने-सामने बैठ गए। दो वेटर हमारे इर्द-गिर्द घूम रहे थे।

'क्या हम थोड़ी देर के लिए...' मैंने कहा और चुप हो गया। एक वेटर हमारे लिए स्प्रिंग रोल्स की एक प्लेट ले आया था।

'माधव, यहाँ इतने सारे गेस्ट्स हैं। ऐसे में हम प्राइवेट में कैसे हो सकते हैं?'

'यस, फाइन। मैं समझता हूँ,' मैंने कहा और दो स्प्रिंग रोल्स उठा लिए।

'बिसाइड्स, मैं तुम्हें मंडे को कॉलेज में मिलूँगी, राइट?' उसने कहा।

मैंने स्प्रिंग रोल्स खाते-खाते सिर हिलाया।

'मैं समझ सकती हूँ तुम कैसा फील कर रहे हो। कभी-कभी तो इस तरह की पार्टीज में मुझे भी ऐसा लगता है, जैसे मैं यहाँ टूरिस्ट की तरह हूँ,' रिया ने कहा।

'व्हाट?'

'यह रियल नहीं है। यह सब। मैंने इस नकलीपन के साथ अपनी पूरी जिंदगी बिता दी है,' उसने कहा।

'और तुमने अपने डैड से इतनी बेरुखी से बातें क्यों की?'

'डिड आई? खैर, वे भी नकलीपन से भरे हुए हैं।'

'आई होप, इससे हमारे बीच कुछ नहीं बदलेगा। मैं अब भी वही रिया हूँ, जो उस धूलभरे बास्केटबॉल कोर्ट पर तुम्हारे साथ खेलती है,' वह हँस पड़ी।

'हमारे बीच यानी, रिया?'

'यानी तुम्हारे और मेरे बीच। हमारी दोस्ती।'

'रिया, हम दोस्त से बढ़कर कुछ हैं।'

'वाकई?' उसने मेरी तरफ देखा, मानो सचमुच में कंफ्यूज्ड हो।

'मैंने इससे पहले कभी किसी को किस नहीं किया,' मैंने कहा।

'हम इस बारे में बाद में बात करेंगे।'
'तुम कभी नहीं करोगी,' मैंने कहा।
'करूँगी। प्रॉमिस। चलो, अब खुश हो जाओ।'
'उस मिस्टर लंदन के बारे में क्या? वह तुम्हें किसलिए उठा रहा था?'
रिया हँस पड़ी। 'ओह, रो। रो मेरा बहुत पुराना दोस्त है। वह थोड़ा पागल है।'
उसने रोहन के लिए एक निकनेम भी बना रखा था। रो। हिंदी में इसका मतलब होता है रोना। मैं रो को रुला देना चाहता था।
'आर यू जेलस?'
'नॉट एट ऑल।'
'येस, यू आर।'
'जो भी हो, चलो फिर अंदर चलते हैं।'
वह उठ खड़ी हुई। 'तुम्हें मेरे पैरेंट्स अच्छे लगे?'
मैंने हामी भर दी। आप यह तो नहीं कह सकते कि आपको किसी के पैरेंट्स अच्छे नहीं लगे।
'गुड। चलो, इससे पहले कि वे हमारे बारे में कुछ सोचने लगें, अंदर चलते हैं।'
कुछ सोचने लगें? क्या सोचने लगें? मैं रिया से पूछना चाहता था।
हम गार्डन में चले आए। तेज म्यूजिक के कारण मैं ठीक से कुछ सोच भी नहीं पा रहा था। युवाओं का समूह पूल के इर्द-गिर्द नाच रहा था। रोहन रिया की फ्रेंड्स के साथ नाच रहा था। उसने हमें बुलाया। मैं सोचने लगा कि कैसा हो अगर मैं नाचने की एक्टिंग करते हुए रो को स्विमिंग पूल में गिरा दूँ।
एक वेटर मेरे पास आया।
'सर, क्या आप माधव झा हैं?' उसने कहा।
'हाँ,' मैंने कहा। मैं हैरान था कि उसे मेरा नाम पता है।
'मैं भी सिमराँव से हूँ।'
'अरे, तुम्हें कैसे पता चला कि मैं भी वहाँ से हूँ?'
'बाहर वाले गार्ड ने मुझे बताया। आपसे मिलकर अच्छा लगा, सर। ऐसा लग रहा है, जैसे मैं अपने घर के किसी आदमी से मिल रहा हूँ।'

9

'इसका तो मुझे भी कोई फकिंग आइडिया नहीं है कि ये सुशी क्या बला है,' आशु ने कहा।

'ये जैपनीज फूड है, हमें क्या खाक पता होगा? क्या उनको हमारे लिट्टी-चोखा के बारे में मालूम है?' रमन ने कहा।

उसने अपनी प्लेट में भरी बिरयानी में अपना फोर्क घुसाया। हम संडे डिनर के लिए डाइनिंग हॉल में थे और रिया की पार्टी का पोस्टमार्टम कर रहे थे।

'सुशी कोई बिग डील नहीं है। ज्यादा अहम बात ये है कि उसने तुम्हें स्पेशल फील नहीं कराया,' शैलेष ने कहा।

उसने अपने चश्मे को एडजस्ट किया और एक गिलास पानी पिया। हमेशा दो टूक कहने वाले शैलेष ने इस बात से सभी को चुप करा दिया था। अजीब-सी खामोशी में केवल बर्तनों और प्लेटों के खनकने की आवाज सुनाई देती रही।

'ट्रबल, ब्रदर, ट्रबल,' शैलेष ने एक मिनट बाद कहा।

'लेकिन उसने इसे किस किया था,' आशु ने कहा।

'खिलौने। मैंने तुम्हें अमीर लोगों और उनके खिलौनों के बारे में बताया था ना,' शैलेष ने कहा।

मैं खाना खाता रहा। मेरे दोस्तों ने सिचुएशन की और चीर-फाड़ की। मैं अपने दिल में जानता था कि रिया मुझे खिलौना नहीं समझती थी। हमारे बीच एक रिश्ता था। लेकिन मेरा दिल खयालों में जीने वाला और स्टुपिड भी हो सकता था।

'मैं उससे बात करूँगा,' मैंने कहा।

'क्या? बातें बहुत हो गईं, अब करने का समय है,' रमन ने कहा।

'क्या करने का?' मैंने कहा।

रमन ने अपना सिर हिलाया। सभी मुस्करा दिए।

'लिसन माधव, मैं तुम्हारा दिल नहीं तोड़ना चाहता, लेकिन तुम भी यह बात जानते हो कि इस तरह की लड़की तुम्हारी पहुँच के बाहर है,' रमन ने कहा।

'क्या मतलब,' मैंने अपना फोर्क टेबल पर रखते हुए कहा।

'उन्हें देखो और अपने आप को देखो। अपनी औकात भूल गए हो गया?'

रमन ने सीधी और सधी हुई आवाज में अपनी बात कही थी, फिर

भी मुझे वह चुभ गई। मुझे ऐसा लगा, जैसे उसने अपना फोर्क उठाकर मेरे कलेजे में घोंप दिया हो। मुझे उसकी बात इसलिए चुभी, क्योंकि उसे लगता था कि मैं रिया के लायक नहीं हूँ। मुझे उसकी बात इसलिए चुभी, क्योंकि उसने सच कहा था।

'तो फिर वह हमेशा मेरे साथ क्यों रहती है?' मैंने कहा। 'उसके चाहे जितने अमीर दोस्त हो सकते हैं। इन फैक्ट, उसके खूब सारे अमीर दोस्त हैं ही।'

'तुम उसकी जिंदगी में नए एग्जॉटिक जंतु हो। वह बाकी सबसे बोर हो गई है,' रमन ने कहा।

'तुम हमेशा निराशा भरी बातें क्यों करते हो?' आशु ने कहा। केवल यह मोटू ही मेरा सपोर्ट कर रहा था। मैंने अपनी प्लेट का गुलाब जामुन उठाकर उसकी प्लेट में रख दिया।

'आंकड़ों में देखें तो ज्यादा उम्मीद नजर नहीं आती,' शैलेष ने अपनी एकेडमिक आवाज में कहा। 'लेकिन, मेरे दोस्त रमन को यह पता होना चाहिए कि प्यार ऊँच-नीच की दीवारों में यकीन नहीं रखता।'

'यदि यह प्यार है तो फिर वह रिलेशनशिप से क्यों बच रही है?' रमन ने कहा और वहाँ से जाने के लिए उठ खड़ा हुआ। उसका डिनर पूरा हो चुका था और उसे जो कहना था, उसे भी वह कह चुका था।

आशु ने मुझे गुलाब जामुन के लिए थैंक किया। 'रमन को लड़कियों के बारे में क्या मालूम? तुम अच्छा कर रहे हो। धीरे-धीरे कदम बढ़ाओ। सब ठीक होगा,' उसने कहा।

'तुम्हें क्या लगता है, शैलेष?' मैंने कहा।

हम चारों में से मैं शैलेष के जजमेंट की सबसे ज्यादा कद्र करता था। वह क्लास में अव्वल आता था और हम सबसे ज्यादा पढ़ा-लिखा था। लेकिन ऑफ कोर्स, हमारी तरह उसे भी लड़कियों का ज्यादा एक्सपीरियंस नहीं था। उसने एक और गिलास पानी पिया।

'हाँ, जल्दी मत करो, लेकिन देर भी मत करो,' शैलेष ने कहा।

'क्या मतलब?' आशु ने मेरी जगह पूछा।

'मतलब यह कि धीरे-धीरे आगे बढ़ो, लेकिन बढ़ते चले जाओ,' रमन ने कहा।

'बढ़ते चलो? कैसे?' मैंने कहा।

'कोई लड़की तुम्हें पसंद करती है, इसका सबसे साफ संकेत क्या है?' शैलेष ने पूछा।

'जब वह आपके साथ वक्त बिताती है,' मैंने कहा।

'गलत,' शैलेष ने कहा और उठ खड़ा हुआ।

'फिर क्या?' मैंने कहा।

'तुम्हें जवाब पता है। तो अब कर डालो,' शैलेष ने कहा और वहाँ से चला गया।

◆

'तुम किस बारे में बात करना चाहते हो,' रिया ने कहा।

वह उस दिन कॉलेज में लेमन-कलर का चिकन सलवार-कमीज पहनकर आई थी। क्लासेस के बीच में हम बरगद के बड़े पेड़ के नीचे बैठे थे। शाम की हवा में उसके बाल चौतरफा उड़े जा रहे थे।

'थैंक्स फॉर द पार्टी,' मैंने कहा।

'यू आर वेलकम। जैसा कि मैं तुम्हें पहले ही बता चुकी हूँ, ये मेरा सीन नहीं था। मेरे पैरेंट्स यह करना चाहते थे।'

'रिया, वह तुम्हारी दुनिया है। मैं ही उसमें फिट नहीं हो पा रहा था।'

'मैं फिट हो सकती हूँ, लेकिन मैं उससे खुद को जोड़कर नहीं देख सकती। मैं नकली मुस्कराहट के साथ सुशी खाने के बजाय चाय पीते-पीते कोई मीनिंगफुल बातचीत करना चाहूँगी।'

'रोहन... सॉरी रो कैसा है?' मैंने कहा।

'तुम पर उसका खासा इंप्रेशन पड़ा है। वह कूल है ना?'

'देखो, तुम्हें वह कूल लगता है। वह तुम्हारी दुनिया है,' मैंने कहा।

'वह थोड़ा-सा ओवर-द-टॉप और शो-ऑफ है। लेकिन कम से कम वह एक मजेदार शख्स तो है। बाकी तो बस बोरिंग बिजनेसमैन हैं, जो केवल पैसों और प्रॉपर्टी की बात करते रहते हैं।'

'वह मजेदार है तो मजे करो,' मैंने कहा और दूसरी तरफ देखने लगा।

'एनीवे, अब पार्टी की बात छोड़ो। इधर देखो, प्लीज।'

धूप से हमारी आँखें चौंधिया जा रही थीं। उसने चेहरे पर अपना पीला दुपट्टा लपेट रखा था। वह पीले फूलों के एक गुलदस्ते जैसी नजर आ रही थी। लेकिन मुझे सख्त होना ही था। मैं इस बात को इग्नोर करने लगा कि वह कितनी क्यूट है। मुझे डर था कि कहीं उसको देखकर मैं पिघल ना जाऊँ।

'तुम किस बारे में बात करना चाहते थे?' उसने फिर पूछा।

'हमारा किस,' मैंने कहा।

रिया खिलखिला उठी। 'मुझे यकीन नहीं आ रहा है कि मैं लड़की हूँ और तुम लड़के हो। और तुम लड़के होकर उस बारे में बात करना चाहते हो।'

'वेरी फनी। अब क्या हम उस बारे में बात कर सकते हैं?'

'किस के बारे में? तुमने तो वह जबर्दस्ती मेरे साथ किया था।'

उसके जवाब ने मुझे स्टम्प्ड कर दिया। मुझे कुछ समझ नहीं आया कि अब मैं क्या कहूँ।

'मैंने तो वह...इसलिए किया था...कि...' मुझे शब्द नहीं मिल रहे थे।

'हाँ, बताओ, बताओ, मिस्टर झा, आपने वह क्यों किया था?'

'बिकॉज आई...आई लव यू।'

रिया जोर से हँस पड़ी। लेकिन इस बार मुझे उसकी हँसी अच्छी नहीं लगी।

'क्या तुम प्लीज सीरियस हो सकती हो? तुम्हारे कैजुअल बिहेवियर से मुझे तकलीफ हो रही है,' मैंने कहा।

उसने खुद पर काबू किया और पेड़ के नीचे क्रॉस-लेग करके बैठ गई।

'ओके, फाइन, माधव, अब मैं सीरियस रहूँगी। मुझे इसलिए हँसी आई, क्योंकि मुझे नहीं लगता कि तुम मुझसे प्यार करते हो।'

'ओह रियली? तुम ऐसा भला कैसे कह सकती हो?'

'क्या तुम्हें इससे पहले कभी किसी से प्यार हुआ है?'

'नहीं।'

'तो तुम्हें कैसे पता कि यह प्यार है?'

कंफ्यूजन में डालने वाली उसकी बातों ने मेरी बोलती बंद कर दी।

'और तुम्हें कैसे पता कि मैं तुम्हें प्यार नहीं करता?' मैंने थोड़ी देर बाद कहा।

'मुझे पता है। हम दोनों अभी बहुत छोटे हैं, इनएक्सपीरियंस्ड लेकिन क्यूरियस हैं। यकीनन, हम एक-दूसरे को पसंद करते हैं, लेकिन प्यार? प्लीज!'

'रिया, तुम्हें अंदाजा भी नहीं है कि तुम मेरे लिए क्या मायने रखती हो। मैं तुम्हारे लिए कुछ भी कर सकता हूँ, कुछ भी,' मैंने कहा।

हमारी आँखें मिलीं। चंद पलों के लिए मिस सोमानी के पास भी कोई अल्फाज नहीं थे।

'माधव, तुम भी मेरे लिए बहुत मायने रखते हो, लेकिन...'

'लेकिन क्या?'

'मैं श्योर नहीं हूँ कि मुझे अभी इस वक्त एक रिलेशनशिप में होना चाहिए। किसी के भी साथ।'

इस सवाल का भला कोई क्या जवाब दे सकता है? मुझे तो नहीं पता।

'इसका मतलब यह है कि मैं तुम्हारे लिए उतना मायने नहीं रखता,' मैंने कहा।

'हम हमेशा एक-दूसरे के साथ ही रहते हैं। क्या हम पहले ही एक कपल की तरह नहीं हैं?'

'तो फिर अगली स्टेप में क्या बुराई है?'

क्लास के लिए घंटी बजी। हम जाने के लिए उठ खड़े हुए।

'और अगली स्टेप क्या होती है, माधव?' उसने मेरे साथ चलते हुए कहा।

मैं इसका जवाब सोचने के लिए एक मिनट तक अपना सिर खुजाता रहा।

'मेरी गर्लफ्रेंड बन जाओ।'

'ओह, और उसके लिए क्या करना होगा? गेटिंग फिजिकल?'

'हो सकता है। यह अकसर उसका एक पार्ट होता है।'

वह मुस्करा दी और इस तरह अपना सिर हिलाया, मानो उसे यह सब पहले से पता हो।

अपनी-अपनी क्लास तक पहुँचने के बाद हम रुक गए।

'प्लीज रिया,' मैंने कहा। 'प्लीज, मेरी गर्लफ्रेंड बन जाओ।'

'क्या यह प्रपोजल है?' उसने कहा।

'यदि तुम्हें लगता है तो।'

'मैं सोचूँगी।'

'क्लास के बाद बताओगी?'

उसने मेरा कंधा पकड़ा और मुझे अपनी क्लास की ओर मोड़ दिया।

◆

अगले दिन रिया कॉलेज नहीं आई। डाइनिंग हॉल में लंच के दौरान मैंने अपने फ्रेंड्स-कम-रिलेशनशिप एक्सपटर्स को मेरे प्रपोजल के बारे में बताया।

शैलेष का मानना था कि मैंने बेसब्री दिखाई है। जबकि आशु को लगता था कि मैंने इसको अच्छी तरह हैंडल किया है।

'वेल, तो उसने तुम्हें अपने डिसीजन के बारे में बताया,' रमन ने पूछा।

'नहीं। और आज वह कॉलेज नहीं आई थी,' मैंने कहा।

'देखो, बेसब्री का नतीजा। वह तुम्हें अवॉइड करने के लिए कॉलेज नहीं आई,' शैलेष ने कहा।

'मुझे अवॉइड करने के लिए?'

शैलेष ने कंधे उचका दिए।

'तुम्हें उसका जवाब हासिल करना चाहिए,' रमन ने कहा।

'इससे भी बेहतर तो यह होगा कि उसके साथ कर डालो,' शैलेष ने कहा। सभी चुप हो गए।

'क्या कर डालो?' मैंने पूछा। सभी लड़के ठहाका मारकर हँस पड़े।

'यू गाईज आर सिक।'

'वह तुम्हारा इस्तेमाल कर रही है। टाइमपास, जब तक कि उसकी जिंदगी में कोई रियल बंदा नहीं आ जाता,' शैलेष ने टूथपिक से अपने दांतों को खुरचते हुए कहा।

'शैलेष को इग्नोर करो। तुम तो ये पता लगाओ कि वह कॉलेज क्यों नहीं आई। उसको मैसेज करो,' आशु ने कहा।

'मैसेज करूँ? वो जवाब देगी?' मैंने कहा।

किसी ने कोई जवाब नहीं दिया। मैं लंच के बाद अपने रूम में आया। अब मेरे पास एक मोबाइल फोन था। वह महँगा जरूर था, लेकिन मैं उससे कभी-कभी रिया से बात कर लिया करता था।

मैंने एक मैसेज लिखा: 'आज कॉलेज नहीं आई। एवरीथिंग ओके?'

मैंने इस मैसेज को तीन बार लिखकर मिटाया। आखिरकार, मैंने उसे भेजा।

जिंदगी में सबसे बुरा इंतजार होता है, किसी के जवाबी मैसेज का इंतजार। रिया ने एक घंटे तक जवाब नहीं दिया। मुझे लगा जैसे एक हफ्ता गुजर गया हो। एक घंटे बाद मैंने वही मैसेज फिर से भेजा, ताकि वह इसे डबल डिलीवरी समझे, मेरी बेसब्री नहीं। कितने मजे की बात है कि जब फ्रेंडशिप रिलेशनशिप की शक्ल अख्तियार करने लगती है तो हर मैसेज के लिए एहतियात बरतने और स्ट्रेटेजी बनाने की जरूरत होती है। दूसरा मैसेज गया, जो कि उसे एयरटेल की सर्विस की प्रॉब्लम की तरह लगना चाहिए था।

एक घंटा और गुजर गया। कोई जवाब नहीं आया। मैं उसे फोन लगाना चाहता था। मैं बड़ा लाचार महसूस कर रहा था। मैंने उसको प्रपोज किया था, कम से कम उसे मेरे मैसेज का जवाब तो देना चाहिए था।

फिर मुझे डर लगने लगा। अगर उसने ना कह दिया तो? शायद,

उसके जवाब न देने का मतलब ना ही था। अगर उसने मुझसे बातें करना बंद कर दिया तो? मुझे घबराहट होने लगी। मैं सोचने लगा कि कहीं उसे प्रपोज करना मेरी जिंदगी का सबसे खराब फैसला तो नहीं था।

मैंने उसे फोन लगाने का निर्णय लिया। मैंने छह बार उसका नंबर टाइप किया, लेकिन ग्रीन बटन नहीं दबा पाया। मुझमें इतना साहस ही नहीं रह गया था।

मेरा फोन बीप हुआ। एक मैसेज आया था। मैंने धड़कते दिल से उसे खोला।

'एम सिक।:(वाइरल फीवर। रेस्टिंग एट होम।'

मेरी जान में जान आई। उसने एक नॉर्मल मैसेज भेजा था। मैं उससे प्रपोजल के बारे में पूछना चाहता था, लेकिन यह उसके लिए ठीक समय नहीं था। मैं कुछ तय नहीं कर पा रहा था। मैंने मन ही मन सोचा कि हमें लड़कियों से बातें करने का हुनर क्यों नहीं सिखाया जाता।

'गेट वेल सून।' मैंने खूब सोच-विचार के बाद यह मैसेज भेजा।

'थैंक्स,' उसका जवाब आया।

'मिस यू,' मैंने लिखा और कुछ सोचने से पहले ही भेज दिया।

उसने एक मिनट तक कोई जवाब नहीं दिया। ऐसा लगा, जैसे एक दशक बीत गया। कहीं मैंने फिर से गड़बड़ तो नहीं कर दी? क्या मुझे ऐसा नहीं कहना चाहिए था?

'देन कम होम। चीयर मी अप।'

उसका यह मैसेज पढ़कर मुझे लगा जैसे मेरे चेहरे पर हजारों गुलाबों की पंखुड़ियाँ बरस पड़ी हों। मैंने अपना टाइमटेबल देखा। डैम, मेरी चार बेहद जरूरी क्लासेस थीं। मैं नहीं जा सकता था।

'एक घंटे में आता हूँ,' मैंने मैसेज कर दिया। क्लासेस बाद में भी अटेंड की जा सकती हैं, लेकिन प्यार के लिए सबसे अच्छा समय फौरन होता है।

10

मैंने रिया के बेडरूम के दरवाजे पर दस्तक दी। उसका बेडरूम घर की पहली मंजिल पर था।

'कम इन, माधव,' रिया ने कहा और गहरी साँस ली। 'अपनी बीमार दोस्त से मिलो।'

वह बैकरेस्ट पर झुकी हुई बिस्तर में लेटी थी और अपने पैरों को फैला रखा था। उसने एक व्हाइट नाइट-सूट पहन रखा था, जिसमें पिंक डॉट्स बने हुए थे। वह एक कैंडी लग रही थी, बीमार से ज्यादा क्यूट। वाइरल फीवर उसको सूट कर रहा था।

'रुको, एक बार बाहर जाकर फिर भीतर आओ। मैं अपने मुँह में थर्मामीटर लगाकर बैठ जाती हूँ,' उसने कहा।

मैं मुस्कराया और उसके बेड के पास लगी एक कुर्सी पर बैठ गया।

'अब कैसा लग रहा है?' मैंने कहा।

वह एक तरफ झुकी और बेड के नीचे कुछ खोजने लगी। उसने वहाँ से गिटार निकाली और उसके तारों को छेड़कर गाने लगी: 'टेरिबल, आई फील टेरिबल, एंड आई नीड अ हग।'

मैं हैरत से उसकी ओर देखता रह गया।

'बिकॉज आई एम श्योर, दैट इज माय ओनली क्योर।'

उसने हैरत में डूबा मेरा चेहरा देखा तो मुझे एक आँख मारी। वह मजाक में गा रही थी, फिर भी मुझे उसकी आवाज और इस गाने के बोल बहुत अच्छे लग रहे थे।

'तुम अच्छा गा लेती हो,' मैंने कहा। 'और गिटार भी बुरा नहीं बजा लेती।'

'हा, हा, मैं टेरिबल फील कर रही हूँ, और मैं गाती भी टेरिबली हूँ,' उसने कहा।

'नहीं, ऐसा नहीं है। तुम अच्छा गाती हो,' मैंने कहा।

वह मुस्कराई और गिटार को एक तरफ रख दिया। फिर उसने अपनी बाँहें फैला दीं।

'व्हाट?' मैंने कहा।

'आई सेड आई नीड अ हग।'

कितनी अजीब बात है कि लड़कियों को लगता है कि वे जब चाहें लड़कों से फिजिकल अफेक्शन की माँग कर सकती हैं, लेकिन लड़के

ऐसा नहीं कर सकते। मैं किसी आज्ञाकारी की तरह उठा और झुककर उसे बाँहों में भर लिया।

'तुम्हें बुखार नहीं है,' मैंने कहा। वास्तव में उसका शरीर तो उल्टे ठंडा लग रहा था।

'कुछ घंटे पहले था। उसके बाद मैंने एक झपकी ली और अब मुझे बेहतर महसूस हो रहा है।'

'तुम ठीक हो।'

उसने मजाक में मुँह बना लिया। 'मैं बीमार हूँ, प्लीज मेरा ध्यान रखो,' उसने बच्चों की आवाज निकालते हुए कहा।

मैं समझ गया कि वह अच्छे मूड में है, इसलिए मैंने उससे वह बात कह दी, जो पिछले चौबीस घंटों से मुझे परेशान किए हुए थी।

'तुमने मेरे सवाल का जवाब नहीं दिया,' मैंने कहा।

'व्हाट?'

'प्रपोजल।'

'बेबी, तुम हमारे साथ ऐसा क्यों कर रहे हो?'

'यही बात मैं भी तुमसे कह सकता हूँ।'

कुछ पलों के लिए हमारी आँखें मिलीं। मैं उसे किस करने के लिए आगे बढ़ा। वह झुकी और मेरे होंठ उसके माथे पर जा लगे।

'व्हाट?' मैंने कहा।

'दैट वाज स्वीट। मुझे माथे पर चूमा जाना अच्छा लगता है,' उसने कहा।

मैंने हौले-से उसका मुँह ऊपर उठाया। हमारी आँखें फिर मिलीं। मैं फिर उसे किस करने के लिए झुका।

उसने एक झटके से अपना चेहरा हटा लिया।

'व्हाट, बेबी?' मैंने कहा। अगर वह मुझे बेबी बोल सकती थी, तो मैं भी बोल सकता था।

'नो। नो, माधव, नो।'

'क्यों नहीं?'

'मैं नहीं चाहती। मैं कंफर्टेबल नहीं हूँ।'

'हम पहले ऐसा कर चुके हैं।'

'हाँ, ठीक है, हम पहले ऐसा कर चुके हैं। लेकिन मैंने उस बारे में सोचा है और मैं यह नहीं करना चाहती।'

'तुम मेरे साथ नहीं होना चाहती?'

'मैंने ऐसा नहीं कहा।'

'वेल, क्या तुम मेरी गर्लफ्रेंड हो?'

'नहीं।'

'तो फिर हम क्या हैं?'

'फ्रेंड्स।'

'क्या तुम अपने दोस्तों को अपने को इस तरह बाँहों में लेने देती हो?'

मैंने उसे थामे रखा था। लेकिन वह धीमे-से मुझसे दूर हो गई।

'ओके, मैं तुम्हारी हाफ गर्लफ्रेंड हूँ।'

'क्या?'

'हाँ, मैं तुम्हारे क्लोज हूँ। हम साथ-साथ वक्त बिताते हैं। हम कभी-कभी एक-दूसरे को प्यार से बाँहों में भर सकते हैं। लेकिन इससे ज्यादा कुछ और नहीं।'

'कुछ और नहीं? कुछ और क्या होता है?'

'वेल, तुम जानते हो कि कुछ और क्या होता है।'

हमें दरवाजे पर दस्तक सुनाई दी।

'मेड है। क्या तुम फिर से कुर्सी पर जाकर बैठ सकते हो, प्लीज?' उसने कहा। मैं कुर्सी पर चला गया। मेड एक ट्रे में दो गिलास ऑरेंज जूस लाई थी। रिया और मैंने एक-एक लिया। हम चुपचाप अपनी ड्रिंक्स को सिप करते रहे।

मैं सोचने लगा कि 'हाफ गर्लफ्रेंड' से उसका क्या मतलब है। अभी मुझे अपने एक्सपर्ट्र्स पेनल की जरूरत थी, लेकिन वे लोग यहाँ नहीं थे।

'तुम क्या कह रही थीं? हाफ?' मैंने मेड के जाने के बाद पूछा।

उसने सिर हिलाया। ऐसा लग रहा था कि वह अच्छी तरह से जानती है कि उसके दिमाग में क्या है।

'तो हम दोस्त से बढ़कर हैं?' मैंने कहा।

'वेल, कैजुअल दोस्त से बढ़कर।'

'लेकिन मैं तुम्हें किस नहीं कर सकता।'

'तुम्हें तो बस किस करने की धुन सवार है। क्या मैं तुम्हारे लिए बस यही हूँ: एक जोड़ी लिप्स?'

उसने अपना जूस खत्म किया। उसके चेहरे पर ऑरेंज कलर की पतली-सी मूँछें बन गई थीं। हाँ, मैं उन ऑरेंज मूँछों को चूमना चाहता था।

मेड ने फिर दरवाजे पर दस्तक दी। वह एक बड़ा-सा बुके लेकर आई थी। उसमें तीन दर्जन बड़े-बड़े पिंक रोजेज थे और सिल्क के

पतले-पतले रिबन उन्हें बाँधे हुए थे।

'ये रोहन ने भिजवाए हैं,' रिया ने 'गेट वेल सून' का टैग पढ़ते हुए कहा।

'वह तुम्हें फूल क्यों भेज रहा है?'

'अब इस बारे में ज्यादा मत सोचो। वह होटलों का मालिक है। यह उसके लिए बहुत आसान है। उसकी सेक्रेटरी ने दिल्ली की किसी होटल से मुझे यह भिजवाने को कह दिया होगा।'

मैं वहाँ से जाने के लिए उठ खड़ा हुआ। वह मुझे छोड़ने के लिए दरवाजे तक आई।

'सो, वी कूल?' उसने कहा।

मैंने सिर हिला दिया। दरअसल, मुझे कुछ समझ नहीं आ रहा था कि क्या कहूँ। मुझे अपने दोस्तों की सख्त जरूरत थी, ठीक अभी।

◆

मैंने अपने एक्सपर्ट पेनल को एक अर्जेंट मीटिंग के लिए बुलाया। हम सभी रुद्र के बाहर घास के लॉन पर क्रॉस-लेग करके बैठ गए।

'देखा जाए तो हाफ बुरा नहीं है। यह इस पर डिपेंड करता है कि हम किस तरह देख रहे हैं,' आशु ने कहा। 'हाफ-एम्प्टी या हाफ-फुल।'

मैं चुपचाप लॉन की घास तोड़ता रहा और मेरे एक्सपर्ट पेनल के ओपनिंग रिमार्क्स का इंतजार करता रहा।

'यदि मुझसे पूछो तो यह गड़बड़झाला है,' शैलेष ने कहा।

'पेसिमिस्ट,' आशु ने कहा। 'तुम्हारे लिए गिलास हमेशा आधा खाली ही रहेगा।'

'नहीं। जो हाफ पार्ट नहीं मिल रहा है, वह बहुत जरूरी है,' शैलेष ने कहा।

'रमन?' मैंने पूछा।

रमन ने एक गहरी साँस भरी। 'फक, यदि लड़की तुम्हारे साथ फिजिकल नहीं होना चाहती तो इसे एक चेतावनी समझो,' उसने कहा।

'हेल, ये चेतावनी से कहीं बढ़कर है,' शैलेष ने कहा। 'यह उस फायर ब्रिगेड साइरन की तरह है, जो हजार वॉट के एम्प्लीफायर्स का इस्तेमाल करते हुए मैक्सिमम वॉल्यूम पर बज रहा है। तुम्हें अब भी समझ नहीं आ रहा है क्या, मिस्टर सिमरॉँव? वह तुम्हारे साथ खेल रही है।'

'आशु, तुम इसकी बात से एग्री हो?' मैंने कहा।

मोटू बिहारी, जो हमेशा से मेरा सपोर्टिव रहा है, ने मेरी आँखों में झाँककर देखा।

'तुम उसको पसंद करते हो?' उसने कहा।

'हाँ,' मैंने कहा।

'तुम उस पर भरोसा करते हो?'

'आई थिंक सो। जिस तरह उसने मुझे बार-बार हग किया। या जिस तरह उसने मुझे अपने घर पर बुलाया। या जिस तरह वह नाइट क्लॉथ्स में भी मेरे सामने बैठी रही। पता नहीं, लेकिन इसका कुछ न कुछ तो मतलब होता है ना?'

'तुम्हें क्या लग रहा है?'

'मैं तो बुरी तरह से कंफ्यूज्ड हो गया हूँ। इसीलिए तो मैं तुम लोगों से पूछ रहा हूँ।'

एक अनमनी-सी लड़की जो प्रॉब्लम पैदा करती है, उसे इंटेलेक्चुअल लड़कों की एक पूरी फौज भी मिलकर सॉल्व नहीं कर सकती। मेरी लिमिटेड-एक्सपीरियंस पेनल भी इसी समस्या से जूझ रही थी।

'ना कह दो। नो हाफ गर्लफ्रेंड। या तो सब कुछ या कुछ नहीं,' शैलेष ने कहा।

'सब कुछ यानी?' मैंने कहा।

'सब कुछ यानी वो तुम्हारी गर्लफ्रेंड होगी, चाहे पब्लिक में या प्राइवेट में,' रमन ने कहा।

मैं उनकी सलाह के बारे में सोचने लगा। देखा जाए तो वे सही कह रहे थे। लेकिन जब मैं रिया के साथ होता था, तो मुझे उसकी बातें भी सही लगती थीं।

'अब मैं क्या करूँ? उसने मुझसे पूछा कि क्या हम कूल हैं और मैंने सिर हिलाकर हाँ बोल दिया,' मैंने कहा।

'इस मामले में बातें नहीं की जाती हैं। इसे बस कर दिया जाता है,' शैलेष ने कहा।

'कैसे?'

'उसको अपने रूम पर बुलाओ।'

'और फिर?' मैंने कहा।

तीनों लड़कों ने एक-दूसरे की ओर देखा और अर्थपूर्ण नजरों से मुस्कराए।

'और फिर, क्या?' मैंने कहा।

'बिहार का नाम रौशन करो!' रमन ने कहा और मेरा कंधा पकड़ लिया।

11

हमने दस मिनट से भी कम प्रैक्टिस की थी कि उसके पेट में ऐंठन आ गई। उसने अपना पेट पकड़ा और गेम रोकने का इशारा किया।

'मैं वायरल अटैक के बाद से अभी तक पूरी तरह से ठीक नहीं हो पाई हूँ,' उसने कहा।

वह कोर्ट से बाहर निकली और मैदान में बैठ गई। फिर उसने अपना चेहरा हाथों से ढँक लिया।

'मुझे आराम की जरूरत है और मुझे इनमें सर्दी लग रही है,' उसने अपने एक्स्ट्रा-शॉर्ट शॉर्ट्स की ओर इशारा करते हुए कहा। वे बस उसकी ऊपरी जाँघों को ही ढँक पा रहे थे।

'तुम्हें मुझे बताना था। हम आज खेलते ही नहीं,' मैंने कहा।

'मैं ठीक हो जाऊँगी,' उसने कहा। उसने अपने चेहरे से अपना हाथ हटाया और मुझे देखकर मुस्करा दी।

मेरे पेनल द्वारा मुझे रिया को अपने रूम पर ले जाने की सलाह दिए एक हफ्ते का समय हो गया था। 'या तो बिहार का नाम रौशन करो, या फिर तुम्हारे होने का कोई मतलब नहीं है' पूरे हफ्ते वे मुझसे यही कहते आ रहे थे। आज मेरे पास एक चांस था।

'हे, तुम मेरे रूम पर रेस्ट करना चाहोगी?' मैंने कहा।

'चोरी-छिपे?'

मैंने एहतियात दिखाते हुए कहा, 'हाँ, तुम आराम करना। चाहो तो एक झपकी ले लेना। मैं पढ़ाई करूँगा और अगर तुम चाहोगी तो मैं रूम से बाहर भी जा सकता हूँ।'

'तुम्हें अपने कमरे से बाहर जाने की कोई जरूरत नहीं होगी।' वह उठ खड़ी हुई।

उसने कहा कि मुझे कमरे से बाहर जाने की जरूरत नहीं होगी। इसका मतलब यह था कि वह मेरे कमरे पर चल रही है। लड़कियाँ कभी भी सीधे-सीधे कुछ नहीं कहतीं। उनके जवाबों को सुनकर खुद आपको ही अपना दिमाग खपाना पड़ता है कि आखिर उनके मन में क्या चल रहा है।

◆

मैं एक बार फिर उसे भीतर ले आने में कामयाब रहा। जैसे ही मैंने

अपने रूम का दरवाजा बंद किया, मैं समझ गया कि अब मेरा वक्त आ गया है। 'बिहार का नाम रौशन करो, अपने आपको साबित कर दो,' मैं बार-बार खुद से कहता जा रहा था।

रिया पैर सीधे करके बेड पर बैठ गई।

'लेट जाओ,' मैंने कहा।

'मैं इतनी बीमार भी नहीं हूँ, मुझे बस थोड़े-से आराम की जरूरत है,' रिया ने कहा और मुस्करा दी। 'मैं देख सकती हूँ कि तुमने अब अपने रूम की साफ-सफाई कर रखी है।'

'वेल, फिर भी यह तुम्हारे रूम के सामने कुछ भी नहीं है।'

'वह मेरे डैड के घर का एक रूम है। काश कि मैं तुम्हारी तरह ऐसे किसी होस्टल में रह पाती।'

'हे, तुम चेंज करना चाहोगी?' मैंने विषय बदलते हुए कहा। 'तुम कह रही थीं कि तुम्हें सर्दी लग रही है।'

उसके बैग में दूसरे कपड़े रखे थे।

'कहाँ? मैं यहाँ बाथरूम तो यूज नहीं कर सकती ना।'

'तो यहीं पर चेंज कर लो।'

'हा, हा, नाइस ट्राय, मिस्टर।'

'मेरा मतलब यह था कि मैं कमरे से बाहर जा सकता हूँ।'

'ओह रियली? तुम तो बड़े जेंटलमैन हो।'

मैं उसकी इस तरह की बातों को इग्नोर करना अब सीख गया था। मैंने कंधे उचका दिए।

'मैं इसी में ठीक हूँ,' उसने कहा।

'लेकिन मैं नहीं हूँ,' मैंने कहा।

'क्यों?'

'तुम्हारे शॉर्ट्स। वे मेरा ध्यान भटकाते हैं।'

'ये रेड शॉर्ट्स?'

'मेरा कहने का मतलब था तुम्हारी लेग्स। वे लेग्स, जिन्हें ये शॉर्ट्स छुपा नहीं पा रहे हैं।'

रिया हँस पड़ी। उसने एक बेडशीट ली और खुद को ढाँक लिया।

'अब ठीक है, मिस्टर? नाऊ व्हाट? तुम पढ़ाई करना चाहते हो?'

अफसोस कि उसके द्वारा बेडशीट से खुद को कवर करने के बाद मैं अब वो नजारा नहीं देख पा रहा था।

'हाँ। और तुम आराम करोगी?'

'हाँ,' रिया ने कहा और हँस पड़ी।

'क्या हुआ?' मैंने कहा।

'जैसे कि मैं आराम कर पाऊँगी।'

'बिलकुल कर पाओगी,' मैंने कहा और उससे दूर हो गया। मैं कुर्सी पर बैठ गया, टेबल लैंप जला ली और अपनी सोशियोलॉजी की टेक्स्टबुक खोल ली।

रिया बेड पर बैठी रही। शायद वह इस बात में यकीन नहीं कर पा रही थी कि मैं उसको छोड़कर सचमुच पढ़ाई करने बैठ गया हूँ। कुछ मिनटों बाद वह लेट गई।

'क्या पढ़ रहे हो?' उसने पूछा। उसकी आँखें बंद थीं।

'अर्ली ट्वेंटीएथ सेंचुरी में सोशल अपराइजिंग्स।'

'तुम्हारी ग्रेड्स कैसी हैं?'

'नॉट बैड, लेकिन मैं टॉपर नहीं हूँ।'

मैं फिर अपनी किताब पढ़ने लगा।

'तुम ग्रेजुएशन के बाद क्या करना चाहते हो?' उसने कहा। लड़कियाँ कभी इस बात को बर्दाश्त नहीं कर सकतीं कि उन्हें इग्नोर किया जा रहा है, खासतौर पर तब, जब एक किताब के लिए ऐसा किया जाए।

'कई बार तो बता चुका हूँ। कुछ साल दिल्ली में काम करूँगा और फिर सिमराँव लौट जाऊँगा।'

'हम्म,' उसने आँखें मूँदे-मूँदे ही कहा। उसका लहजा ऐसे नकचढ़े अंकल्स जैसा लग रहा था, जो आपसे कोई सवाल पूछते ही इसलिए हैं कि उसे 'हम्म' कहकर खारिज कर सकें।

'मुझे पढ़ाई करने दो, रिया। और तुम भी आराम करो।'

मेरे दिमाग में कोई स्ट्रेटेजी नहीं थी, लेकिन मैं भीतर ही भीतर इतना जरूर समझता था कि मुझे धीरे-धीरे किस तरह से आगे बढ़ना है। मैंने तय कर लिया था कि मैं पहले-पहल उसमें ज्यादा दिलचस्पी नहीं दिखाऊँगा, नहीं तो वो फिर मुझे लेक्चर देने लग जाएगी।

मेरी बेरुखी से उसे थोड़ी हैरत हुई। उसने जब भी मुझसे बातें करने की कोशिश की थी, मैंने उसे चुप करा दिया था। आखिरकार, वह चुप हो गई।

'आई एम टायर्ड,' आधे घंटे की खामोशी के बाद मैंने कहा।

'आई एम स्लीपिंग, डोंट डिस्टर्ब,' उसने कहा। अब नखरे दिखाने की उसकी बारी थी।

'मुझे भी सोना है,' मैंने कहा।

'वहीं रहो। मैं मरीज हूँ और मरीज आराम कर रहा है,' उसने अपनी हँसी दबाते हुए कहा।

मैंने अपनी किताब बंद की, उसके पास गया और बेड पर बैठ गया।

'रिया,' मैंने कोमल स्वर में कहा।

उसने कोई जवाब नहीं दिया, जैसे कि वह सो रही हो। मैंने उसकी चादर हटाई। उसकी छोटी शॉर्ट्स और ऊपर चढ़ गई थीं। मैं उसकी लेग्स को देखता ही रह गया। उसने तुरंत चादर फिर ओढ़ ली। लड़कियों को नींद में भी पता चल जाता है कि उन्हें देखा जा रहा है। मैं उसके पास लेट गया। मैंने थोड़ी-सी चादर अपने पर डाल ली, लेकिन साथ ही मैं यह भी कोशिश कर रहा था कि उससे मेरा कम से कम बॉडी कान्टैक्ट हो। फिर मैंने अपनी आँखें बंद कर लीं।

हम दो मिनट तक चुपचाप लेटे रहे। वह मुड़ी। उसकी नाक मेरे कंधे से टकराई, उसके हाथ मेरी कोहनी को छू गए। मैं यह दिखावा करते हुए मुड़ा मानो मैं नींद में करवट बदल रहा हूँ। अब हम एक-दूसरे के सामने थे। फिर, मैंने धीमे-से अपना बायाँ हाथ उस पर रख दिया। उसने कोई विरोध नहीं किया। मेरा हाथ उसके लंबे बालों को छू रहा था। उसकी नाक अब मेरे सीने में धँसी हुई थी और मैं उसकी गर्म साँसों को महसूस कर पा रहा था। मैंने अपना हाथ उसकी पीठ पर घुमाया और उसे अपनी ओर खींच लिया।

वह सोती रही। या कहूँ, सोने का नाटक करती रही।

अब मैंने अपना अब तक का सबसे बोल्ड कदम उठाते हुए अपने पैरों को उसके ऊपर रख दिया। उसके पैरों की नर्म त्वचा मेरे पैरों की त्वचा से टकराई। मेरे शरीर में जैसे बिजली-सी दौड़ गई। मैं उसे किस करने की चाहत से भर उठा, लेकिन खुद को रोक लिया। मैं अपने हाथ को उसकी पीठ से कमर की ओर ले जाने लगा। जैसे ही मेरा हाथ उसकी कमर के निचले हिस्से पर गया, उसकी आवाज से मैं चौंक गया।

'मिस्टर झा,' उसने कहा।

'यस, मिस सोमानी।'

'इसको सोना नहीं बोलते हैं।'

'तुम चाहो तो सो सकती हो।'

'ओह रियली? तुम अगर इस तरह मुझ पर चढ़े रहोगे तो मैं कैसे सो पाऊँगी?'

मैं हँस पड़ा। मैंने उसे अपने और करीब खींच लिया और उसके चेहरे को उठा लिया। मैंने उसे किस करने की कोशिश की, लेकिन उसने अपना मुँह फेर लिया।

'कंट्रोल योरसेल्फ, माधव,' उसने कहा।

उसने खुद को छुड़ाने की कोशिश की, लेकिन मैंने उसे नहीं जाने नहीं दिया।

'क्यों?' मैंने कहा।

'हम इसी बात पर एग्री हुए थे।'

'लेकिन क्यों?'

'जस्ट। ओह माय गॉड, आई जस्ट फेल्ट योर... माधव, मुझे जाने दो।'

'रिया, कम ऑन।'

'तुम मुझे जाने दोगे या नहीं? यू आर हर्टिंग मी।'

मैंने उसे छोड़ दिया। वह मुझसे दूर खिसककर बेड के किनारे चली गई।

'आई वांट यू।'

'नो।'

'प्लीज, मुझे करने दो।'

'नहीं।'

'तुम्हें करना ही होगा।'

'व्हाट डु यू मीन मुझे करना ही होगा?' उसने कहा।

वह बेड पर उठकर बैठ गई और मुझे घूरकर देखने लगी। उसका शरीर तना हुआ था। लेकिन मैं अब पीछे हटने को राजी नहीं था। मैंने बहुत लंबा इंतजार किया था और बहुत देर तक सब्र करने का नाटक कर चुका था। अब मैं उम्मीद कर रहा था वह अपने आपको मुझे सौंप देगी।

'तुम्हारी प्रॉब्लम क्या है?' मैंने कहा।

'और तुम्हारी "प्रॉब्लम" क्या है? मैं तुम्हारे शरीर की भूख मिटाने के लिए नहीं हूँ।'

'मैंने ऐसा कब कहा?'

'तो फिर हमने जो डिस्कस किया था, तुम उस पर कायम क्यों नहीं रह सकते? नथिंग फिजिकल। जस्ट क्लोज फ्रेंड्स।'

'ऐसा नहीं होता है।'

'ठीक है। तब हम शायद एक-दूसरे के दोस्त भी नहीं रह सकते।'

मैं इस बात का जवाब नहीं दे सका। मैं अपने सारे पत्ते खेल चुका था और अब मेरे पास कोई और दांव बाकी नहीं रह गया था।

वह बेड से उठी, अपने कपड़े ठीक किए और जाने के लिए अपना बैग उठा लिया।

गुस्से और चाहत के साथ मैंने उसका हाथ पकड़ लिया।

'तुम इस तरह मेरे साथ खेल नहीं सकतीं। मैं तुम्हारा खिलौना नहीं हूँ।'

'खिलौना?'

'तुम मेरा इस्तेमाल कर रही हो, जब तक कि कोई और शख्स तुम्हारी जिंदगी में नहीं आ जाता।'

'व्हाटेवर। अभी तो तुम मुझे इस्तेमाल करने की कोशिश कर रहे हो और एक अच्छी-खासी दोस्ती का कबाड़ा कर रहे हो। बाय।'

मैंने उसे अपनी ओर खींच लिया। वह फिर बेड पर बैठ गई, मेरे करीब।

'इसे एक अच्छा-खासा रिश्ता नहीं कह सकते। मैं पूरी तरह से सेटिस्फाइड नहीं हूँ।'

उसे मेरी यह बात अच्छी नहीं लगी।

मैं एक बार फिर उसे किस करने के लिए आगे बढ़ा। उसने एक बार फिर अपना मुँह फेर लिया।

'बस एक बार।'

'नहीं।'

'प्लीज।'

'मैंने कहा नाः नहीं,' उसकी आवाज सख्त थी।

'मैं अभी तक अपनी लिमिट में ही हूँ, रिया,' मैंने उसका कंधा थामते हुए कहा।

'माधव, मैंने तुम्हारा यह रूप इससे पहले कभी नहीं देखा था। तुम मेरे साथ जबर्दस्ती कर रहे हो।'

'मैं कुछ कहना चाहता हूँ।'

'क्या?'

'देती है तो दे, वरना कट ले!'

'क्या!!'

मैंने यह खालिस भोजपुरी में कहा था। यदि मैंने कहा होता कि 'मेक लव टु मी, ऑर लीव' तो वह भी सम्मानजनक होता। इसका यदि इंग्लिश में और बेहतर ट्रांसलेशन करना हो तो वह इस तरह होगाः 'फक मी, ऑर फक ऑफ!' लेकिन मैंने जो कहा था, उसकी तुलना में तो यह भी बेहतर लग रहा था।

पता नहीं, उस दिन मुझे क्या हो गया था। शायद, मैं अब और सब्र नहीं कर सकता था। शायद मैं इनसिक्योर और डरा हुआ महसूस कर रहा था। सबसे ज्यादा संभावना तो इसी की थी कि मेरे भीतर के सिमराँव वाले बिहारी का वहशीपन उभरकर सामने आ गया था। मैं फौरन समझ गया कि मैंने एक गलत बात कह दी है, इसलिए मैं अपने शब्दों को वापस लेने की कोशिश करने लगा।

'तुमने अभी-अभी क्या कहा?'

'कुछ नहीं। सुनो, मैं बस...'

मैंने उसे छोड़ दिया। इससे पहले कि मैं खुद को संभाल पाता, रिया सोमानी अपना सामान समेटकर वहाँ से जा चुकी थी।

◆

उसने मेरा फोन उठाना बंद कर दिया। मैंने उसे सत्ताइस मैसेज किए, लेकिन उसने एक का भी जवाब नहीं दिया। मैं हर सुबह कॉलेज के गेट पर उसका वेट करता, लेकिन वह अपनी बीएमडब्ल्यू से निकलती और मुझे इग्नोर करते हुए जल्दी-जल्दी अपनी क्लास में चली जाती।

ब्रेक्स के दौरान वह अपनी गर्लफ्रेंड्स से घिरी रहती। एक बार जब मैं कैफेटेरिया में उसकी ओर बढ़ा तो उसने अपना फोन निकाला और बात करने का बहाना बनाते हुए वहाँ से चली गई।

'तुमने कुछ ज्यादा ही कह दिया,' शैलेष ने कहा। मैंने अपने दोस्तों को अपनी पूरी कहानी सुना दी थी। वे बहुत ध्यान से सुन रहे थे और उन्हें एक रोमांचक कहानी सुनने की उम्मीद थी, लेकिन मेरी कहानी तो नाकामी की दास्तान थी। जब मैंने उन्हें बताया कि मैंने रिया को कहा 'देती है तो...', तो मोटी चमड़ी वाले मेरे उन दोस्तों को भी शर्म आ गई। हम आपस में इस तरह की बातें किया करते थे, लेकिन लड़कियों से कोई भी इस तरह की बात नहीं कह सकता था। और मैं इतना बड़ा बेवकूफ था कि मैंने वह बात एक ऐसी लड़की से कह दी, जिसे मैं चाहता था और जिसकी मैं सबसे ज्यादा इज्जत करता था।

'अभी तो उसके साथ इंटीमेसी पर फोकस करने के बजाय उससे अपने रिश्तों को सुधारने पर ही जोर दो,' आशु ने कहा। उसकी आवाज से झुंझलाहट झलक रही थी।

वेल, मैंने तो रिश्ते सुधारने की भरसक कोशिश की थी, लेकिन रिया ही मेरी बात सुनने को तैयार नहीं थी। आखिरकार, मुझे उसका पीछा

करने को मजबूर होना पड़ा। मैं उससे अकेले में बात करना चाहता था। मैंने मन ही मन कसम खाई कि उससे अब हिंदी में कम से कम बात करूँगा, नहीं तो मेरे मुँह से फिर से वैसी ही कोई बात निकल जाती।

आखिरकार, मुझे मौका मिला। वह लाइब्रेरी में अकेली बैठी थी और यूरोपियन लिट्रेचर के इतिहास की किताब में खोई हुई थी। उसने रेड-एंड-व्हाइट सलवार-कमीज और ब्लैक ईयररिंग्स पहन रखी थी।

'रिया,' मैंने धीमे-से कहा।

वह अपनी सीट बदलने के लिए उठ खड़ी हुई।

'टू मिनट्स, आई बेग यू,' मैंने कहा।

वह मुझे इग्नोर करती हुई स्टूडेंट्स से भरी एक टेबल पर चली गई। मैं वहाँ पर उससे बात नहीं कर सकता था।

'मैं बाहर इंतजार कर रहा हूँ,' मैंने कहा। दस स्टूडेंट्स ने हैरत से मेरी ओर देखा। रिया अपना वही पेज पढ़ती रही।

मैं लाइब्रेरी के बाहर ढाई घंटे तक इंतजार करता रहा। जब वह बाहर निकली तो उसने मुझे देखा और दूसरी दिशा में जाने लगी।

'बस दो मिनट,' मैंने उसकी ओर दौड़कर जाते हुए कहा।

'लेकिन मुझे तुमसे बात ही नहीं करनी है, अंडरस्टैंड?' उसने कहा।

'मैं इसी तरह तुम्हारा पीछा करता रहूँगा। इससे तो बेहतर है हम यहीं बात कर लें।'

उसने मुझे घूरकर देखा और चुपचाप खड़ी रही। उसकी मुट्ठियाँ भिंच गईं।

'तुम्हारा टाइम शुरू होता है,' उसने कहा।

'लिसन, आई एम रियली, रियली, सॉरी।'

उसने अपने हाथ बाँध लिए। किताब अब भी उसके हाथों में थी।

'अपना वक्त मत बरबाद करो। सॉरी से अब तुम्हारी बात नहीं बनने वाली।'

'मेरा वह मतलब नहीं था।'

'तुमने वह कहा ही कैसे? तुम्हें पता है उसको सुनकर मुझे कैसा लगा?' उसने मेरी आँखों में आँखें डालते हुए कहा, मैंने नजरें घुमा लीं। 'मैं एक रिजर्व पर्सन हूँ, माधव। मैं लोगों के सामने आसानी से खुल नहीं पाती। मैंने तुम पर भरोसा किया और तुमने...' उसने अपना निचला होंठ चबा लिया।

'आई जस्ट...'

'जस्ट व्हाट? जो बात तुमने मुझसे कही। मैं ज्यादा हिंदी बोल नहीं पाती हूँ, लेकिन मुझे हिंदी समझ में आती है, माधव,' उसने कहा और अपना सिर घुमा लिया। फिर वह मानो खुद से बात करते हुए बोली, 'मेरे दोस्तों ने तो मुझे पहले ही तुमसे आगाह रहने को कहा था।'

'आई जस्ट लव यू, रिया।'

'यस, राइट। वाकई, वह अपना प्यार जताने का बहुत क्लासिक तरीका था!'

'वह गुस्से में मेरे मुँह से निकल गया था।'

'लेट मी बी क्लीयर। जिंदगी में आज तक मुझसे किसी ने इतने चीप तरीके से बात नहीं की है। मैंने तुम्हें अपनी जिंदगी में जगह दी। हमारे बीच कुछ था।'

'वह अब भी है।'

'नहीं, अब नहीं है। अगर तुम मुझसे इस तरह की बात कह सकते हो तो पता नहीं, तुम अपने मन में मेरे बारे में क्या सोचते होंगे।'

'मैं बस तुम्हारे करीब आना चाहता था। तुम्हें अपने से दूर नहीं करना चाहता था।'

'तुमने कहा था, "देती है तो दे, वरना कट ले!" क्या यह सुनने में करीब आने जैसा लगता है?'

'मुझे मेरे नामुराद दोस्तों ने उकसा दिया था। उन्होंने मुझसे कहा था कि जब तक तुम मेरे साथ नहीं सोओगी, तब तक तुम मेरी नहीं हो सकोगी।'

'तुमने इस बारे में पहले अपने दोस्तों से भी डिस्कस किया था?'

'सब कुछ नहीं, पर...'

'पर इस तरह की बातें कि "लेट मी गो फक हर टुडे!"'

इससे पहले कि मैं कुछ कहूँ, उसने अपने हाथ से इशारा कर मुझे खामोश होने को कहा। 'अब मैं कुछ कहने वाली हूँ, जिसको ध्यान से सुनना, ओके?' उसने कहा। उसकी आवाज काँप रही थी, हालाँकि वह खुद पर काबू पाने की कोशिश कर रही थी।

'श्योर।'

'पहली बात, आज के बाद मुझसे कभी बात करने की कोशिश मत करना। दूसरी बात, अब हम दोस्त नहीं हैं। मैंने खुद से और अपने दोस्तों से वादा किया है कि अब मैं अपने दोस्तों को चुनने में ऐहतियात बरतूँगी। तीसरी बात, मेरा पीछा करना बंद कर दो, इससे मुझे दिक्कत

होती है। मैं नहीं चाहती कि मुझे अपने पैरेंट्स या कॉलेज अथॉरिटीज से तुम्हारी शिकायत करने को मजबूर होना पड़े।'

'रिया...'

'प्लीज गो नाऊ,' उसने अपने हाथ बाँधते हुए कहा, मानो मेरे हाथ जोड़ रही हो।

मैंने आखिरी बार उसे ध्यान से देखा - उसका खूबसूरत, लेकिन गुस्से और उदासी से भरा हुआ चेहरा, उसके लंबे बाल जिन्हें मैंने सहलाया था, उसके होंठ जिन्हें मैंने चूमा था - और लौट आया। वह भी जाने लगी। मेरे कानों में उसके कदमों की आहट धीरे-धीरे मद्धम होने लगी।

12

छह माह बाद

रिया के साथ मेरे ब्रेकअप, या कहूँ हाफ-ब्रेकअप के बाद मेरी पर्सनैलिटी बदल गई। कॉलेज के लोग मुझे एसएसएस कहने लगे यानी साइलेंट सेंट ऑफ स्टीफेंस। मैं हर क्लास अटेंड करता और आगे की कतार में बैठता। मैं किसी कोर्ट के स्टेनोग्राफर की तरह नोट्स लेता। मैं कभी प्रोफेसर से कोई सवाल नहीं पूछता था। रेसिडेंस में मैं अपने दोस्तों के साथ बैठता, लेकिन बातचीत में कोई शिरकत नहीं करता। मुझे केवल एक ही चीज में सुकून मिलता था और वह थी बास्केटबॉल। जब भी मुझे उसका खयाल आता, मैं कोर्ट पर चला जाता। सच कहूँ तो मैं इसी उम्मीद से कोर्ट पर जाता था कि शायद वह भी कभी प्रैक्टिस करने आएगी। लेकिन वह कभी नहीं आई।

कभी-कभी मैं कॉलेज के कॉरिडोर्स में टहलता रहता और उसकी क्लास के खत्म होने का इंतजार करता। एक बार उसकी नजर मुझ पर पड़ी। वह न मुस्कराई और न ही दूसरी तरफ मुड़ी। उसने मुझे इस तरह देखा, जैसे कि मैं हूँ ही नहीं।

मैं सोचता कि काश मेरे पास कोई टाइम मशीन होती और मैंने जो कुछ किया था, उसे मैं मिटा पाता।

एक दोपहर कॉलेज खत्म होने के बाद मैं मेन लॉन में बैठा था। जैसे ही कॉलेज के गेट पर एक कार आई, सभी स्टूडेंट्स का ध्यान उसकी तरफ खिंच गया।

वह बहुत खूबसूरत कार थी। और बीस मीटर की दूरी से भी काफी महँगी नजर आ रही थी।

'यह बेंटले है। इसकी कीमत दो करोड़ रुपए से भी ज्यादा होती है,' मेरे पास बैठे एक लड़के ने अपने दोस्त से कहा। कार में से एक नौजवान बाहर निकला। उसने काला चश्मा पहन रखा था। वह इस तरह चल रहा था, मानो वह इस कॉलेज का मालिक हो।

मेन बिल्डिंग में से रिया सोमानी बाहर आई और बेंटले की तरफ बढ़ने लगी। मैं खड़ा हो गया और ड्राइव-वे की ओर चलने लगा। मैं चाह रहा था कि मुझे कोई न देखे, अलबत्ता वहाँ किसी को मेरी

परवाह न थी।

उस नौजवान का चेहरा जाना-पहचाना लग रहा था। रिया उसकी ओर बढ़ी। दोनों ने हग किया। मैंने नोटिस किया कि वह रिया से एक इंच छोटा था।

रोहन चांडक, मेरे दिमाग में अचानक यह नाम कौंधा। यह कमीना यहाँ पर क्या कर रहा है? यह वाकई आश्चर्य की बात है कि हमारा दिमाग चीजों को पहचानने की कोशिश करते-करते बड़ी तेजी से उन पर कमेंट करने लग जाता है।

मुझे नहीं पता था रोहन यहाँ पर क्यों आया है। शायद, वह इस इमारत को खरीदकर उसे भी एक होटल बना देना चाहता था। लेकिन इसके कोई आसार नजर नहीं आ रहे थे, क्योंकि वह कॉलेज बिल्डिंग में गया ही नहीं। रिया और रोहन बेंटले में बैठे और वहाँ से चले गए। रिया की बीएमडब्ल्यू रोहन की कार के पीछे-पीछे चलने लगी। लॉन में बैठे स्टूडेंट्स ओह-आह करने लगे।

'मुझे भी एक लोडेड बॉयफ्रेंड चाहिए,' मेरे पास बैठी एक लड़की ने कहा।

'क्या वह उसका बॉयफ्रेंड है?' मुझे पूछना तो नहीं चाहिए था, फिर भी मैंने पूछा। जैसा कि पहले भी साबित हो चुका है, मैं अपनी उत्तेजना पर नियंत्रण रखने में कमजोर था।

'मुझे क्या पता,' उसने कहा और वहाँ से चल दी।

मैं देर तक रोहन की बेंटले से निकली ईंधन के जलने की महक को महसूस करता रहा। या शायद, मेरे भीतर ही कुछ जल रहा था।

◆

मुझे रिया से बात करनी थी। मैंने तय किया कि स्टीफेंस के एन्युअल कल्चरल फेस्टिवल 'हार्मनी' के दौरान मैं ऐसा करूँगा। वह मेरी हमारी दोस्ती को बचाने की आखिरी कोशिश होती।

रिया पहले ही सोलो इंग्लिश वोकल कैटेगरी में म्यूजिक कांपीटिशन जीत चुकी थी। वह वेस्टर्न करियोग्राफी में भी भाग ले रही थी।

मैंने बहुत जल्दी आकर दर्शकों में अपनी जगह बना ली। मैं सबसे आगे की कतार में बैठा था। कामचलाऊ करियोग्राफी स्टेज फ्रंट लॉन्स में बनाया गया था। पूरी दिल्ली यूनिवर्सिटी के लड़के इस कार्यक्रम के लिए यहाँ घुस आए थे। वे संट स्टीफेंस की लड़कियों को निहारने के

लिए उचित जगहें खोजकर बैठ गए थे।

पिंक टाइट्स और सिल्वर-ग्रे टॉप्स पहने कोई एक दर्जन लड़कियाँ स्टेज पर आईं। चूँकि रिया उनमें सबसे ऊँचे कद की थी, इसलिए उसे आसानी से पहचाना जा सकता था। वह बीच में खड़ी थी।

रिया की छरहरी और कसावट से भरी काया और बेहद खूबसूरत लुक्स के कारण जाहिर था कि सभी की नजरें उसी पर लगी हुई थीं। हालाँकि बहुत बड़ी छातियों वाली एक अन्य लड़की की अपनी फैन-फॉलोइंग थी।

जैसे ही कमेंटेटर ने सेक्सी आवाज में अपनी लाइनें बोलना शुरू किया, मैं मन ही मन अपनी लाइन की रिहर्सल करने लगा।

'रिया, मुझे लगता है लोगों को एक और चांस दिया जाना चाहिए।'

रिया ने बेहद ग्रेसफुल तरीके से स्टेज पर कार्टव्हील किया। दर्शकों ने तालियों की गड़गड़ाहट से उसकी सराहना की।

मेरे सीने के भीतर मेरा दिल भी यही कर रहा था।

'रिया, एक दिन – ऐसा एक भी दिन – नहीं जाता, जब मैं तुम्हारे बारे में ना सोचता होऊँ,' मैंने खुद से कहा। फिर मैंने उसे अपनी दिमाग की शॉर्टलिस्ट से डिलीट कर दिया। यह वाक्य बहुत बेसब्री भरा लग रहा था। लड़कियाँ बहुत पेचीदा होती हैं। उनके साथ बात करते समय सही बैलेंस ढूँढ़ना बहुत जरूरी है। हम ना तो बहुत बेसब्र नजर आएँ और ना ही बहुत बेपरवाह नजर आएँ, तो ही बात बन सकती है।

आखिरी एक्ट में रिया ने माइक थामा और प्रकृति और उसे बचाने की जरूरतों के बारे में दो क्लोजिंग लाइन्स गाईं। उसकी साफ-खनकदार आवाज ने एक बार फिर से दर्शकों की सराहना पाई।

कार्यक्रम खत्म हुआ। लड़कियाँ दर्शकों का अभिवादन स्वीकारने के लिए स्टेज पर आगे बढ़ीं। दर्शकों ने उन्हें चीयर किया। मैं बाहर निकला और क्लासरूम की ओर दौड़ा, जिसे इस वक्त ग्रीनरूम बना दिया गया था। अपने बालों में घबराहट के साथ अंगुलियाँ फिराते हुए मैंने दरवाजा खटखटाया।

एक लड़की ने बाहर झाँका।

'क्या बात है?'

'मुझे किसी से बात करनी है।'

'सॉरी, यहाँ केवल गर्ल्स ही अलाउड हैं।'

'क्या रिया सोमानी अंदर हैं?'

'वो चेंज कर रही है। वेट कीजिए।'

मेरे पास कोई और चारा नहीं था। मैं क्लासरूम के बाहर खड़ा रहा। आधा घंटा इंतजार करने के बाद लड़कियों का एक समूह बाहर आया। वे बिना किसी खास कारण के खिलखिला रही थीं। उनमें रिया शामिल नहीं थी।

पौन घंटे बाद सिल्वर बटन्स वाली ब्लैक जीन्स और एक टाइट ब्लैक टॉप पहने रिया बाहर आई। मुझे देखकर वह तेज कदमों से मुझसे दूर जाने लगी।

'रिया,' मैंने कहा।

वह रुक गई। लेकिन उसने मुड़कर मेरी तरफ नहीं देखा। उसके हाथ मानो बर्फ में जम गए थे।

'प्लीज,' मैंने कहा।

वह मेरी ओर थोड़ा-सा मुड़ी।

'हाय, माधव।'

मैं उसके सामने खड़ा रहा।

'मुझे बात करनी है। बस पाँच मिनट,' मैंने कहा।

'कुछ खास?'

'मेरे लिए बहुत खास है। पाँच मिनट?'

'मैं सुन रही हूँ।'

हम एक अंधेरे कॉरिडोर में एक-दूसरे के साथ तने हुए खड़े थे, मानो हम कोई लड़ाई करने आए हों। यह बातें करने के लिए सही जगह नहीं थी। मैंने उसका चेहरा देखा। मेरे लिए वह अब भी दुनिया की सबसे खूबसूरत लड़की थी और हालाँकि हमारे बीच फिलहाल एक किस्म का विश्व युद्ध जारी था, फिर भी मैं उसे किस करना चाहता था। लड़कों का दिमाग ऐसा ही होता है। वह किसी परिस्थिति के पूरे संदर्भ को भूलकर अपने ही एक अलग ट्रैक पर दौड़ने लग जाता है।

'मैंने कहा, मैं सुन रही हूँ,' उसने कहा। मैंने अपने दिमाग से तमाम गंदे खयालों को निकाल दिया।

'यहाँ नहीं, किसी प्राइवेट जगह में।'

'ओह, रियली?' उसने कहा।

मैं समझ गया कि मैं एक बार फिर एक गलत बात बोल गया था।

'सॉरी, उस तरह से नहीं। किसी ऐसी जगह, जहाँ हम आमने-सामने बैठ सकें और जहाँ अंधेरा न हो।'

'कैफे?'

'अभी? अभी तो वह डीयू के स्टूडेंट्स से भरा होगा। वहाँ हमें एक टेबल भी नहीं मिलेगी।'

'लिसन, मुझे काम है, मुझे जाना होगा,' उसने कहा।

'ठीक है, कैफे ही सही,' मैंने कहा।

हम कैफे की ओर बढ़ चले। जैसी कि उम्मीद थी, कैफे में घुसने वालों की लाइन बाहर तक लगी हुई थी।

'बहुत भीड़ है। यदि हम मेरी कार में बातें करें तो चलेगा?' उसने कहा।

मैंने उसकी ओर देखा। अब वह थोड़ी शांत नजर आ रही थी।

'हाँ। पर वहाँ ड्राइवर होगा ना?'

'मैं उसे कहीं भेज दूँगी। एक्चुअली, कार में ही चलते हैं। मुझे तुम्हें कुछ देना भी है।'

13

हम उसकी कार की ओर बढ़ चले। उसने अपने ड्राइवर को एक पचास रुपए का नोट थमाया।

'ड्राइवर भैया, क्या आप प्लीज मेरे लिए पारले-जी बिस्किट्स के कुछ पैकेट्स ला सकते हैं?'

ड्राइवर उलझन में पड़ गया।

'मैडम, उसको तो हम रास्ते से भी ले सकते हैं।'

'नहीं, अभी जाओ। चाबी यहीं छोड़ जाओ। मैं कार में वेट कर रही हूँ।'

कंफ्यूज्ड ड्राइवर ने रिया को गाड़ी की चाबी दी और वहाँ से चला गया।

रिया और मैं उसकी बीएमडब्ल्यू की बैकसीट पर बैठ गए। हमारे बीच में एक मोटा-सा आर्मरेस्ट था। उसने रीडिंग लाइट जलाई और जूतियों से अपने पैर निकाल लिए। फिर वह खिड़की की तरफ पीठ करते हुए थोड़ा तिरछी हुई, ताकि मुझे फेस कर सके। वह सीट पर आलथी-पालथी बनाकर बैठ गई।

मैं तना हुआ बैठा रहा। यह बीएमडब्ल्यू मुझे याद दिला रही थी कि मैं उसकी दुनिया से कितनी दूर था।

'तो?' रिया ने कहा।

'यू वर रियली ग्रेट ऑन स्टेज। और इंग्लिश वोकल्स जीतने के लिए कांग्रेट्स।'

'ओह, थैंक यू। दैट्स नाइस ऑफ यू, माधव, टु कांग्रेच्यूलेट मी।'

'अमेजिंग शो,' मैंने अपना गला साफ करते हुए कहा।

'थैंक्स। क्या तुम्हें मुझसे बस इतना ही कहना था?'

'आई एम सॉरी।'

'यह तो मैं तुमसे लाखों बार सुन चुकी हूँ।'

'मुझे माफ कर दो।'

'मैं तुम्हें माफ कर चुकी हूँ। जिंदगी अब आगे बढ़ चुकी है। वह पुरानी बात हो गई। इट्स ओवर। तो, बस इतना ही?'

मैंने उसकी आँखों में देखा। बीएमडब्ल्यू की मद्धम रीडिंग लाइट में मुझे उसके चेहरे पर कोई एहसास नजर नहीं आ रहे थे। मैं उसकी मौजूदगी में अपने आपको बहुत कमजोर महसूस कर रहा था। मैंने अपने

आँसुओं पर काबू पाने की कोशिश की।

'मैं चाहता हूँ कि हम फिर से दोस्त बनें,' मैंने कहा।

'क्यों?' उसने कहा। उसकी आवाज दिल्ली की सर्दियों की कोहरेभरी रातों जितनी ठंडी थी।

क्या वह मेरे या हमारे रिश्ते के बारे में कुछ भी मिस नहीं करती?

क्योंकि, डैम इट, मैं तो उसे मिस करता था। मैं जोर से चीखना चाहता था। जाहिर है, मैं ऐसा कर नहीं सकता था। मैं उसके सामने अपने एहसास जाहिर करना तो दूर, उससे कुछ कहने का अधिकार भी गँवा चुका था। इसलिए मुझे कोई ऐसी बात कहनी थी, जो ठीक-ठाक हो, मैं अपने भीतर जो कुछ महसूस कर रहा था, उससे वह कोसों दूर हो।

'ताकि मुझे तुम्हें यह दिखाने का मौका मिले कि मैं एक घटिया इंसान नहीं हूँ,' मैंने कहा।

'मुझे पूरा यकीन है कि तुम नहीं हो। मैं तुम्हारी बात मानने को तैयार हूँ, तुम्हें मुझे कुछ साबित करके दिखाने की जरूरत नहीं है।'

रिया बहुत समझदार, बहुत स्मार्ट और बहुत संगदिल थी। उसने मुझे लाजवाब कर दिया। मेरा दिल बैठने लगा: कहीं कुछ गलत था।

बहरहाल, उसने आर्मचेयर पर रखा मेरा हाथ छुआ। उसकी नाजुक अंगुलियाँ मेरी कलाइयों को छू गईं, जैसे कि वह मेरी नब्ज परख रही हो।

'लिसन, माधव,' उसने कहा। 'मैं तुमसे इस रूखे और अलग-थलग अंदाज में बात कर रही हूँ, उसके लिए सॉरी।'

उसके गर्म स्पर्श से मैं पिघल गया। मुझे लगा मैं अब खुद को नहीं संभाल पाऊँगा। मुझे अच्छा लगा था कि उसने मेरे हाथ को छुआ, लेकिन अब मैं चाहता था कि वह अपनी अंगुलियों को हटा ले। नहीं तो शायद मेरे लिए अपने आँसुओं को रोक पाना मुमकिन नहीं रह जाता।

'प्लीज,' मैंने कहा। मेरी आवाज जरूरतमंदों जैसी लग रही थी। मुझे खुद से घृणा होने लगी।

'माधव, मैं तुमसे अब नाराज नहीं हूँ, लेकिन अब हमारे लिए एक बार फिर से दोस्त बन पाना मुमकिन नहीं है। मैं जा रही हूँ।'

'कहाँ?'

'मैं कॉलेज छोड़कर जा रही हूँ।'

'व्हाट? यानी तुम क्विट कर रही हो?'

उसने हामी भरी।

'हाँ, मैं पढ़ाई छोड़ रही हूँ।'

'तुम सेकंड ईयर में हो। तुम अपनी डिग्री भी पूरी नहीं कर पाओगी।'
'मैंने कभी भी फॉर्मल एजुकेशन की ज्यादा परवाह नहीं की।'
मैं शॉक्ड था और उसकी तरफ देखता रह गया।
'ऑफ कोर्स, मैं ऐसा इसलिए कर सकती हूँ, क्योंकि मेरे डैड के पास बहुत पैसा है। अगर तुम मुझको क्विटर समझते हो तो वही सही।'
'नहीं, मैं ऐसा नहीं सोच रहा हूँ। मैं बस इतना ही सोच रहा हूँ कि क्यों?'
उसने कंधे उचका दिए।
'तुम सेंट स्टीफेंस से ड्रॉप आउट कर रही हो। इसका कोई न कोई कारण तो होना ही चाहिए।'
हमारी आँखें मिलीं। शायद, यह मेरी कल्पना ही रही होगी, लेकिन पलभर को मुझे लगा कि मेरा उससे वैसा ही जुड़ाव है, जैसा कि पहले हुआ करता था।
'मुझे नहीं लगता, तुम जानना चाहोगे।'
'मैं जानना चाहता हूँ,' मैंने कहा। 'ऑफ कोर्स, मैं जानना चाहता हूँ।'
'तुम मुझे जज करने लगोगे?'
'क्या मैंने कभी ऐसा किया है?'
वह चुप रही।
'रिया, क्या मैंने कभी तुम्हें जज किया? जज तो तुमने मुझे किया और अपनी जिंदगी से निकाल बाहर फेंका।'
'माधव, प्लीज।'
'ठीक है, उस बारे में बात नहीं करते हैं। यस, फाइन। एनीवे, तुम अभी क्विट करने के बारे में सोच ही रही हो या तुम मन बना चुकी हो?'
'मन बना ही चुकी हूँ।'
'क्यों?'
उसने एक गहरी साँस ली।
'ग्लोव बॉक्स खोलो।'
'व्हाट?'
उसने डैशबोर्ड के नीचे स्टोरेज बॉक्स की ओर इशारा किया। मैं उलझन में उसकी ओर झुका और उसे खोल लिया। उसमें गत्ते के तीन लाल बॉक्स थे।
'एक उठा लो,' उसने कहा
मैंने एक बॉक्स उठाया और सीट पर पीछे बैठ गया। बैंगनी रेखाओं

वाले बॉक्स पर सुनहरी पत्तियाँ बनी हुई थीं।

'इसे खोलो।'

मैंने कार में अपने तरफ की रीडिंग लाइट चालू की। फिर मैंने बॉक्स का लाल-सुनहरा ढक्कन खोला।

उसके भीतर एक रेशमी पाउच में एक लिफाफा रखा था। कार्ड और पाउच दोनों पर ही 'आर' और 'आर' लिखा था।

'यह क्या है?' मैंने कहा।

उसने अपनी आँखों से इशारा करके कहा कि मैं उसे खोलकर देखूँ।

मेरे एक हाथ में लिफाफा था और दूसरे में पाउच। पाउच में सिल्वर पेपर में लिपटीं चॉकलेट्स थीं। मैंने पाउच को एक तरफ रख दिया और कार्ड खोला।

मैंने एकाध पंक्तियाँ पढ़ीं। मेरा सिर घूमने लगा।

'व्हाट?' मैंने रिया की ओर मुड़ते हुए कहा।

'मैंने तुम्हें कहा था कि तुम नहीं जानना चाहोगे।'

मैंने खुद को संभाला और पूरा कार्ड पढ़ने की हिम्मत जुटाई। वह कुछ इस प्रकार था:

श्री विष्णु सोमानी एंड श्रीमती कलादेवी सोमानी
हम्बली इनवाइट यू टु द वेडिंग ऑफ
देयर ग्रांडडॉटर
सौ. रिया सोमानी
(डॉटर ऑफ मिस्टर महेंद्र सोमानी एंड मिसेज जयंती सोमानी)
विद
चि. रोहन चांडक
(सन ऑफ लेट श्री मनोज चांडक एंड जमना बाई चांडक)
ऑन 25 जनवरी, 2007, 8 पीएम
एट द ताज पैलेस होटल, देल्ही
प्रोग्राम एंड आरएसवीपी डिटेल्स अटैच्ड। रिक्वेस्ट नो गिफ्ट्स।

मैंने बॉक्स में रखे दूसरे कार्ड्स नहीं पढ़े, जिनमें दूसरी सेरेमनीज के डिटेल्स थे। मैं बस वहीं जस का तस बैठा रहा। रेशम के पाऊच को मैंने किसी स्ट्रेस बॉल की तरह भींच लिया और शून्य में ताकता रहा।

'सब कुछ इतनी जल्दी हो गया,' रिया ने कहा।

मैं चुप रहा। मेरे पूरे शरीर में शॉक वेव्ज दौड़ रही थीं। जैसे मैं सुन्न हो गया होऊँ। मैं पाउच पर बनी गोल्डन एम्ब्रॉयडरी को सहलाता रह गया।

'मेरे भीतर का एक हिस्सा तो अभी भी यकीन नहीं कर पा रहा है कि ऐसा हो रहा है,' उसने हमारे बीच पसरे अजीब-से सन्नाटे को तोड़ने की गरज से कहा।

'तुम शादी कर रही हो?' मैं फुसफुसाया। मेरा स्वर आश्चर्यजनक रूप से शांत था। मैं अब भी शून्य में ताक रहा था।

'दो महीने बाद।'

मैं बनावटी हँसी हँसा और उसकी ओर मुड़कर बोला, 'वॉव रिया, ऐसे दांव का सामना तो मैंने कभी नहीं किया, बास्केटबॉल कोर्ट में भी नहीं।'

'क्या मतलब है तुम्हारा?'

'मैं चाहता था कि हम फिर से दोस्त बनें। लेकिन तुम तो शादी रचा रही हो। कॉलेज छोड़कर जा रही हो।'

'शायद, जिंदगी इसी का नाम है।'

'तुम अभी केवल उन्नीस साल की हो।'

'शादी के बाद कुछ ही दिनों में बीस की हो जाऊँगी।'

'क्या तुम पागल हो गई हो, रिया?'

'तुम मुझसे इस तरह बातें करने का अधिकार खो चुके हो,' उसने कहा।

'आई एम सॉरी।'

'इट्स फाइन। माधव, ये मेरी च्वॉइस है। मुझ पर कोई दबाव नहीं बना रहा है। मैं खुद ही यहाँ से जाना चाहती थी।'

'क्यों?'

'मैं यह कोर्स कभी नहीं करना चाहती थी। और मैं अपने दकियानूसी रिलेटिव्ज के साथ भी नहीं रहना चाहती हूँ।'

'तुम अपनी डिग्री पूरी करके आगे की पढ़ाई के लिए विदेश भी जा सकती थीं। लेकिन शादी क्यों?'

'मुझे एडवेंचर अच्छा लगता है, घूमना-फिरना और एक्साइटमेंट मुझे पसंद है, रोहन यह सब मुझे दे सकता है।'

'आर यू श्योर?'

'बिलकुल। वो एकदम क्रेजी है। वो हमेशा मेरा मन बहलाता रहता है। फिर, वो वेल-सेटल्ड भी है। उसके साथ शादी करने में क्या बुराई है?'

'वो पैसेवाला है।'

'तो? क्या यह उसका दोष है? पैसेवाली तो मैं भी हूँ।'

'दोष नहीं, मैं तो बस यूँ ही कह रहा था। लेकिन वह इतना इंतजार भी नहीं कर पाया कि तुम अपना कॉलेज पूरा कर सको। वह चाहता है कि तुम ड्रॉप आउट करो।'

'वेल, वह तो इस सबकी परवाह ही नहीं करता है। लेकिन उसकी फैमिली चाहती है कि वह जल्द से जल्द शादी कर ले। इधर मेरे पैरेंट्स को यह डर है कि कहीं वे इतना अच्छा रिश्ता गँवा न दें।'

'रिया, लेकिन कोई भी इस तरह से कॉलेज नहीं छोड़ता है।'

'विदेशों में लोग ऐसा करते रहते हैं।'

'इंडिया में नहीं।'

'ओह, कम ऑन। इंडिया में ज्यादातर लोगों को डिग्री इसलिए चाहिए होती है कि उन्हें नौकरी मिले और वे अपनी रोजी-रोटी कमा सकें। मुझे तो इसकी जरूरत नहीं है, राइट?'

उसकी बात गलत नहीं थी। मेरे जैसे लूजर्स को पढ़ाई करनी पड़ती है, नहीं तो उनका कोई भविष्य ही नहीं होगा। लेकिन 100 औरंगजेब रोड में पैदा होने वाले लोग जिंदगी में जो चाहें कर सकते हैं।

'रोहन ने भी एमबीए ज्वॉइन किया था, लेकिन उसको फिनिश नहीं कर पाया।'

'क्या रोहन तुम्हारा बॉयफ्रेंड है?'

'वेल, वह मेरा हसबैंड बनने जा रहा है,' रिया ने कहा।

'यह तो मेरे सवाल का जवाब नहीं हुआ।'

'हम एक-दूसरे के करीब आते जा रहे हैं। ऑफ कोर्स, मैं बचपन से उसे रोहन भैया ही बुलाती रही हूँ तो यह मेरे लिए थोड़ा एडजस्टमेंट जरूर है,' उसने कहा और कहकर खुद ही हँस पड़ी।

काश कि किसी ने 'भैया स्टेज' में ही रोहन का खात्मा कर दिया होता। रिया की पार्टी के दिन ही मैं समझ गया था कि यह साला एक मुसीबत बन सकता है।

मैं कोई समझदारी भरी बात कहना चाहता था। मैं चाहता था कि हालात कुछ हद तक तो मेरे पक्ष में हों। निश्चित ही, भगवान ने मुझे इतना दिमाग नहीं दिया था कि मैं ऐसा कुछ कर पाऊँ। न ही यह उसके लिए ठीक समय था। आपको अपनी शादी का कार्ड दे रही लड़की बेसिकली किसी वीडियो गेम के उस दैत्य की तरह होती है, जो हमारे सामने 'गेम ओवर' की तख्ती लहराता है। जाहिर है, ऐसे मौके

पर आप उससे यह नहीं कह सकते कि आप उसे फिर से पाना चाहते हैं, या आप उसे दुनिया में सबसे ज्यादा चाहते हैं। मैं सोचने लगा कि क्या अब मुझे सपोर्टिव नहीं हो जाना चाहिए? क्या मुझे उससे शादी की तैयारियों के बारे में नहीं पूछना चाहिए, या उससे यह नहीं कहना चाहिए कि किसी मदद की जरूरत हो तो बताना? लेकिन मैंने अपने आपको रोक लिया। मैं इतना नीचे नहीं गिर सकता था।

'कुछ कहो,' उसने कहा।

'यू ब्लडी बिच!' मेरे इंपल्सिव माइंड ने मुझे सुझाया, लेकिन मैंने अपने आपको रोक लिया।

'प्लीज, ऐसा मत करो, मैं तुम्हें बहुत चाहता हूँ,' मेरे माइंड की इमोशनल साइड ने कहा। मैं समझ गया कि मेरा दिमाग अभी घनचक्कर बना हुआ है। मेरे अभी तक के ट्रैक रिकॉर्ड को देखते हुए तो अभी कुछ कहने का मतलब यही था कि बाद में उस कहे हुए पर पछताना।

'मैं क्या कहूँ? सरप्राइज्ड। शॉक्ड। पता नहीं।'

'ऐसे मौकों पर लोग नॉर्मली कॉन्ग्रेच्यूलेशंस बोलते हैं।'

'हाँ,' मैंने कहा, लेकिन उसे कॉन्ग्रेच्यूलेट नहीं किया।

'आई होप कि जो भी हो, हम इस सब को पीछे छोड़कर अपनी नई जिंदगी शुरू कर पाएँगे, है ना?'

मैंने सिर हिला दिया।

'तुम आओगे?'

'कहाँ?'

'मेरी शादी में। मैंने अभी-अभी तुम्हें इनवाइट किया है।'

मेरा मन कर रहा था कि उसका वह शानदार वेडिंग इंविटेशन बॉक्स-कम-कार्ड उसके मुँह पर दे मारूँ।

'देखता हूँ,' मैंने कहा। इसके लिए मैंने मन ही मन अपने को शाबाशी दी। मैंने बहुत डिग्निफाइड तरीके से प्रतिक्रिया व्यक्त की थी। मेरा नेचरल रिस्पॉन्स तो यह होता: 'गो फक योरसेल्फ!'

'प्लीज आना,' उसने कहा।

'आर यू श्योर कि तुम सही कर रही हो?' मैंने एक बार फिर कहा।

'मैं अपने दिल की बात सुन रही हूँ। हमारा दिल अमूमन हमें सही राह ही दिखाता है, है ना?'

'पता नहीं। कभी-कभी तो दिल की सुनने पर हम कहीं के नहीं रह जाते हैं।'

मैंने यह जानने के लिए उसकी ओर देखा कि वह मेरा यह चालाकीभरा कमेंट समझ पाई या नहीं। वह समझ गई और व्यंग्यपूर्वक ढंग से मुस्करा दी।

'यदि मैं तुम्हें हर्ट कर रही हूँ तो उसके लिए आई एम सॉरी, माधव।'

मैंने सिर हिलाकर उसको यह भरोसा दिलाने की कोशिश की कि मुझे हर्ट करना कोई बड़ी बात नहीं है। खूबसूरत लड़कियों को तो यह अधिकार होता है कि वे लड़कों को हर्ट करें। मैंने कार के दरवाजे पर एक दस्तक सुनी। ड्राइवर लौट आया था।

'ये लीजिए, मैडम,' ड्राइवर ने कहा और उसे पारले-जी के चार पैकेट थमा दिए।

उसने बिस्किट मेरी ओर बढ़ा दिए। 'प्लीज, इन्हें अपने साथ रुद्र ले जाओ। मैं इनकी एडिक्ट हो चुकी हूँ। यदि ये कार में रहे तो मैं ये सभी खा जाऊँगी।'

'ये तो तुम्हीं ने बुलवाए थे।'

'वो तो केवल इसलिए कि हम अकेले में बातें कर सकें।'

मैंने पैकेट्स रख लिए। यह मेरी कंसोलेशन प्राइज थी। रोहन को रिया मिली, माधव को बिस्किट!

मैंने कार का दरवाजा खोला और बाहर चला आया।

वह भी बाहर निकली और मेरे पास आई।

'बाय,' उसने कहा।

'बाय, रिया,' मैंने कहा। मैं अपने आँसुओं को हमेशा रोके नहीं रख सकता था। मैं चाहता था कि अब वह चली जाए।

'हे, तुम कुछ भूल गए,' उसने कहा।

'क्या?'

'तुम्हारा कार्ड।'

वह कार में गई और एक बार फिर मुझे वह कार्ड्स और चॉकलेट्स वाला शैतानी लाल बक्सा थमा दिया। बिस्किट के पैकेट्स के साथ मैं उसे बड़ी मुश्किल से पकड़ पाया।

'ओह, थैंक्स,' मैंने यह सोचते हुए कहा कि यहाँ आसपास में डस्टबिन कहाँ पर मिलेगी।

'टेक केयर देन,' उसने कहा और एक बेसिक गुडबाय हग के लिए आगे बढ़ी।

मैं पीछे हट गया। मुझे और नकली हग्स नहीं चाहिए थे।

वह मेरी हिचक को समझ गई और चुपचाप पीछे हट गई। फिर वह आखिरी बार मुस्कराई और कार में बैठ गई। बीएमडब्ल्यू खामोशी से वहाँ से चली गई, मानो कुछ हुआ ही न हो।

कार ने हिंदू कॉलेज के पास से लेफ्ट टर्न लिया और जल्द ही नजरों से ओझल हो गई। मैं वहीं सड़क पर बैठ गया। लाल बक्सा और उसकी चीजें मेरे आसपास बिखरी पड़ी थीं, जैसे खून के थक्के जम गए हों।

मैं रोने लगा। रात को इस वीरान कैम्पस रोड पर भला मुझे कौन देखता। मैंने अपने भीतर के दर्द को पूरी तरह से बाहर आने दिया। मेरी महीनों की तकलीफें आँसुओं के रूप में बाहर निकल रही थीं। एक कार पास से गुजरी। मुझे बिस्किट के पैकेट्स से घिरा देखकर उसने मुझे कोई भिखारी समझा होगा।

कुछ देर बाद मैंने सबकुछ बटोरा और खड़ा हो गया। फिर मैं कॉलेज के गेट के बाहर मौजूद डस्टबिन तक गया। मैंने बक्से से चॉकलेट्स निकालीं और बिस्किट्स के पैकेट्स के साथ उन्हें अपनी जेब में भर लिया। बाकी सब कुछ मैंने फेंक दिया।

इतनी तकलीफ में होने के बावजूद मैं वह गोल्डन रूल भूला नहीं था कि यदि आप होस्टल में रह रहे हैं तो खाने की कोई भी चीज कभी मत फेंकिए!

14

एक साल तीन माह बाद

'तो हमें बताइए कि आप यहाँ क्यों आए हैं?' कोई तीसेक साल के उस आदमी ने कहा। उसने एक लाल टाई और एक कलफदार सफेद कमीज पहनी थी।

मैं एचएसबीसी के प्लेसमेंट इंटरव्यू में था। मेरे सामने तीन बैंकरों का एक पेनल था। सभी मुँह बनाकर बैठे हुए थे। वे मुझसे पहले तकरीबन चालीस स्टीफेनियंस की महानता के बेतुके किस्से सुन चुके थे।

मेरे पास अपने पैनल के लिए कोई जवाब नहीं थे। मुझे यह भी नहीं पता था कि मैंने इस जॉब के लिए अप्लाई क्यों किया, या मैं कोई भी जॉब क्यों करना चाहता था। मुझे दिल्ली से नफरत थी, जो मुझे बार-बार फ्लैशबैक में ले जाती थी।

मैं यह सपने देखता रहता था कि किसी न किसी दिन रिया मेरे पास आएगी।

लेकिन रिया कभी नहीं आई। वह मेरे मुँह पर एक वेडिंग कार्ड मारकर चली गई।

वह चंद हफ्तों बाद कॉलेज छोड़ गई। उसकी शादी बहुत आलीशान तरीके से हुई। उसमें शरीक होने वाले स्टीफेनियंस ने मुझे बाद में बताया

'मैंने पूछा, आपको कौन-सी चीज यहाँ ले आई है?' इंटरव्यूअर ने सवाल दोहराया और अपनी बोतल से एक घूँट पानी पिया।

'यस सर, मैं यहाँ इसलिए आया हूँ, क्योंकि...' मैं कंपनी का नाम याद करने के लिए रुका, 'क्योंकि एचएसबीसी काम करने के लिए एक डायनेमिक प्लेस है और मैं इसका हिस्सा बनना चाहता हूँ।'

मुझे लगा था कि मेरा यह रटा-रटाया जवाब सुनकर वह मेरे मुँह पर पानी दे मारेगा, लेकिन उसने ऐसा नहीं किया।

'माधव झा, राइट?' पैनल के एक दूसरे मेंबर ने मेरा रेज्यूमे पढ़ते हुए कहा।

'स्टेट-लेवल बास्केटबॉल, इंप्रेसिव। शॉर्टलिस्टेड फॉर नेशनल टीम ट्रायल्स लास्ट ईयर। तुम्हारा सेलेक्शन हुआ था?'

'नहीं, सर।'

'क्यों?'

मैं एक पल झिझका और फिर जवाब दिया, 'मैं ट्रायल्स के लिए गया ही नहीं।' बास्केटबॉल मुझे उसकी याद दिलाता था और उसके चले जाने के बाद मैंने कभी बास्केटबॉल कोर्ट पर कदम नहीं रखा।

'क्यों?' तीनों ने एक स्वर में मुझा।

'मैं नहीं जा सका। मैं कुछ तनाव में था।'

'कैसा तनाव?'

'पर्सनल।'

दूसरे इंटरव्यूअर्स ने अपना गला खंखारा। उन्होंने एक-दूसरे को देखकर अपना सिर हिलाया, जिसका मतलब यह था कि उन्हें यह सवाल छोड़ देना चाहिए।

'तुम बैंकिंग क्यों करना चाहते हो?' तीसरे पैनलिस्ट ने पूछा।

'क्योंकि आप लोग ऐसा चाहते हैं कि मैं ऐसा करूँ।'

'एक्सक्यूज मी?' पैनलिस्ट ने कहा।

'वेल, मुझे जॉब की जरूरत है। आपके यहाँ जगह खाली है। और आप लोग पैसे भी अच्छे देते हैं। बस इसीलिए। आप जो चाहेंगे, मैं करूँगा।'

'तुम्हारी कोई प्राथमिकताएँ नहीं हैं?'

'नॉट रियली।'

पता नहीं, मैंने इस तरह से बातें क्यों की। शायद इसकी वजह यह थी कि इससे पहले मैं दो हफ्तों में आठ इंटरव्यू दे चुका था और हर इंटरव्यू में मैंने झूठ बोला था। लेकिन अब बहुत हो चुका था। मैं अब दिल्ली में नहीं रहना चाहता था। मुझे अपनी माँ की याद आ रही थी। मैं उन्हें फौरन कॉल करना चाहता था।

'माधव, क्या तुम्हें यह जॉब चाहिए?' पहले पेनलिस्ट ने पूछा।

'आपका नाम क्या है, सर?' मैंने उलटे उसी से सवाल पूछ लिया।

'शुक्ला। आई एम प्रमोद शुक्ला। रीजनल मैनेजर फॉर नॉर्थ इंडिया।'

'मिस्टर शुक्ला, क्या आप खुश हैं?'

'एक्सक्यूज मी?'

'आप खुश नहीं दिखाई देते। आपमें से कोई भी खुश नहीं दिखाई देता। कोई भी यह जॉब नहीं करना चाहता है। सभी को बस वो पैसा चाहिए, जो आप इसके लिए देते हैं। क्या आपको इसका फर्क समझ में आ रहा है?'

पेनलिस्ट्स ने एक-दूसरे की ओर देखा। यदि मेरे पास कोई कैमरा

होता तो उनके चेहरे के एक्सप्रेशंस मुझे किसी भी फोटोग्राफी कॉम्पीटिशन में जिता सकते थे।

'मुझे तुम पसंद आए। मैंने पहली बार कोई ईमानदार कैंडिडेट देखा है। मैं तुम्हें जॉब पर रखूँगा,' प्रमोद ने कहा।

बाकी दोनों शॉक्ड नजर आ रहे थे, लेकिन वे जूनियर थे और अपने बॉस की इस खब्त का विरोध नहीं कर सकते थे।

'लेकिन मुझे यह जॉब नहीं चाहिए,' मैंने कहा और उठ खड़ा हुआ।

'क्यों?' प्रमोद ने कहा। 'दिल्ली में प्राइवेट बैंकिंग। टॉप क्लाइंट्स। छह लाख सालाना का पैकेज।'

'नहीं सर, मैं अमीरों की खिदमत करते-करते थक चुका हूँ,' मैंने कहा और उठ खड़ा हुआ।

◆

जब मैं इंटरव्यू के बाद अपने घर लौट रहा था, तो एक साल में पहली बार मुझे आत्मसम्मान का अनुभव हुआ। मैंने तय कर लिया कि अब मैं किसी के पैरों की धूल बनने की कोशिश नहीं करूँगा। मैं उस अमीर लड़की को याद करके अपना खून नहीं जलाऊँगा, जो मुझे छोड़कर चली गई। मैं स्टीफेंस और अपर क्लास से तंग आ चुका था।

'तुम बिहार के सिमराँव को बिलॉन्ग करते हो। यही तुम हो, माधव झा,' मैंने खुद से कहा, 'और यही तुम हो सकते हो और यही तुम्हें होना भी चाहिए।'

मैंने माँ को फोन लगाया।

'इंटरव्यू कैसे हो रहे हैं?' उन्होंने पूछा।

'एक कंपनी ने मुझे जॉब ऑफर किया है।'

'कौन-सी कंपनी?'

'एचएसबीसी।'

'यह क्या करती है?'

'बैंक।'

'पटना में उसकी ब्रांच है?'

मैं हँस पड़ा। 'नहीं, वो इंटरनेशनल बैंक है। जॉब दिल्ली में करना पड़ेगा,' मैंने कहा।

'ओह,' माँ ने कहा और उनकी आवाज मद्धम पड़ गई। 'तब तो तुम्हें वहीं रहना पड़ेगा।'

'मैंने मना कर दिया।'

'क्या?' उन्होंने हैरत से कहा।

'मुझे वह जॉब नहीं चाहिए था। अब मेरा यहाँ दिल नहीं लगता।'

'फिर तुम्हारा दिल कहाँ लगा हुआ है?' माँ ने खिलखिलाते हुए पूछा।

लंदन, मेरे भीतर एक आवाज गूँजी।

'सिमराँव। मैं घर वापस आ रहा हूँ।'

मैं फोन पर ही माँ की बड़ी-सी मुस्कराहट को महसूस कर सकता था।

'तुम स्टीफेंस कॉलेज फिनिश करके सिमराँव वापस आना चाहते हो?' उन्होंने चहकते हुए पूछा।

'हाँ, आखिर वो मेरा घर है।'

'बिलकुल। यहाँ तो सभी तुम्हारे बारे में पूछते रहते हैं कि हमारा राजकुमार कहाँ है।'

'प्लीज, माँ। मैं उम्मीद करता हूँ कि अब ये बकवास फिर से वहाँ शुरू नहीं हो जाएगी।'

'बकवास क्यों? तुम सिमराँव के राजकुमार हो। लोग एक समारोह में तुम्हारा राज्याभिषेक करना चाहते हैं।'

'माँ, मुझे इस तरह की चीजें पसंद नहीं। इंडिया में अब राजशाही खत्म हो गई है।'

'ये तो उन लोगों का प्यार जताने का एक तरीका है। वे जानते हैं और हम भी जानते हैं कि अब हमारे हाथ में कोई ताकत नहीं रह गई है। लेकिन हम कम से कम यहाँ के समाज को तो आपस में जोड़े हुए हैं। तुम्हें इसे नजरअंदाज नहीं करना चाहिए।'

'एनीवे, मैं तीन हफ्ते बाद वहाँ पहुँचूंगा। मुझे वहाँ करने के लिए कोई काम खोजना होगा।'

'स्कूल में मेरी मदद करो।'

'वह तो आप खुद ही बहुत अच्छे-से चला रही हैं।'

'लेकिन कब तक? फिर, बहुत-सी ऐसी समस्याएँ हैं, जिन्हें मैं इस उम्र में अकेली नहीं सुलझा सकती। अब मैं पढ़ाई पर ध्यान दूँ या छत की मरम्मत करवाऊँ? इस तरफ टीचर्स तो दूसरी तरफ कारीगर-मजदूर, सभी मेरा दिमाग खाते रहते हैं।'

मैं हँस पड़ा।

'मैं छत या उस जैसे दूसरे मसलों का खयाल रखूँगा, आप स्कूल चलाना।'

'सच में?'

'हाँ, माँ।'

'जो नौकरी तुमने छोड़ी, उसमें वे लोग तुम्हें कितना पैसा दे रहे थे?'

'छोड़ो ना माँ, अब उससे क्या फर्क पड़ता है?'

'फिर भी बताओ।'

'पचास हजार।'

'साल में।'

'महीने में।'

माँ इतने जोर से चिल्लाईं कि मेरे कान के परदे फटते-फटते बचे।

'क्या वाकई तुम ऐसी नौकरी छोड़कर गाँव में मेरी मदद करने आ रहे हो?'

'हाँ, माँ, मैंने कहा ना। मैं मगध एक्सप्रेस का टिकट बुक करा रहा हूँ। तीन हफ्ते बाद मिलते हैं।'

'मैं जानती हूँ तुम ऐसा क्यों कर रहे हो।'

मेरे दिल की धड़कन एक पल को रुक गई।

'क्या?'

'तुम्हारा शाही खून। तुम सबसे अलग हो। तुम एक राजकुमार बनने के लायक हो।'

'इस राजकुमार को अब फोन रखना पड़ेगा, क्योंकि उसके प्री-पैड फोन में अब बैलेंस नहीं है।'

माँ हँस पड़ीं। मैंने फोन रख दिया। इतनी तनख्वाह वाली नौकरी छोड़ने पर भारत की कोई भी माँ अपने बेटे को एक चपत जमा देती, लेकिन मेरी माँ ने ऐसा नहीं किया। उन्हें पता है कि जिंदगी में पैसों से भी ज्यादा कीमती चीजें होती हैं। उन्होंने शानो-शौकत की जिंदगी देखी थी। फिर एक दिन वह भी आया, जब उन्हें अपने शादी के गहने गिरवी रखने पड़े। लेकिन इन दोनों परिस्थितियों से उन्हें कोई फर्क नहीं पड़ता था। उन्हें यानी सिमराँव की रानी साहिबा के लिए केवल एक चीज महत्वपूर्ण थी: सम्मान।

मुझे शिद्दत से घर की याद सताने लगी थी। सिमराँव की धूलभरी सड़कें सेंट स्टीफेंस के हरे-भरे लॉन्स के बजाय मुझे ज्यादा लुभा रही थीं। मैं अपने घर लौट जाने के लिए बेचैन हो उठा था।

अध्याय 2

बिहार

15

सिमराँव, जिला बक्सर, बिहार

मैं माँ को सरप्राइज देना चाहता था, इसलिए मैंने अपने आने की असल तारीख से एक दिन बाद की तारीख बताई थी। मैं दिल्ली से चौदह घंटे का सफर तय करके सिमराँव रेलवे स्टेशन पहुँचा।

जैसे ही मैं स्टेशन से बाहर निकला, मेरे बचपन की जानी-पहचानी गंध ने मुझे घेर लिया।

मेरे गृहनगर में कुछ भी खास नहीं था। वह कुल-जमा तीन किलोमीटर लंबा-चौड़ा एक छोटा-सा कस्बा था। उसके साथ केवल एक ही खास बात थी और वह यह कि वह देश की सबसे पुरानी रियासत थी। इस उपलब्धि से मेरे परिवार का सरोकार था। लेकिन मुझे समझ नहीं आता था कि मुझसे दस पीढ़ी पहले मेरे पूर्वजों ने जो कुछ किया, उसके लिए मैं आज कैसे गर्व का अनुभव कर सकता हूँ।

सिमराँव बक्सर जिले में है। वह बक्सर कस्बे से 16 किलोमीटर दूर गंगा नदी के किनारे बसा है। यदि आप इतिहास की कक्षाओं में सोते नहीं थे तो आपको पता होगा कि 1764 में बक्सर में एक मशहूर लड़ाई हुई थी। वास्तव में, उसका नाम बक्सर की लजाने वाली लड़ाई रख देना चाहिए। यह लड़ाई ब्रिटिश ईस्ट इंडिया कंपनी और तीन भारतीय शासकों - बंगाल के नवाब मीर कासिम, अवध के नवाब शुजाउद्दौला और मुगल सम्राट शाह आलम द्वितीय - की संयुक्त सेना के बीच हुई थी। भारतीय सेना के पास 40 हजार सैनिक थे। अंग्रेजों के पास 10 हजार से भी कम थे। तो फिर क्या हुआ? अंग्रेजों ने हमारा कचूमर बना दिया! कैसे? वेल, हमारे तीनों भारतीय शासक आपस में ही भिड़ लिए। तीनों ने अलग-अलग रूप से अंग्रेजों से सौदा कर लिया और एक-दूसरे के खिलाफ साजिश रचने लगे। नतीजा यह रहा कि महज एक दिन में अंग्रेजों ने लड़ाई जीतकर देश के एक बड़े हिस्से पर कब्जा जमा लिया। मुझे नहीं लगता कि उस दिन के बाद से आज तक हमने कोई सबक सीखा है। हम आज भी इसी तरह बंटे हुए हैं। सभी अपने-अपने फायदे की सोचते हैं, जबकि देश से उन्हें कोई सरोकार नहीं है। देश जाए जहन्नुम में!

खैर, आपको ये पूरी कहानी सुनाने की एक वजह है। शायद आपको ऐसा लगे कि इसका हमारी कहानी से कोई तालमेल नहीं है, लेकिन इस बारे में सोचिए। यदि बक्सर की लड़ाई नहीं होती, या अगर होती और उसका कोई दूसरा नतीजा निकलता तो अंग्रेज उस तरह से भारत पर राज नहीं कर पाते, जैसा कि उन्होंने किया। तब देश में 'इंग्लिश हाई क्लास' और 'बाकी के लो क्लास' का कोई बुलशिट विभाजन भी नहीं होता। तब तो कोई सेंट स्टीफेंस कॉलेज भी नहीं होता। जरा सोचिए, अगर बक्सर में लड़ाई लड़ रहे उन नमूनों ने चीजें दूसरे ढंग से की होतीं, तो आज शायद अंग्रेज हिंदी बोल रहे होते और भोजपुरी को कूल समझा जाता।

मैंने एक ऑटोरिक्शा किया। 'राजा की हवेली,' मैंने ऑटो वाले से कहा। उसने ऑटो को पहले गियर में डाला और चलता बना। सिमराँव में हमारा घर अपने आपमें एक लैंडमार्क था।

इससे दचकेदार सफर कोई दूसरा नहीं हो सकता। हम धूल के गुबार में घिरे हुए कस्बे से होकर गुजर रहे थे।

'सड़क को क्या हो गया?' मैंने ऑटो ड्राइवर से पूछा।

'सड़क है ही नहीं तो उसको क्या होगा?' उसने कहा और हँस पड़ा।

◆

बीस मिनट बाद ऑटो हवेली के मुख्य द्वार पर खड़ा था। पंद्रह साल पहले यहाँ एक गार्ड पोस्ट हुआ करती थी। अब बस दोनों तरफ खंभे हैं। मैं अपने तीन खचाखच भरे सूटकेसों के साथ अहाते में गया, जहाँ कभी एक खूबसूरत बगीचा हुआ करता था। मेरे बचपन की जो तस्वीर रिया ने देखी थी, वह यहीं ली गई थी। मैंने अहाते में बाँसों का गट्ठर और कपड़ों का बंडल देखा। एक कोने में दो मजदूर बैठे बीड़ी पी रहे थे।

'ये क्या है?' मैंने पूछा।

'हम टेंट लगा रहे हैं,' उनमें से एक ने कहा।

◆

जब मैं पहुँचा, तब माँ घर पर नहीं थीं। मैं अपने पुराने कमरे में गया। लकड़ी के बड़े-से दरवाजे पहले से भी ज्यादा चरमरा रहे थे। अलमारियों के दरवाजे सख्त हो गए थे। मैंने खिड़कियाँ खोलीं। मेरे कमरे की दीवारों पर पिछले पाँच सालों से चस्पा शेकील ओ'नील और मैजिक जॉनसन

की तस्वीरें रोशनी में नहा गईं।

मैं बिस्तर पर लेट गया और इन बास्केटबॉल चैंपियंस को निहारता रहा। फिर मैं सोचने लगा कि क्या मुझे नेशनल ट्रायल्स पर ज्यादा फोकस नहीं करना चाहिए था।

कुछ घंटों बाद माँ स्कूल से लौटीं। उन्हें देखते ही मैं खिड़की से चिल्लाया, 'माँ!'

उन्होंने हवेली में घुसते ही मुझे देख लिया था। उन्होंने हाथ हिलाया। मैं नीचे आया और उन्हें गले लगा लिया। गर्लफ्रेंड्स आती-जाती रहती हैं, लेकिन भगवान का शुक्र है कि आपकी माँ कभी आपसे रिश्ता नहीं तोड़ती।

'तुमने तो कहा था कल आओगे,' हम लिविंग रूम में एक सोफे पर बैठ गए, जो खस्ताहाल होने के बावजूद अब भी शानदार नजर आता था।

'मैंने सोचा आपको सरप्राइज दूँगा।'

'ये तो अच्छा है, लेकिन तुमने मेरा सरप्राइज खराब कर दिया।'

'कैसे?'

मेरी माँ की सबसे पुरानी हेल्पर्स में से एक, सावित्री बाई, चाय और मीठी लिट्टी लेकर आई।

'तुम्हारा राज्याभिषेक। तुमने बाहर टेंट्स नहीं देखे?'

'क्या?' आधी खाई हुई लिट्टी मेरे हाथ में ही रह गई।

'कल अच्छा मुहूर्त है, आषाढ़ कृष्ण।'

'माँ, मैं ये ड्रामा नहीं चाहता।'

'ये ड्रामा नहीं, हमारी परंपरा है,' माँ ने धीमी इमोशनल आवाज में कहा, जो कि महिलाओं के ड्रामों की शुरुआत के लिए परफेक्ट स्टार्टिंग प्वॉइंट होता है।

'डेमोक्रेसी के इस जमाने में अपना राज्याभिषेक करवाकर मैं जोकर लगूँगा।'

माँ उठी और डाइनिंग टेबल की ओर चली गईं। उनकी पीठ मेरी ओर थी। वे चुप्पी साधे रहीं, जो कि उनका सबसे ताकतवर हथियार है। पांच फीट आठ इंच की मेरी माँ अपनी स्टार्च की हुई साड़ी में सचमुच रॉयल लग रही थीं। लेकिन उन्होंने अपनी मुट्ठियाँ भींच रखी थीं।

मैं उनके पास गया।

'माँ, यदि आपको मुझसे इन रस्मो-रिवाजों का ही पालन करवाना था तो मुझे कॉलेज पढ़ने के लिए नहीं भेजना चाहिए था।'

माँ मेरी तरफ अपनी पीठ किए रहीं। वे बोलीं, 'मैं भी यही सोच रही हूँ कि तुम्हें पढ़ने नहीं भेजना चाहिए था।'

मैं उनके सामने जाने के लिए डाइनिंग टेबल से घूमकर गया। 'हमारा एक विधायक है,' मैंने कहा। 'उसका नाम क्या है?'

माँ ने मेरी ओर देखा।

'क्या नाम है उसका, माँ?'

'ओझा। बेकार आदमी है।'

'हाँ, ओझा। फिर बक्सर में हमारा एक सांसद और पटना में एक मुख्यमंत्री भी है।'

'गाँव के लोग आज भी हमारी परवाह करते हैं। तुम्हें पता है किसलिए?' उन्होंने पूछा।

'क्योंकि वे दकियानूसी और अनपढ़ हैं।'

माँ ने तीखी नजरों से मेरी ओर देखा। 'तुम भी उन लोगों जैसे बन गए हो।'

'किन लोगों जैसे?'

'बड़े शहरों के ओवर-एजुकेटेड इडियट्स। जब वे गाँव के लोगों को समझ नहीं पाते तो उन्हें दकियानूसी और अनपढ़ कहकर पुकारने लगते हैं।'

मैं अपना सिर नीचा किए उनकी झिड़कियाँ सुनता रहा। रानी साहिबा को गुस्सा कम ही आता था, लेकिन जब आता था तो उन्हें हल्के में नहीं लिया जा सकता था।

'तो आखिर वे मेरा राज्याभिषेक करना ही क्यों चाहते हैं? क्या सिमराँव में और कुछ इंटरटेनिंग नहीं हो रहा है?'

'वे ऐसा इसलिए करना चाहते हैं, क्योंकि तुम्हारी सो-कॉल्ड सरकार को उनकी कोई परवाह नहीं है।'

मैंने एक गिलास पानी भरा और उसे माँ को थमा दिया।

'माँ, मैं अपना कॉलेज फिनिश करके घर आया हूँ और अभी मुझे आपसे मिले एक घंटा भी नहीं हुआ। क्या आप मुझ पर चिल्लाना बंद करेंगी?'

'तुम्हारी हरकतें ही ऐसी हैं, मैं क्या करूँ?'

'ओके, सॉरी। आई एम सॉरी, माँ।'

वे मान गईं और हम फिर सोफे पर बैठ गए। मैंने अपनी प्लेट में चार और लिट्टी रख लीं।

'खाना भी खाना है, इसी से अपना पेट मत भर लेना,' माँ ने कहा।

'सॉरी,' मैंने कहा और अपनी प्लेट वापस टेबल पर रख दी।

'वैसे भी, सेरेमनी केवल दो घंटे की है। राज्याभिषेक पूजा और सहभोज। तुम्हें इसमें क्या दिक्कत है?'

'कोई दिक्कत नहीं। मैं करूँगा।'

कमरे में चल रहा पंखा बंद हो गया। चंद पलों में मेरे माथे पर पसीने की बूँदें उभर आईं। चंद मिनटों में हमारे सिर के ऊपर मच्छर मँडराने लगे।

'क्या हुआ?'

'लोड शेडिंग। जाओ, इसके लिए अपनी सरकार को थैंक्यू बोलो,' माँ ने कहा।

16

'पंडितजी, और कितना समय लगेगा?' मैंने कहा। फर्श पर दो घंटे से आलथी-पालथी बनाकर बैठे रहने से मेरे पैर दुखने लगे थे। इससे जल्दी तो शादियाँ हो जाती हैं। गाँव का पुरोहित मेरे शांतिपूर्ण और सफल 'शासनकाल' के लिए मंत्रजाप कर रहा था। यह भी खूब रही!

सिमराँव और आसपास के गाँवों के कोई दो सौ लोग कार्यक्रम में शामिल होने आए थे। लोग प्लास्टिक की लाल कुर्सियों पर बैठे थे। लंबे-लंबे पंखे गर्म हवा फेंक रहे थे।

मैंने मेहमानों में कुछ खास चेहरों को पहचान लिया। विधायक विजय ओझा, जिनकी उम्र कोई साठ साल की थी और जो चलीस से भी ज्यादा साल राजनीति में बिता चुके थे। वे सबसे आगे की कतार में बैठे थे। उनके पास जिला कलेक्टर और पुलिस इंस्पेक्टर बैठे थे। लोकल प्रेस के रिपोर्टर तस्वीरें खींच रहे थे और उनके इर्द-गिर्द मंडरा रहे थे।

आखिरकार, माँ ने पंडितजी को शाही मुकुट दिया, जिसे वे हमारे खानदानी संदूक से निकालकर लाई थीं। हमारे पास बचे चंद कीमती सामानों में से वह एक था।

पंडितजी ने मेरे सिर पर दो किलो का मुकुट रख दिया। लोगों ने तालियाँ बजाईं। माँ के आँसू बह निकले। उन्होंने मुझे बाँहों में भर लिया। सार्वजनिक रूप से स्नेह के इस प्रदर्शन से मैंने खुद को असहज अनुभव किया।

'अब तो खुश हो?' मैंने उनके कानों में फुसफुसाते हुए कहा।

'मेरे राजकुमार,' उन्होंने मुझे अपनी बाँहों में और जोर से जकड़ लिया।

मैं अपने मखमल के बंदगला सूट में पसीने से तरबतर हो रहा था। 'राजकुमार साहब गर्मी के मारे पिघले जा रहे हैं। क्या मैं चेंज कर सकता हूँ?' मैंने कहा।

मैं स्टेज से नीचे उतरा। रिपोर्टरों ने मुझसे फोटो के लिए पोज लेने को कहा। जब वे मेरी तस्वीरें उतार रहे थे, तो माँ मेहमानों को मेरा परिचय देने लगीं।

'मुबारक, राजकुमार साहिब,' एक नौजवान ने कहा। माँ ने उनका परिचय कराते हुए बताया कि वे अख्तर हुसैन हैं, उनके स्कूल के दो टीचरों में से एक।

'मुझे केवल माधव कहकर बुलाओ,' मैंने अख्तर से हाथ मिलाते हुए

कहा। वह इससे थोड़ा झेंप-सा गया।

'माधव, तेजलाल से मिलो, हमारे स्कूल के एक और टीचर। और ये हैं ताराचंदजी, हमारे प्रशासनिक अधिकारी,' माँ ने कहा।

मैंने दोनों को हाथ जोड़कर नमस्ते किया। वे दोनों पचास से ज्यादा की उम्र के थे। 'मैं भी जल्द ही स्कूल के कामकाज में हाथ बँटाने लगूँगा,' मैंने कहा।

मेरी माँ के स्टाफ ने आश्चर्य से उनकी ओर देखा।

'लेकिन आप तो दिल्ली के एक टॉप कॉलेज में पढ़ने गए थे?' अख्तर ने कहा।

'तो?' मैंने कहा।

'आपको तो कहीं भी अच्छी नौकरी मिल सकती है,' अख्तर ने कहा।

'तो क्या यह अच्छी नौकरी नहीं है?' मैंने कहा। सभी खीसें निपोरकर हँस पड़े।

विधायक ओझा हमारे पास थे। उनकी घनी मूँछें थीं, दोनों छोर से ऊपर की ओर तनी हुईं।

'बधाई हो, रानी साहिबा,' उन्होंने कहा।

'ओझा जी, यहाँ आने के लिए आपका बहुत-बहुत धन्यवाद,' माँ ने कहा।

उन्होंने जाने की अनुमति माँगने के लिए अपने हाथ जोड़े।

'लेकिन भोजन तो करते जाइए।'

'मुझे बक्सर में दो और फंक्शन अटेंड करना हैं। मुझे क्षमा कीजिए,' उन्होंने कहा। उनके हाथ अब भी जुड़े हुए थे।

माँ ने मेरी ओर देखा। वे चाहती थीं कि मैं उन्हें रुकने के लिए मनाऊँ।

'ओझा जी, कुछ देर और रुक जाइए, हम साथ-साथ खाना खा सकेंगे,' मैंने कहा।

'नहीं, राजकुमार जी। फिर, अभी आपका कार्यक्रम इतनी जल्दी पूरा नहीं होगा। देखिए, कितनी लंबी लाइन लगी है।'

मैंने मुड़कर देखा कि कोई पचास ग्रामीण मेरा आशीर्वाद लेने के लिए कतार लगाकर खड़े हैं। कुछ बच्चे मेरे पास आए। वे मेरी कमर पर बँधी तलवार को छूना चाहते थे। शायद, जब हम नमूनों की तरह लग रहे होते हैं तो लोग खुद-ब-खुद हमारी तरफ खिंचे चले आते हैं।

'काश कि वोटर्स जिस तरह से आपको चाहते हैं, उसी तरह से

नेताओं को भी चाहते,' विधायक ओझा ने जाने से पहले कहा।

एक-एक कर मैंने सभी को आशीर्वाद दिया।

'क्या वे सचमुच के राजकुमार हैं? जैसे कि कहानियों में दिखाए जाते हैं?' मैंने एक छोटी-सी लड़की को कहते सुना।

'बिलकुल, सचमुच के ही राजकुमार हैं,' उसकी दोस्त ने कहा।

मैं मुस्करा दिया। मेरी राजकुमारी तो किसी दूर देश जा चुकी थी।

'कल स्कूल कितने बजे से है, माँ?' मैंने पूछा।

'सुबह सात बजे से। लेकिन काम के बारे में बाद में सोचना। अभी तो राजकुमार बनने का मजा लो,' उन्होंने कहा।

राजकुमार बनने में भला तब क्या मजा, जब आप पर किसी और का राज चल रहा हो?

◆

सिमराँव रॉयल स्कूल हमारी हवेली से बीस मिनट के फासले पर है। मैं माँ के साथ सुबह साढ़े छह बजे स्कूल की ओर चल पड़ा। 'स्कूल की तीन शिफ्ट हैं। सभी में दो-दो सौ बच्चे पढ़ते हैं,' माँ ने बताया। 'सात से साढ़े दस, साढ़े दस से दो और दो से साढ़े पाँच।'

हम काली-धूसर स्कूल बिल्डिंग तक पहुँचे। पिछली बार जब मैंने उसे देखा था, तब से वह अब और पुरानी लग रही थी।

'यह काली क्यों पड़ क्यों गई है?' मैंने कहा।

'इसकी पाँच साल से रंगाई-पुताई नहीं हुई है। हर साल बारिश आती है और इसके पलस्तर को और नुकसान पहुँचा जाती है।'

मैं सोचने लगा कि स्टीफेंस अपनी दीवारों को हमेशा लाल-भूरे रंग से अच्छी तरह पुता हुआ कैसे रख पाता होगा।

पहली शिफ्ट के बच्चे आ चुके थे। वे स्कूल के बाहर मैदान में खेल रहे थे। हमारे पास दो क्लासरूम और एक कॉमन स्टाफरूम था। स्टाफरूम में एक लंबी टेबल और अनेक कुर्सियाँ थीं। ब्रेक्स के दौरान टीचर्स इसका उपयोग आराम करने या अपनी नोटबुक्स जाँचने के लिए करते थे।

'यहाँ इतना अंधेरा क्यों है?' मैंने कहा।

'बिजली आठ बजे आती है,' माँ ने कहा।

लंबी टेबल के तीन छोरों पर फाइलों और किताबों के ढेर लगे हुए थे।

'अख्तर, तेज और मेरे पास एक-एक कोना है। चौथा तुम्हारा हुआ,' माँ ने कहा।

वे एक छोर पर बैठ गईं, मोमबत्ती जलाई और एक फाइल खोल ली।

'ये खिड़कियाँ और बड़ी हो सकती थीं,' मैंने कहा।

माँ ने बिना सिर उठाए हामी भर दी। अगले पाँच मिनटों में अख्तर, तेज और ताराचंद भी आ पहुँचे। मुझे देखकर उन्होंने हाथ जोड़कर नमस्ते किया।

'प्लीज, मेरे साथ एक नए कर्मचारी जैसा ही बर्ताव कीजिए,' मैंने कहा।

अख्तर और तेज मुस्कराए और कक्षाओं के लिए किताबें समेटने लगे। ताराचंद स्टाफरूम से बाहर निकले। उन्होंने बरामदे में टंगी पीतल की घंटी बजाई। टीचर्स अपनी-अपनी कक्षाओं में चले गए। ताराचंद लौटकर आए और माँ से कहा, 'एसएमडीसी ने किसी को नहीं भेजा।'

'अरे राम,' माँ ने कहा। 'उन्होंने तो मुझसे वादा किया था कि वे किसी को भेजेंगे, ताराजी।'

'मैं उनके घर गया था, रानी साहिबा। उनका कहना है कि उन्होंने पूरी कोशिश की। लेकिन और फंड जुटाना मुश्किल साबित हो रहा है,' ताराचंद ने कहा।

'हमें एक टॉयलेट चाहिए। सात सौ बच्चों के लिए एक टॉयलेट बनाने के लिए फंड मंजूर करवाना भी क्या मुश्किल साबित हो रहा है?' माँ ने कहा।

'उनका कहना था कि इस इलाके के बहुत-से स्कूल टॉयलेट के बिना ही चल रहे हैं। रानी साहिबा नाहक ही इसके लिए इसरार कर रही हैं।'

'तो उनसे आधा टॉयलेट माँग लो। उनसे कहो कि लड़कियों के लिए ही एक टॉयलेट बनवा दें, ताराजी,' माँ ने कहा।

'मुझे शर्मिंदा मत कीजिए, रानी साहिबा। मैंने अपनी तरफ से कोशिश की। हमें बहुत सारी दूसरी चीजों के लिए भी पैसा चाहिए। हमें छतों पर पलस्तर करवाना है, और कमरे बनवाने हैं और बिल्डिंग की रंगाई-पुताई करवानी है। एसएमडीसी का कहना है कि उनके पास कुछ नहीं है।'

बरामदे से शोरगुल की आवाजें आने लगीं। बच्चे वहां इकट्ठा हो गए थे।

'प्लीज, उन्हें बैठाइए,' माँ ने कहा।

ताराचंद बच्चों को चुप कराने बाहर गए। बच्चे बरामदे के एक कोने में बैठ गए। उनके सामने काले रंग में पुती एक दीवार थी।

माँ ने अपना सिर पकड़ लिया।

'आप ठीक तो हैं ना?' मैंने कहा।

उन्होंने सिर हिला दिया।

'एसएमडीसी क्या होता है?'

'स्कूल मॉनिटरिंग एंड डेवलपमेंट कमेटी। देहाती स्कूलों की मदद के लिए बनाई गई एक सरकारी संस्था। लेकिन वो लोग यहाँ आते हैं, देखते हैं और चले जाते हैं। कोई भी कभी किसी की मदद नहीं करता।'

बिजली आ गई। पंखे चरमराते हुए चालू हुए, लेकिन चूँकि मैं पसीना-पसीना हो रहा था, इसलिए उनकी हवा खाकर मुझे सुकून मिला। माँ भी कुर्सी पर बैठ गईं और आँखें मूँदकर हवा के झोंके का मजा लेने लगीं।

'बच्चे बाहर बरामदे में क्यों बैठे हैं?' मैंने खलल डालते हुए पूछा।

'वो पहली कक्षा है,' माँ ने कहा।

सुबह की शिफ्ट में पहली से चौथी तक की कक्षाएँ लगती थीं। दूसरी से चौथी तक की कक्षाएँ क्लासरूम में लगती थीं, लेकिन पहली कक्षा को बरामदे को ही क्लासरूम की तरह इस्तेमाल करना पड़ता था।

मैंने स्टाफरूम के बाहर देखा। बच्चे नीचे बैठे मेरी माँ का इंतजार कर रहे थे।

'एनरोलमेंट में मेरी मदद करो। गाँव के लोग अपने बच्चों को स्कूल में पढ़ने के लिए भेजना पसंद नहीं करते,' माँ ने कहा।

'लेकिन माँ, मैं पढ़ाना भी चाहता हूँ,' मैंने कहा।

'करने को दूसरे काम भी हैं। जैसे ताराचंदजी का कागजी कामकाज बहुत खराब है।'

'यह काम तो बहुत उबाऊ लगता है।'

'लेकिन यह बहुत जरूरी है। मुझे एक ऐसे आदमी की जरूरत है, जो दस्तावेजों को सहेजकर रख सके और अधिकारियों के साथ लॉबिंग कर सके। मुझमें तो अब इतना सब करने की हिम्मत नहीं है।'

मैंने एक गहरी साँस ली और हाँ बोल दिया। स्कूल की इमारत की तरह मेरी माँ भी बूढ़ी और कमजोर होती जा रही थी।

'माँ, क्या स्कूल की मरम्मत के लिए हम कुछ पैसा खर्च नहीं कर सकते?' मैंने कहा।

माँ ने मेरी ओर देखा। उनके देखने के तरीके से ही मैं समझ गया कि उनका जवाब क्या है।

'मैं अपनी ओर से जो भी हो सकता है, कर रही हूँ। लेकिन हमारे पास हवेली की ही मरम्मत कराने के पैसे नहीं हैं। तुम दिल्ली में पढ़ाई कर रहे थे तो मुझे उसका खर्चा भी उठाना था। अब मेरे पास ज्यादा पैसा नहीं रह गया है।'

मुझे अपराध बोध महसूस हुआ। मैं सोचने लगा कि क्या मैं एचएसबीसी का जॉब एक्सेप्ट कर अपनी माँ की और अच्छी तरह से मदद नहीं कर सकता था। तब मैं कम से कम उन्हें हर महीने एक चेक तो भेज सकता था।

'लेकिन हम कुछ न कुछ करेंगे। चिंता मत करो। मुझे तो इसी बात की खुशी है कि तुम यहाँ हो,' माँ ने कहा।

'कैसे करेंगे?'

'मैं कोई तनख्वाह नहीं लेती हूँ। स्टाफ को पैसा मैं देती हूँ। कुछ टूट-फूट हो जाए तो उसे भी मैं ही दुरुस्त करवाती हूँ। लेकिन इससे ज्यादा करना मेरे लिए मुश्किल है। सरकार को हमारी मदद करनी चाहिए, लेकिन वह करती नहीं।'

'और बच्चों की फीस से हमें जो आमदनी होती है, वह?'

'वह तो कुछ भी नहीं है। फीस पाँच रुपया प्रतिमाह है और उसमें भी कई बच्चे वक्त पर पैसा नहीं देते। यदि किसी महीने हम खुशकिस्मत साबित हुए तो फीस के पैसों से अपना बिजली का बिल चुका देते हैं।'

बरामदे में बच्चों का शोरगुल बढ़ गया था। बच्चों की बातचीत, हँसी-ठट्ठा, चीख-पुकार के कोलाहल में हमारी आवाजें डूबती जा रही थीं।

'जरा देखो तो इन शोर मचाने वाले बंदरों को। अब मुझे जाना ही होगा,' माँ ने कहा और बाहर चली गईं।

सत्तर अकेले बच्चे और टीचर की मौजूदगी में सत्तर बच्चे, इन दोनों में बहुत अंतर होता है। पलभर में क्लास चुप हो गई।

मैं पूरी सुबह स्कूल से जुड़ी फाइलें और दस्तावेज पढ़ता रहा। मुझे बहुत जल्द यह समझ में आ गया कि महज चार लोगों के स्टाफ के साथ सात सौ बच्चों का स्कूल चलाना कोई हँसी-खेल नहीं है।

'ठीक है...चलो अब अंग्रेजी में गिनती शुरू करो,' बाहर से माँ की आवाज सुनाई दी।

'वन, टू, थ्री...' बच्चे एक स्वर में बोलने लगे। मुझे नहीं मालूम था कि गाँव-देहात से आए ये बच्चे अपने अंग्रेजी की गिनती के इस ज्ञान का कभी इस्तेमाल कर भी पाएँगे या नहीं। फिर भी उन्हें गिनती सीखते देखकर मुझे बहुत अच्छा लगा। दिल्ली के किसी मल्टीप्लेक्स में फिल्म देखने से तो यह बेहतर ही था। रिया के घर में किसी आलीशान पार्टी में शामिल होने से भी यह बेहतर था।

'आज के बाद से ये बच्चे ही मेरी जिंदगी हैं,' मैंने खुद से कहा।

17

छह माह बाद

'आपने वादा किया था, सरपंचजी,' मैंने खुद को गर्मी से बचाने के लिए एक हथपंखे का इस्तेमाल करते हुए कहा। मैं तीसरी बार उनके घर पर आया था। आमवा गाँव के सरपंच गोपी ने मुझे आश्वस्त किया था कि उनके गाँव का हर बच्चा स्कूल में आएगा।

'मुझे लगा बच्चे स्कूल जाने लगे हैं। हमने आठ बच्चे भिजवाए थे,' उन्होंने कहा।

'लेकिन उन्होंने एक हफ्ते बाद ही आना बंद कर दिया।'

'तो अब मैं क्या कर सकता हूँ, राजकुमार साहिब? मैंने कोशिश तो की थी।'

'आप उन्हें कहिए कि उन्हें स्कूल आना ही पड़ेगा। स्कूल आना किसी मेले में घूमने जैसा नहीं है। शिक्षित होने में सालों लग जाते हैं।'

'और पढ़-लिखकर वे क्या करेंगे?'

'माफ कीजिए, हम लगभग मुफ्त में पढ़ा रहे हैं। तब भी क्या दिक्कत है?'

गोपी रुके और मेरी ओर देखा। फिर उन्होंने अपने पायजामे की जेब से एक बीड़ी निकाली और उसे सुलगा लिया।

'इसमें वक्त जाया होता है। बच्चों के माँ-बाप तो इसके बजाय यह चाहेंगे कि बच्चे खेती-बाड़ी में उनकी मदद करें।'

सरपंच ने बीड़ी का एक गहरा सुट्टा लगाया।

'एक किसान अपने छोटे बच्चे को स्कूल पढ़ने के लिए भेजता है। सुनने में बहुत अच्छा लगता है। लेकिन स्कूल उसे क्या देता है?'

'शिक्षा। आखिर शिक्षा के बिना उसका क्या वजूद होगा?'

'लेकिन मान लो कि आपने उसे सिमराँव का एक आठवीं पास बना दिया, तब वो क्या करेगा? अभी वह कम से कम अपने घर की मदद तो कर रहा है।'

'लेकिन उसका भविष्य क्या है?' मैंने कहा।

'गरीबों को आने वाले कल का सपना मत दिखाइए, राजकुमारजी। आपके जैसे स्कूल जिंदगी में आगे बढ़ने में हमारी मदद नहीं करते,

इसीलिए हम अपने बच्चों को वहाँ पढ़ने नहीं भेजते। सौ बात की एक बात। हम कोई देहाती गँवार नहीं हैं, जिन्हें कुछ भी समझ नहीं आता हो।'

'क्या मैं आपकी कोई भी मदद कर सकता हूँ?' मैंने जाने के लिए खड़े होते हुए कहा। 'हमें पानी दिलवाइए। गाँव के बच्चे पानी लाने के लिए रोज दो किलोमीटर पैदल चलते हैं। यदि पानी मिल जाए तो हम भी उन्हें स्कूल भेजना शुरू कर देंगे।'

विधायक ओझा का घर-कम-ऑफिस खचाखच भरा हुआ था। विधायक के सचिव पंकज ने मुझसे कहा कि मैं कतार तोड़कर आगे आ जाऊँ, लेकिन मैंने इनकार कर दिया। मैं एक नकली राजकुमार के रूप में अपना कोई विशेषाधिकार नहीं दिखाना चाहता था।

'आप यहाँ किसलिए आए हैं?' मैंने एक बुजुर्ग ग्रामीण से पूछा।

'बिजली। हमारे गाँव बस्तीपुर में दिन में केवल एक घंटा बिजली आती है। इतने वक्त में हम पानी भी पम्प नहीं कर सकते। हम दो घंटे और बिजली दी जाने की माँग करने आए हैं।'

तो ये रही हालात की एक तस्वीर। यह आदमी चौबीस में से केवल तीन घंटे बिजली चाहता था और उसके लिए भी उसे अपने नेता से मिलने के लिए हाथ जोड़कर इंतजार करना पड़ता था।

पंकज मेरी ओर आया।

'आइए, ओझा सर को यह पसंद नहीं है कि आप बाहर खड़े होकर इंतजार करें,' पंकज ने कहा।

ओझा अपने ऑफिस से बाहर चले आए। 'आप नीचे बैठे हैं!' उन्होंने आश्चर्य के भाव से कहा।

'सभी तो नीचे बैठे हैं,' मैंने कहा।

उन्होंने आसपास नजरें दौड़ाई और फिर कहा, 'बहुत हुआ, माधवजी, अब भीतर आइए।'

वे मुझे अपने लिविंग रूम में ले गए।

'आपको तो सीधे भीतर घुस जाना था,' उन्होंने कहा।

'मैं नहीं चाहता था कि गाँववाले ऐसा सोचें कि आप मुझे विशेष ट्रीटमेंट देते हैं,' मैंने कहा।

'लेकिन अब वे यह कहेंगे कि मैंने सिमराँव के राजकुमार को नीचे बिठाकर रखा। मेरा यकीन मानो, ये लोग ऊँच-नीच को ज्यादा महत्व देते हैं। खैर, यह बताइए, यहाँ कैसे आना हुआ?'

'मुझे अपने स्कूल के लिए मदद की दरकार है। और पास के गाँवों

में कुछ हैंडपम्प भी लगवाने हैं।'

'आपके स्कूल की बात तो मुझे समझ में आती है,' ओझा ने अपनी भौंहों को जरा-सा उठाते हुए कहा, 'लेकिन गाँवों में हैंडपम्प?'

'हाँ, आमवा गाँव में।'

'आप समाजसेवा शुरू करने जा रहे हैं या फिर राजनीति में आने का इरादा है?'

'नहीं, ऐसी बात नहीं है। दरअसल, बच्चों को इसलिए स्कूल नहीं आने दिया जाता, क्योंकि उन्हें घर का पानी लाने के लिए रोज दो किलोमीटर चलना पड़ता है। गाँव में जितने हैंडपम्प होंगे, मेरे स्कूल में उतने ही बच्चे दाखिला लेंगे।'

'आहा,' ओझा ने अपना जूस का गिलास खत्म करते हुए कहा। 'थैंक गॉड।'

वे ठहाका लगाकर हँस पड़े। मैं अचरज में पड़ गया।

'यदि आप राजनीति में आ जाओगे, तो मेरी नौकरी खतरे में पड़ जाएगी,' उन्होंने हँसते हुए कहा।

'चिंता मत कीजिए, मैं ऐसा नहीं करूँगा। पर मेरे स्कूल को मदद की दरकार है।'

'मैं जानता हूँ। आपकी माताजी ने मुझे बताया था। स्कूल में मरम्मत की दरकार है, जिसके लिए लाखों लगेंगे। लेकिन अफसोस कि वह कोई सरकारी स्कूल नहीं है।'

'लेकिन हमारे बच्चों के पास उसमें पढ़ने के अलावा कोई और चारा नहीं है।'

'राजकुमारजी...'

'माधव, प्लीज मुझे माधव ही कहिए।'

'ओके, माधवजी, देखिए, विधायक निधि में बहुत सीमित मात्रा में ही पैसा मिलता है। उसी में से मुझे सड़कों की मरम्मत करवानी है, बिजली-सेवा दुरुस्त करानी है और हैंडपम्प लगवाने हैं। दरअसल, विधायक निधि का पैसा पहले ही खत्म हो चुका है।'

'प्रदेश के शिक्षा मंत्रालय के बारे में क्या?'

ओझा हँस पड़े। उनकी हँसी ही मेरे सवाल का जवाब थी।

'ये बिहार है, आपको पता होना चाहिए,' उन्होंने कहा।

'तो क्या आप कुछ नहीं कर सकते?'

'तुम्हें मुझसे पर्सनल डोनेशन चाहिए? मैं तो एक मामूली-सा सरकारी

सेवक हूँ,' उन्होंने कहा।

'नहीं, मैं डोनेशन माँगने नहीं आया था। मुझे लगा था कि हमारी सरकार इस क्षेत्र के इकलौते अच्छे स्कूल की मदद के लिए कुछ करेगी। इस स्कूल में पढ़ने वाले बच्चों के माता-पिता आपको वोट देते हैं।'

'बिलकुल देते हैं। लेकिन उनकी कुछ और जरूरी समस्याएँ भी हैं और वे चाहते हैं कि मैं उन पर फोकस करूँ।'

मैं जाने के लिए उठ खड़ा हुआ।

◆

रानी साहिबा को जब गुस्सा आता है तो उनका चेहरा देखने लायक होता है। मैं डाइनिंग टेबल पर बैठा था और डिनर के लिए पुलाव और रायता खा रहा था।

वे मेरे सामने खड़ी थीं।

'बैठ जाओ,' मैंने कहा।

'तुम खड़े हो जाओ,' उन्होंने शांत आवाज में कहा। वास्तव में उनकी आवाज कुछ ज्यादा ही शांत थी।

मैंने अपनी अंगुलियों से चावल साफ किए और खड़ा हो गया।

'क्या बात है?' मैंने कहा।

'मैं तुम्हें स्कूल में मदद करने दे रही हूँ, इसका यह मतलब नहीं कि तुम जो चाहे, वह करो।'

'मैंने क्या किया?'

'तुम मुझे बिना बताए उस नकचढ़े विधायक से मिलने चले गए?'

'मुझे लगा वे हमारी मदद कर सकेंगे। हम टॉयलेट्स के बिना लंबे समय तक स्कूल नहीं चला सकते।'

'वो मदद करेगा? वो तो यही चाहेगा कि राजपरिवार की साख पर बट्टा लगे।'

'क्यों?'

'ऐसा होगा, तभी तो उसकी साख बनेगी।'

मैं चुप रहा।

'अब बैठ जाओ,' माँ ने कहा।

हम दोनों डायनिंग टेबल पर एक-दूसरे के सामने बैठ गए। हमारे काफी बड़े डायनिंग-कम-लिविंग रूम में अजीब-सी खामोशी पसरी थी। उन्होंने अपनी प्लेट में चम्मच से कुछ चावल लिए।

'वैसे उसने कहा क्या?' उन्होंने पूछा।

'उन्होंने कहा कि विधायक निधि में अब पैसा नहीं बचा है।'

'क्योंकि सारा पैसा वो खुद खा गया है,' माँ ने कहा। 'कभी-कभी मैं सोचती हूँ कि काश मैंने टिकट के लिए मना नहीं किया होता।'

'कौन-सा टिकट?'

'पिछले चुनाव में उसकी पार्टी ने मुझसे चुनाव लड़ने को कहा था। वरना तुम्हें क्या लगता है, वह हमारे परिवार को लेकर इतना इनसिक्योर क्यों है?'

'चुनाव? आपने तो मुझे बताया ही नहीं।'

'मेरी उसमें दिलचस्पी नहीं थी,' माँ ने कहा। 'वैसे भी दिल्ली में तुम्हारे पास अपनी माँ की बातें सुनने का समय ही कहाँ था?'

'मैं पढ़ाई में लगा हुआ था, माँ।'

'लेकिन जब तुम खुद मुझे फोन लगाते थे, तब भी मेरी बात ध्यान से नहीं सुनते थे। पता नहीं, वहाँ तुम्हारे दिमाग में क्या चल रहा था। कोई लड़की-वड़की का चक्कर तो नहीं था ना?'

मैं चुप रहा।

'यानी कुछ तो था।' उन्होंने कहा और हँस पड़ीं। 'मैं तो सोच भी नहीं सकती कि तुम्हारी कोई गर्लफ्रेंड होगी।'

'ऐसा कुछ नहीं था।'

'पक्का? तो फिर तुम एकदम से चुप क्यों हो गए?'

'मैं बास्केटबॉल को मिस करता हूँ।

'मैं यह कहने जा रही थी कि तुम स्कूल में बच्चों को बास्केटबॉल सिखा भी सकते हो, लेकिन...'

'लेकिन हमारे पास बास्केटबॉल कोर्ट या उसको बनवाने के लिए पैसा नहीं है,' गैंने खीझ भरे स्वर में कहा।

'इसीलिए मैंने उस बारे में बात नहीं की। खैर, तुम तो जाकर खेलो। इससे तुम्हारा दिमाग भी दुरुस्त रहेगा।'

'मेरा दिमाग पहले ही दुरुस्त है।'

'बहुत हुआ। अब चुपचाप खाना खाओ।'

माँ मुझे आज भी किसी दस साल के बच्चे की तरह ट्रीट करती थीं और मजे की बात यह है कि मैं भी उन्हें ऐसा करने देता था।

18

'विधायक ने हमें क्यों बुलाया है? कोई अच्छी बात नहीं हो सकती,' माँ ने कहा।

'चलकर देखते हैं। आप इतनी चिंता क्यों कर रही हैं?'

माँ और मैं विधायक के बंगले की ओर बढ़ चले।

'बेकार आदमी,' माँ ने कहा।

'शश्श्श..., हम उसके यहाँ पहुँच चुके हैं,' मैंने कहा। हम ओझा के बंगले के कंपाउंड में दाखिल हो चुके थे।

◆

ओझा ने हाथ जोड़कर हमारा स्वागत किया। उन्होंने ताजा-ताजा हजामत बनवाई थी और चमचमाता सफेद कुर्ता-पायजामा पहन रखा था।

'मेरे लिए कितने सम्मान की बात है, रानी साहिबा,' उसने मुस्कराते हुए कहा।

'ओझा जी, आपने हमें हाजिर होने का हुक्म दिया तो हम करते भी क्या?' माँ ने कहा।

'हुक्म नहीं, एक विनम्र अनुरोध था।' हम उसके पीछे-पीछे उसके विशालकाय लिविंग रूम में चले आए और लाल मखमल के सोफों पर बैठ गए, जिन पर सोने की जरी से बड़े-बड़े फूल बनाए गए थे। सिर पर पल्लू डाले उसकी कर्त्तव्यनिष्ठ पत्नी एक ट्रे में पानी और जूस ले आई। माँ ने उसके हाथ से ट्रे ले ली। उसने माँ के पैर छुए।

'तुम्हें मेरा आशीर्वाद, कुसुम,' माँ ने कहा। कुसुम तेज कदमों से फिर किचन में गई और नाश्ते से सजी एक ट्रे ले आई, जिसमें लड्डू, काजू कतली, भुजिया और बादाम थे।

'इतने तकल्लुफ की क्या जरूरत थी?' माँ ने कहा।

ओझा हमारे सामने सोफे पर बैठ गए। उनके चेहरे पर एक स्थायी खिन्न भाव था। 'राजकुमार जी मेरे पास मदद माँगने आए थे, लेकिन मैंने उन्हें अपनी मजबूरी के बारे में बता दिया। मुझे खेद है,' उन्होंने कहा।

'हम समझते हैं,' माँ ने कहा।

'लेकिन मेरे पास आपके लिए एक प्रपोजल है। आप मेरी एक मदद कर सकते हैं। बदले में, शायद आपके स्कूल के लिए भी कुछ किया जा सके।'

'मामला गैरकानूनी तो नहीं?' माँ ने पूछा।

ओझा ठहाका लगाकर हँस पड़े। उनके हाथ में उनकी प्लेट हिलने लगी।

'नहीं, नहीं, वैसी कोई बात नहीं है। वास्तव में यह तो सिमराँव और आपके स्कूल को गौरवान्वित करने का एक अवसर है।'

हम दोनों चुपचाप सुनते रहे। उन्होंने अपनी प्लेट नीचे रखी। 'सच कहूँ, तो यह मेरे लिए बहुत बड़ा सिरदर्द बन गया है। इसमें मुझे आपकी मदद की दरकार है, क्योंकि मैं तो फंसा हुआ हूँ।'

'क्या माजरा है?' माँ ने कहा।

'आप लोगों ने बिल गेट्स के बारे में सुना है?'

'बिलगेट? नहीं तो। क्या यह किसी जगह का नाम है?' माँ ने कहा।

'नहीं, यह एक इंसान का नाम है। कोई विदेशी है, जो कंप्यूटर वगैरह बनाता है।'

'मिस्टर बिल गेट्स, माइक्रोसॉफ्ट के चेयरमैन। उनकी कंपनी कंप्यूटर सॉफ्टवेयर बनाती है,' मैंने कहा।

माँ और ओझा दोनों ने मेरी तरफ कुछ इस तरह देखा, मानो मैं कोई जीनियस हूँ।

'तुम उसे जानते हो?' माँ ने कहा।

'वह दुनिया का सबसे अमीर आदमी है,' मैंने कहा।

'हाँ, मैंने भी यही सुना है कि उसके पास बहुत सारे पैसे हैं,' ओझा ने कहा।

'साठ अरब डॉलर,' मैंने कहा।

'कितने?'

'दो लाख चालीस हजार करोड़ रुपए,' मैंने कहा।

ओझा की भौंहें तनकर एक इंच ऊपर चढ़ गईं।

'क्या?' माँ ने कहा। 'इतना पैसा? और तुम्हें उसके बारे में यह सब कैसे पता है?'

'मैंने एक मैगजीन में पढ़ा था। लेकिन यह तो कॉमन नॉलेज है, माँ,' मैंने कहा।

'हम्म...मिस्टर ओझा, आप कुछ कह रहे थे,' माँ ने कहा।

'हाँ, तो ये गेट्स इंडिया आ रहे हैं। दरअसल, वे बिहार ही आ रहे हैं।'

'क्या वो पागल हो गए हैं? इतना पैसा कमाने के बाद वे बिहार घूमने आ रहे हैं?' माँ ने कहा।

ओझा हँस पड़े। 'मुझे ज्यादा जानकारी नहीं, रानी साहिबा। लेकिन उसका कोई एनजीओ है, वो ही उसे यहाँ बुला रहा है।'

'क्यों?'

'शायद इसलिए कि बिहार के अंदरूनी इलाकों की सैर करने के बाद वे खुद को और अमीर महसूस करने लगें।'

माँ और ओझा दोनों हँस पड़े। ओझा कमरे से बाहर कहीं गए और एक लेटर लेकर लौटे। उन्होंने वह लेटर मुझे थमा दिया। यह पत्र बिहार के ग्राम कल्याण मंत्रालय की ओर से आया था।

सभी विधायकों-जिला कलेक्टरों-डीसीपी के लिए,

ग्रामीण कल्याण मंत्रालय को आपको यह बताते हुए खुशी हो रही है कि जाने-माने उद्यमी और परोपकारी श्री बिल गेट्स अपने गेट्स फाउंडेशन के प्रतिनिधियों के साथ 15 से 22 अप्रैल 2009 के दौरान बिहार आ रहे हैं। राज्य सरकार उनकी टीम की मदद करना चाहती है। इसी सिलसिले में आप भी अपने कार्यालयों से अनुरोध करें कि वे यथासंभव सहायता प्रदान करने की कोशिश करें। आपसे इन संबंध में सुझाव आमंत्रित हैं कि श्री गेट्स अपनी एक हफ्ते की बिहार यात्रा के दौरान किन-किन स्थानों पर जा सकते हैं या किन-किन कार्यक्रमों में मुख्य अतिथि की हैसियत से शरीक हो सकते हैं।

यदि आपके मन में कुछ सवाल और सुझाव हों तो कृपया ग्रामीण कल्याण मंत्रालय में संबंधित से संपर्क करें।

भँवर लाल
ग्रामीण कल्याण मंत्री
बिहार सरकार।

'तो इसमें हम आपकी क्या मदद कर सकते हैं?' माँ ने पत्र पढ़ने के बाद कहा।

'रानी साहिबा, यदि बिल गेट्स यहाँ आते हैं तो मेरा विधानसभा क्षेत्र चर्चाओं में आ जाएगा। यह सिमराँव के लिए अच्छा ही होगा।'

'ओझा जी, यह भी कहिए कि इससे आपको प्रेस कवरेज मिलेगी, मंत्री जी आपकी पीठ थपथपाएँगे।'

वे अपनी मुस्कराहट को दबा नहीं पाए।

'हाँ, यह सब भी होगा,' उन्होंने कहा। 'लेकिन आखिरकार यह हमारे गाँव के लिए अच्छा ही तो है।'

माँ को इसके पीछे का राजनीतिक खेल पता था। ओझा को अगले चुनाव में लोकसभा का टिकट चाहिए था। और खबरों में बने रहने के लिए उसे तरह-तरह की हरकतें करते रहनी थीं।

'फिर भी आप हमसे ठीक-ठीक तौर पर क्या चाहते हैं?' माँ ने पूछा।

'स्कूल में कोई फंक्शन ऑर्गेनाइज कीजिए। उन्हें मुख्य अतिथि के रूप में आमंत्रित कीजिए। जाहिर है, मेरे माध्यम से। मैं मंत्रालय से कहूँगा कि गेट्स के एजेंडे में आपके स्कूल की विजिट करना भी जोड़ दें।'

'नहीं, नहीं, नहीं...' माँ ने अपने हाथ हवा में हिलाते हुए कहा।

'क्यों, रानी साहिबा?' ओझा ने पूछा।

'मैं जैसे-तैसे स्कूल चला रही हूँ। मेरे पास ऐसा कोई फंक्शन कराने के पैसे नहीं हैं। आखिर कार्यक्रम के बंदोबस्तों के लिए कौन पैसे चुकाएगा?'

'हम चुकाएँगे,' ओझा ने तुरंत कहा। 'आपके स्कूल के फंक्शन के लिए मैं पैसे दूँगा।'

'लेकिन जहाँ तक मेरी जानकारी है, आपके पास विधायक निधि का कोई पैसा नहीं बचा था,' मैंने कहा।

विधायक ने मेरी तरफ देखा।

'देखो, बेटा, मैं तुम्हारी मदद करने की कोशिश कर रहा हूँ। लेकिन इसमें मेरे काम का भी तो कुछ होना चाहिए ना।'

'तो फंक्शन के लिए पैसे आप देंगे। लोग आएँगे, कार्यक्रम अटेंड करेंगे और चले जाएँगे। इससे हमें क्या मिलेगा?' मैंने कहा।

'तुम्हारे स्कूल का नाम देश के हर अखबार में होगा,' ओझा ने कहा।

'हमें पब्लिसिटी नहीं, टॉयलेट्स चाहिए,' मैंने कहा।

'हम उस दिन के लिए कुछ कामचलाऊ टॉयलेट्स का बंदोबस्त करवा देंगे।'

'बिलकुल यही तो। आपकी दिलचस्पी उस एक दिन में है। लेकिन उसके बाद हमारे बारे में क्या?'

माँ जाने के लिए उठ खड़ी हुईं।

'हम आपके स्कूल की रंगाई-पुताई करवा देंगे,' ओझा ने कहा।

मैंने माँ की ओर देखा। शायद इसमें हमारे काम का कुछ था।

'टॉयलेट?' मैंने कहा।

'उस तरफ है,' ओझा ने दाएँ कोने में एक दरवाजे की ओर इशारा

करते हुए कहा।

'नहीं, मुझे टॉयलेट यूज नहीं करना है। मेरा मतलब स्कूल के टॉयलेट्स से था।'

'वह तो एक बड़ा प्रोजेक्ट है। स्कूल में पेयजल की सुविधा नहीं है। हर चीज नए सिरे से शुरू करनी होगी। यह बहुत महंगा काम है और इसके लिए अब बिलकुल समय भी नहीं रह गया है।'

'लेकिन हमें तो इसी की जरूरत है: टॉयलेट्स, नई छत और बिजली,' माँ ने कहा।

'मैं केवल एक फंक्शन के लिए इतना पैसा खर्च नहीं कर सकता। लेकिन मैं स्कूल की रंगाई-पुताई करवा दूँगा और कार्यक्रम के लिए तमाम बंदोबस्त करवा दूँगा।'

'सॉरी, विधायक जी,' माँ ने कहा।

हम घर से बाहर चले आए। विधायक ने मुझे भीतर बुलाया।

'इस बारे में गंभीरता से सोचना,' उन्होंने मेरे कान में फुसफुसाते हुए कहा। 'रानी साहिबा कभी मेरा भरोसा नहीं करतीं। लेकिन तुम तो जानते ही हो कि यह गेट्स कितना महत्वपूर्ण आदमी है। उसके साथ बहुत सारे और महत्वपूर्ण लोग आएँगे।'

मैं माँ के पास गया।

'ओझा की बात मान लेते हैं,' मैंने कहा।

'और सारा काम कौन करेगा?' उन्होंने कहा।

'मैं करूँगा। क्या आप नहीं चाहतीं कि हमारे स्कूल की रंगाई-पुताई हो?'

उन्होंने मेरी ओर देखा।

'प्लीज, माँ।'

उन्होंने धीमे-से सिर हिला दिया।

'ओके?' मैंने पूछा।

'तुम्हारे आने के बाद मुझे पहली बार तुम्हारी आँखों में चमक नजर आई है। इसलिए, ओके।'

मैंने ओझा को थंब्स-अप का इशारा किया।

19

मैंने ओझा के निर्देशों के मुताबिक उनके लिए एक प्रपोजल तैयार किया। हमने प्रस्ताव बनाया कि बिल गेट्स एक सेल्फ-रन, नॉट-फॉर-प्रॉफिट स्कूल की यात्रा करें। हम सिमराँव रॉयल स्कूल का वार्षिकोत्सव श्री बिल गेट्स को मुख्य अतिथि बनाकर मनाना चाहेंगे। विधायक ने यह प्रस्ताव ग्रामीण कल्याण मंत्रालय को भेज दिया।

'मंत्रालय के पास नब्बे रिक्वेस्ट हैं, लेकिन गेट्स इनमें से केवल दस ही जगहों पर जा सकते हैं। तो वे लोग इनमें से दस स्कूलों के नाम चुनेंगे और हमें इसकी सूचना देंगे।'

'मुझे नहीं पता था कि इसमें इतना कॉम्पीटिशन होगा,' मैंने हैरान होते हुए कहा।

'मैं कल पटना जा रहा हूँ। मेरे साथ चलो, मैं तुम्हें मंत्रालय के लोगों से मिलवाऊँगा। तुम उन्हें अपने स्कूल का नाम चुनने के लिए राजी कर सकते हो।'

मैंने पटना तक की तीन घंटे की यात्रा विधायक के साथ उनकी लाल बत्ती की गाड़ी में तय की। हम सरकारी दफ्तरों में पहुँचे। मेरी मुलाकात ग्रामीण कल्याण मंत्रालय के धूलभरे दफ्तर में अधेड़ उम्र के श्री श्याम कौशल से हुई। उन्होंने एक ग्रे सफारी सूट पहन रखा था। मुझे लगता है हर सरकारी कर्मचारी को ऐसा सूट ऑफर लेटर के साथ ही फ्री मिलता होगा।

'सिरदर्द। ये गेट्स की पूरी यात्रा एक बहुत बड़ा सिरदर्द है,' उन्होंने कहा और अपना सिर पकड़ लिया।

उन्होंने मुझे गेट्स को स्कूलों में बुलाए जाने के अनुरोधों की फाइल दिखाई। इसके साथ ही एक मोटी फाइल प्रेस से इंटरव्यू के अनुरोधों, फाउंडेशन से कम्युनिकेशन के पत्रों और विभिन्न सरकारी कार्यक्रमों की योजनाओं संबंधी कागजों से भरी पड़ी थी।

'इन गोरों की भारत यात्रा के समय हम पगला क्यों जाते हैं?' मिस्टर कौशल ने कहा।

'क्योंकि इस गोरे के कारण ही मेरे स्कूल की रंगत में भी निखार आ सकेगा,' मैंने कहा।

'तुम अच्छी इंग्लिश बोल लेते हो?' उन्होंने कहा। 'क्योंकि वे लोग तुम्हें बार-बार बुलाएँगे।'

'मैं मैनेज कर लूँगा,' मैंने कहा।

'मैनेज माने क्या? जब वे आएँगे तो उनसे बातें कौन करेगा?'

'मैं करूँगा।'

'और वे तुम्हारे वार्षिकोत्सव में क्या देखेंगे? तुम्हारी स्कूल हिंदी-मीडियम है। पूरा कार्यक्रम हिंदी में होगा, है ना?'

मैं चुप रहा।

'देखो,' उन्होंने एक फाइल खोली। 'पटना का यह स्कूल हर हाल में गेट्स को अपने यहाँ बुलाना चाहता है। वे लोग उनके लिए इंग्लिश में एक स्किट करेंगे, जो कि कंप्यूटरों के आविष्कार और उनके विकास में माइक्रोसॉफ्ट की भूमिका पर केंद्रित होगा।'

मैंने रिक्वेस्ट देखी। वह पटना के दिल्ली पब्लिक स्कूल ने भेजी थी।

'ये एक इंग्लिश मीडियम स्कूल है। ऐसे स्कूल तो उन्हें हर जगह मिल जाएँगे। इसमें बिहारीपन कहाँ है?' मैंने कहा।

'वेल, ये हमारे लिए सुविधाजनक रहेगा। हम उन्हें पटना एयरपोर्ट से सीधे डीपीएस ले जा सकेंगे।'

'मिस्टर कौशल, मेरे खयाल से मिस्टर गेट्स असली बिहार देखना चाहते हैं। आप उन्हें जिस पॉश इंग्लिश स्कूल में ले जा रहे हैं, वह उनके लिए कोई मायने नहीं रखता।'

'तो मैं क्या करूँ?'

'उन्हें सिमराँव रॉयल में लेकर आइए। चिंता मत कीजिए, हम कोई डांस वगैरह का ऐसा कार्यक्रम करवाएँगे, जिसमें कोई शब्द नहीं होंगे।'

मिस्टर श्याम कौशल असमंजस में थे। दुनिया में सबसे कम रिस्क लेने वाले लोग अगर कोई हैं तो वे हैं हमारे सरकारी कर्मचारी।

आखिरकार उन्होंने सिर हिलाया। 'वहाँ इंग्लिश में भी कुछ न कुछ करना पड़ेगा। उनकी टीम ने हमें बताया है। वे चाहते हैं कि मिस्टर गेट्स कार्यक्रमों से खुद को जोड़ सकें।'

'ठीक है, हम इंग्लिश में कुछ कर लेंगे।'

'क्या?'

'वो आप मुझ पर छोड़ दीजिए,' मैंने कहा।

दरवाजे पर हुई एक दस्तक से हम चौंक गए। विधायक ओझा भीतर आए। उन्हें देखकर मिस्टर कौशल ऑटोमेटिकली खड़े हो गए। सरकारी कर्मचारियों के दिमाग में चापलूसी का एक स्विच होता है। उसी की वजह से किसी नेता को देखते ही रेंगने लगते हैं।

'कभी-कभी हम गरीब सिमराँव वालों की भी सुन लिया कीजिए, कौशल जी,' ओझा ने कहा।

कौशल ने अपने हाथ जोड़ लिए। 'मैं तो पूरी कोशिश कर रहा हूँ, ओझा साहिब। लेकिन ये गोरे असली बिहार देखना चाहते हैं और वह भी इंग्लिश में। मैं इसी कारण हैरान-परेशान हुआ जा रहा हूँ।'

ओझा ने मेरी पीठ थपथपाई।

'राजकुमार जी देश के सबसे अच्छे इंग्लिश कॉलेज में पढ़ाई कर चुके हैं। ये उन्हें अच्छे-से हैंडल कर लेंगे।'

मैं मुस्करा दिया। मैं सबसे अच्छे इंग्लिश कॉलेज में पढ़ने गया जरूर था, लेकिन मेरी इंग्लिश अब भी कोई बहुत दुरुस्त नहीं थी।

◆

मैथ्स की क्लास के बीच में मेरा सेलफोन बज उठा। किसी अनजाने नंबर से फोन आया था। तीसरी कक्षा के बच्चे मेरी ओर देख रहे थे। मेरे एक हाथ में चॉक और दूसरे हाथ में फोन था। मैंने फोन काट दिया और फिर से पढ़ाने लगा।

'तेईस में बारह का गुणा किया तो...' मैंने ब्लैकबोर्ड पर लिखा।

फोन फिर बजा।

'ये हिसाब करो, मैं अभी आता हूँ,' मैंने कहा और क्लास से बाहर चला आया।

'इज दिस माधव झा?' किसी महिला की आवाज थी, लेकिन उसका लहजा मुझे बहुत अपरिचित-सा लगा।

'येस,' मैंने कहा।

'दिस इज सामंथा मेयर्स फ्रॉम बिल गेट्स फाउंडेशन, कॉलिंग फ्रॉम न्यू देल्ही।'

'व्हाट?' मैंने कहा। उसके अजीब-से लहजे के बावजूद मैं उसके शब्दों को समझने की कोशिश कर रहा था। 'हेलो, मायसेल्फ माधव, व्हाट कैन आई डु फॉर यू?'

मैंने 'मायसेल्फ माधव' बोलने के लिए खुद को एक किक लगाई।

'मैं मिस्टर गेट्स की एडवांस पार्टी में शामिल हूँ। वे आपके यहाँ आएँ, इससे पहले हम एक बार आपके स्कूल का दौरा करना चाहेंगे।'

वो इतना तेज बोल रही थी कि उसकी आधी बात तो मेरे पल्ले ही नहीं पड़ी।

'येस, तो क्या मिस्टर बिल गेट्स आ रहे हैं?'

एक हफ्ते पहले मेरी पटना यात्रा के बाद से मुझे इस बारे में कोई खबर नहीं मिली थी।

'वेल, उससे पहले एक बार मुझे वहाँ आना होगा।'

◆

'आपका स्कूल...' सामंथा बोलते-बोलते सही शब्द की तलाश में रुक गई।

'बहुत अच्छी हालत में नहीं है?' मैंने कहा।

मैं उसे स्कूल दिखाने लाया था।

दीवारों से पलस्तर उखड़ रहा था। गणित के पहाड़े दोहरा-दोहराकर याद कर रहे बच्चों की ऊँची आवाज के कारण हम ठीक से बात नहीं कर पा रहे थे। कुछ बच्चे क्लास की खिड़की से झाँककर देख रहे थे। सुनहरे बालों और सफेद चमड़ी वाली सामंथा उन्हें किसी दूसरे ग्रह से आई प्राणी लग रही थी।

'नहीं, मैं कहना चाह रही थी कि आपका स्कूल बहुत अनूठा है।'

'अनूठा?' मैं उसकी बात समझ नहीं पाया था।

'डिफ्रेंट। एक खुशनुमा ढंग से सबसे हटकर है आपका स्कूल।'

मुझे पता नहीं टपकती दीवारों और चरमराते फर्नीचर में ऐसा क्या खुशनुमा था। शायद, गोरे लोग कुछ अलग तरह से सोचते हैं।

हम स्टाफरूम में आए। उन्होंने मेरी माँ और दूसरे टीचर्स को नमस्ते किया। ताराचंदजी हमारे लिए दो कप चाय ले आए। सामंथा की नजर नम दीवारों पर गई।

'हम जल्द ही इनकी रंगाई-पुताई करवा लेंगे। लोकल गवर्नमेंट ने हमें इसका भरोसा दिलाया है,' मैंने कहा।

'या, दैट इज फाइन। क्या हम बाहर चल सकते हैं। मैं थोड़ा धूप में बैठना चाहती हूँ,' सामंथा ने कहा।

हम एक-एक क्लासरूम चेयर लेकर बाहर आ गए। फिर हम स्कूल के प्रवेशद्वार की ओर मुँह करके मैदान में बैठ गए। फरवरी की धूप गुनगुनी लग रही थी। उसमें सामंथा के सुनहरे बाल और चमक रहे थे। वह दिखने में अच्छी थी। आखिर क्यों वह अपने देश की सुख-सुविधाओं को छोड़कर भारत के धूलभरे गाँवों की खाक छान रही थी?

'कितना खूबसूरत नजारा है,' हवा में लहराती धान की फसल को देखकर उसने कहा।

'मिस्टर गेट्स इसे पसंद करेंगे? हम अपना एनुअल-डे फंक्शन यहाँ खुले मैदान में करवा सकते हैं।'

'ओह, मुझे पूरा यकीन है उन्हें यह पसंद आएगा।'

'हमारे पास पैसों की थोड़ी कमी है, फिर भी हम पूरी कोशिश करेंगे कि एक अच्छा कार्यक्रम पेश कर पाएँ।'

'श्योर। क्या आपके यहाँ मेहमानों के लिए पर्याप्त संख्या में टॉयलेट्स हैं?'

'वेल,' मैंने कहा। मैं सोचने लगा कि इस सवाल का क्या जवाब दिया जाए। देखा जाए तो स्कूल का पूरा मैदान ही एक टॉयलेट के रूप में हमारे सामने उपलब्ध था।

'मेरा मतलब है वेस्टर्न-स्टाइल टॉयलेट्स,' सामंथा हँस पड़ी। 'डेलीगेशन में अधिकतर लोग अमेरिका से आएँगे।'

'हम टेम्परेरी टॉयलेट्स का बंदोबस्त करवा देंगे।'

'स्कूल में टॉयलेट्स नहीं हैं?'

मैंने उसकी तरफ देखा। वे जजमेंटल होने से ज्यादा उत्सुक नजर आ रही थी। मैंने तय किया कि मुझे सच बोल देना चाहिए।

'हमारा स्कूल गरीब है। हमारे पास इतने पैसे नहीं हैं कि ये सब कर सकें। यह वाला कार्यक्रम भी हम इसलिए करवा रहे हैं, ताकि हमारे स्कूल की हालत की तरफ सबका ध्यान जाए और कोई हमारी मदद कर सके।'

सामंथा ने नाक-भौं सिकोड़ ली।

'लेकिन हम एक अच्छा कार्यक्रम पेश करेंगे,' मैंने कहा। 'लोकल एमएलए हमारे साथ हैं।'

'मैं उम्मीद करती हूँ आपका कार्यक्रम अच्छा होगा। चूँकि आपने पैसों की कमी की बात की, क्या आप हमारे ग्रांट्स प्रोग्राम के बारे में विचार करना चाहेंगे?' सामंथा ने कहा।

'वह क्या है?'

'हमारा फाउंडेशन उन सोशल प्रोजेक्ट्स को ग्रांट्स या पैसा देता है, जो उसके हकदार होते हैं। हम आपके स्कूल को मिस्टर गेट्स के लिए एक टूरिस्ट स्टॉप बनाना चाहते थे, लेकिन आप लोग तो सोशल सर्विस भी कर रहे हो, है ना?'

'वेल, यह हमारे लिए एक सेवा ही है। मेरी माँ ने अपना पूरा जीवन इस स्कूल के लिए खपा दिया। मैं भी जॉब ऑफर्स को छोड़कर

यहाँ काम करने आया हूँ।'

'ग्रेट। तो तुम उसके लिए आवाज बुलंद कर सकोगे?'

'आवाज बुलंद?'

'ग्रांट्स प्रोग्राम बहुत कॉम्पीटिटिव है। हमारे सामने बहुत सारे अच्छे प्रपोजल आते हैं, लेकिन हम कुछ को ही पैसा दे सकते हैं।'

'इसके लिए मुझे क्या करना होगा?'

'तुम्हें एक प्रपोजल बनाकर सिलेक्शन पेनल के सामने एक प्रजेंटेशन देना होगा। लेकिन अभी हाल-फिलहाल में तो पेनल की कोई मीटिंग नहीं होने जा रही है।'

'तब?'

सामंथा कुछ सोचने लगी।

'प्लीज, मिस सामंथा। मुझे अपने स्कूल के लिए पैसों की सख्त दरकार है। आपने खुद ही देख लिया है कि इसे हम किन हालात में चला रहे हैं।'

आखिरकार सामंथा ने मुँह खोला, 'मैं तुम्हें यह सुझाव दूँगी कि यहाँ विजिट करने वाले डेलीगेशन के सामने एक अच्छी स्पीच दो। मिस्टर गेट्स खुद उस समय मौजूद रहेंगे। यदि उन्हें और डेलीगेशन को तुम्हारी बात अच्छी लगी तो वे ऑन द स्पॉट भी तुम्हें कुछ दे सकते हैं।'

'रियली?'

'यदि तुम कुछ इंस्पायरिंग और जेनुइन बात कह सको तो एक छोटी-सी ग्रांट तो तुम्हें मिल ही सकती है।'

'छोटी ग्रांट क्या होती है?'

'बीस हजार डॉलर। या शायद, इससे कुछ ज्यादा भी हो सकती है।'

मैंने एक गहरी साँस छोड़ी। आठ लाख रुपयों में तो मेरे स्कूल का कायाकल्प हो सकता था।

'एक स्पीच देना होगी, है ना?'

'हाँ, लेकिन उसमें उपदेश नहीं होना चाहिए, कुछ बेचने की कोशिश भी नहीं होनी चाहिए। बस दिल से निकली बात।'

'स्पीच कितनी लंबी होनी चाहिए?'

'पाँच से दस मिनट। इन इंग्लिश, ऑफ कोर्स।'

'क्या?' मैंने कहा और अपनी कुर्सी पर से उचककर खड़ा हो गया। मेरी इस औचक हरकत से उसकी थोड़ी-सी चाय गिर गई।

'सॉरी? एवरीथिंग ओके?' सामंथा ने कहा।

मैं फिर बैठ गया।

'इंग्लिश?'

'हाँ। हम भी तो इंग्लिश में ही बात कर रहे हैं।'

'मैं तुम्हारे साथ बस बतिया रहा हूँ। लेकिन दर्शकों के सामने एक यूएस डेलिगेशन को इंग्लिश में एड्रेस करना, यह मुझसे नहीं होने वाला।'

'वेल, हम दुभाषियों का बंदोबस्त करवा सकते हैं, लेकिन मेरे खयाल से उसमें वह वाली बात नहीं रहेगी।'

हमने चाय खत्म की। उसने अपने ड्राइवर को बुलाया। क्लासरूम की खिड़कियों से बच्चे गोरी मैम को उसकी सफेद इनोवा में बैठते देखते रहे।

'मेरी इंग्लिश बहुत खराब है,' मैंने उससे कहा। वह कार में बैठ चुकी थी।

'अब च्वॉइस तुम्हारे हाथों में है।'

ड्राइवर ने गाड़ी स्टार्ट कर दी। मैं सामंथा की स्लेटी आँखों में झाँकता रहा।

'तो?' उसने कहा।

'मैं करूँगा,' मैंने कहा और गहरी साँस भरी। 'मैं इंग्लिश में एक स्पीच दूँगा।'

मेरे दिल की धड़कन कार के इंजिन से भी ज्यादा तेज थी।

'नाइस। लुक फॉरवर्ड टु इट। सी यू इन अप्रैल,' उसने कहा।

कार चली गई। मैं वहीं खड़ा सोचता रह गया कि आखिरकार मैंने दुनिया के सबसे अमीर आदमी के सामने स्पीच देने का फैसला क्यों कर लिया।

20

'स्पीच?' माँ ने कहा। 'गोरों के सामने? इंग्लिश में? तुम पागल हो गए हो?'

'मैं अपने स्कूल की हालत देखकर पगला गया हूँ।'

वे अपनी कुर्सी पर बैठ गईं। उनकी भौंहें तनी हुई थीं। उन्होंने अपनी कोहनियाँ टेबल पर टिका रखी थीं और उनकी अंगुलियाँ आपस में गुंथी हुई थीं।

'वह जो भी है, जैसा भी है, मेरा स्कूल है। अगर तुम्हें वह पसंद नहीं है तो उसे छोड़ दो।'

'इतनी ड्रमैटिक मत बनो, माँ। मैं अपने स्कूल को पसंद करता हूँ, इसीलिए तो उसके लिए यह सब कर रहा हूँ।'

'अव्वल तो मुझे यही नहीं पता कि ये गेट्स क्या चीज है और वह इतने पैसे कैसे कमाता है। दूसरे, वह अपनी पलटन के साथ मेरे स्कूल आ रहा है। और तीसरे यह कि तुम्हें उसके सामने एक स्पीच देनी है!'

'वह सॉफ्टवेयर बनाता है।'

'सॉफ्ट वियर? यानी सॉफ्ट कपड़े? उसने इससे इतने पैसे कमा लिए?'

'नहीं, कंप्यूटर सॉफ्टवेयर। जैसे कि विंडोज।'

'विंडोज? गेट्स? आखिर वह है क्या, एक फर्नीचर डीलर?'

'रहने दो, माँ। मुझे अपनी इंग्लिश स्पीच की प्रैक्टिस करनी है।'

'गुड लक।'

उन्होंने स्टूडेंट्स की नोटबुक्स का एक गट्ठर खोला और उसे ठीक करने लगीं।

'मैं चाहता हूँ कि आप मेरी मदद करें।'

उन्होंने मेरी तरफ देखा।

'कैसे? मैं तो इंग्लिश बोलती नहीं हूँ और उसे बड़ी मुश्किल से समझ पाती हूँ।'

'आप तो मुझे बस यह बताइए कि मेरी बात सुनने में कैसी लगती है।'

मैं उठ खड़ा हुआ और ऐसे जताने लगा, मानो मेरे हाथों में कोई माइक हो।

'मुझे कैसे पता चलेगा कि तुमने सही बोला है या नहीं,' माँ ने कहा।

'कल्पना करो कि आप श्रोताओं में शामिल हैं। अब बस यह देखना कि मैं एक इंटेलीजेंट और कॉन्फिडेंट स्पीकर लगता हूँ या नहीं।'

वे खिलखिला दीं। मैंने उन्हें चुप कराया और अपनी स्पीच शुरू कर दी। क्योंकि तब तक भी मुझे बहुत अच्छे-से इंग्लिश नहीं आती थी, इसलिए मैंने जो कुछ कहा, वह इस प्रकार था:

'गुड मॉर्निंग, मिस्टर गेट्स, मिस सामंथा एंड गेस्ट्स। आई, माधव, वेलकमिंग यू ऑल टु द बिहार। माय स्कूल डुइंग एक्सीलेंट कोचिंग ऑफ चिल्ड्रन, फार्मर्स चिल्ड्रन, पुअर चिल्ड्रन, स्मॉल चिल्ड्रन...' चूँकि मुझे कुछ समझ नहीं आ रहा था कि क्या कहूँ इसलिए विभिन्न प्रकार के 'चिल्ड्रन' के नाम लेता गया। मैंने अपनी बात जारी रखी। 'बॉय चिल्ड्रन, गर्ल चिल्ड्रन, एंड मेनी, मेनी चिल्ड्रन।'

मैंने माँ की खिलखिलाहट की आवाज सुनी।

'क्या हुआ?' मैंने कहा।

'ये सारे चिल्ड्रन कौन हैं?'

मैंने अपना सिर खुजाया।

'एनी वे,' मैंने अपनी बात जारी रखी। 'माई स्कूल नीडिंग टॉयलेट एज नोबडी एबल गो टॉयलेटिंग व्हेन टॉयलेट टाइम कमिंग।'

माँ ठहाका लगाकर हँस पड़ीं।

'बिलकुल टॉयलेट की तरह है,' उन्होंने कहा।

मैंने उन्हें एक डर्टी लुक दी।

'आगे बढ़ो,' उन्होंने मजे लेते हुए कहा। मैंने मायूस होकर अपने हाथ हवा में फेंक दिए।

'मैं किसी काम का नहीं हूँ। मैंने भी कौन-सा काम अपने सिर ले लिया?' मैंने परेशान होकर कहा। इस तरह तो मैं खुद का मजाक बनाने वाला था।

'क्या तुम अब भी ना कह सकते हो?' माँ ने पूछा।

'कह सकता हूँ। या शायद मुझे कह देना चाहिए। आपको क्या लगता है?'

माँ ने कंधे उचका दिए। मैं उनके पास बैठ गया।

'मैं उनसे कहूँगा कि मैं यह नहीं कर सकता। वे चाहें तो मेरा नाम ग्रांट प्रोग्राम में से हटा दें।'

'तो तुम मैदान छोड़कर भाग रहे हो?' उन्होंने कहा।

'पहले आपने मेरा मजाक उड़ाया और अब आप ही मुझ पर मैदान छोड़ने का आरोप लगा रही हो।'

'मैं उस स्पीच पर हँस रही थी, जो तुम अभी दे रहे थे। लेकिन

तुम इससे कहीं बेहतर स्पीच भी तो तैयार कर सकते हो।'

'लेकिन कैसे?'

'तुम्हारे पास अभी कितना समय है?'

'दो महीने।'

'तो इंग्लिश सीख लो।'

'मैं स्टीफेंस में तीन साल पढ़ने के बावजूद इंग्लिश अच्छे-से नहीं सीख पाया तो दो महीने में क्या खाक सीख पाऊँगा?'

'लेकिन हम कभी मैदान नहीं छोड़ते, माधव। यह झा खानदान के खून में नहीं है।'

'तो मैं क्या करूँ?'

'तुम कोई न कोई हल निकालो। मुझे एक क्लास लेनी है।'

माँ ने अपनी नोटबुक्स बटोरीं और वहाँ से चली गईं।

आधे घंटे बाद मैं उनकी क्लास में घुस गया। बच्चे मेरी ओर देखने लगे।

'चलती क्लास में भीतर मत घुसो। बाहर खड़े रहकर वेट करो,' माँ ने मुझे वहाँ से रफा-दफा करते हुए कहा।

क्लास पूरी करके वे बाहर आईं।

'मैं करूँगा,' मैंने कहा।

'गुड,' माँ ने कहा। 'लेकिन अगली बार मेरी क्लास में आना तो दरवाजा खटखटाकर आना।'

'मैं इंग्लिश क्लासेस ज्वॉइन करना चाहता हूँ। पटना में।'

'पटना?'

'सिमराँव में तो कुछ होने से रहा।'

'यह तो है। लेकिन तुम कैसे करोगे?'

'मैं आता-जाता रहूँगा। वीकेंड में पटना में, सप्ताह के बाकी दिनों में यहाँ पर। ठीक है?'

'तुम पटना में कहाँ रहोगे?'

'मैं कोई न कोई जगह खोज लूँगा।'

'इधर आओ,' माँ ने मुझे जोरों से गले लगा लिया।

'जहाँ भी रहो, खुश रहो,' उन्होंने कहा। 'और जो मन आए करो, लेकिन अपने पिता जैसा खडूस मत बन जाना।'

'थैंक यू, माँ,' मैंने कहा।

'वेलकम, इंग्लिश बॉय।'

21

'तीन महीने के छह हजार रुपए,' उसने मेरे सामने एक ब्रोशर रख दिया।

मैं बोरिंग रोड स्थित पटना'ज प्राइड इंग्लिश लर्निंग सेंटर पर आया था। पटना'ज प्राइड के पतले-दुबले, लगभग कुपोषित मालिक एम. शफीक ने मुझे तमाम कोर्सेस समझाए। उन्होंने बैंगनी रंग की एक कमीज पहन रखी थी। उसकी आगे की जेब से सनग्लासेस लटके हुए थे।

'वी टीचिंग फॉर फाइव ईयर्स। गुड इंग्लिश, पर्सनैलिटी डेवलपमेंट, इंटरव्यू प्रिपेयरिंग, एवरीथिंग पीपुल लर्निंग हियर।'

मैं इंग्लिश का एक्सपर्ट नहीं था, इसके बावजूद मैं यह बता सकता था कि वह खुद गलत इंग्लिश बोल रहा था।

'मुझे एक इंपोर्टेंट ऑडियंस को स्पीच देनी है,' मैंने अपनी स्थिति को समझाते हुए कहा।

'नो प्रॉब्लम। स्पीच ओके,' शफीक ने कहा। 'व्हाट क्वालिफिकेशन यू हैविंग?'

'ग्रेजुएट।'

'गुड। लोकल?'

'दिल्ली से। सेंट स्टीफेंस।'

उसने यह नाम सुनकर कोई खास प्रतिक्रिया नहीं दी, बस यूँ ही सिर हिला दिया।

'सर, हम आपको टॉप-क्लास बना देंगे। मल्टीनेशनल-कंपनी इंग्लिश।'

'मेरे पास केवल दो महीने हैं,' मैंने कहा। 'मुझे फास्ट रिजल्ट चाहिए।'

'हम आपके लिए प्राइवेट क्लासेस अरेंज करवा देंगे। हर क्लास के एक्स्ट्रा पाँच सौ रुपए।'

'पाँच सौ?'

'ठीक है, चार सौ।'

मैंने सिर हिलाया।

'तीन सौ, प्लीज। गुड डील,' उसने कहा।

मैंने फॉर्म भर दिया और पहले महीने का पैसा एडवांस में चुका दिया। साथ ही मैंने शनिवार और रविवार को प्राइवेट क्लासेस के लिए भी नाम लिखवा लिया।

मैं पटना'ज प्राइड से बाहर निकला और ऑटो पकड़कर रेलवे स्टेशन के बाहर गेस्ट हाउसों से भरी एक सड़क पर पहुँचा। 'नेस्ट' नामक एक

छोटी-सी होटल से मैंने आखिरकार वीकेंड्स-ओनली की बात जमा ली, लेकिन उसकी इस शर्त पर कि वह मुझे इसकी कोई रसीद नहीं देगा।

◆

पटना'ज प्राइड में मेरी पहली क्लास में दस मिनट ही गुजरे थे कि मेरा दिल बैठने लगा। इस तरह तो काम नहीं चलने वाला। क्लासरूम में तकरीबन मेरी ही उम्र के पंद्रह और स्टूडेंट्स थे। टीचर ने हमसे कहा कि हम उन्हें 'वर्मा सर' कहकर पुकारें।

'बोलो, "हाऊ"', वर्मा सर ने क्लास से इसे दोहराने को कहा।

'हाऊ!' दस अलग-अलग एक्सेंट में जवाब आया। कभी वह सुनने में 'हॉ' लगता, कभी 'हाउ' तो कभी 'हो!'

'आर यू,' वर्मा सर ने कहा। 'हाऊ आर यू?'

क्लास ने बिहारी अंदाज में इस वाक्य को दोहराया।

'कॉन्फिडेंस ही सीक्रेट है,' वर्मा सर ने कहा। 'हाई-क्लास इंग्लिश और लो-क्लास इंग्लिश के बीच कॉन्फिडेंस का ही फर्क होता है। आपको इंग्लिश अच्छे-से बोलना भी आनी चाहिए। आखिर यह एक विदेशी भाषा है। यह भोजपुरी नहीं है। इसलिए उसके साउंड्स अलग हैं।'

वे अमित नाम के एक स्टूडेंट की ओर मुड़े। 'व्हाय आर यू हियर, अमित?'

'टु लर्न इंग्लिश, सर,' अमित ने कहा।

'व्हाट काइंड ऑफ इंग्लिश?'

'टॉप-क्लास इंग्लिश। विद बिग वोकेबुलरी।'

'रिलैक्स,' वर्मा सर ने कहा। 'मेरी क्लास में बिग वोकेबुलरी को भूल जाओ।'

'सर?' अमित ने कंफ्यूज होते हुए कहा।

वर्मा सर मुड़े और पूरी क्लास से मुखातिब हुए।

'स्टूडेंट्स, आपको केवल सिम्पल, कॉन्फिडेंट इंग्लिश सीखनी है। बड़े-बड़े शब्दों का इस्तेमाल करने वाले लोगों से मत डरो। वे एलीट क्लास के लोग होते हैं। वे अपने बड़े-बड़े शब्दों से तुम्हें डराना चाहते हैं और इंग्लिश की दुनिया में तुम्हें घुसने नहीं देना चाहते। उनके झांसे में मत आओ, ओके?'

सभी ने सिर हिला दिया, फिर चाहे सभी को उनकी बात समझ में आई हो या नहीं।

'एनीवे, लेट्स गेट बैक टु "हाऊ आर यू?"', उन्होंने कहा।

वर्मा सर ने समझाया कि हाऊ में इस्तेमाल किया जाने वाला आऊ साउंड हिंदी में नहीं होता।

'काऊ की तरह। हमें उसे का-ऊ नहीं बोलना चाहिए। उसमें आ और ओ का मिक्स होता है। कोशिश करो।'

क्लास इस छोटे-से शब्द को बोल पाने के लिए जूझ रही थी।

वर्मा सर मेरे तरफ आए।

'येस, तुम्हारा नाम क्या है?'

'माधव, माधव झा, सर।'

'ओके माधव, मेरे साथ-साथ दोहराआ: "आई एम फाइन, थैंक यू।"'

'आई एम फाइन, थैंक यू।'

'गुड।'

सेंट स्टीफेंस में तीन साल बिताने के बाद मैं इतना गया-बीता भी नहीं था कि इतना भी नहीं बोल पाऊँ। ये छोटे-छोटे वाक्य तो मैं आसानी से बोल लेता था। मैं तो यहाँ यह सीखने के लिए आया था कि अच्छी स्पीच कैसे दी जाए। इस दौरान वर्मा सर दूसरे स्टूडेंट्स के साथ व्यस्त हो गए।

◆

पटना'ज प्राइड की प्राइवेट क्लासेस ज्यादा बेहतर थीं। मैंने वर्मा सर को अपनी सिचुएशन समझाई।

'आई सी,' उन्होंने अपनी दाढ़ी खुजाते हुए कहा। 'तुम्हें न केवल अच्छी इंग्लिश सीखनी है, बल्कि एक पब्लिक स्पीच भी देनी है।'

'बिलकुल, सर। मैं बहुत नर्वस हूँ।'

'लेकिन तुम थोड़ी-बहुत इंग्लिश बोल लेते हो? तुमने इंग्लिश मीडियम में ग्रेजुएट किया है ना?'

मैं उन्हें बताना चाहता था कि मैंने न केवल इंग्लिश मीडियम में ग्रेजुएट किया है, बल्कि एक ऐसी जगह से ग्रेजुएट किया है, जहाँ पर घास भी इंग्लिश में ही उगती है।

मैं अपनी बात को और अच्छे-से समझाने की कोशिश करने लगा। 'सर, मैं इंग्लिश में एक सेंटेंस तो बना सकता हूँ, लेकिन सही वर्ड्स खोजने में ही मेरा पूरा वक्त चला जाता है। मैं क्या बोलना चाहता हूँ, उस बारे में तो मैं सोच ही नहीं पाता।'

'आई अंडरस्टैंड,' वर्मा सर ने कहा। 'जब हमें कोई लैंग्वेज ठीक-से नहीं आती तो हम सेल्फ-कांशस हो जाते हैं। इससे हमारा कॉन्फिडेंस-लेवल पता चलता है। इसका असर हमारी पर्सनैलिटी पर पड़ता है। जॉब इंटरव्यूज के लिए इस स्थिति को अच्छा नहीं कहा जा सकता।'

'सर, मेरे साथ जॉब इंटरव्यू का सवाल नहीं है। यह मेरे स्कूल और उसमें पढ़ रहे बच्चों के आने वाले कल का सवाल है।'

'प्लीज, मेरी मदद कीजिए, सर।'

वर्मा सर चुप हो गए।

'आप चुप क्यों हैं?' मैंने पूछा। मैं चिंतित हो रहा था कि कहीं उनकी खामोशी का यह मतलब तो नहीं कि मेरा केस होपलेस है।

'वेल,' उन्होंने कहा। 'मैं सोच रहा हूँ कि तुम्हारा काम कैसे जमाया जाए।'

'क्या मैं पीछे हट जाऊँ?'

उन्होंने कंधे उचकाए। मेरा दिल बैठ गया।

'कुछ हफ्ते कोशिश करो, फिर देखते हैं। अब खड़े हो जाओ और जिन चीजों से तुम डरते हो, उन्हें जोर से बोलो।'

'डर?'

'हाँ, खुलकर सामने आओ और उनका सामना करो। इंग्लिश में।'

मैं खाली क्लासरूम के सामने खड़ा हो गया। वर्मा सर एक स्टूडेंट की सीट पर बैठ गए।

'हाय, आई एम माधव झा एंड आई हैव अ फियर ऑफ स्पीकिंग इन इंग्लिश।'

'गुड। और?'

'आई हैव अ फियर दैट माय स्कूल विल नॉट मैनेज इटसेल्फ एंड क्लोज डाउन।'

'गो ऑन। एक और डर के बारे में बताओ।'

'आई हैव अ फियर दैट आई विल नेवर बी एबल टु गेट ओवर समवन आई लव्ड डीपली।'

22

अपने पटना वीकेंड के बाद मैं सिमराँव लौट आया और स्कूल का काम संभाल लिया।

मैं क्लासरूम में रंगाई-पुताई का काम करवाने वाले के साथ बैठा हुआ था कि मेरा फोन बजा।

'माधव? हाय, दिस इज सामंथा फ्रॉम द फाउंडेशन।'

'हाऊ आर यू, सामंथा।' मैंने वर्मा सर के सिखाए मुताबिक इन शब्दों को ठीक से बोलते हुए कहा।

'मैं ठीक हूँ। तैयारियाँ कैसी चल रही हैं?'

'हम इस बारे में काम कर रहे हैं,' मैंने धीमे-से कहा।

'सुपर। लिसन। मेरे दो कलीग इस हफ्ते पटना आएँगे। आई थिंक, तुम्हें उनसे मिलना चाहिए।'

सामंथा इतना तेज बोलती थी कि मैं बहुत मुश्किल से उसकी बातें समझ पाता था।

'किनसे मिलना है?'

'न्यूयॉर्क ऑफिस से मेरे सीनियर्स। ग्रांट्स में उनकी बात का वजन पड़ेगा। तुम्हें उनके साथ नेटवर्क करना चाहिए।'

'नेटवर्क?'

इंग्लिश अपने आपमें मुश्किल होती है और जब ये अमेरिकन उसे बोलते हैं, तब तो उसको समझना तकरीबन नामुमकिन ही हो जाता है।

'नेटवर्क करना यानी मेलजोल बढ़ाना। आओगे?'

'वीकेंड के दौरान मैं वैसे भी पटना में ही रहूँगा।'

'तो फिर सेटरडे कैसा रहेगा? हमें फील्ड विजिट्स भी करनी हैं, लेकिन तुम ब्रेकफास्ट के लिए तो हमसे मिल ही सकते हो।'

'श्योर,' मैंने कहा।

'हम चाणक्य होटल पहुँचेंगे। आठ बजे?'

'ठीक है।'

'सेटरडे को मिलते हैं,' उसने फोन रख दिया।

रंगाई-पुताई करवाने वाला हैरत से मेरा मुँह ताकता रह गया। मैंने सामंथा से यह पूरी बातचीत इंग्लिश में की थी।

'क्या हुआ?' मैंने कहा।

उसने अपना सिर हिलाया और शेड कार्ड निकाल लिया।

7 बजकर 47 मिनट पर मैं चाणक्य होटल की लॉबी में पहुँच गया। मैं यह ठीक समय इसलिए बता रहा हूँ, क्योंकि उसने मेरी जिंदगी बदलकर रख दी। यदि एक मिनट इधर-उधर हो जाता तो हालात कुछ और होते। सामंथा और उनके साथी 7 बजकर 51 मिनट पर होटल पहुँचे।

'ये क्रिस हैं और ये हैं राशेल,' सामंथा ने कहा। मैंने उन अमीरों से हाथ मिलाया, जो गरीबों की मदद करना चाहते थे।

'ब्रेकफास्ट?' सामंथा ने कहा।

हम 7 बजकर 55 मिनट पर होटल की कॉफी शॉप पर पहुँचे। ब्रेकफास्ट बुफे में बीस से ज्यादा डिशेस थीं। मैंने अपनी प्लेट टोस्ट, पॉरिज, फ्रूट, परांठे, पोहे और इडलियों से भर ली। साथ ही कुकिंग काउंटर पर मसाला डोसा बनाने का भी ऑर्डर दे दिया।

'माधव यहाँ एक विलेज स्कूल चलाते हैं,' सामंथा ने अपना जैम और बटर टोस्ट कुतरते हुए कहा।

'यू लुक रियली यंग,' क्रिस ने मिनरल वॉटर की एक बोतल खोलते हुए कहा।

'स्कूल मेरी माँ का है। मैं उनकी मदद करता हूँ,' मैंने कहा।

फिर मैंने उन्हें सिमराँव रॉयल स्कूल के बारे में बताया।

'सात सौ बच्चे। नाममात्र की फीस। सरकार का कोई सपोर्ट नहीं। अमेजिंग!' क्रिस ने कहा।

'मैंने इनका स्कूल देखा है। स्टाफ और ओनर्स बहुत डेडिकेटेड हैं। बहुत दुःख की बात है कि इन लोगों के पास न तो बेसिक फेसिलिटीज हैं, और न ही पैसा।' सामंथा ने कहा।

मेरे अमेरिकी दोस्तों ने बहुत कम खाया। उनके लिए खामखा ही नाश्ते में इतना सारा सामान बनाया गया था।

मैंने तीसरी बार अपनी प्लेट में नाश्ता लिया। मैं इतना खा लेना चाहता था कि फिर दिनभर बिना खाए भी काम चल जाए। 8 बजकर 27 मिनट पर हमने नाश्ता खत्म किया।

'अब हमें चलना चाहिए। हमारा प्रोजेक्ट मोंगोर में है। यहाँ से चार घंटे की दूरी पर,' सामंथा ने कहा।

'यू मीन मुंगेर?' मैंने कहा।

'हे सॉरी। मैं यहाँ की जगहों के नामों का इसी तरह मर्डर करती रहती हूँ,' सामंथा ने खिलखिलाते हुए कहा।

मैंने तो अपनी पूरी जिंदगी इंग्लिश का मर्डर किया है, मैं कहना चाहता था।

हम जाने के लिए उठ खड़े हुए। सामंथा और राशेल ने अपने हैंडबैग्स उठा लिए। क्रिस ने ड्राइवर को बुलाया।

मैं दाएँ-बाएँ देखने लगा। मैं सोच रहा था कि क्या मुझे कुछ और खा लेना चाहिए।

ठीक तभी मैंने ऊँचे कद की उस लड़की को देखा। उसकी पीठ मेरी तरफ थी और वह कॉफी शॉप के दूसरे छोर पर खड़ी थी। उसके लंबे बाल उसकी कमर तक आ रहे थे। उसने मस्टर्ड सलवार-कमीज पहन रखी थी। यदि वह इतने ऊँचे कद की नहीं होती तो मैं उसे देख नहीं पाता। यदि हमने चंद मिनट देरी से नाश्ता करना शुरू किया होता तो मैं अभी तक नाश्ता ही कर रहा होता और उसे देख नहीं पाता। केवल एक पल की बात थी। 8 बजकर 29 मिनट, जब मैं जाने के लिए उठ खड़ा हुआ, वह भी ठीक उसी समय उठ खड़ी हुई। उसने टेबल से कुछ फाइलें उठाईं।

'लवली मीटिंग यू, माधव,' क्रिस ने कहा और अपना हाथ आगे बढ़ाया।

मैंने सिर हिला दिया, लेकिन मेरी आँखें अब भी उस लड़की पर जमी हुई थीं। मैंने क्रिस से हाथ मिलाया।

'ऑल ओके?' क्रिस ने कहा और यह देखने के लिए अपना सिर घुमाया कि आखिर मेरा ध्यान कहाँ पर लगा हुआ था।

'हुँह, हाँ, मैं ठीक हूँ,' मैंने कहा, लेकिन मेरी आँखें अब भी उसी तरफ जमी हुई थीं।

वह एग्जिट की ओर चल दी। वेटर एक बिल पर साइन करवाने के लिए उसके पीछे गया। वह रुकी और वेटर की ओर मुड़ी। मैंने आधे सेकंड के लिए उसका चेहरा देखा। हाँ, ये वही थी।

'रिया सोमानी,' मैंने कहा।

'कौन?' क्रिस ने कहा। अब सामंथा और राशेल भी उसे देखने लगे थे।

इससे पहले ही हम कुछ रिएक्ट करते, रिया रेस्तरां से बाहर जा चुकी थी।

'क्या वह कोई फेमस लड़की है?' राशेल ने कहा।

'एक्सक्यूज जी, मुझे जाना होगा,' मैंने कहा। जब मैंने सामंथा से हाथ मिलाया तो मेरी अंगुलियाँ काँप रही थीं।

'हैव अ गुड ट्रिप टु मुंगेर,' मैंने कहा।

'वी'ल सी यू सून इन सिमराँव,' सामंथा ने खुशमिजाज स्वर में कहा।

'हाँ,' मेरी आवाज खोई-खोई-सी थी। मैं दरवाजे की ओर बढ़ा। मैं दौड़कर वहाँ जाना चाहता था, लेकिन इससे नाहक ही सीन क्रिएट होता, और मैं ऐसा नहीं चाहता था। मैं लॉबी में आया, लेकिन वो वहाँ नहीं थी।

'कहीं मुझे धोखा तो नहीं हुआ था?' मैंने खुद से पूछा। नहीं, मैंने उसको ही देखा था। उसकी चाल-ढाल, उसका चेहरा - दुनिया में केवल एक ही रिया है।

मैं दौड़कर बाहर आया और उसे एक इनोवा में बैठकर जाते हुए देखा। उसने सनग्लासेस पहन रखे थे। कार की खिड़कियाँ भी चढ़ी हुई थीं।

'कैन आई हेल्प यू, सर?' डेस्क पर मौजूद एक नौजवान होटल स्टाफ मेंबर ने मुझसे पूछा।

'अभी-अभी जो लेडी यहाँ से गई हैं, तुमने उन्हें देखा? मस्टर्ड सलवार-कमीज?'

'हाँ।'

'वो किधर गई हैं?'

'मुझे नहीं पता, सर। वो एक प्राइवेट टैक्सी है।'

'क्या वो लौटकर आएँगी?'

'नॉट श्योर, सर। सॉरी। क्या कोई प्रॉब्लम है, सर?'

मैंने अपने सिर हिलाया और होटल में लौट आया। मैं सोच रहा था कि अब क्या किया जाए।

मैं फिर कॉफी शॉप पर पहुँचा, जहाँ मुझे वेटर मिला।

'आपने उन लेडी को अभी एक बिल दिया था ना?'

'यस, सर।'

'वो मेरी एक पुरानी दोस्त हो सकती हैं। क्या मैं बिल देख सकता हूँ?'

वेटर ने मुझे शक की नजर से देखा।

'मैं अभी वहाँ फॉरेनर्स के साथ बैठा हुआ था,' मैंने हमारी टेबल की ओर इशारा करते हुए कहा। यदि आप गोरों के साथ देखे गए हों तो आपको बुरा आदमी नहीं माना जाता।

वेटर कैश काउंटर पर गया और बिल ले आया। मैंने उस पर उसके सिग्नेचर देखे। हाँ, तकदीर ने मुझे एक बार फिर रिया सोमानी से मिलवा दिया था।

'रूम नंबर 231,' वेटर ने कहा। 'उन्होंने अपने रूम के लिए बिल साइन किया था।'

'वे यहाँ ठहरी हुई हैं?' मैंने कहा।

'जी, बिलकुल,' वेटर ने कहा। उसने मेरी तरफ इस तरह देखा, मानो मैं कोई अव्वल दर्जे का बेवकूफ होऊँ।

मैंने राहत की साँस ली। मैं रिसेप्शन पर आया और रूम नंबर 231 में ठहरी रिया के बारे में पूछताछ की।

'येस, यह एक कंपनी बुकिंग है। वे यहाँ एक हफ्ते के लिए आई हैं।'

'वे कब वापस लौटकर आएँगी?'

'कह नहीं सकते, सर। यदि आप अपना नाम और नंबर यहीं छोड़ जाएँ तो हम उनसे आपसे संपर्क करने को कह सकते हैं।'

मुझे नहीं लगता था कि रिया ऐसा करेगी। यदि मुझे उससे मिलना था, तो मेरे पास उसका इंतजार करने के अलावा और कोई रास्ता नहीं था। मैंने अपनी आज की इंग्लिश क्लासेस छोड़ने का निर्णय लिया और लॉबी में जाकर बैठ गया। मेरी नजरें एंट्रेंस पर जमी हुई थीं।

मैं पूरे बारह घंटों तक इंतजार करता रहा।

मैंने इस दौरान इस डर से बाथरूम का भी इस्तेमाल नहीं किया कि कहीं मैं उसे चूक न जाऊँ। मैंने दिनभर कुछ खाया-पिया भी नहीं। मेरी नजरें होटल में आने वाली हर कार पर जमी रहीं।

शाम सात बजे सामंथा, क्रिस और राशेल अपनी ट्रिप से लौटे। बिहार की धूल से उनके चेहरे मैले हो गए थे और वे बेहद थके हुए नजर आ रहे थे।

'माधव?' सामंथा ने मुझे देखा तो हैरत से कहा।

'ओह, हाय,' मैंने भी चौंकने का दिखावा करते हुए कहा। 'मैं यहाँ एक और मीटिंग के लिया आया था।'

'चाणक्या में ही?' उसने कहा।

मैंने सिर हिला दिया। क्रिस ने कहा कि अगर उसने अभी शॉवर नहीं लिया तो उसकी जान निकल जाएगी। वे मुझे लॉबी में छोड़कर ऊपर अपने रूम्स में चले गए।

8 बजकर 30 मिनट पर एक इनोवा फ्रंट पोर्च में आकर रुकी। उसमें से रिया बाहर निकली। मेरा दिल जोरों से धड़कने लगा। मेरे भीतर का एक हिस्सा वहाँ से भाग जाना चाहता था। वह रिया का सामना करने के खयाल से ही काँप जा रहा था। लेकिन मेरे भीतर का एक दूसरा हिस्सा वह भी था, जो यहाँ उसके इंतजार में बारह घंटों से बैठा हुआ था।

उसका ध्यान मेरी तरफ नहीं गया। वह सीधे रिसेप्शन पर पहुँची।

'231, प्लीज,' उसने कहा। रिसेप्शनिस्ट की-रैक की ओर मुड़ी।

मैं रिसेप्शन की ओर बढ़ा। 'एक्सक्यूज मी, व्हिच वे इज द कॉफी शॉप?' मैंने पूछा। मुझे ऐसा दिखावा करना था कि मैंने उसे नहीं, बल्कि उसने मुझे पहले देखा। वह रिया थी। यदि मैं सीधे उसके पास पहुँच जाता, तो शायद वह वहाँ से चली जाती।

'ओह मॉय गॉड', रिया ने कहा। 'माधव झा।'

'रिया...रिया सोमानी, राइट?' मैंने कहा।

'वॉव, तुम्हें तो मेरा नाम याद करने में भी दिक्कत हो रही है, माधव झा!'

'रिया सोमानी,' मैंने तमाम दिखावों को छोड़ते हुए कहा। रिसेप्शनिस्ट उसके काउंटर पर इस सुखद संयोग को देखकर चकित थी।

रिया ने अपनी कीज लीं और हम काउंटर से दूर चले आए।

'तुम यहाँ क्या कर रहे हो?' उसने कहा। 'वॉव, मैं तो अब भी यकीन नहीं कर पा रही हूँ, माधव झा।'

'मैं बिहारी हूँ। यह पटना है। मेरा होमटाउन यहाँ से ज्यादा दूर नहीं है। पूछना तो मुझे तुमसे चाहिए कि तुम यहाँ क्या कर रही हो।'

'काम। मेरी कंपनी ने मुझे यहाँ भेजा है।'

'काम?'

'हाँ। तुम्हें नहीं लगता कि मैं कोई काम कर सकती हूँ?' रिया ने कहा।

'नहीं, ऐसी बात नहीं है। लेकिन किस तरह का काम? तुम तो लंदन चली गई थीं ना?'

रिया ने होटल लॉबी की ओर नजरें घुमाकर देखा।

'चलो, प्रॉपरली बातें करते हैं,' उसने कहा। 'तुमने डिनर किया?'

'नहीं।'

हम कॉफी शॉप पहुँचे। सुबह की शिफ्ट वाला वेटर अभी तक ड्यूटी पर था। मुझको देखकर वह मुस्करा दिया, मानो सबकुछ जानता हो। मैं भी मुस्करा दिया।

'तो आपको मैडम मिल गईं?' उसने कहा। चुतिया साला, मैंने मन ही मन सोचा।

'क्या?' रिया ने कहा।

'कुछ नहीं। येस, मेरे और मैडम के लिए टेबल प्लीज।'

23

हम एक कॉर्नर टेबल पर बैठे और तीन साल के बाद पहली बार साथ मिलकर खाना खाया। कुछ लोग ऐसे होते हैं, जिनकी मौजूदगी का ही आप पर वो असर होता है, जिसे बयां नहीं किया जा सकता। उसकी मौजूदगी का ही असर था कि होटल का वह मामूली खाना भी अद्भुत लगने लगा था। टोमेटो सूप में नमक ज्यादा था, लेकिन मुझे लग रहा था कि मैंने इससे अच्छा टोमेटा सूप आज तक नहीं लिया। मटर-पनीर ऐसा लग रहा था, जैसे किसी अवॉर्ड विनिंग शेफ ने उसे बनाया हो। शीशे से बाहर नजर आ रहीं ट्रैफिक जाम की बत्तियाँ ऐसी लग रही थीं, मानो जंगल में जुगनू टिमटिमा रहे हों। मैं चुप रहा, इस डर से कि कहीं कोई ऐसी स्टुपिड बात न कह दूँ, जिससे वह फिर नाराज हो जाए, या वहाँ से उठकर ही चल दे।

'तुम बहुत चुप-चुप रहने लगे हो,' उसने कहा।

'ऐसी बात नहीं है,' मैंने कहा। मैंने उसकी ओर देखा। वह कॉलेज के दिनों से भी ज्यादा कमाल नजर आ रही थी।

'तो बताओ, तुम इन दिनों क्या कर रहे हो?' उसने कहा।

अगले दस मिनट में मैंने उसे कॉलेज से अभी तक की अपनी जिंदगी के बारे में बताया।

'तुम एक स्कूल चला रहे हो और उसमें बिल गेट्स आने वाले हैं! वॉव!' उसने कहा।

'लेकिन वे तो कई जगहों पर जा रहे हैं।'

'कमऑन, इतने मॉडेस्ट भी मत बनो। तुम हमारे बाकी के बैचमेट्स से बहुत अलग काम कर रहे हो।'

'शायद, मैं मिसफिट हूँ। आखिर एचएसबीसी छोड़कर सिमराँव कौन आता है?'

'कूल पीपल,' उसने कहा। हमारी आँखें मिलीं। मैं उसका चेहरा पढ़ने की कोशिश कर रहा था, क्योंकि उसने अभी तक अपने बारे में कुछ नहीं बताया था। मुझे उसमें कोई खास फर्क नजर नहीं आ रहा था, बस वह पहले से थोड़ी ज्यादा मैच्योर लग रही थी। मैं उससे उसकी कॉलेज के बाद की लाइफ के बारे में पूछना चाहता था, लेकिन मैं बहुत जल्दबाजी नहीं करना चाहता था।

'रोहन कैसा है?' मैंने कहा।

'ओहो, तो तुम्हें उसका नाम याद है, और वहाँ लॉबी में तुम ऐसा जता रहे थे, मानो तुम्हें रिया सोमानी का भी नाम याद नहीं है!'

मैं मुस्करा दिया। उसने मेरी चोरी पकड़ ली थी।

'रोहन ठीक ही होगा,' उसने कहा।

'होगा यानी?'

'पता नहीं। होना ही चाहिए।'

'रोहन तुम्हारा हसबैंड है, राइट?'

वह चुप हो गई।

'तुम्हें कुछ स्वीट चाहिए? यहाँ कुल्फी और गुलाब जामुन भी है,' मैंने कहा। मैं सब्जेक्ट चेंज करने की कोशिश कर रहा था।

'हमारा डाइवोर्स हो गया,' उसने इतने शांत स्वर में कहा, मानो वह अपनी पसंदीदा स्वीट डिश के बारे में बता रही हो।

मेरे मुँह से कोई शब्द नहीं निकला। मैं शॉक्ड रह गया था। मुझे अपनी गर्दन पर झुनझुनी-सी महसूस हो रही थी।

क्या मुझे यह सुनकर खुशी हुई थी? मैंने अपने दाँतों को भींच लिया। मैं नहीं चाहता था कि मेरी मुस्कराहट फूट पड़े।

'ओह माय गॉड, मैंने एक अरसे से इतनी अच्छी खबर नहीं सुनी थी!' मेरे दिमाग के भीतर एक खुशनुमा आवाज गूँज रही थी। यहाँ तक कि मेरी आत्मा भी खुशी से झूम उठी थी। लेकिन मैं हरमुमकिन कोशिश कर रहा था कि बहुत गंभीर नजर आऊँ।

'यह तो बहुत बुरा हुआ,' मैंने आखिरकार कहा।

उसने सिर हिला दिया।

'स्वीट डिश?' मैंने कोमल स्वर में पूछा। इस खुशखबरी पर मुँह तो मीठा करना ही चाहिए था।

उसने सिर हिलाकर मना कर दिया। वह अपसेट नजर आ रही थी। ऐसा लग रहा था, मानो अभी रो पड़ेगी। मैं उसके हाथ को छूना चाहता था, लेकिन मैंने अपने को रोक लिया।

'क्या हुआ?' मैंने संजीदा आवाज में पूछा।

'मैं इस बारे में बात नहीं करना चाहती।'

मैंने सिर हिला दिया। टिपिकल रिया, मैंने सोचा।

'क्या हम किसी और चीज के बारे में बात कर सकते हैं, प्लीज?' रिया ने कहा।

'हाँ, क्यों नहीं? किस बारे में?'

'किसी भी चीज के बारे में।'

'तुम्हें कुल्फी चाहिए?' मैंने कहा।

'नो, माधव, मुझे कुल्फी नहीं चाहिए। मुझे कुछ भी खाने को नहीं चाहिए। क्या तुम किसी और सब्जेक्ट के बारे में बात कर सकते हो, प्लीज?'

मेरे खयाल से मैंने किसी और सब्जेक्ट के बारे में ही बात की थी। क्या कुल्फी एक सब्जेक्ट नहीं है? खैर, लड़कियों से कौन बहस करे!

'तुम पटना में कितने दिनों के लिए हो?' मैंने पूछा।

'मेरा जॉब यहीं है। एक्चुअली, मुझे अपने लिए रहने की एक जगह तलाशनी है।'

'रियली? तुम किस कंपनी के लिए काम करती हो?'

'नेस्ले। मैं सेल्स में हूँ, उनके योगर्ट ब्रांड के लिए।'

'आह,' मैंने कहा।

'क्या?'

'कुछ नहीं।'

'यदि तुम यह सोच रहे हो कि मैं पटना में योगर्ट क्यों बेच रही हूँ तो, वेल, एक कॉलेज ड्रॉप-आउट के लिए जॉब की तलाश करना आसान नहीं होता, है ना? खासतौर पर तब, जब ड्रॉप-आउट अपना खुद का कोई काम करना चाहती हो, अपने रिच डैड का काम नहीं।'

'नहीं, मैं इस बारे में नहीं सोच रहा था,' मैंने कहा। मैं सचमुच इस बारे में कतई नहीं सोच रहा था, मैं तो यह सोचकर ही खुशी के मारे पागल हुआ जा रहा था कि वह पटना में है।

'एनीवे, तुम सिमराँव कब जाओगे?' उसने कहा।

'तुम्हें सिमराँव याद है?' मैंने मुस्कराते हुए कहा।

'आखिर मैं अपनी जिंदगी में आए इकलौते राजकुमार और उसकी सल्तनत को कैसे भूल सकती हूँ?'

उसने चम्मच उठाई और मेरी कुल्फी से एक बाइट ले ली। उसका तो कुल्फी खाने का मन नहीं हो रहा था ना?

लड़कियाँ हमेशा जो कहती हैं, उसका ठीक विपरीत क्यों करती हैं?

उसने कुल्फी की और बाइट्स लीं और आखिरकार वह मुझसे भी ज्यादा मेरी कुल्फी चट कर गई।

'तुम्हें कुछ और भी याद है, रिया?'

'जैसे कि?'

'जैसे कि हम।'

उसने मेरी ओर देखा।

'माधव...'

'येस?'

'मैं बदल गई हूँ, माधव,' उसने कहा। 'मैं कॉलेज में अठारह साल की एक इम्मैच्योर, ओवर-प्रोटेक्टेड, बेवकूफ लड़की थी, जिसे बिलकुल नहीं पता था कि उसे अपनी जिंदगी में क्या करना है।'

'हम सभी उस समय काफी यंग थे,' मैंने उसके बचाव में कूदते हुए कहा।

'आई एम सॉरी, बिकॉज मुझे पता है मैंने तुम्हें हर्ट किया। पिछले दो सालों ने मुझे बहुत कुछ सिखाया है।'

उसकी इस अनएक्सपेक्टेड माफी ने मुझे चौंका दिया। मुझे लगा कि मैं इस वाली रिया से पहली वाली रिया से भी ज्यादा प्यार कर सकता हूँ। 'वैसे आखिर हुआ क्या था?'

'मैं उस बारे में बात नहीं करना चाहती। कम से कम अभी तो नहीं।'

मैंने बेसब्री से मुँह बनाया।

'क्या हुआ?'

'नथिंग, लेकिन तुम अब भी पहले जैसी ही हो। अपने में सिमटकर रहने वाली। मैं तुम्हें जानता हूँ, रिया, चाहे तुमसे मेरी पहचान अतीत के दिनों से ही जुड़ी हुई क्यों न हो।'

'अगर तुम मुझे जानते हो, तो मुझे पुश क्यों कर रहे हो?'

'मैं तुम्हें पुश नहीं कर रहा। मैं तुमसे सालों बाद मिला हूँ, इसलिए पूछ लिया। वैसे भी मुझे तुमसे कुछ पूछने का हक नहीं है। सो, सॉरी मैडम,' इतना कहकर मैं चुप हो गया।

'ऐसा मत कहो,' उसने कहा।

मैं दूसरी तरफ देखता रहा और फिर मैंने कहा, 'तुम मेरे हाथों में अपना वेडिंग कार्ड थमाकर गायब हो गईं। इतने समय बाद मैं तुमसे फिर मिला हूँ। क्या मुझे यह भी नहीं पूछना चाहिए कि क्या हुआ?'

'पूछना चाहिए।'

'यही तो मैंने किया।'

'फाइन, आई एम सॉरी। और पास्ट में हुई बातों के लिए मैं पहले ही माफी माँग चुकी हूँ। माधव, मेरी तरफ देखो।'

मैंने अपना चेहरा उसकी तरफ घुमा लिया। मैं रिया से बस इतनी

देर ही नाराज रह सकता था। वह मुस्करा दी। लेकिन मैंने अपने चेहरे पर गंभीर भाव बनाए रखा।

'तुम मेरे दोस्त बनना चाहोगे?' उसने कहा।

मुझे उसका इस तरह से कहना बिलकुल अच्छा नहीं लगता। इसका मैं क्या मतलब निकालूँ? क्या यह एक इंविटेशन है? या कोई कंसोलेशन प्राइज है? या फिर शांति का समझौता है?

मैं चुप रहा।

'मैं पटना में रहूँगी। तुम भी यहाँ आते रहते हो। हम फिर दोस्त बन सकते हैं। क्या तुम भी यही चाहोगे?' उसने कहा।

मुझे यह भी बिलकुल पसंद नहीं था। हमेशा वो ही यह तय करती थी कि हमें कब दोस्त बनना है और कब नहीं, मेरे पास उसकी बात को नकारने का भी अधिकार नहीं होता था।

'हाँ, मैं भी यही चाहूँगा,' मैंने कहा।

'ग्रेट। मैं भी यही चाहूँगी कि हम फिर से दोस्त बन जाएँ,' उसने कहा। 'लेकिन मेरी एक शर्त है।'

मैंने अपनी आँखें घुमाईं। रिया के साथ हमेशा यही होता है। तो इस बार वह क्या शर्त रखने जा रही है? मुझसे कोई उम्मीदें मत रखना?

'कहो,' मैंने कहा।

'मुझसे एक सवाल दो बार मत पूछना।'

'क्या?'

'तुम मुझसे कुछ भी पूछो। अगर मैं उसका जवाब दे सकी तो दूँगी। लेकिन अगर मैं उसका जवाब नहीं दे पाऊँ तो प्लीज दोबारा मुझसे वह सवाल मत पूछना।'

'रियली?'

'हाँ, क्योंकि दोबारा पूछने पर ही मुझे ऐसा लगता है कि मुझे पुश किया जा रहा है।'

'फाइन। मैं भी पुश नहीं करना चाहता।'

'तुम जब-जब पटना आओ, हम मिल सकते हैं। तुम मुझे शहर घुमा सकते हो।'

'मैं इस वीकेंड यहाँ आऊँगा।'

'संडे मेरा ऑफ-डे है, लेकिन मुझे कुछ अपार्टमेंट्स देखने होंगे।'

'अगर मैं भी तुम्हारे साथ अपार्टमेंट ढूंढने चलूँ तो ठीक रहेगा?' मैंने कहा।

वह चुप हो गई। मैंने एक बार फिर जल्दबाजी कर दी थी।

'इट्स ओके। हम फिर कभी मिल सकते हैं,' मैंने फौरन कहा।

'नहीं, तुम मेरे साथ चलना। फिर तुम्हारी बात सही भी है, वरना लोग मुझसे रेंट का बहुत सारा पैसा लेने की कोशिश करेंगे।'

'अगर तुम राजी नहीं होतीं तो मैं दोबारा नहीं पूछने वाला था,' मैंने कहा तो वह हँस पड़ी।

'तो मैं ब्रोकर से मिलने के लिए कौन-सा टाइम फिक्स कर लूँ?' उसने कहा।

'मेरी मॉर्निंग क्लास 11 बजे तक है उसके बाद 4.30 बजे तक मैं फ्री हूँ,' मैंने कहा।

'क्लास?'

'मैं अभी उसके बारे में बात नहीं करना चाहता।'

उसकी आईब्रोज तन गईं।

'रियली?'

'मुझसे एक ही सवाल दोबारा मत पूछो। आखिर यह शर्त हम दोनों पर लागू होना चाहिए ना?'

मुझे फिर उसकी हँसी की आवाज सुनाई दी। दुनिया में इससे खूबसूरत आवाज कोई दूसरी नहीं हो सकती।

24

'ओह, यह जगह तो बहुत अच्छी है,' उसने कहा। 'और बालकनी को तो देखो।'

'स्टॉप इट। अगर तुम ज्यादा तारीफ करोगी तो हमें यह कभी सस्ते में नहीं मिलने वाला,' मैंने कहा।

हम इंदिरानगर में डाक बंगले के करीब एक अपार्टमेंट में थे। यह एक अच्छा और शोरगुल से भरे पटना के मद्देनजर एक खामोश इलाका था।

अनेक अपार्टमेंट्स, जो कि 100 औरंगजेब रोड के सर्वेंट क्वार्टर से भी छोटे थे, देखने के बाद आखिरकार हमें एक ढंग की जगह मिली थी। यह एक कलोनियल अपार्टमेंट बिल्डिंग थी, जिसकी छतें बारह फीट ऊँची थीं। उसमें सागौन के पुराने दरवाजे और खिड़कियाँ थीं। दोनों बेडरूम में खुली बालकनी थी, जिसके सामने पार्क थे। किचन भी काफी बड़ा था और उसमें सामान रखने के लिए अटारी भी बनी हुई थी। मुझे पता था कि रिया इसे रेंट पर ले लेगी।

'शश्श्श...' उसने कहा और अपने होंठों पर अंगुली रख ली।

'बीस हजार,' ब्रोकर ने कहा। शायद वह इस बात को समझ गया था कि हम इसी फ्लैट को लेना चाहते हैं।

'इतना पैसा? तुमने भांग खाई है क्या?'

'यह पटना की सबसे सेफ जगह है। मैडम यहाँ अकेली रहेंगी। और फिर इन बालकनियों को तो देखिए,' ब्रोकर ने कहा।

'सही बात है, बालकनियाँ तो बहुत प्यारी हैं,' रिया ने जैसे कोई सपना देखते हुए कहा।

मैंने उसकी तरफ नजरें तरेरीं। उसने अपने मुँह पर अंगुली रख ली, मानो कह रही हो कि ऊप्स, गलती हो गई।

'पंद्रह?' मैंने कहा।

'यह गोरा-फ्लैट है, सर। फॉरेनर्स इस तरह की जगहों को पसंद करते हैं। वैसे भी मुझे आज ही एक फिरंगी कपल को यह फ्लैट दिखाना है,' ब्रोकर ने कहा।

'हम इसको ही लेंगे। डन। ट्वेंटी,' रिया ने कहा।

मैंने कंधे उचका दिए। रिया मुझे देखकर मुस्करा दी। अमीरों के बच्चों को लगता है कि पैसा सिमराँव के खेतों में धान की तरह उगता है।

'यह तो बहुत खूबसूरत है,' रिया ने कहा और अपना मोबाइल निकालकर तस्वीरें लेने लगी।

हम गोल घर देखने आए थे।

'तुम्हें बार्गेन करना था। वह अठारह पर भी मान जाता,' मैंने कहा।

'मैं उस घर को अपने हाथ से जाने नहीं देना चाहती थी। आखिर मुझे वहाँ रहना है। वह जगह मेरे लिए बहुत मायने रखती है,' उसने कहा।

हम सीढ़ियाँ चढ़कर ऊपर गुम्बद की तरफ चले गए। हमें एक तरफ हरे मैदान फैले हुए नजर आ रहे थे, तो दूसरी तरफ शहर का कोलाहल था। गुम्बद की अंदरूनी दीवारें पान की पीक से सनी हुई थीं और प्रेमी जोड़ों ने अपने नाम उस पर उकेर रखे थे। लोग शहर की विरासत को इस तरह बरबाद करने से पहले एक बार भी नहीं सोचते। अगर हम बिहारियों को असभ्य कहा जाता है तो वह बेवजह नहीं है। हमारे कुछ साथी लोग तो यह तमगा हासिल करने के लिए बहुत मेहनत करते हैं।

मैंने अपने भारी झोले को अपने कंधे पर एडजस्ट किया।

'बुक्स?' उसने कहा।

मैंने सिर हिला दिया।

'तुम जानना चाहती थीं ना कि मैं कौन-सी क्लास अटेंड कर रहा हूँ?' मैंने कहा।

'हाँ, लेकिन मैं तुमसे दोबारा नहीं पूछ सकती,' उसने कहा और मुस्करा दी।

'इंग्लिश। स्पोकन इंग्लिश।'

'ओह,' उसने कहा। 'क्या तुम्हें वाकई इसकी जरूरत है?'

'हाँ, और बहुत अर्जेंट रूप से,' मैंने कहा।

हम गोल घर की सीढ़ियों से नीचे उतर आए। मैंने उसे बताया कि किस तरह से गेट्स फाउंडेशन के लोग छह हफ्ते बाद यहाँ आएँगे और मुझे एक स्पीच डिलीवर करनी होगी।

'नो स्पीच, नो ग्रांट, क्यों?' उसने कहा।

मैंने सिर हिला दिया और एक ऑटो को बुलाया। 'मौर्या कॉम्प्लेक्स,' मैंने ड्राइवर से कहा।

मौर्या कॉम्प्लेक्स में पटना के कुछ सबसे लोकप्रिय स्ट्रीट फूड स्टॉल्स हैं।

'कभी लिट्टी-चोखा खाकर देखा है?' मैंने पूछा।

'ये क्या होता है?' उसने कहा।

मैंने एक स्टॉल की ओर इशारा किया, जहाँ सुलगते हुए कोयले पर ताजा लिट्टियाँ पकाई जा रही थीं। कारीगर ने गुंधे आटे की एक लोई ली और उसमें मसालेदार चना पाउडर भर दिया। फिर लोई को अपनी अंगुली से चपटा करते हुए उसे चारकोल पर भून दिया। इसके बाद उसने लिट्टी को पलभर के लिए देसी घी में डुबोया। फिर हमें एक प्लेट में सलाद, चटनी और चोखा के साथ लिट्टियाँ परोस दीं।

'चोखा क्या होता है?' रिया ने पूछा।

दुकान मालिक ने बताया कि टमाटर, बैंगन और आलुओं को एक साथ मसलकर हरी मिर्च, नमक और अन्य मसालों के साथ पकाकर चोखा बनाया जाता है।

रिया ने एक बाइट ली। 'दिस इज अनबिलीवेबल!' उसने कहा।

उसके एक्सप्रेशन से दुकान मालिक की छाती गर्व से फूल गई।

'अच्छा लगा?' मैंने पूछा, जबकि मुझे पहले ही जवाब पता चल चुका था।

'ये दिल्ली में क्यों नहीं बनाई जातीं? या पूरे भारत में? या पूरी दुनिया में?' रिया ने कहा।

'क्योंकि बिहारी चीजों को कूल नहीं समझा जाता।'

'क्यों?' उसने कहा। उसका मुँह लिट्टी-चोखे से भरा हुआ था।

'ये एक गरीब राज्य है। किसी को हमारी या हमारी चीजों की जरूरत नहीं है। कम से कम अभी तक तो नहीं रही है।'

'आज से मैं इसे रोज खाऊँगी।'

हमने अपना लिट्टी-चोखा खाया। मैंने उसे हाथ साफ करने के लिए टिशू पेपर दिया।

'मेरी माँ इससे भी अच्छा लिट्टी-चोखा बनाती हैं,' मैंने कहा।

'तुम लोग इसे घर पर बना लेते हो?'

'बड़े आराम से। कभी खुद आकर देख लेना,' मैंने कहा।

वह चुप रही। मैं उसकी झिझक को समझ गया। हम मौर्या कॉम्प्लेक्स से बाहर निकल आए।

'वैसे जरूरी नहीं है कि तुम मेरे घर चलो ही। मैं अपने घर से लिट्टी-चोखा बनवाकर भी यहाँ ला सकता हूँ,' मैंने कहा।

'नहीं, नहीं, मुझे तो सिमराँव जाकर बहुत अच्छा लगेगा। मैं तुम्हारी माँ से भी मिलना चाहती हूँ। मैंने उनके बारे में इतना कुछ सुन रखा है।'

हमें मौर्या कॉम्प्लेक्स के बाहर एक ऑटो रिक्शा मिला। 'पहले मैडम के लिए चाणक्य होटल और फिर बोरिंग रोड,' मैंने कहा।

'क्या कहा? बोरिंग?' रिया ने खिलखिलाते हुए कहा।

'क्या? हाँ, मेरी क्लासेस बोरिंग रोड पर ही हैं।'

'नाम ही बहुत कुछ बता देता है।'

मैं हँस पड़ा।

'टीचर्स बुरे नहीं हैं, बस इतना ही कि इतने कम समय में इंग्लिश सीख पाना मुश्किल है।'

'चैलेंज यह है कि तुम्हें एक साथ तीन चीजों पर फोकस करना ह: इंग्लिश, पब्लिक स्पीकिंग और सबसे जरूरी, स्पीच का एक्चुअल कंटेंट,' उसने कहा।

मैंने उसकी तरफ देखा। उसने सचमुच मेरी प्रॉब्लम को एकदम ठीक-ठीक बता दिया था।

ऑटो पटना के ट्रैफिक से होकर गुजरता रहा। मुझे कभी समझ नहीं आता कि आखिर पटना में सब लोगों को अपनी गाड़ियों का हॉर्न बजाने का इतना शौक क्यों है।

'माधव,' रिया ने कहा।

'हाँ?' मैंने कहा।

'कुछ नहीं।'

'कहो ना, रिया।'

'अगर मैं तुम्हें इंग्लिश सिखाना चाहूँ तो तुम्हें कोई ऐतराज तो न होगा?'

मैं एक बार में इसका जवाब नहीं दे पाया।

ऑटो चाणक्य होटल पहुँचा। वह जैसे ही बाहर निकली, पलभर को मेरा हाथ थाम लिया।

'आई एम सॉरी। मेरा यह मतलब नहीं था कि मेरी इंग्लिश तुमसे सुपीरियर है या ऐसा कुछ।'

'हम कब शुरू कर सकते हैं?' मैंने कहा।

25

'तो ये रहा प्लान,' उसने कहा और मेरे सामने एक ए4 शीट रख दी।

हम डिनर के लिए चाणक्य होटल के तक्षशिला रेस्तरां में थे। हमारी मुलाकात एक हफ्ते बाद हो रही थी और मैंने सोमवार से शुक्रवार तक का समय सिमराँव में बिताया था। वेटर ऑर्डर लेने आया। उसने सादी पीली दाल और फुल्कों का ऑर्डर किया।

'मैं घर के खाने को मिस करती हूँ,' उसने कहा।

और मैं तुम्हें मिस करता हूँ, मैं कहना चाहता था, लेकिन नहीं कहा। उसके बिना सिमराँव में ये पाँच दिन उम्रकैद की पाँच सजाओं की तरह गुजरे थे।

'श्योर, वैसे मुझे पीली दाल पसंद है,' मैंने कहा।

मैंने ए4 शीट उठा ली। उस पर लिखा था:

एक्शन प्लान: ऑपरेशन गेट्स

ऑब्जेक्टिव: फर्राटेदार इंग्लिश में अमेरिकी श्रोताओं के सामने दस मिनट की लाइव स्पीच।

दस मिनट यानी कोई 600 शब्द।

फोकस एरिया:

1. डिलीवरी: कॉन्फिडेंस, स्टाइल, एक्सेंट, फ्लो, ठहराव, आई कॉन्टैक्ट्स।
2. कंटेंट: मुद्दे की बातें, इमोशनल मोमेंट, मदद की गुहार।

मैंने रिया की ओर देखा। 'यह सब तुमने टाइप किया?'

'नहीं, रात को चंद नन्ही परियाँ आई थीं, यह उनकी कारस्तानी है,' उसने कहा। 'गो ऑन, पूरी शीट तो पढ़ो।'

मैं फिर से उसे पढ़ने लगा।

टॉप टेन टूल्स:

1. फेमस स्पीचेस के यूट्यूब वीडियोज।
2. सबटाइटल्स के साथ इंग्लिश फिल्में देखना।
3. ऐसे दिन, जब हम केवल इंग्लिश बोलें। हिंदी का एक शब्द भी नहीं।

4. स्पीच के कंटेंट पर पहले हिंदी में काम करें।
5. दिनभर फोन पर इंग्लिश वॉइस डायरी रिकॉर्ड करना।
6. इंग्लिश में सोचना।
7. इंग्लिश में टीवी पर न्यूज डिबेट्स देखना।
8. कॉल सेंटर्स में फोन लगाना और इंग्लिश वाला ऑप्शन चुनना।
9. स्ट्रीट होर्डिंग्स में इंग्लिश के एडवरटाइजमेंट्स पढ़ना।
10. इंग्लिश के सिम्पल नॉवल्स पढ़ना।

मैंने सीटी बजाई।

'ये एक डिफ्रेंट एप्रोच है,' उसने कहा। फिर उसने नॉन-स्टॉप बोलते हुए एक-एक कर मुझे सारी स्टेप्स समझाई।

'और सबसे लास्ट वाला प्वॉइंट, इंग्लिश के सिम्पल नॉवल्स पढ़ना। जैसे कि उस राइटर के नॉवल्स, क्या नाम है उसका, चेतन भगत,' उसने अपनी बात खत्म करते हुए कहा।

मैंने उसके हमेशा की तरह खूबसूरत चेहरे को देखा। एक बार फिर इसके चक्कर में मत पड़ जाना, मैंने मन ही मन कहा।

'तो, शुरू करते हैं। मुझसे इंग्लिश में बात करो।'

मैं इंग्लिश में बोलने लगा। तब मुझे जैसी इंग्लिश आती थी, वह कुछ इस प्रकार थी:

'आई एम...वेरी थैंकफुल...फॉर योर मेकिंग द लिस्ट...फॉर लर्निंग द इंग्लिश,' मैंने कहा।

'थैंक यू फॉर मेकिंग दिस लिस्ट ऑफ स्टेप्स टु लर्न इंग्लिश,' रिया ने कहा। उसकी आवाज खामोश थी। उसमें न तो कोई कटाक्ष था और न ही कोई जजमेंट।

'यस, सेम थिंग ओनली।'

'सेम थिंग ओनली' के बजाय कहो 'आई मेन्ट द सेम,' रिया ने कहा। कभी-कभी मैं इसी तरह सुधार करती रहूँगी। ऐसा नहीं है कि तुम जो कह रहे हो, वह मैं समझ नहीं पा रही हूँ। बल्कि इसलिए कि तुम जो कहना चाह रहे हो, उसे ठीक से कह सको।'

'थैंक्स,' मैंने कहा।

'यह वर्ड तुमने बिलकुल ठीक कहा है।'

मैं हँस पड़ा।

उसने मुझे वेटर से भी इंग्लिश में बात करने को कहा। यह मैंने

अच्छे-से कर लिया, क्योंकि वेटर की इंग्लिश मुझसे भी बदतर थी। लेकिन उसने वेटर के सामने मुझे नहीं टोका।

'एंड स्वीट...लेटर,' उसके जाने के बाद मैंने कहा।

'वी विल ऑर्डर द स्वीट डिश लेटर,' रिया ने कहा। 'या अगर स्वीट डिश के बजाय डेजर्ट बोल सको तो और बेहतर।'

'डेजर्ट? यानी वो राजस्थान वाला डेजर्ट?' मैंने कहा।

'डी ई डबल-एस ई आर टी। शब्द अलग है, लेकिन उसे उसी तरह कहा जाता है।'

'मुझे इंग्लिश की यही बात खराब लगती है। हिंदी में ऐसी कोई प्रॉब्लम नहीं है।'

'हिंदी तो कमाल की भाषा है, क्योंकि हम उसे जैसे लिखते हैं, वैसे ही बोलते भी हैं। उसके लिए अलग से प्रॅनंसिएशन सीखने की जरूरत नहीं होती,' रिया ने कहा।

'सो व्हाय डजन्ट एवरीवन स्पीक हिंदी?' मैंने कहा।

'क्योंकि हम...' रिया ने कहा और रुक गई। 'ओह माय गॉड, तुमने यह सवाल बिलकुल ठीक तरह से पूछा था।'

'क्या?'

'तुमने कहा था: 'सो व्हाय डजन्ट एवरीवन स्पीक हिंदी?' ये एकदम परफेक्ट इंग्लिश है। जब हम सेल्फ-कॉन्शस हुए बिना कोई बात कहते हैं, तो उसे अच्छे-से कह पाते हैं।'

मैंने विनम्रता दिखाने की कोशिश की।

'हम कामयाब हो जाएँगे, माधव,' उसने मेरे हाथ को थपथपाते हुए कहा।

मैं सोचने लगा कि हम एक कपल बनने में कामयाब हो पाएँगे या नहीं।

एक बार फिर से उसके चक्कर में मत पड़ो, मेरे भीतर एक आवाज ने चेताते हुए कहा।

तुम उसके चक्कर से बाहर निकले ही कब थे, एक दूसरी आवाज ने शैतानी हँसी हँसते हुए कहा।

◆

मैं रविवार की शाम रिया को अशोक राजपथ के पीछे पटना कॉलेज के पास गंगाघाट पर लाया था। बीस रुपए लेकर नाविक हमें गंगा के

दूसरे छोर पर मौजूद रेतीले कछार पर ले जाते हैं। जब हम नाव में सवार होने के लिए लकड़ी के एक तख्ते पर ऐहतियात से चलने लगे तो रिया ने संतुलन बनाने के लिए मेरा हाथ थाम लिया।

एक जगह वह फिसली तो मेरा हाथ कसकर थाम लिया। मैं मन ही मन दुआ करने लगा कि लकड़ी का यह तख्ता कभी खत्म ही न हो।

दूसरे छोर पर पहुँचने के बाद हम रेत पर चलते हुए चाय के स्टॉलों की ओर बढ़ चले। हम बाँस की अनेक हट्स में से एक में जाकर बैठ गए। इन हट्स को चाय पीने वाले कस्टमर्स के लिए बनाया गया था।

'इट्स ब्यूटीफुल,' रिया ने गहरी साँस लेते हुए कहा।

'इस शहर में अमन-चैन के दो लम्हे बिताने के लिए एक यही जगह है,' मैंने कहा।

हम चुपचाप बैठे रहे और नदी की लहरों को देखते रहे। मेरा हाथ उसके हाथ से चंद ही इंच के फासले पर था। मैं सोचने लगा कि अगर मैं उसका हाथ थाम लूँ तो क्या यह ठीक होगा? आखिर उसने भी तो लकड़ी के तख्ते पर मेरा हाथ थाम लिया था। लेकिन वह लकड़ी का डगमगाता हुआ तख्ता था, जहाँ ऐसा करना ठीक था। अभी ऐसा करने का एक दूसरा मतलब होगा। कम से कम लड़कियाँ तो इसी तरह सोचती हैं। फिर भी मैंने अपनी किस्मत आजमाने की सोची। मैंने धीमे-धीमे अपना हाथ उसके हाथ की ओर बढ़ाया। वह समझ गई और अपना हाथ हटा लिया।

क्या चींटियों की तरह लड़कियों के पास भी कोई एंटीना होता है? वे इतनी जल्दी से कैसे रिएक्ट कर लेती हैं?

'तुमने अपनी स्पीच पर काम करना शुरू कर दिया?' रिया ने कहा।

'कुछ-कुछ,' मैंने कहा।

मैंने अपनी जेब से कागज की कुछ शीट्स निकालीं। मुझे जिन मुख्य मुद्दों पर बात करनी थीं, उन पर हिंदी में कुछ नोट्स लिख रखे थे। मैंने उन्हें उसे थमा दिया।

'स्कूल को टॉयलेट्स, चेयर्स, ब्लैकबोर्ड्स की दरकार है...' वह पढ़ने लगी। फिर उसने मेरी तरफ मुड़ते हुए कहा, 'माधव, इतने से काम नहीं चलेगा। यह तो केवल उन चीजों की लिस्ट है, जो तुम्हें चाहिए।'

'मैं अभी इस पर काम कर ही रहा हूँ।'

'वे बिल गेट्स हैं। वे जहाँ भी जाते हैं, लोग उनसे इसी तरह से चीजें माँगते हैं। जरूरत इस बात की है कि तुम उनसे कुछ न माँगो

और इसके बावजूद वे तुम्हें ग्रांट देने को मजबूर हो जाएँ।'

'माँगूँ नहीं?'

'कभी नहीं। इससे तो ऐसा लगता है कि तुम जरूरतमंद हो।'

मैंने उसकी तरफ देखा। क्या उसने इसीलिए मुझे छोड़ दिया था? 'कभी-कभी मैं ऐसा कर बैठता हूँ, कभी-कभी मैं अपने आपको जरूरतमंद जता देता हूँ,' मैंने धीमे-से कहा।

वह समझ गई कि मेरा इशारा किस तरफ है, हालाँकि उसने ऐसा जाहिर नहीं किया। वह अपनी बात फिर से शुरू करने से पहले थोड़ी देर रुकी। 'ये गोरे अलग किस्म के लोग होते हैं। तुम्हें इनके सामने खुश और कॉन्फिडेंट बनकर पेश आना चाहिए, जरूरतमंद नहीं।'

'बाकी भी तो पढ़ो। उसमें मैंने दूसरी चीजों के बारे में बात की है, जैसे कि यह स्कूल कैसे बना था वगैरह।'

उसने मेरा कंधा थपथपाया।

'तुम अच्छा कर रहे हो। चिंता मत करो, हम दोनों इसे मिलकर करेंगे। मैं लंदन में रही हूँ और वहाँ मेरी कई अमेरिकियों से मुलाकात हुई है। मैं जानती हूँ कि ये गोरे किस तरह से सोचते हैं।'

'लंदन में तुम्हारा कैसा वक्त गुजरा?' मैंने पूछा।

क्लासिक रिया स्टाइल में वह चुप रही।

'इट्स ओके। अब मैं दोबारा नहीं पूछूँगा। चलें?'

हमे फिर उसी तख्ते से होकर जाना था। रात के अंधेरे में वह और जोखिमभरा लग रहा था। रिया ने एक बार फिर मेरी बाँह थाम ली। पता नहीं यह मेरी कल्पना थी या कुछ और, लेकिन मुझे लगा कि उसने इस बार और कसकर मेरी बाँह थामी है।

'तुम मेरा हाथ थामना चाहोगी?' मैंने कहा।

'क्यों?'

'क्योंकि नाव हिल रही है,' मैंने एक लचर-सा जवाब दिया। लेकिन एक स्टुपिड सवाल का और क्या जवाब दिया जाए?

'तो?'

'कुछ नहीं,' मैंने कहा और दूसरी तरफ देखने लगा। हमारे बीच पसर आई अजीब-सी खामोशी को इंजिन की घरघराहट भर रही थी। हमारा सफर आधा ही पूरा हुआ था कि दूर मंदिरों की घंटियाँ बजने लगीं। मुझे अपने हाथ के पास कुछ महसूस हुआ। उसने अपनी अंगुलियाँ मेरे हाथ पर रख दी थीं। शायद, लड़कों के पास भी इस तरह की चीजों

के लिए कोई एंटीना होता है।

मैं उसकी तरफ नहीं मुड़ा। मैं उसे जानता था। यदि मैं इस वक्त उसकी ओर देखता तो वह पीछे हट जाती।

'मैं यहाँ लंदन से ज्यादा खुश हूँ,' उसने कहा। मैंने तो उससे इन दोनों जगहों में तुलना करने को नहीं कहा था।

'तो घर कब आ रही हो?' मैंने कहा। मैं अब भी दूसरी तरफ देख रहा था और शब्दों के चयन में ऐहतियात बरत रहा था कि कहीं वह किसी चीज से नाराज न हो जाए।

'जल्द ही आऊँगी। पहले मैं अपने घर में तो रहने चली जाऊँ,' उसने कहा।

'कल मैं यहीं रहूँगा, ताकि तुम्हारा सामान ले जाने में मदद कर सकूँ।'

'इसकी जरूरत नहीं है। मेरे पास नाममात्र की चीजें हैं,' उसने कहा।

'एग्जैक्टली। क्योंकि तब तुम्हें नई चीजें खरीदनी होंगी और यहाँ के दुकानदार तुम्हें लूट लेंगे। तो कल मैं तुम्हारे साथ रहूँगा, ओके?'

'थैंक्स,' उसने कहा। मेरे खयाल से इसका मतलब हाँ था।

हम घाटों पर पहुँचे। मैंने उसका हाथ पकड़ लिया और तब तक थामे रहा, जब तक हम लकड़ी के तख्तों से गुजरकर ठोस धरती पर नहीं पहुँच गए।

हम उसके होटल पहुँचे। वह ऑटो से बाहर निकली।

'कल ग्यारह बजे?' मैंने कहा।

'यस, थैंक यू सो मच। और आज मुझे नाव की सवारी करके बहुत अच्छा लगा।'

'आज तुम्हें सबसे अच्छा क्या लगा?' मैंने कहा और कहते ही मन ही मन अपने को कोसने लगा। क्या मैं एक बार फिर उसके सामने अपने आपको जरूरतमंद साबित कर रहा था?

'सब कुछ अच्छा लगा,' उसने कहा।

मिस डिप्लोमेटिक सोमानी को पटाना आखिर इतना आसान नहीं है!

26

'मैं ऑफिशियली थककर चूर हो चुकी हूँ,' रिया ने कहा। उसने पिंक कुर्ती और डार्क ब्लू टाइट्स पहने थे। उसका चेहरा भी उसकी कुर्ती के जैसा ही गुलाबी हो गया था।

वह उन चार मैट्रेस पर धम्म से बैठ गई, जिन्हें हम उसके अपार्टमेंट में खींचकर ले आए थे।

'ड्रामा बंद करो,' मैंने कहा।

'क्या आज ही पूरा काम निपटाना होगा?' उसने कहा।

हम बाजार के चार चक्कर लगा चुके थे। एक बार राशन के लिए, दूसरी बार बिजली के उपकरणों के लिए, तीसरी बार बर्तनों के लिए और चौथी बार मैट्रेस के लिए।

'उठ जाओ,' मैंने उसका हाथ खींचते हुए कहा।

'थैंक्स,' उसने कहा। 'आज तुमने जो कुछ किया, उस सबके लिए शुक्रिया।'

'मेन्शन नॉट,' मैंने कहा।

'प्लीज डोंट मेन्शन इट,' उसने कहा।

'क्या?'

'सॉरी, मैं तुम्हारी इंग्लिश ठीक कर रही थी।'

मैं हँस पड़ा।

'मेरे खयाल से हम केवल वीकेंड्स में इंग्लिश सीखते हैं,' मैंने कहा।

'नो सर, हमें हर समय इसकी प्रैक्टिस करनी होगी,' उसने कहा।

मैंने अपनी घड़ी की तरफ देखा। 'नौ बज गए हैं। अब मुझे चलना चाहिए।'

'और डिनर?'

'आ'ल गेट समथिंग फ्रॉम आउटसाइड,' मैंने धीरे-धीरे लेकिन सही इंग्लिश बोलते हुए कहा।

'क्यों? हमने स्टॉक जमा कर रखा है। मेरे पास हॉट प्लेट है। तुम मैगी खाना चाहोगे?' उसने कहा।

हमें पूरे सामान को अनपैक कर जमाने में कुछ समय लगा। उसने अपनी हॉट प्लेट और बर्तन निकाले। एक घंटे बाद हम स्टेनलेस स्टील के नए चमचमाते बर्तनों में मैगी नूडल्स खा रहे थे, जिनके अभी स्टिकर्स भी नहीं निकले थे।

मैं अपनी चम्मच से नूडल्स खाता रहा। एक बार उसने मेरी ठोढ़ी पर चिपक गया एक नूडल हटाया। मैं अपने पूरे चेहरे पर नूडल्स चिपका लेना चाहता था।

डिनर करने के बाद हमने किचन साफ किया।

रात दस बजे मैंने वहाँ से चलने का निर्णय किया।

'शायद अगले हफ्ते मैं तुम्हारे साथ सिमराँव चलूँ। पहले मैं यहाँ सेटल हो जाऊँ।'

'तुम्हें अकेले में ठीक तो लगेगा ना?' मैंने कहा।

'हाँ,' उसने कहा। उसकी आवाज भारी लग रही थी। या शायद, वह बहुत थक गई थी।

'श्योर?' मैंने कहा।

'माधव, मैं अकेले ही रहना चाहती हूँ,' उसने कहा।

◆

'मेरे तुम्हारे घर पर रुकने से तुम्हारी माँ को पक्का कोई दिक्कत नहीं होगी?'

'बिलकुल नहीं। वैसे भी एक दिन में सिमराँव घूमकर वापस पटना नहीं जाया जा सकता,' मैंने कहा।

हम उसकी कंपनी की इनोवा में सफर कर रहे थे, जिसके कारण हमारा सफर बस की तुलना में बहुत जल्दी पूरा हो रहा था। बिहार की सड़कों का क्या कहना, इतना ही कहा जा सकता है कि एडवेंचर पसंद करने वालों के लिए ये बहुत अच्छी हैं।

'आउच,' एक बड़े दचके में रिया का सिर कार की छत से टकराया तो उसके मुँह से चीख निकल गई।

'इस दचके का मतलब है कि अब हम सिमराँव के बहुत करीब पहुँच गए हैं,' मैंने कहा।

◆

मैंने रिया को गेस्टरूम दिखाया।

'ये कमरे तो बहुत बड़े हैं। तुम वाकई एक प्रिंस हो।'

'यहाँ सबकुछ खस्ताहाल है,' मैंने कहा।

मैं उसे अपने कमरे में ले गया। उसने मेरी दीवार पर बास्केटबॉल पोस्टर्स देखे। मैं बेड पर बैठ गया, वह एक कुर्सी पर बैठ गई। मुझे

रुद्र में बिताए उन लम्हों की याद आ गई, जब हम सालों पहले इसी तरह बैठे थे।

'तुम अब भी खेलते हो?' उसने पूछा।

मैंने सिर हिलाकर मना कर दिया।

'मैं भी अब नहीं खेलती,' उसने कहा।

'खेलना चाहती हो? आज शाम?'

'पहले काम। तुम्हें मेरे लैपटॉप पर "द गॉडफादर" देखनी है।'

'देख ली है,' मैंने कहा।

'तुमने पहला पार्ट देखा था। अब दूसरा पार्ट सबटाइटल्स के साथ देखो।'

मैंने मुँह बनाया, लेकिन इसका उस पर ज्यादा असर नहीं पड़ा। उसने एक फिटेड व्हाइट टी-शर्ट और ब्लैक टाइट्स पहन रखे थे। वह ऊपर से नीचे तक ढँकी हुई थी, लेकिन तंग कपड़ों से उसके शरीर के कर्व्ज उभरकर सामने आ रहे थे। मैं यकीन ही नहीं कर पा रहा था कि रिया सिमराँव में मेरे कमरे में है।

मैं उसे किस करना चाहता था। मैं सोच रहा था कि इतने सालों बाद ऐसा करना कितना कमाल होगा!

'क्या सोच रहे हो?' उसने अंगुलियाँ चटकाते हुए कहा।

उसके सवाल से मैं जैसे ठिठक गया।

'हुंह? कुछ नहीं। लंच करें?'

'तुमने यह इंग्लिश में सोचा या हिंदी में?'

मैंने याद करने की कोशिश की। वेल, मैं लंच के बारे में बिलकुल नहीं सोच रहा था। मैं उसे किस करने के बारे में सोच रहा था। और यह बात किसी लैंग्वेज में नहीं सोची जाती है।

'देखो, माधव, ये जो सो-कॉल्ड फ्लुएंट इंग्लिश स्पीकर्स होते हैं, वे इंग्लिश में सोचते हैं। हमेशा नहीं, लेकिन अधिकतर समय। जैसे कि जब तुम अपने दिमाग में कोई फैसला करते हो तो वह इंग्लिश में होता है या हिंदी में?'

'हिंदी, ऑफ कोर्स,' मैंने कहा।

'यही प्रॉब्लम है। यदि तुम अच्छी इंग्लिश बोलना चाहते हो तो इसकी शुरुआत तुम्हारे दिमाग से होनी चाहिए।'

उसने मेरा सिर थपथपाया। उसके स्पर्श से मुझे ऐसा लगा, जैसे मुझे नशा हो गया है। मुझे लगता है लड़कों के साथ जन्मजात यह बीमारी होती है। एक बार वे किसी लड़की को पसंद करने लगें तो जाने-अनजाने

हुआ एक स्पर्श भी उनके लिए नशीला साबित हो सकता है।

'मैं कोशिश कर रहा हूँ,' मैंने कहा।

'गुड। तुम्हारे यहाँ इंटरनेट है?'

मैंने सिर हिलाकर मना कर दिया।

'मैं तुम्हें कुछ स्पीचेस दिखाना चाहती थी,' उसने कहा।

'पास में एक साइबर कैफे जरूर है।'

'तो चलो। इसी बहाने मैं सिमराँव भी देख लूँगी।'

◆

सिमराँव में देखने लायक ज्यादा कुछ नहीं है, फिर भी उसे हर चीज 'एग्जॉटिक' लगी।

हम शक्ति साइबर कैफे आए। धूल सने कंप्यूटरों के सामने कुछ लोकल लड़के बैठे हुए थे। वे न्यूज वेबसाइट खोलकर बैठने का दिखावा कर रहे थे, जबकि शायद वे दूसरे ओपन टैब से पोर्न डाउनलोड कर रहे हों।

'स्टीव जॉब्स की "स्टे हंगरी, स्टे फूलिश",' उसने यूट्यूब खोलते हुए कहा।

हंगरी फॉर यू, फूलिश फॉर यू, मैंने सोचा।

'ओह,' मैंने कहा।

'क्या?' उसने कहा। वीडियो लोड होने में थोड़ा समय ले रहा था।

'मैंने इंग्लिश में कुछ सोचा।'

'एक्सीलेंट। क्या सोचा?'

मैंने जल्दी से अपना सिर झटका और वीडियो देखने लगा।

'तुम्हें सबटाइटल्स चाहिए?' उसने पूछा। यह सचमुच कमाल था कि इससे पहले मैं सोचूँ कि मुझे क्या चाहिए, उसे पता चल जाता था।

मैंने सिर हिलाकर हामी भरी। वह पहले ही सबटाइटल्स वाला एक वीडियो चुन चुकी थी।

स्टीव जॉब्स ने एप्पल कंप्यूटर्स की स्थापना की थी। माइक्रोसॉफ्ट के बिल गेट्स के साथ उनकी प्रतिस्पर्धा थी, जिनके सामने मुझे स्पीच देनी थी। यह ठीक वैसी ही सिचुएशन थी, जिस पर वह शब्द फिट बैठता था, जो मैंने अपनी इंग्लिश क्लासेस में सीखा था: आइरोनिक।

दुबले-पतले, गंजे सिर के स्टीव ग्रेजुएशन रोब्स में स्टेनफर्ड यूनिवर्सिटी के पोडियम पर खड़े थे। मैं स्पीच सुन रहा था और सबटाइटल्स पढ़ रहा था।

'मैं कभी किसी कॉलेज से ग्रेजुएट नहीं हुआ। सच कहूँ तो कॉलेज ग्रेजुएशन के जितना करीब मैं आज आया हूँ, उतना इससे पहले कभी नहीं आया था। आज मैं आपको अपनी जिंदगी की तीन कहानियाँ सुनाना चाहता हूँ। बस इतना ही। कोई बड़ी बात नहीं। केवल तीन कहानियाँ।'

मैं फौरन उनकी बातों से बंध गया। मैं इस व्यक्ति को नहीं जानता था, लेकिन मैं उन्हें चंद पलों में ही पसंद करने लगा।

उन्होंने अपनी किसी भी अचीवमेंट के बारे में नहीं बताया था, फिर भी आप उनकी महानता को महसूस कर सकते थे।

'और सबसे जरूरी बात यह है कि अपने दिल और अपने इंट्यूशन की बात सुनने और उसकी राह पर चलने का साहस अपने भीतर पैदा करो।'

'इंट्यूशन?' मैंने पूछा।

'गट इंस्टिक्ट। वह जो हमारे मन की बात होती है,' रिया ने कहा।

क्या मुझमें अपने दिल की बात सुनने का साहस था? क्या मुझमें रिया को एक बार फिर प्रपोज करने की हिम्मत थी?

फाइनली, स्टीव ने अपनी स्पीच पूरी की।

'क्या मैं इसे एक बार फिर देख सकता हूँ?'

'श्योर। मैं दूसरे कंप्यूटर पर अपने मेल्स चेक कर लेती हूँ।'

मैंने वह स्पीच तीन बार फिर देखी। प्रैक्टिस के तौर पर मैंने उनमें से कुछ पंक्तियों को दोहराया। एक घंटे बाद मैं उठ गया।

पास के क्यूबिकल में मैंने रिया को देखा। उसका मेल खुला था और वह परेशान नजर आ रही थी।

'लंच करें,' मैंने कहा। शायद, स्टेइंग हंगरी आखिरकार इतना आसान नहीं था।

मैंने उसके मॉनिटर पर एक नजर डाली। मैं केवल उसके मेल की सब्जेक्ट लाइन पढ़ पाया: 'डैड।'

उसने मेल को सेंड कर दिया। स्क्रीन सामने से हट गई। उसने लॉग आउट किया और उठ खड़ी हुई।

हम चुपचाप हवेली की ओर बढ़ चले।

27

सावित्री देवी ने हमें चपातियों के साथ दाल और सब्जी परोसी।

'लिट्टी-चोखा हम डिनर में खाएँगे, जब माँ आ जाएँगी,' मैंने कहा।

'अरे वाह,' रिया ने कहा, लेकिन उसकी आवाज में कोई उत्साह नहीं था।

'सब ठीक तो है?' मैंने कहा।

'डैड पिछले कुछ समय से बीमार हैं।'

उसने पहली बार मुझसे कोई जरूरी बात साझा की थी।

'वे हार्ट पेशेंट हैं। उनकी पिछली बायपास सर्जरी बहुत अच्छी नहीं हुई। हालात अच्छे नहीं नजर आ रहे हैं।'

'तुम्हें दिल्ली जाना होगा?'

'शायद। पता नहीं। वे लोग मुझसे अपनी बातें छुपाते रहते हैं,' उसने कहा। शायद, एक-दूसरे से बातें छुपाना सोमानियों की खानदानी परंपरा थी।

वह नीचे देख रही थी और दाल में चम्मच घुमाए जा रही थी। शायद यह जॉब्स की स्पीच का कमाल था कि मुझमें इतनी हिम्मत आ गई कि मैं उठा, उसकी तरफ मुड़ा और अपने हाथों को उसके कंधों पर रख दिया।

उसने भी बदले में उठकर मुझे हग किया, लेकिन आहिस्ता से।

'मुझे पूरा यकीन है कि वे ठीक हो जाएँगे। आखिर दिल्ली के सबसे अच्छे डॉक्टर्स उनकी देखभाल कर रहे होंगे,' मैंने कहा।

उसने सिर हिलाया और फिर बैठ गई।

'सॉरी,' उसने कहा। 'मैंने तुम्हें भी चिंता में डाल दिया।'

'नहीं, ऐसी बात नहीं है, रिया। कभी-कभी हम बुरा महसूस करते हैं, तब उसके बारे में बात कर लेना अच्छा होता है।'

'नहीं, ऐसा नहीं होता,' उसने फुसफुसाते हुए, मानो खुद से ही कहा।

हमने अपना खाना पूरा किया। उसने प्लेट्स उठाईं।

'किचन कहाँ है?' उसने कहा।

मैंने किचन की ओर इशारा कर दिया। मैं कल्पना करने लगा कि वह अगर हमेशा हमारे घर में ही रहे तो कैसा हो। निश्चित ही, वह सिमराँव में कभी एडजस्ट नहीं हो सकती। मेरी टूटी-फूटी हवेली उसके 100 औरंगजेब रोड का मुकाबला भला कैसे करती।

मैं किचन में गया तो पाया कि वह बर्तन धो रही है।

'ये क्या कर रही हो?' मैंने हैरत से कहा।
'रिलैक्स। मैं यह पटना में भी करती हूँ,' उसने कहा।
'मेरी माँ को यह देखना चाहिए।'
'क्यों?'
'कुछ नहीं।'

◆

'वो यहाँ आई हुई है?' माँ ने पूछा।
'हाँ,' मैंने कहा।
मेरी अपनी माँ से अहाते में भेंट हुई थी। वे स्कूल से घर आई थीं। मैंने नोटबुक्स से भरा उनका बैग उठा लिया। हम घर में चले आए।
'कहाँ है वो?'
'गेस्टरूम में।'
'आजकल की लड़कियाँ भी कितनी अजीब हैं। किसी भी लड़के के घर में रहने चली आती हैं।'
'क्या कह रही हो, माँ? वो मेरी कॉलेज फ्रेंड है। मैंने उसे यहाँ इनवाइट किया है।'
'उसके पैरेंट्स को पता है?'
'पता नहीं।'
माँ ने सिर हिलाया।
'बी नाइस, माँ,' मैंने कहा।
'तुम्हें वह पसंद है?'
'ये भला किस तरह का सवाल है? क्या हम उन लोगों को अपने घर बुलाते हैं, जिन्हें हम पसंद नहीं करते?'
'सीधा जवाब दो।'
'मैं नहाने जा रहा हूँ।'

◆

बाथरूम के नल से पानी बूँद-बूँद कर टपक रहा था। मुझे बाल्टी भरकर नहाने में 45 मिनट का वक्त लगा। मैंने टी-शर्ट और शॉर्ट्स पहने और नीचे लिविंग रूम में चला आया। रिया और माँ वहाँ पहले से ही मौजूद थे।
'तुम दोनों की मुलाकात हो भी गई?' मैंने कहा।

'हाय,' रिया ने कहा। 'मैं बस आंटी के साथ थोड़ी गपशप कर रही थी।'

'तुम इसके साथ बास्केटबॉल खेलते थे?' माँ ने पूछा। उनकी आवाज से ऐसा लग रहा था, मानो मैंने उन्हें कोई बहुत बड़ा धोखा दे दिया हो।

'कभी-कभी।'

माँ ने कोई जवाब नहीं दिया। मुझे गिल्ट महसूस हुआ। मुझे थोड़ा लंबा जवाब देना चाहिए था।

'वेल, यह कॉलेज की गर्ल्स टीम में भी शामिल थी,' मैंने कहा।

'लेकिन तुमने तो इसके बारे में कभी नहीं बताया। तुम तो बास्केटबॉल के बारे में इतनी बातें किया करते थे,' माँ ने कहा।

'मैंने इसके बारे में कभी नहीं बताया?' मैंने चौंकने का दिखावा करते हुए कहा।

'नहीं,' माँ ने कहा।

'लेकिन हम केवल फर्स्ट ईयर के दौरान ही साथ खेलते थे,' मैंने कहा।

'क्यों?' माँ ने पूछा।

मैं कुछ देर रुका। 'उसके बाद हमारे ग्रुप्स बदल गए थे,' मैंने कहा।

रिया और मैंने एक-दूसरे की ओर देखा। सावित्री ताई हम सबके लिए नींबू पानी ले आईं।

माँ रिया की ओर मुड़ीं।

'तो तुम कितने समय तक शादीशुदा रही थीं?'

मेरा मुँह खुला का खुला रह गया। माँ को कैसे पता चला? रिया मेरी हालत को समझ गई।

'हम इस बारे में बात कर रहे थे,' उसने कहा।

वह अपने डाइवोर्स के बारे में बात कर रही थी, मैंने सोचा। उसने तो मुझे भी उस बारे में कभी नहीं बताया।

'डेढ़ साल,' रिया ने कहा।

'बच्चे?' माँ ने कहा।

व्हाट द हेल! माँ भी क्या बातें कर रही हैं?

रिया ने सिर हिलाकर मना कर दिया।

'तुमने इतनी जल्दी शादी क्यों कर ली?' माँ ने पूछा। यह साफ था कि उनके दिमाग में ऐसा कोई फिल्टर नहीं लगा हुआ था कि क्या पूछना है और क्या नहीं। यह सवाल तो मैं भी रिया से पूछना चाहता था।

मुझे हैरानी तब हुई, जब मैंने देखा कि रिया भी अपने जवाबों को

फिल्टर नहीं कर रही थी।

'क्योंकि तब मैं बेवकूफ थी। वे लोग फैमिली फ्रेंड्स थे। तो सबको लगा कि यह एक अच्छा आइडिया होगा। लेकिन सबसे बढ़कर वह मेरी बेवकूफी का नतीजा था।'

'तुम्हारे पैरेंट्स कहाँ हैं?'

'दिल्ली में।'

'तुम पंजाबी हो?' माँ ने कहा, जैसा कि हर भारतीय बड़ा-बुजुर्ग करता है। उनके लिए किसी की कम्युनिटी के बारे में जानना बहुत जरूरी होता है।

'मारवाड़ी। मेरा नाम रिया सोमानी है।'

'आह,' माँ ने कहा। 'और उन लोगों ने तुम्हें बिहार आकर काम करने दिया?'

'वे तो मुझे कुछ करने नहीं देते, लेकिन मैं ऐसा करना चाहती थी। मैं अपने फैसले खुद ले सकती हूँ,' उसके फेमिनिस्ट पंख फड़फड़ाने लगे थे।

'तुम अपने फैसले खुद ले सकती हो?' माँ ने पूछा। उनकी आवाज में कटाक्ष था, जिसे मैंने और रिया दोनों ने महसूस किया।

'आई मीन, हो सकता है जो फैसले मैं लूँ, वे बहुत अच्छे साबित न हों। लेकिन मैं अपने फैसले खुद लेना पसंद करती हूँ,' उसने कहा।

'इन लोगों का दिल्ली में बड़ा बिजनेस है, माँ,' मैंने कहा। 'इंफ्रास्ट्रक्चर।'

'मारवाड़ी लोग तो बहुत अमीर होते हैं,' माँ ने कहा, 'तो फिर तुम काम क्यों कर रही हो?'

'मैं आजाद जिंदगी जीना चाहती हूँ,' रिया ने कहा।

मैं समझ गया कि उन दोनों की बातचीत में दूध और शहद की वो धारा नहीं बह रही है, जिसकी मैंने उम्मीद की थी।

'रिया को लिट्टी-चोखा बहुत पसंद है। इन फैक्ट, मैंने उसे आज उसके लिए ही यहाँ बुलाया है,' मैंने कहा।

अपने पसंदीदा व्यंजन का नाम सुनकर माँ की चढ़ी हुई त्यौरियाँ फौरन गुम हो गईं।

'अच्छा?' उन्होंने कहा। 'तुमने कब लिट्टी-चोखा खा लिया?'

'यहीं बिहार में। माधव मुझे बिहार में हर बार मौर्या कॉम्प्लेक्स में ही ले जाता है।'

'हर बार?' माँ ने एक भौंह उचकाते हुए कहा।

'वेल, कभी-कभार,' मैंने कहा। मेरी आवाज फिर गिल्ट से भर गई थी। 'दो या तीन बार। मैं तो क्लासेस में ही इतना बिजी रहता हूँ कि मुझे वक्त ही नहीं मिलता।'

माँ ने अपने नींबू-पानी का एक बड़ा-सा घूँट पिया।

'मैं तो समझती थी कि तुम वहाँ पढ़ाई करने के लिए जाते हो,' उन्होंने कहा। 'तुम्हारी स्पीच तैयार हो गई?'

'उस पर काम चल रहा है। रिया उसमें मेरी मदद कर रही है,' मैंने कहा।

'रिया तुम्हारी मदद कर रही है?' माँ ने कहा। मेरा मन हुआ कि काश मैंने उन्हें रिया के बारे में पहले से कुछ बताया होता, लेकिन मैं कभी हिम्मत ही नहीं जुटा पाया। मैं समझ गया कि अब इस विषय को बदलने में ही मेरी भलाई है।

'मैं सावित्री ताई से टेबलें जमाने को कह दूँ?' मैंने कहा।

'यह तो मैं भी कर सकती हूँ,' रिया ने कहा।

माँ ने उसकी तरफ देखा।

'यदि आपको ठीक लगे तो? मैंने किचन देख लिया है। मैं सावित्री ताई की मदद कर सकती हूँ।'

माँ ने कोई प्रतिक्रिया नहीं की। रिया ने इसे उनकी सहमति माना और वहाँ से उठकर चली गई।

'अब मैं समझी कि तुम पटना क्यों जाते हो,' माँ ने कहा।

'जैसा आप समझ रही हैं, वैसा कुछ नहीं है। रिया बस मेरी एक दोस्त है। एक पुरानी क्लासमेट,' मैंने कहा।

'उसकी इतनी जल्दी शादी और डाइवोर्स कैसे हो गया?' उन्होंने पूछा।

'इससे मुझे भी हैरानी हुई। पटना में बाय चांस मेरी उससे मुलाकात हो गई।'

'और वह तुमसे चिपक गई,' उन्होंने कहा।

'ऐसा नहीं है। आखिर मैं पूरे समय तो इंग्लिश की पढ़ाई नहीं कर सकता ना, माँ। मुझे भी दोस्तों की जरूरत महसूस होती है। फिर वह प्रैक्टिस करने में मेरी मदद करती है। उसकी इंग्लिश बहुत अच्छी है। वह एक हाई-क्लास सोसायटी से है।'

'वो तो दिख रहा है कि वो कितनी हाई-क्लास है,' उन्होंने कहा।

'मुझे पता नहीं उसका डाइवोर्स क्यों हुआ। लेकिन उसके पापा बीमार हैं। उसके साथ अच्छे-से पेश आइएगा।'

'मैं तो अच्छे-से ही पेश आ रही हूँ। वो मेरे घर में आकर ठहरी है। तुम मुझसे और क्या उम्मीद करते हो?'

मैंने अपनी आँखें घुमा लीं।

'और उसने इतनी टाइट पैंट्स क्यों पहन रखी हैं?' इसके बाद उन्होंने कहा।

'मुझे नहीं पता, माँ,' मैंने थोड़ा तैश में आते हुए कहा। 'मुझे नहीं पता कि उसकी शादी क्यों हुई, उसका डाइवोर्स क्यों हुआ, वो टाइट पैंट्स क्यों पहनती है। क्या आप उसको जरा बख्शेंगी?'

'तुम उस लड़की के लिए अपनी माँ पर चिल्ला रहे हो?'

माँ ने अपना मुँह फेर लिया। यह रानी साहिबा का क्लासिक गुस्से वाला लुक था।

'मैं कहाँ चिल्ला रहा हूँ,' मैंने कहा, लेकिन मेरी आवाज अब भी इतनी तेज थी कि उसे चिल्लाने की श्रेणी में रखा जा सकता था। माँ दूसरी तरफ ही देखती रहीं।

मुझे समझ आ गया कि एक अमन-चैन भरे डिनर के लिए मुझे उनकी मदद की दरकार होगी।

'सॉरी,' मैंने कहा।

माँ ने नाक सुड़की।

प्लेट्स लेकर डाइनिंग रूम में जा रही रिया मुझे देखकर मुस्कराई। मैं भी मुस्करा दिया।

'मैंने कहा सॉरी, माँ,' रिया के फिर से किचन में लौट जाने पर मैंने कहा।

माँ ने मुझे घूरकर देखा।

'मैं अपनी जिंदगी में पहले ही बहुत मुसीबतें झेल चुकी हूँ। उनमें और इजाफा मत करो,' उन्होंने कहा।

'मैं कहाँ कर रहा हूँ?' मैंने कहा। 'बाय द वे, आपने कभी स्टीव जॉब्स के बारे में सुना है?'

मैंने उन्हें समझाया कि किस तरह यूट्यूब पर स्पीचेस सुनने से मुझे मदद मिली है। और रिया की इस तरह की ऐसी कितनी ही तरकीबें मेरे लिए मददगार साबित हुई हैं।

'मुझे इंग्लिश में सोचना होगा, माँ। हाई-क्लास लोगों की तरह। उनकी इंग्लिश हम लोगों से अलग होती है ना?'

'लेकिन हम लोग कौन-से लो-क्लास हैं?' माँ ने कहा।

'डिनर तैयार है,' रिया ने डाइनिंग रूम में ताली बजाकर कहा।

हमारा डिनर आखिरकार अमन-चैन भरा ही रहा और शब्दों के तीर नहीं चलाए गए। जब दो महिलाओं की आपस में बनती नहीं है, तब अगर वे शांति के साथ एक घंटा गुजार लें, तो इसे एक छोटा-मोटा चमत्कार ही कहा जा सकता है।

'मैंने कुछ ज्यादा ही खा लिया,' रिया ने अपना पेट पकड़ते हुए कहा। 'मैंने इससे शानदार खाना कम ही खाया है।'

'हम तो इस तरह का खाना रोज ही खाते रहते हैं,' माँ ने कहा और वहाँ से उठकर चली गईं।

28

'मैं एक कंफेशन करना चाहती हूँ,' रिया ने कहा। हम हवेली की छत पर जूट की एक चारपाई पर बैठे थे और उन लाखों तारों को निहार रहे थे, जो दिल्ली के आकाश में कभी नजर नहीं आते हैं। 'कॉलेज के दिनों में तुमने मुझे बिहार और उसकी सिम्प्लिसिटी के बारे में जो कुछ बताया था, उसके कारण भी मैंने पटना आने का ऑफर मंजूर किया है।'

'रियली?' मैंने कहा। 'और क्या तुम्हें उम्मीद थी कि हमारी फिर से मुलाकात होगी?'

'हाँ, सही है,' उसने कहा और हँस पड़ी, इसलिए मैं समझ नहीं सका कि उसने यह बात कहीं कटाक्ष में तो नहीं कही।

'मेरी माँ ने जो कुछ कहा, उस बारे में ज्यादा मत सोचना,' मैंने कहा।

'मैं क्यों सोचने लगी?' उसने कहा और मुस्करा दी। 'शायद, सभी माँएँ एक जैसी होती हैं।'

'मतलब?'

'कुछ नहीं। वे रानी साहिबा हैं। अपनी सल्तनत की महारानी। वे जो चाहें कह सकती हैं।'

'वो दिल की बुरी नहीं हैं।'

'मैं जानती हूँ। जब मैं किचन में गई थी, तब उन्होंने मेरे बारे में बात की थी?'

'नहीं तो। क्यों?'

'मेरे कपड़े, मेरा डायवोर्स, वगैरह?'

'कुछ खास नहीं,' मैंने कहा। मैं इसके सिवाय कुछ और नहीं सोच रहा था कि कैसे कैजुअल तरीके से उसका हाथ थाम लूँ। आखिरकार जब मैंने ऐसा करने का साहस जुटाया तो मैं अचानक आगे झुका और उसका हाथ पकड़ लिया। वह कोई बहुत नजाकत से की गई हरकत नहीं थी।

'केयरफुल,' उसने कहा।

'क्या?'

'मेरी बाईं कलाई। वह थोड़ी कमजोर है।'

'कैसे?'

'एक पुरानी चोट।'

'बास्केटबॉल?'

उसने जैसे झिझकते हुए, अनमने ढंग-से सिर हिलाया। मैंने उसका

हाथ छोड़ा और उसे बाँहों में भर लिया।

'तुम्हारी माँ नीचे हैं,' उसने कहा।

मैंने उसके इन शब्दों को इनकरेजमेंट की तरह लिया। उसने यह नहीं कहा था कि उसका हाथ पकड़ना गलत है। उसने इतना ही कहा था कि मेरी माँ नीचे हैं।

'वे सो रही हैं,' मैंने कहा।

मैंने उसकी अंगुलियों के साथ अपनी अंगुलियाँ गुत्थमगुत्था कर लीं। उसने विरोध नहीं किया।

मैंने अपना चेहरा उसके चेहरे की ओर घुमाया। उसने हाथ छुड़ाया और कुछ इंच दूर खिसक गई।

'हे, तुम यहाँ स्पीच रिहर्सल करना चाहोगे? उसके लिए यह एक अच्छी जगह है,' उसने कहा। लड़कियाँ जितनी आसानी से किसी सिचुएशन और सब्जेक्ट को भुलाकर दूसरी बात शुरू कर सकती हैं, वह अपने आपमें एक अनूठी चीज है।

'अभी नहीं। मैं थक गया हूँ,' मैंने कहा।

'तो नीचे चलें?' रिया ने मासूमियत से कहा।

मैंने उसकी आँखों में देखा। वह मेरे उस देखने का मतलब समझ गई। सालों पहले कॉलेज में हम ऐसा लम्हा साझा कर चुके थे।

मैं आगे झुका। मेरे होंठ उसके होंठों से महज एक इंच की दूरी पर थे।

'नहीं, माधव, नहीं,' उसने कहा और अपने हाथों को हौले-से मेरे सीने पर रख दिया। लेकिन उसने मुझे पीछे नहीं धकेला। उसकी अंगुलियाँ सीधे मेरे दिल पर थीं। मैं थोड़ा पीछे हटा।

'क्यों नहीं?' मैंने कहा।

'हमने तय किया था कि केवल फ्रेंड्स रहेंगे, इससे ज्यादा नहीं।'

'क्यों नहीं?'

'एक ही सवाल दो बार मत पूछो।'

'लेकिन मैं दोबारा कोशिश तो कर सकता हूँ।'

मैं फिर उसकी ओर झुका। इस बार उसने मुझे पीछे धकेल दिया।

'ऐसा मत करो, प्लीज।'

उसकी आँखें नम थीं। मैं पीछे हट गया।

'कम से कम हम बातें तो कर सकते हैं?' मैंने कहा। लूजर्स को लड़कियों से केवल बातें मिलती हैं, विनर्स को किसेस मिलते हैं।

'हम बातें ही तो कर रहे हैं।'
'क्या तुम्हें अपने डैड की चिंता हो रही है?'
'हाँ, दूसरी चीजों के साथ यह भी।'
'लेकिन उन चीजों को तुम मेरे साथ कभी शेयर नहीं करोगी।'
'माधव, तुम एक अच्छे लड़के हो। बहुत अच्छे लड़के हो, ओके?'
'यदि तुम कहो तो,' मैंने कहा।
'लेकिन।'
'ये लेकिन क्यों हमेशा बीच में चला आता है?'
'क्या हम अपने को इन चीजों से दूर रख सकते हैं?'
'अगर अभी नहीं, तो शायद बाद में कभी?'
'माधव,' उसने कहा। 'मैं नहीं चाहती कि तुम्हारी उम्मीदें परवान चढ़ने लगें। इसलिए बाद में भी नहीं।'
'क्यों? मैंने कॉलेज में जो किया था, उसके लिए?'
'तुम पागल हो? क्या तुम्हें लगता है कि मैं सालों पुरानी बात को लेकर बैठी रहूँगी?'
'फिर क्या बात है? क्या मैं तुम्हारे लायक नहीं?' मैंने कहा।
वह मुस्करा दी।
'क्या?' मैंने कहा।
'मैंने अभी-अभी कहा है कि तुम बहुत अच्छे हो।'
'गिव अस अ शॉट, रिया,' मैंने कहा।
'शॉट? वॉव, तुम्हें तो बहुत अच्छी इंग्लिश स्लैंग आती है।'
'एक चांस। या जो भी हो। खैर, रहने दो। ओके, फाइन, फ्रेंड्स।'
मुझे लगा कि मैंने एक मौका गँवा दिया है। किस करने की नाकाम कोशिश को एक बहस में तब्दील नहीं करना चाहिए।
हम कुछ मिनट चुप रहे।
'मेरे पिता धीरे-धीरे मौत की ओर बढ़ रहे हैं,' उसने कहा। 'और मुझे यह भी नहीं पता कि इस पर क्या महसूस करूँ।'
'आखिर वो तुम्हारे पिता हैं।'
'हाँ, मैं उम्मीद करती हूँ वे यह लड़ाई जीतने में कामयाब रहें।'
'मैं तुम्हारे बिना नहीं जी सकता, रिया,' मैंने कहा, या कहूँ मेरे मुँह से यह निकल गया।
वह मेरी ओर मुड़ी।
'नॉट अगेन।'

'सॉरी,' मैंने कहा।

मैं दूसरी तरफ मुड़ गया। लड़कियों को अंदाजा भी नहीं कि रिजेक्ट किए जाने पर लड़कों को कितनी तकलीफ होती है। इसके बावजूद लड़कों को लगातार कोशिश करनी पड़ती है और जख्मों को बर्दाश्त करना होता है।

उसने मेरा हाथ थामा। मैंने उसे खींच लिया। बी अ मैन, ऐसा कहा जाता है। वेल, कभी-कभी मैन होने के लिए बहुत हिम्मत दिखानी पड़ती है।

'गुस्सा थूक दो, जहाँपनाह,' उसने कहा।

'एक किस,' मैंने कहा।

'क्या?'

'बस एक किस। और उसके बाद मैं प्रॉमिस करता हूँ कि हम फ्रेंड्स ही रहेंगे। केवल फ्रेंड्स।'

'ये क्या बात हुई?'

'आई डोंट नो। आई कांट गेट दैट वन किस आउट ऑफ माय माइंड। आई नीड टु नो आई मीन समथिंग टु यू। आई अंडरस्टैंड योर सिचुएशन - द डाइवोर्स, योर डैड एंड योर जॉब। आई वोंट एक्सपेक्ट एनीथिंग। आई विल लेट यू बी। आई विल बी अ फ्रेंड एंड वैल्यू यू एज वन। बट जस्ट वन किस।'

उसने तालियाँ बजाई।

'क्या हुआ?'

'तुमने वह सब कुछ इंग्लिश में कहा। ओह माय गॉड, माधव।'

एक पल के लिए मैं किस के बारे में भूल गया और अपनी इस उपलब्धि के बारे में सोचने लगा।

'अरे हाँ, मैं तो सचमुच वह सब इंग्लिश में बोल गया,' मैंने हैरत से कहा।

'ऑसम,' उसने कहा।

मैं फिर से हकीकत में लौट आया।

'सो, यस, वन किस।'

'लेकिन...'

'शश्श्श...' मैंने कहा और अपना हाथ उसके मुँह पर रख दिया। मैं आगे बढ़ा और उसके मुँह पर रखी अपनी अंगुलियों को चूम लिया। उसकी आँखें अचरज से चमक उठीं।

मैंने अपनी अंगुलियाँ हटा लीं। मेरे होंठ उसके होंठों से जा टकराए।

हमने ठीक तीन साल, चार महीने और ग्यारह दिन पहले किस किया था। उसने अपनी बाँहें मेरी गर्दन पर डाल दीं, मानो वह संतुलन बनाने की कोशिश कर रही हो। हमने पहले-पहल तो आहिस्ता से किस किया, लेकिन उसके बाद हम आवेश में बह गए। मेंढक टर्रा रहे थे, झींगुर झाँय-झाँय कर रहे थे और मद्धम बयार बह रही थी, जब सिमराँव का आकाश दुनिया के नहीं तो कम से कम बिहार के अब तक के सबसे अच्छे किस का गवाह बना।

उसने अपना चेहरा मेरे कंधों पर टिका दिया। किसेस से ज्यादा उसे इस बात की जरूरत थी कि कोई उसे थाम ले, जैसे कि उसने एक अरसे से किसी को गले नहीं लगाया हो।

मैंने उसे कसकर पकड़ लिया और उसके चेहरे, गर्दन, होंठों पर चुंबनों की बौछार कर दी। एक मिनट, या शायद एक घंटे बाद वह हिली।

'यह तो बहुत लंबा किस हो गया,' उसने कहा।

'लेकिन उसे एक किस ही गिना जाएगा। अच्छा लगा?' मैंने कहा।

'माधव।'

'क्या?'

'तुमने कहा एक किस। वह एक किस नहीं था। अब तुम किस की क्वालिटी के बारे में इन-डेप्थ डिस्कशन करना चाहते हो, फिर बताओगे कि इस किस का क्या मतलब था, या क्या हम फिर से ऐसा कर सकते हैं, वगैरह-वगैरह। मैंने यह तुम्हारे लिए किया। ताकि तुम्हें पता चल जाए कि तुम मेरे लिए कुछ मायने रखते हो। लेकिन प्लीज, आज के बाद फिर कभी न इस बारे में बात करना और न ही इसका कभी जिक्र करना।'

मैं हैरत से उसका मुँह ताकता रह गया। आखिर कोई बिहार के, या शायद दुनिया के सबसे अच्छे किस के बारे में एक बार भी बात किए बिना उसे दरकिनार कैसे कर सकता है? फिर भी मैंने इतना ही कहा, 'फाइन।'

'बैठ जाओ,' उसने कहा। मैंने उसकी तरफ मुँह किया, लेकिन मैं उससे थोड़ी दूरी पर बैठा था ताकि उसे यह न लगे कि कहीं मैं उस पर फिर से हमला न बोल दूँ।

वह मुझे देखकर मुस्करा दी।

'क्या हुआ?'

'इट वाज नाइस,' उसने कहा।

'क्या नाइस था?'

'वही, जो हमने अभी-अभी किया।'

'हम क्रॉस-लेग करके सीधे बैठे रहे, वह नाइस था?'

'हाँ,' उसने कहा और हँस पड़ी। 'हम जिस तरह से बैठे, वह वंडरफुल था। वॉव, तुम तो बहुत अच्छे-से बैठ पाते हो।'

हम हँस पड़े। मैं उसे छूना चाहता था, लेकिन ऐसा किया नहीं। मैं यकीन ही नहीं कर पा रहा था कि हमने फिर से किस किया था।

बीस मिनट बाद उसे खाँसी आई। एक बार, दो बार, और फिर पाँच बार।

'तुम ठीक तो हो?'

'हाँ, यहाँ थोड़ी सर्दी है,' उसने कहा और उसे खाँसी का एक और दौरा पड़ा।

'मैं पानी लाता हूँ।'

मैं दौड़कर अपने कमरे में गया और पानी की बॉटल ले आया। वह चारपाई पर लेटी हुई थी और उसका दायाँ हाथ उसके माथे पर था।

'तुम ठीक नहीं लग रही हो, रिया,' मैंने कहा।

वह फिर खाँसी, फिर उसने उठकर पानी पिया।

मैंने उसका माथा छुआ।

'तुम्हें बुखार तो नहीं है,' मैंने कहा।

'शायद, मैं बहुत थक चुकी हूँ।'

'कहीं मैंने तो तुम्हें नहीं थका दिया?' मैंने कहा। मुझे उसे किस करने को लेकर गिल्ट फील हो रही थी।

'नहीं, अब मुझे आराम करने जाना चाहिए।'

उसे फिर जारों से खाँसी आई, इस बार का दौरा बहुत तेज था।

मैंने उसकी उठने में मदद की और उसे गेस्टरूम तक ले गया।

'तुम ठीक तो हो ना? तुम्हें यहाँ कोई मदद के लिए चाहिए?' मैंने कहा।

वह मुस्करा दी।

'नाइस ट्राय, सर। लेकिन मैं ठीक हूँ,' उसने कहा।

'मेरा वह मतलब नहीं था। मैं माँ को उठा सकता हूँ,' मैंने कहा।

'नहीं, नहीं, प्लीज। मुझे बस नींद की जरूरत है। कल हम स्कूल चलेंगे ना?'

'यदि तुम्हारी तबीयत ठीक रही तो।'

'मेरी तबीयत ठीक ही है। गुडनाइट, माधव,' उसने कहा।

'गुडनाइट, रिया,' मैंने कहा, लेकिन मेरा वहाँ से जाने को जी नहीं कर रहा था।

'मेरा ख्याल रखने के लिए शुक्रिया,' उसने कहा। उसकी आवाज उनींदी-सी लग रही थी।

उसने दरवाजा बंद कर लिया। मैं अपने कमरे में चला आया। जब मैं अपने बिस्तर में लेटा तो अपने होंठों को छुआ और तारों की छाँह में हमारे द्वारा किए गए उस अद्भुत किस के बारे में सोचने लगा।

'आई लव यू, रिया सोमानी,' नींद के आगोश में खो जाने से पहले मैंने धीमे-से कहा।

29

'तो ये है सिमराँव का फेमस रॉयल स्कूल,' रिया ने कहा। सैकड़ों बच्चों को मधुमक्खियों की तरह इधर से उधर मंडराते देखकर उसकी आँखें फैल गईं।

हम स्टाफरूम में घुसे।

'तो तुम आखिरकार स्कूल पहुँच ही गए, वेलकम,' माँ ने कहा। मैंने उनके कटाक्ष को नजरअंदाज कर दिया। रिया और मैंने उन्हें ग्रीट किया, लेकिन उन्होंने केवल सिर हिला दिया और अपनी नोटबुक्स पर से नजरें भी नहीं उठाईं।

मैंने रिया का परिचय स्टाफ सदस्यों से करवाया।

ताराचंद जी ने रोज की तरह समय पर घंटी बजाई। माँ उठ खड़ी हुईं।

'कहाँ जा रही हो, माँ? यह तो मेरा पीरियड है।'

'तुम आज काम पर हो?' उन्होंने कहा।

'बिलकुल हूँ।'

'गुड, क्योंकि मुझे सैकड़ों कॉपियाँ चेक करनी हैं।'

वे फिर बैठ गईं।

'यदि रिया यहाँ बैठकर वेट करे तो ठीक रहेगा?' मैंने कहा।

'ओह, मैं आसपास चहलकदमी भी कर सकती हूँ,' रिया ने कहा।

'इट्स फाइन,' माँ ने कहा।

'या शायद मैं आपकी कुछ मदद कर सकती हूँ?' रिया ने कहा।

माँ ने ऊपर देखा और अपना चश्मा नीचे खिसकाया।

'मदद?'

'मैं कुछ कॉपियाँ चेक कर सकती हूँ। ले लूँ?'

माँ ने धीमे-से कुछ कॉपियाँ उसकी ओर खिसका दीं।

मैं मुस्करा दिया। रानी साहिबा का दिल पिघलना भी जानता था। मैं कल्पना करने लगा कि अगर मेरे स्कूल को गेट्स ग्रांट मिल जाए और उसके बाद हम तीनों इसी तरह यहाँ साथ काम करें तो कैसा हो। मैंने कल्पना की कि मैं, रिया और माँ हँसते-हँसते कॉपियाँ चेक कर रहे हैं। या मैं और रिया स्कूल के बच्चों को बास्केटबॉल खेलना सिखा रहे हैं।

'माधव?' माँ ने मुझे जैसे नींद से जगाया।

'हुंह?'

'क्लास?'

'मैं बस जा ही रहा था,' मैंने कहा।

◆

'वो दीदी कौन हैं?' तीसरी क्लास की एक छोटी-सी लड़की ने मुझसे पूछा।

मैं तीसरी, चौथी और पाँचवी क्लास को एक साथ पढ़ाता था। चूँकि हमारे पास पर्याप्त संख्या में टीचर्स या क्लासरूम नहीं थे, इसलिए हमने एक नया सिस्टम बनाया था। मैंने ब्लैकबोर्ड को तीन भागों में बाँट दिया था। हर क्लास के लिए एक-तिहाई ब्लैकबोर्ड था। मैं एक क्लास के बच्चों को कुछ समझाता और फिर उन्हें हल करने के लिए एक सवाल देता। जब वे उसमें उलझे रहते तो मैं दूसरी क्लास के बच्चों को पढ़ाने लगता। यह पढ़ाने का सबसे अच्छा तरीका नहीं था, लेकिन बच्चों ने इसे अपना लिया था।

'वो मेरी दिल्ली की क्लासमेट हैं। ठीक वैसे ही, जैसे तुम सब यहाँ एक-दूसरे के क्लासमेट हो,' मैंने कहा।

'वो बहुत सुंदर हैं,' तीसरी क्लास की एक और लड़की शबनम ने कहा। 'क्या दिल्ली की सभी लड़कियाँ इतनी सुंदर होती हैं?'

मैं मुस्करा दिया।

'ठीक वैसे ही, जैसे सिमराँव की सभी लड़कियाँ सुंदर होती हैं।'

'क्या दिल्ली की सभी लड़कियाँ इतनी लंबी भी होती हैं?' शबनम ने पूछा।

'नहीं, केवल वे ही लड़कियाँ लंबी होती हैं, जो नौ का पहाड़ा लिख सकें।' लड़कियाँ खिलखिला पड़ीं और अपने क्लासवर्क में लग गईं।

फिर मैं चौथी क्लास को पढ़ाने लगा और अंत में पाँचवी क्लास को। चालीस मिनट पूरे होने पर मैं एक ब्रेक लेने के लिए बैठ गया। अब तीनों क्लासेस अपने-अपने क्लासवर्क में मशगूल हो चुकी थीं।

'माधव सर,' शबनम के पास बैठी एक छोटी-सी चोटी वाली लड़की ने कहा।

'क्या है?'

'अपनी फ्रेंड को क्लास में लेकर आइए ना।'

'क्यों?'

'प्लीज।'

'नहीं, यह पढ़ाई का समय है।'

कुछ और लड़कियाँ भी उसका साथ देकर प्लीज-प्लीज करने लगीं।

जल्द ही यह हालत हो गई कि पूरी क्लास में ही प्लीज-प्लीज गूँजने लगा। मैंने पिछले हफ्ते ही उन्हें मैनर्स के बारे में बताया था। अब वे उसे मेरे ही खिलाफ इस्तेमाल कर रही थीं।

'ठीक है, मैं उन्हें ले आता हूँ,' मैंने कहा। 'बशर्ते तुम लोग एकदम चुपचाप बैठकर अपना काम करोगे।'

सभी ने सिर हिलाकर हामी भरी और अपने-अपने मुँह पर अंगुलियाँ रख लीं। मैं क्लास से बाहर निकला और मेरे बाहर निकलते ही क्लास में भारी शोरगुल होने लगा।

माँ और रिया चुपचाप बैठी थीं और अपने-अपने काम में मशगूल थीं।

'रिया, स्टूडेंट्स तुमसे मिलना चाहते हैं।'

'मुझसे? क्यों?' रिया ने हैरत से ऊपर देखते हुए कहा।

'शायद वे लोग तुम्हें देखकर क्यूरियस हो गए हैं।'

रिया ने मेरी माँ की ओर देखा। उन्होंने कोई प्रतिक्रिया नहीं दी। मैंने रिया की बाँह खींची।

'चलो ना,' मैंने कहा।

रिया और मैं क्लासरूम से बाहर निकल आए।

'माँ के साथ तुम्हारी कैसी बन रही है?' मैंने कहा।

'तुम ऐसा क्यों पूछ रहे हो?'

'वे बहुत स्वीट हैं ना? ऊपर से सख्त दिखती हैं, लेकिन भीतर से नर्म हैं।'

'माधव, तुम मुझे यह क्यों बता रहे हो?' रिया ने कहा।

'बस यूँ ही।'

हम क्लास में पहुँचे। स्टूडेंट्स तालियाँ बजाने लगे।

'हाय, मेरा नाम रिया है,' उसने कहा। उन लोगों के कद के बराबर होने के लिए वह घुटनों के बल बैठ गई थी।

'आप बहुत सुंदर हैं,' शबनम ने लजाते हुए कहा।

रिया ने धीमे-से उसकी नाक मरोड़ते हुए कहा, 'और तुम भी।'

शबनम शरमा गई।

इसके बाद रिया ने शबनम के पास बैठी लड़की से कहा, 'बड़ी होने पर तुम क्या बनना चाहती हो?'

उसने अपना चेहरा रिया की गोद में छुपा लिया। रिया हँस पड़ी। उसने एक दूसरी लड़की से भी यही सवाल पूछा।

'माँ। मैं एक माँ बनना चाहती हूँ,' उस लड़की ने कहा।

'और?' रिया ने पूछा।

'और क्या?' लड़की ने कहा।

'डॉक्टर? इंजीनियर? डांसर?'

लड़की कुछ देर सोचती रही, फिर बोली, 'टीचर।'

'नाइस,' रिया ने कहा और उसकी पीठ थपथपाई।

रिया और मैं स्टाफरूम में लौट आए। माँ और दूसरे टीचर्स की क्लास थी। वहाँ केवल हम दोनों ही थे। हम एक लँबी-सी टेबल पर बैठ गए। रिया को फिर खाँसी आई।

'तुम्हारी तबीयत तो सचमुच ठीक नहीं लगती,' मैंने कहा।

'मैं अभी तक तो ठीक ही थी, पता नहीं क्या हुआ है,' उसने कहा। उसे खाँसी का एक और दौरा पड़ा।

'किसी डॉक्टर को दिखाते हैं,' मैंने कहा।

'मैं पटना में किसी डॉक्टर को दिखा दूँगी।'

रिया मुझे एक्सक्यूज मी कहकर बाहर चली गई। वहाँ वह आसपास देखने लगी।

'यहाँ पर कोई टॉयलेट नहीं है। बच्चे वहाँ कोने में जाते हैं, या फिर बाहर खेतों में,' मैंने उसके पीछे आते हुए कहा।

रिया खेतों की ओर चली गई। वह अब भी खाँस रही थी। मैं दूर से उसे देखता रहा। उसका शरीर हिल रहा था। मैं दौड़कर उसके पास पहुँचा। वह मेरी तरफ मुड़ी और मुस्करा दी।

'मैं ठीक हूँ। बस मुझे एक बार अच्छे-से खाँस लेना था।'

'बलगम को थूक दो।'

'सॉरी, मैं नाहक तुम्हें तंग कर रही हूँ।'

'ये भी क्या बात हुई,' मैंने कहा।

'अब मुझे लौटकर जाना चाहिए,' उसने कहा।

'अकेले? मैं भी चलता हूँ। मैं तुम्हें ड्रॉप कर दूँगा।'

रिया हँस पड़ी। उसने मेरा कंधा थपथपाया।

'तुम बहुत स्वीट हो। लेकिन इतनी चिंता करने की कोई जरूरत नहीं। मुझे बस जरा-सी एलर्जी है।'

'मुझे तुम्हारे साथ चलना चाहिए,' मैंने कहा।

उसने मेरा कंधा पकड़ते हुए मुझे धकेल दिया।

'तुम्हारी क्लासेस हैं, मिस्टर। अब भीतर जाओ। कहीं तुम्हारी नन्ही लड़कियाँ तुम्हें खोजते हुए बाहर न आ जाएँ।'

30

'जोर से माधव, तुम तो चूहों की तरह बोल रहे हो,' रिया ने मेरी दबी-दबी आवाज के उलट ऊँची आवाज में कहा।

वह झुँझला रही थी। शायद इसलिए, क्योंकि मैंने अपनी पिछली रिहर्सल में छह गलतियाँ की थीं। वह मेरे सामने आकर खड़ी हो गई। उसने एक ओवरसाइज्ड पर्पल टी-शर्ट और बरमूडा शॉर्ट्स पहन रखे थे। पर्पल उसे सूट करता है, मैंने सोचा। लेकिन उस पर तो सभी कुछ फबता था।

'तुम यह समझ पा रहे हो या नहीं कि परसों तुम्हारी स्पीच है?' रिया ने कहा।

'तुम तो मुझे और टेंस बना रही हो,' मैंने कहा।

'फाइन,' उसने हताशा में अपने हाथ फेंकते हुए कहा। 'टेंस होना अच्छी बात नहीं है, इसलिए मैं भी शांत हो जाती हूँ, तुम भी शांत हो जाओ,' उसने कहा।

'मैं सब कुछ कबाड़ा किए दे रहा हूँ ना?' मैंने कहा। हम उसके डबल-मैट्रेस दीवान पर बैठे हुए थे।

यह रविवार की शाम थी और मैं एक फाइनल रिहर्सल के लिए उसके घर आया था। गेट्स मंगलवार को आ रहे थे और मुझे सोमवार को सिमराँव के लिए निकलना था।

'मेरी स्पीच बनावटी लग रही है। वे लोग देखते ही समझ जाएँगे कि मैं इसमें अच्छा नहीं हूँ,' मैंने कहा।

'रिलैक्स, माधव। आई एम सॉरी कि मैं तुम पर चिल्लाई।'

वह मेरे करीब बैठी और मेरा हाथ थाम लिया। उसे एक बार फिर खाँसी आई।

अब चिल्लाने की मेरी बारी थी। 'ये कौन स्टुपिड डॉक्टर है, जो तुम्हारी खाँसी का भी इलाज नहीं कर पा रहा है?'

'पता नहीं। ये एलर्जी है। शायद हवा में कुछ है। मैं समझ नहीं पा रही हूँ कि ऐसा क्यों हो रहा है।'

'दिल्ली के डॉक्टर अब क्या कह रहे हैं?'

रिया पिछले महीने दिल्ली गई थी। उसके परिवार के लोगों ने उसे अपने पिता से आखिरी बार मिलने के लिए बुलाया था। जब वो दिल्ली में थी, उसी दौरान उसके पिता की मौत हो गई थी। वह दिल्ली में दो हफ्ते रही और अपने पिता के अंतिम संस्कार से जुड़े सभी कामकाज

निपटाए। दिल्ली यात्रा के दौरान ही उसने अपनी खाँसी की बीमारी के लिए एक सीनियर स्पेशलिस्ट को भी दिखाया था।

'डॉक्टर ने तो यही कहा कि जिस चीज से एलर्जी हो रही है, उसका पता लगाओ। तुम्हें क्या लगता है, कहीं मुझे तुमसे एलर्जी तो नहीं है?' उसने आँख मारते हुए कहा। मैंने उसे एक रेड कुशन दे मारा।

'घर पर सब ठीक है ना, रिया?'

रिया ने अपने पिता की मौत पर ज्यादा रिएक्ट नहीं किया था। दिल्ली से लौटकर आने के बाद उसने मुझे इस तरह से कसकर गले लगा लिया था, मानो मुझे कभी छोड़ेगी नहीं। उसने माफ कर देने के बारे में कुछ बुदबुदाकर कहा था। लेकिन मैंने जानने की कोशिश नहीं की। वह मुझे केवल वही बताती थी, जो वह मुझे बताना चाहती थी, और जब उसका बताने का मन होता था।

'हाँ, मेरे भाई बिजनेस का कामकाज देख रहे हैं और जब आखिरी बार मेरी अपनी माँ से बात हुई थी, तब वे भी नॉर्मल ही लग रही थीं।' इतना कहकर वह फिर से अपने काम में लग गई। उसने ताली बजाकर मुझे भी वर्तमान में लौट आने का इशारा किया।

'एंड नाऊ वी हैव मिस्टर माधव झा, फ्रॉम सिमराँव रॉयल स्कूल।'

मैं उसके लिविंग रूम के सेंटर में खड़ा हो गया।

'रिस्पेक्टेड मिस्टर गेट्स, मिस्टर मायर्स, अदर मेंबर्स ऑफ गेट्स फाउंडेशन डेलीगेशन, एमएलए ओझा, एमिनेंट पीपल फ्रॉम सिमराँव, स्टूडेंट्स एंड स्टाफ ऑफ द सिमराँव रॉयल स्कूल...'

'यू नो व्हाट?' रिया ने मुझे बीच में ही टोकते हुए कहा।

'क्या?'

'तुम्हारा यह ग्रीटिंग बहुत लंबा है। इसको छोटा करना पड़ेगा।'

'रिया तुम इस स्टेज पर आकर अब स्क्रिप्ट चेंज करना चाहती हो?'

'माइनर चेंज।'

हमने मेरी नोटबुक में दर्ज स्पीच के शब्दों को एक बार फिर काटा-तराशा। मैंने फिर पढ़ना शुरू किया। इस बार उसने मुझे टोका नहीं। मैं दस मिनट तक बोलता रहा।

'एंड दैट, माय फ्रेंड्स, इज ऑल आई हैव टु से। थैंक यू,' मैंने कहा।

उसने तालियाँ बजाईं।

'कितनी गलतियाँ?' मैंने कहा।

'पाँच।'

'पाँच?'

'हाँ, लेकिन छोटी-मोटी। उनसे किसी सेंटेंस का मीनिंग नहीं बदलता।'

'तुम ऐसा केवल मुझे रिलैक्स बनाए रखने के लिए कह रही हो ना?'

रिया मुस्करा दी। 'चलो डिनर करते हैं। ज्यादा रिहर्सल करने का भी कोई फायदा नहीं होता है। हम लगभग तैयार ही हैं। रिलैक्स,' उसने कहा।

'रियली?'

'हाँ। मैंने दाल बनाई है, लेकिन चपातियाँ बनाने में समय लगेगा। क्यों ना थोड़े-से चावल बना लूँ? दाल-चावल?'

'बिलकुल', मैंने कहा। 'मैं तुम्हारी मदद करता हूँ।'

हम उसके किचन में गए। वह खाना पकाने लगी। मैंने नमक, मिर्च और लेमन जूस के साथ टमाटर, खीरे का सलाद बनाया। फिर मैंने खाने की टेबल जमाई।

हम डाइनिंग टेबल पर खाना खाने बैठ गए, एक-दूसरे की ओर मुँह करके।

'तुम सिमराँव कब पहुँचोगी?' मैंने दाल-चावल मिलाते हुए कहा।

'यदि मैं वहाँ आई तो तुम्हारे होशो-हवास तो गुम नहीं हो जाएँगे ना?'

'आर यू स्टुपिड? कल सुबह मेरे साथ चलना।'

'नहीं, कल मैं नहीं आ सकती। बहुत काम है,' उसने कहा।

'तो फिर कब आओगी?'

'मंगलवार की सुबह, फाउंडेशन वालों के साथ ही। तुमने उन्हें मेरे बारे में बता दिया है ना?'

'हाँ,' मैंने कहा। मैं रिया को पहले ही सामंथा का नंबर दे चुका था। रिया की कार को केवल फाउंडेशन के दल के साथ-साथ आना था। वे सभी साथ आ सकते थे।

'सलाद अच्छा है,' उसने कहा।

'इट्स नथिंग। सो सिम्पल,' मैंने कहा।

'सिम्पल एंड नाइस। मुझे यह पसंद है। मुझे सिम्पल और नाइस चीजें पसंद हैं, माधव।'

क्या वह मुझे भी सिम्पल और नाइस ही मानती है? या फिर, शायद मैं कुछ ज्यादा ही सिम्पल और ज्यादा ही नाइस था।

◆

डिनर के बाद हमने किचन साफ किया और बर्तन धोए। हम लिविंग

रूम में चले आए। रिया सोफे पर लेट गई। 'मैं बहुत थक चुकी हूँ।'

मैंने समय देखा। दस बज चुके थे।

'अब मुझे चलना चाहिए,' मैंने कहा।

रिया को फिर खाँसी आई। मैं उसके लिए गर्म पानी का एक गिलास ले आया।

'मेरी स्पीच के बाद तुम्हारा इलाज हमारी प्रायर्टी होगी। हमें यह पता करना ही होगा कि तुम्हें किस चीज से एलर्जी हो रही है,' मैंने कहा।

'मैं ठीक हूँ। देखो, खाँसी गायब हो गई,' उसने कहा।

उसने आँखें बंद कर ली और मैट्रेस को थपथपाने लगी। यह मेरे लिए इशारा था कि मैं उसके पास आकर बैठ जाऊँ। फिर उसने अपना सिर मेरी गोद में रख दिया। उसकी आँखें बंद थीं। वह सो रही थी।

'तुम ऐसे सोना चाहोगी?'

कोई जवाब नहीं आया।

मैं उसके बेडरूम से एक चादर और तकिया ले आया। मैंने उसके सिर के नीचे तकिया रखा और उसे चादर ओढ़ा दी।

वह किसी खुश बच्चे की तरह मुस्करा दी।

'मैं जा रहा हूँ,' मैंने धीमे-से कहा।

उसने सिर हिलाकर मना कर दिया।

क्या? मैंने मन ही मन सोचा। आखिर वह क्या चाहती है?

मैं उठने को हुआ तो उसने मुझे रोक लिया।

'मैं रुक जाऊँ?' मैंने कहा।

उसने कोई जवाब नहीं दिया। लड़कियाँ ऐसा ही करती हैं। ऐसे अहम मौकों पर वे आपको कोई सीधा जवाब नहीं देतीं। ऐसे में लड़के क्या करें?

'मैं थोड़ी देर के लिए रुक जाता हूँ,' मैंने कहा।

उसने सिर हिलाकर हामी भर दी।

भगवान का शुक्रिया कि उसने मुझे इतना गाइडेंस दिया।

'ठीक है। पर मैं भी थका हुआ हूँ। यदि मैं रुका तो मुझे भी लेट जाना होगा।'

वह मेरे लिए जगह बनाने के लिए बाजू में खिसक गई, लेकिन उसकी आँखें अब भी बंद थीं। मैं हैरान था। रिया खुद ही यह चाहती थी कि मैं उसके साथ लेटूँ।

मैं आहिस्ता-से उसके पास लेट गया, यह ऐहतियात बरतते हुए कि कहीं वह पूरी तरह से जाग न जाए।

'सो रही हो?' मैंने उसके करीब खिसकते हुए कहा।

उसने सिर हिलाकर हाँ कहा। फिर वही लड़कियों वाली बात! अगर वह सो रही थी तो फिर जवाब कैसे दिया?

'मैं भी सो रहा हूँ,' मैंने कहा। मुझे लगता है कि लड़का और लड़की का एक-दूसरे से झूठ बोलना न केवल पूरी तरह से कबूल किए जाने लायक है, बल्कि यह लगभग जरूरी भी है।

उसने करवट बदली और मुझ पर अपनी बाँहें डाल दीं। लेकिन उसने अपने शरीर को थोड़ा मोड़कर भी रखा था, ताकि उसकी चेस्ट मेरे ज्यादा करीब न आ जाए। मुझे केवल उसकी बाँहें और घुटने ही छू रहे थे। लड़कियों को इन चीजों में महारत हासिल होती है। वे नींद में भी इस बात को जानती हैं कि सही फिजिकल कॉन्टैक्ट की सीमा क्या है।

मैंने अपनी आँखें बंद कर लीं, लेकिन जाहिर है, मैं सो नहीं सकता था। मैं उसे बाँहों में भरकर अपने करीब ले आना चाहता था। मैं उसे किस करना चाहता था। बेचैन होकर मैंने उस पर अपनी एक बाँह रख दी। मेरे खयाल से लड़कियों को सचमुच ऐसा लगता है कि लड़के बस यूँ ही बिना कुछ सोचे-समझे उन पर अपना हाथ रख दिया करते हैं।

लेकिन मुझमें और कुछ करने की हिम्मत नहीं थी। शायद, वह मेरे साथ कंफर्टेबल हो रही है, मेरे दिमाग ने मुझसे कहा, तो फिर जल्दी किस बात की? चिल, माधव, चिल।

लेकिन चंद पलों के बाद यही दिमाग एक दूसरी थ्योरी लेकर आया: अगर वह चाहती हो कि मैं कुछ करूँ तो? उसने यह पूरी सिचुएशन क्रिएट की है। मैंने अगर अब भी कुछ नहीं किया तो वह यही समझेगी कि मुझमें दम नहीं है। तो माधव, कुछ करो, डोंट जस्ट चिल!

इन दोनों थ्योरियों की आपसी गुत्थमगुत्था ने मुझे बेचैन कर दिया। मुझ पर रखी हुई रिया की नर्म बाँह ने हालात और पेचीदा बना दिए। मैं बेचैनी से करवटें बदलता रहा, जबकि वह सोती रही।

दो घंटे बाद रिया ने अपनी आँखें खोलीं। अनजाने में मेरे हाथ से उसके कंधे पर एक ठोकर लग गई थी।

'ये क्या है?' उसने नींद में ही कहा।

'तुम जाग रही हो?' मैंने चौंकते हुए कहा।

'तुमने मुझे उठा दिया,' उसने कहा।

'सॉरी,' मैंने कहा और उसका कंधा थपथपाया। 'अब फिर से सो जाओ।'

'तुम टेंस हो?'

मेरी रीढ़ में सिहरन दौड़ गई। उसे कैसे पता चला? लगता है, भगवान ने लड़कियों को बहुत सारी इंद्रियां दी हैं।

'थोड़ा-बहुत।'

'चिंता मत करो, तुम अच्छे-से परफॉर्म कर लोगे।'

'हुँह, क्या?' मैंने कहा। आखिर वह किस बारे में बात कर रही है? तभी मुझे सूझा कि वह क्या कह रही थी।

'अरे हाँ। मैंने अपनी ओर से पूरी कोशिश की है, बाकी सब कुछ मिस्टर गेट्स के हाथों में है।'

'बिलकुल ठीक। अब सो जाओ,' उसने कहा और अपनी आँखें फिर से मूँद लीं।

'रिया?'

'हम्मम?'

'मैं कुछ कहना चाहता हूँ, रिया।'

'शश्श्श' उसने कहा। उसकी आँखें अब भी मुँदी हुई थीं। उसने अपनी एक अंगुली मेरे मुँह पर रख दी।

'जो भी कहना है, पहले बिल गेट्स से कहो,' उसने कहा और नींद के आगोश में खो गई।

31

मंगलवार की सुबह 10 बजकर 15 मिनट पर मेरा फोन बजा।

'दस मिनट में हम सिमराँव पहुँचने वाले हैं,' सामंथा ने कहा।

मैं दौड़कर स्कूल के प्रवेशद्वार पर पहुँचा। बीस बच्चों को वेलकम पार्टी में शामिल किया गया था। वे एक-दूसरे के सामने मुँह कर दो कतार में खड़े हो गए। सभी के हाथ में एक थाली थी, जिसमें गुलाब की पंखुड़ियाँ रखी थीं। इन्हें मेहमानों के स्वागत में बरसाया जाना था। पाँचवी क्लास की एक लड़की को टीका लगाना था।

बच्चों के पैरेंट्स पहले ही आ चुके थे। कोई एक हजार से ज्यादा लोग इस अवसर के लिए लगाए गए टेंट के नीचे लाल कुर्सियों पर बैठे हुए थे। मुख्य अतिथि और गणमान्यजन आगे की वीआईपी कतार में बैठे थे।

आठ कारों का काफिला नजर आया। वेलकम टीम में शामिल बच्चे रोमांच से किलक उठे। वे एक-दूसरे पर ही गुलाब की पंखुड़ियाँ फेंकने लगे।

'बंद करो ऐसा करना,' मैंने कहा।

मिस्टर गेट्स अपनी कार से बाहर निकले। मीडिया के लोगों ने उन्हें घेर लिया और उनकी नॉनस्टॉप तस्वीरें लेने लगे। मिस्टर गेट्स के पीछे दस अमेरिकियों की टीम, जिनमें सामंथा भी शामिल थी और फाउंडेशन के पाँच भारतीय खड़े हुए थे।

'हाय,' रिया की आवाज से मैं चौंक गया। मैं उसकी तरफ मुड़ा। उसने एक बेबी-पिंक साड़ी पहन रखी थी, जिस पर छोटे-छोटे सिल्वर डॉट्स बने हुए थे। वह बच्चों की थाली में रखी गुलाब की पंखुड़ियों जैसी ही लग रही थी।

'साड़ी?' मैंने कहा।

उसने अपनी बाँहें फैलाईं। पिंक शिफॉन फैब्रिक में लिपटे उसके नाजुक बदन को देखने भर से ही मैं अपने को दुनिया के उस सबसे अमीर आदमी से भी ज्यादा अमीर महसूस करने लगा, जो मेरा इंतजार कर रहा था।

'मैं कैसी लग रही हूँ?' उसने कहा।

'मिस इंडिया की तरह,' मैंने कहा। वह हँस पड़ी।

'अब अपने गेस्ट्स को अटेंड करो। मैं अपने लिए अंदर कोई जगह

देख लेती हूँ।'

'लेकिन रिया...'

'शश्श्श...उन लोगों पर फोकस करो। ऑल द बेस्ट।'

उसने मुझे जल्दी से गले लगाया और भीतर चली गई।

'मिस्टर गेट्स, ये माधव हैं। इस स्कूल के फाउंडर्स में से एक और रॉयल फैमिली के सदस्य,' सामंथा ने कहा। 'माधव, मिस्टर गेट्स।'

मैंने दुनिया के सबसे अमीर आदमी से हाथ मिलाया। कहते हैं कि बिल गेट्स इतने अमीर हैं कि यदि उन्हें सड़क पर सौ डॉलर पड़े मिलें तो वे उसे नहीं उठाएँगे। सड़क से सौ डॉलर उठाने में जितना समय लगता है, उतनी देर में वे उससे भी ज्यादा पैसा कमा लेते हैं। उन्होंने मुझसे पाँच सेकंड तक हाथ मिलाया। मैं सोचने लगा कि वे उतनी देर में कितने डॉलर कमा सकते थे।

'गुड टु सी यू, माधव,' मिस्टर गेट्स ने कहा। वे किसी पुराने दोस्त की तरह बोल रहे थे। बच्चों ने उन पर गुलाब की पंखुड़ियाँ फेंकी। सामंथा ने इशारा किया कि हम कार्यक्रम जल्दी शुरू करें।

स्टेज पर छोटी-मोटी भगदड़ मच गई। वेलकम सॉन्ग गाने वाले बच्चे डांस करने वाले बच्चों में जा मिले। दोनों ही अपने-अपने कार्यक्रमों की समयावधि में किए गए बदलावों के लिए तैयार नहीं हो पाए थे। सरस्वती वंदना खत्म भी नहीं हुई थी कि बॉलीवुड म्यूजिक शुरू हो गया। यह घालमेल बड़ा अजीब लग रहा था, फिर भी दर्शकों ने उत्साह के साथ तालियाँ बजाई।

मैं फ्रंट रो में माँ के साथ एक सोफे पर बैठा था। मेरी आँखें रिया को ढूँढ रही थीं। वह मेरी बाईं ओर दस सीट दूर बैठी थी। मैंने उसे इशारे करके कहा कि मेरे पास आकर बैठे। वह मुस्करा दी और दूर से ही वहाँ आने से इनकार कर दिया।

सलमान खान के हिट गाने 'ओ, ओ, जाने जाना' के साथ ही बच्चों की डांस प्रस्तुति खत्म हुई। माँ स्टेज पर गईं और म्यूजिक मद्धम पड़ गया। उन्होंने हिंदी में कहा, 'बच्चों को धन्यवाद। बच्चों के लिए जोरदार तालियाँ बजाइए, प्लीज।'

दर्शकों ने जोरदार तालियाँ बजाई।

'मिस्टर गेट्स और उनकी टीम का भी स्वागत कीजिए, जो अमेरिका से यहाँ तक आए हैं,' उन्होंने कहा। दर्शकों ने और उत्साह के साथ तालियाँ बजाई और चीयर किया। मिस्टर गेट्स अपनी कुर्सी पर मुड़े और

हाथ हिलाकर लोगों का अभिवादन स्वीकार किया।

'और चूँकि हमारे पास बहुत कम समय है, इसलिए अब मैं वेलकम स्पीच देने के लिए प्रिंस माधव झा को निमंत्रित करती हूँ।'

दर्शकों ने चीयर किया। मेरा दिल जोरों से धड़कने लगा। मैं उठा और स्टेज की तरफ बढ़ने लगा। जब मैं रिया के करीब से गुजरा तो उसने मुझे थंब्स-अप किया। मैं लपककर स्टेज पर पहुँचा।

◆

मैंने दाएँ से बाएँ और बाएँ से दाएँ नजरें घुमाकर कोई एक हजार लोगों का मुआयना किया। लोगों ने तालियाँ बजाना बंद कर दी थी और अब वे मुझे सुनने के लिए चुप हो गए थे।

मैंने माइक थामा। नर्वसनेस के कारण मेरी हथेलियाँ पसीने में लथपथ हो चुकी थीं, इसलिए वह मेरे हाथ से जरा-सा फिसला।

मेरे मुँह से एक शब्द भी बाहर नहीं निकला। कुछ भी नहीं। मेरे सामने लोगों की भीड़ थी। मैंने अनगिनत बार स्पीच की प्रैक्टिस की थी, इसके बावजूद मैं एक शब्द भी नहीं कह पा रहा था।

लोग कुछ-कुछ उलझन में नजर आने लगे थे। वे सोचने लगे थे कि क्या माइक में कोई गड़बड़ है।

मैंने एक कोने में पिंक साड़ी पहने बैठी रिया को देखा। उसकी आँखें मुझ पर जमी हुई थीं। वह धीरे-से उठी। मैं बेचैन होने लगा। लोग मेरे बारे में क्या सोच रहे होंगे? लेकिन रिया अपनी जगह बदलकर ठीक मेरे सामने आकर बैठ गई। उसने बुदबुदाते हुए कहा, 'एक बार में एक लाइन। शुरू करो' उसकी मौजूदगी ने मेरे भीतर कुछ कर दिया। मैंने कहा:

'डिस्टिंग्विश्ड गेस्ट्स ऑफ द बिल गेट्स फाउंडेशन, रिस्पेक्टेड डिग्निटरीज, माय डियर स्टूडेंट्स एंड पैरेंट्स, वेलकम टु द सिमराँव रॉयल स्कूल।'

दर्शक झूम उठे। उनमें से अधिकतर को इंग्लिश समझ नहीं आती थी, लेकिन सिमराँव का जिक्र भर ही उन्हें खुश कर देने के लिए काफी था। फाउंडेशन के डेलीगेट्स मेरी तरफ ध्यान से देख रहे थे।

ओके, मैं यह कर सकता हूँ, मैंने खुद से कहा। मुझे वैसे ही बोलना चाहिए, जैसे मैं रिया के साथ रिहर्सलों में बोलता थ। मुझे कल्पना करनी चाहिए कि यहाँ सिर्फ रिया ही मौजूद है।

मैंने रिया की ओर देखा। उसने सिर हिलाकर मानो सहमति दी और मुस्करा दी। मेरा हौसला बढ़ा। मैंने आगे इंग्लिश में कहा:

'मिस्टर बिल गेट्स आज यहाँ पर हमारे बीच मौजूद हैं। वे दुनिया के सबसे अमीर आदमी हैं। मुझे पूरा यकीन है कि वे बार-बार उन्हें दुनिया का सबसे अमीर आदमी बताए जाने से तंग आ चुके होंगे।'

मैंने बिल गेट्स को मुस्कराते हुए देखा। वे मेरी बात सुन रहे हैं, मैंने सोचा।

'सर, आप जानते हैं कि महज पैसों की अमीरी ही एक समृद्ध जिंदगी जीने के लिए काफी नहीं होती। इसीलिए तो आप यहाँ पर आए हैं, मेरे बिहार में। अलबत्ता हम अपने बिहार को प्यार करते हैं, फिर भी यह दुनिया के सबसे पिछड़े इलाकों में से एक है।'

रिया हर पंक्ति के बाद सिर हिलाकर मेरा समर्थन कर रही थी।

'और इस पिछड़े बिहार में ही यह अद्भुत स्कूल मौजूद है। यह स्कूल, जिसमें सात सौ बच्चे पढ़ते हैं, जहाँ महज तीन टीचर्स हैं, जहाँ बच्चों से नाममात्र की फीस ली जाती है, जहाँ ठीक से क्लासरूम तक नहीं हैं, कोई टॉयलेट्स नहीं हैं, सरकार की ओर से हमारी कोई मदद नहीं की जाती, और इसके बावजूद यह स्कूल अमीरी से भरपूर है।'

रिया ने मुझे टू थंब्स-अप दिए। इसका मतलब यह था कि मैंने अभी तक कोई गलती नहीं की है।

'इस स्कूल की सच्ची समृद्धि है उसके बच्चे। मैं उनका टीचर हूँ, लेकिन हकीकत यह है कि उन्होंने मुझे बहुत कुछ सिखलाया है। हम बड़े लगातार शिकायत करते रहते हैं कि स्कूल में क्या-क्या कमियाँ हैं, लेकिन बच्चे कभी कोई शिकायत नहीं करते। आप कभी भी हमारे स्कूल चले आइए, आपको यहाँ बच्चों की हँसी ही गूँजती सुनाई देगी।'

अगली कतार में बैठे लोग, जो कि अंग्रेजी समझ सकते थे, तालियाँ बजाने लगे। एक मिनट बाद उनके पीछे बैठे लोग भी तालियाँ बजाने लगे, यह जताने के लिए कि उन्हें भी मेरा इंग्लिश भाषण समझ में आ रहा है।

'यदि आप इन बच्चों से पूछें तो वे यही कहेंगे कि यह दुनिया का सबसे अच्छा स्कूल है। वे एक-दूसरे से प्यार करते हैं। उन्हें यहाँ जो कुछ भी सीखने को मिलता है, वे उससे प्यार करते हैं। लेकिन मैं जानता हूँ कि यह स्कूल उन्हें और भी बहुत कुछ दे सकता है। मैं जानता हूँ कि बच्चे इससे ज्यादा के हकदार हैं।'

रिया ने नाक-भौं सिकोड़ी। डैम! आखिरी पंक्ति में मैं गड़बड़ कर गया था। मैं बोल गया था, आई नो किड्स डिजर्विंग मोर ओनली, जबकि

मुझे बोलना चाहिए था, आई नो द किड्स डिजर्व मोर।

मुझे घबराहट होने लगी। रिया ने मुझे इशारा करके कहा कि मैं गहरी साँस लूँ। मैं गहरी साँस भीतर ली और फिर उसे धीमे-से बाहर निकाला। फिर खुद को संभालते हुए मैंने अपनी बात जारी रखी, 'मैं जानता हूँ कि बच्चे इससे ज्यादा के हकदार हैं, क्योंकि मैंने देखा है कि एक अच्छी शिक्षा हमारी जिंदगी को क्या मूल्य दे सकती है। सवाल केवल एक जॉब पाने का नहीं है। सवाल नॉलेज हासिल कर लेने का भी नहीं है। एक अच्छी शिक्षा आपको आत्मविश्वास से भर देती है।'

मैं अपने नोट्स देखने के लिए रुका। फिर मैंने ऊपर देखा और अपनी स्पीच जारी रखी।

'आज मैं यहाँ इंग्लिश में बोल रहा हूँ। मुझे यह भाषा अच्छे-से नहीं आती थी। मैं डरा हुआ और शर्मिंदा था। लोग मेरा मजाक उड़ाते थे। मैंने अपनी पूरी कॉलेज लाइफ मन में यह गाँठ लिए ही बिताई कि मैं अच्छे-से इंग्लिश नहीं बोल पाता हूँ। लेकिन मैं नहीं चाहता कि इन बच्चों के साथ भी ऐसा ही हो। मैं नहीं चाहता कि लोग उन्हें बताएँ कि वे किसी भी तरह से कमतर हैं।'

लोगों ने तालियाँ बजाई। पता नहीं उन्हें मेरी बात समझ में आई थी या नहीं, या उन्होंने केवल मेरी आवाज से झलक रहे एहसासों को सुनकर ही ताली बजा दी थी।

'इसके लिए मुझे रिसोर्सेस चाहिए। मुझे अच्छे टीचर्स की दरकार है। लेकिन जिस स्कूल में बुनियादी सुविधाएँ भी न हों, वहाँ अच्छे टीचर्स कैसे आएँगे। प्रॉपर क्लासरूम्स के बिना बच्चों को कैसे पढ़ाएँ? टॉयलेट्स के बिना एक अच्छा स्कूल कैसे कहलाएँ?'

रिया की आँखें मुझ पर जमी हुई थीं। उन आँखों के हौसले से मैं अपनी बातें कह पा रहा था।

'लेकिन मैं सरकार से भीख नहीं माँगना चाहता। दरअसल, मैं किसी से भी भीख नहीं माँगना चाहता। सवाल पैसों का नहीं है। मैंने यहाँ आकर बच्चों को पढ़ाने के लिए एक मल्टीनेशनल कंपनी के जॉब को ठुकरा दिया था। लेकिन अफसोस के साथ कहना पड़ता है कि जिंदगी में कुछ अच्छी चीजें करने के लिए भी पैसों की ही दरकार होती है।'

रिया ने मुझे अपनी स्पीच खत्म करने का इशारा किया। स्पीच इसी के साथ खत्म भी हो जाती थी। लेकिन मैंने इसके बाद बिना किसी तैयारी के अपनी बात कहना जारी रखा।

'मिस्टर गेट्स, लोग निश्चित ही आपसे कहते होंगे कि आप खुशनसीब हैं, जो आपके पास इतना पैसा है। इससे आपको तकलीफ भी होती होगी, क्योंकि आपने जो कुछ हासिल किया है, उसमें केवल नसीब का ही योगदान नहीं है। यह आपकी क्रिएटिविटी, विजन और कड़ी मेहनत का नतीजा है। आप इसको डिजर्व करते थे। बहरहाल, मैं आपको एक ऐसी चीज के बारे में बताना चाहता हूँ, जिसमें नसीब ने आपका साथ दिया।'

रिया हैरत से मेरी ओर देख रही थी। स्पीच का यह वाला हिस्सा मैंने कब तैयार कर लिया, वह इसी ऊहापोह में थी।

'आप इन मायनों में खुशनसीब थे कि आपका जन्म अमेरिका में हुआ। आप एक ऐसे देश में जन्मे, जहाँ सभी को समान अवसर मिलते हैं। हो सकता है, मेरे स्कूल में पढ़ने वाले बच्चों में से कोई ऐसा हो, जिसमें आपके जैसी कोई ग्लोबल कंपनी खोलने की क्षमता हो, लेकिन यहाँ उसे ऐसा कोई अवसर नहीं मिलने वाला। आज हम अगर यह स्कूल चला रहे हैं तो इस उम्मीद में नहीं कि हमारी मदद की जाएगी या हमारा बड़ा नाम होगा। हम यहाँ केवल इतना ही करने की कोशिश कर रहे हैं कि मेरे स्कूल में पढ़ने वाले हर एक बच्चे को वैसा ही एक अवसर मिले। थैंक यू।'

तालियों की गड़गड़ाहट गूँज उठी। कुछ श्रोता, जिनमें रिया और मिस्टर गेट्स भी शामिल थे, उठ खड़े हुए। जल्द ही बाकी लोग भी खड़े हो गए। मुझे एक स्टैंडिंग ओवेशन दिया गया। मैं यकीन नहीं कर पा रहा था कि मैंने वह स्पीच दे डाली थी, जो पिछले कई महीनों से मुझे परेशान किए हुए थी। मैं यकीन नहीं कर पा रहा था कि इंग्लिश नाम का जो राक्षस मुझे इतने समय से डराता आ रहा था, मैंने उस पर जीत हासिल कर ली थी। मैंने हाथ जोड़कर सबको नमस्ते किया और नीचे उतर आया।

मैं अपनी सीट पर पहुँचा। माँ मेरी तरफ मुड़ीं।

'तुमने इतनी सारी इंग्लिश कैसे सीख ली?' उन्होंने फुसफुसाते हुए कहा।

'उसने मुझे सिखाया,' मैंने रिया की ओर इशारा करते हुए कहा।

माँ और रिया दोनों एक-दूसरे को देखकर विनम्रतापूर्वक मुस्कराईं।

बच्चे फिर से स्टेज पर आ गए। उन्होंने माखनचोर कृष्ण पर आधारित एक नृत्य-नाटिका पेश की। दूसरी क्लास की सबसे छोटी लड़की करुणा ने कृष्ण का रूप धरा था। उसने सिर पर एक पट्टी बाँध रखी थी, जिसमें मोरपंख लगा हुआ था। उनकी प्रस्तुति पूरी होने के बाद माँ स्टेज

पर गई और प्रतिभागी स्टूडेंट्स को धन्यवाद कहा।

सामंथा मेरे पास आई।

'बिल को अब जाना होगा, नहीं तो हमें देरी हो जाएगी,' उसने फुसफुसाते हुए कहा। उसकी आवाज से जल्दबाजी झलक रही थी।

'वे स्पीच नहीं देंगे?' मैंने पूछा।

'वे कभी स्पीच नहीं देते।'

मेरा दिल बैठ गया। मैं उससे पूछना चाहता था कि मेरी स्पीच कैसी रही, लेकिन सामंथा इतनी तनावग्रस्त थी कि उसे इसकी कोई परवाह ही नहीं थी।

'अब मैं मिस्टर बिल गेट्स को स्टेज पर बुलाना चाहूँगी कि वे आएँ और कुछ शब्द कहें,' माँ ने कहा। मिस्टर गेट्स मुस्करा दिए और हाथ जोड़ लिए।

मैं जल्दी से स्टेज पर पहुँचा। मैंने माँ के हाथ से माइक ले लिया, जो हैरत से मुझे देख रही थीं। 'मिस्टर गेट्स को किसी दूसरे कार्यक्रम में जाना है। यदि उन्हें ऐतराज न हो, तो मैं उन्हें हमारी तरफ से एक छोटी-सी गिफ्ट देने के लिए स्टेज पर बुलाना चाहूँगा,' मैंने कहा।

मिस्टर गेट्स अपने फाउंडेशन के दो सदस्यों के साथ स्टेज पर आए। कक्षा पाँचवी की एक लड़की गिफ्ट लेकर आई। वह हाथ से पेंट किया गया एक छोटा-सा मिट्टी का पॉट था। अनेक स्टूडेंट्स ने उस पर फूल बनाए थे। पॉट के भीतर फूलों का एक पौधा था।

'इट्स ब्यूटीफुल,' मिस्टर गेट्स ने गिफ्ट स्वीकारते हुए कहा।

मैं उन्हें देखकर मुस्करा दिया।

'नाइस स्पीच,' उन्होंने कहा।

'थैंक यू, सर,' मैंने कहा। मैंने स्टेज पर मौजूद दोनों डेलीगेट्स से हाथ मिलाए। उनमें से एक का नाम फिल था और दूसरे का रोजर, जो कि मिस्टर गेट्स का एक युवा सहायक था।

'फिल, क्या आप करना चाहोगे?' मिस्टर गेट्स ने कहा।

'या, श्योर,' फिल ने कहा।

फिल क्या करना चाहते हैं? मैं सोचने लगा।

32

'मे आई हैव द माइक?' फिल ने कहा।

मैंने उन्हें माइक थमा दिया।

'नमस्ते,' फिल ने दर्शकों को संबोधित करते हुए कहा। उनके द्वारा बोले गए इस एक हिंदी शब्द के कारण लोग मारे खुशी के झूम उठे। हम भारतीय ऐसे ही होते हैं। गोरी चमड़ी वाले जरा-सी भी हिंदी बोल दें तो हम उनके दीवाने हो जाते हैं।

'कैसे हैं?' फिल ने कहा। दर्शकों ने भावविभोर होकर अभिवादन किया।

'वी लव्ड द शो। कॉन्ग्रेच्यूलेशंस टु ऑल स्टूडेंट्स, मुबारक,' उन्होंने कहा। करतल ध्वनि गूँजती रही।

'हमने पाया है कि यहाँ के बच्चे बहुत टैलेंटेड हैं। हमें लगता है कि उन्हें सीखने के और अवसर मिलने चाहिए। हमने निश्चय किया है कि हम स्कूल को एक दर्जन कंप्यूटर देंगे, जिनमें हमारे तमाम सॉफ्टवेयर्स पहले से अपलोडेड रहेंगे।'

लोगों ने तालियाँ बजाईं। मैंने भी। लेकिन मैं सोचने लगा कि बिजली के बिना हम कंप्यूटरों का क्या करेंगे। शायद कंप्यूटरों के साथ कंप्यूटर टेबलें भी आएँ। टेबलें जरूर हमारे काम की साबित हो सकती हैं।

फिल ने अपनी बात जारी रखी। 'निश्चित ही, जिस स्कूल को इंफ्रास्ट्रक्चर की जरूरत हो, उसके लिए अकेले कंप्यूटर ही काफी नहीं हैं। इसलिए गेट्स फाउंडेशन आपके स्कूल को पचास हजार डॉलर की वन-टाइम ग्रांट देना चाहेगा और इसके बाद अगले पाँच सालों तक हम आपके स्कूल को दस-दस हजार डॉलर सालाना की ग्रांट देते रहेंगे, जिसका कि हम समय-समय पर निरीक्षण करेंगे।'

मेरा सिर हल्का हो गया। मुझे लगा जैसे मेरे आसपास चीजें किसी धुँध के भीतर घटित हो रही हैं। रिया उछल पड़ी। सचमुच, वह अपनी जगह से उठी और मारे खुशी के उछल पड़ी। लेकिन मुझे सबकुछ धुँधला नजर आ रहा था। मीडिया हरकत में आ गया। रिपोर्टर्स तस्वीरें उतारने के लिए अगली कतार में घुस गए। माँ भी अपने उत्साह को छुपा न सकीं। वे स्टेज पर आईं और फिल की घोषणा का हिंदी अनुवाद सुनाया। उन्होंने डॉलर को रुपयों में कनवर्ट कर स्कूल को मिलने वाली रकम भी बताई।

'बीस लाख तो अभी और फिर अगले पाँच सालों तक हर साल

चार लाख रुपए। अब हम इस स्कूल को बिहार के सबसे अच्छे स्कूलों में से एक बना देंगे,' माँ ने कहा। लोग उठ खड़े हुए और तालियाँ बजाते रहे। विधायक ओझा जितने कैमरों के सामने अपना चेहरा ले जा सकते थे, ले गए।

माँ ने मुझे गले से लगा लिया। सामंथा मेरे पास आई और मेरे कानों में फुसफुसाते हुए कहा, 'कॉन्ग्रेच्यूलेशंस, माधव, तुमने कर दिखाया। हम बाद में बातें करेंगे, ओके? अभी मुझे जल्दी है। मैं फोन लगाती हूँ।'

'यस, थैंक यू, सामंथा। थैंक यू सो मच।'

'ये मेरा कार्ड है,' फिल ने मुझे एक कार्ड थमाते हुए कहा। 'तुम्हारे काम से हम इम्प्रेस हुए हैं। मैं सेंट स्टीफेंस को जानता हूँ। एक अच्छे-खासे कॅरियर को छोड़कर यहाँ काम करने के लिए आना सचमुच काबिले-तारीफ है।'

मैं चाहता था कि रिया भी यह सब सुने। मैंने आसपास नजरें दौड़ाईं, लेकिन वह तो कहीं भी नजर नहीं आ रही थी।

स्टेज पर गाँव के लोग सवार हो चुके थे। सिक्योरिटी के लोगों को गेट्स फाउंडेशन के लोगों को वहाँ से निकालकर उनकी कार तक ले जाना पड़ा।

'बहुत शुक्रिया, राजकुमार साहिब,' एक गाँववाले ने मेरे पैर छूने की कोशिश करते हुए कहा।

'आप हमारे हीरो हैं,' एक अन्य गाँववाले ने कहा।

मैं रिया को भी स्टेज पर लाना चाहता था। लेकिन लोग मुझे छोड़ने को ही तैयार नहीं थे। उन्होंने मुझे अपने कंधों पर उठा लिया था। लेकिन इसके लिए मैंने उन्हें मन ही मन शुक्रिया ही कहा, क्योंकि उनके कंधों पर चढ़ने के बाद मैं अधिक ऊँचाई से रिया को खोज सकता था।

'राजकुमार माधव...' एक व्यक्ति कहता।

'जिंदाबाद!' बाकी सब चिल्ला उठते।

मैंने रिया की खाली सीट देखी। आखिर वह कहाँ चली गई? लोग अब मुझे ऊपर-नीचे उछालने लगे।

मैं बेचैन होकर इधर-उधर देखने लगा। वह कहीं भी नजर नहीं आ रही थी। मीडिया चाहता था कि मैं कुछ कहूँ। मुझे याद है मैंने मीडिया से कहा था कि आज के इस कार्यक्रम का यह अद्भुत नतीजा सिमराँव के हजारों स्टूडेंट्स के आने वाले कल को बदलकर रख देगा।

'क्या आप खुश हैं?' एक रिपोर्टर ने मुझसे पूछा।

'ऊँह, हाँ,' मैंने कहा। मैं खुश ही था। मेरा मतलब है, मुझे खुश ही होना चाहिए था। लेकिन आखिर रिया कहाँ चली गई थी?

माँ मेरे पास आईं। मीडिया उनसे मुखातिब हो गया।

'माँ, क्या आपने रिया को कहीं देखा है?'

'कौन?'

'मेरी दोस्त। वह सबसे आगे की कतार में बैठी थी। आखिर वह कहाँ चली गई?'

माँ ने सिर हिलाकर मना किया। फिर वे मीडिया से बात करने लगीं।

मैंने अपने को लोगों से छुड़ाया तो विधायक ओझा मेरी तरफ बढ़े।

'बधाई हो, राजकुमार जी, आपको तो बहुत सारा पैसा मिला गया!'

'शुक्रिया, ओझा जी। यह अवसर देने के लिए शुक्रिया।'

'ठीक है, ठीक है। अब ये बताओ कि हम ये पैसा आपस में कैसे बाँटेंगे?' उन्होंने कहा।

मैं उनका मुँह देखता रह गया। उन्होंने मुझे हैरत में देखा तो जोरों से हँस पड़े। 'मैं तो मजाक कर रहा था, राजकुमार जी। आप हमेशा इतने सीरियस क्यों रहते हैं? बिलकुल, ये सारा पैसा स्कूल के लिए है।'

मैं मुस्कराया और उनसे माफी माँगकर वहां से निकल आया। बीस मिनट की अवधि में काफी लोग छँट चुके थे। अधिकतर पैरेंट्स और स्टूडेंट्स जा चुके थे। मैंने स्कूल स्टाफ से पूछा कि क्या उन्होंने रिया को देखा।

'वे सबसे आगे की कतार में बैठी थीं और जब गोरे आदमी ने पैसों की घोषणा की तो वे उठ खड़ी हुई थीं,' ताराचंदजी ने कहा।

मैं मेकशिफ्ट पार्किंग एरिया में गया। वहाँ कोई कारें नहीं थीं। डेलीगेशन तो काफी पहले ही वहाँ से जा चुका था। रिया की कार भी वहाँ पर नहीं थी।

मैंने रिया को फोन लगाया। किसी ने फोन नहीं उठाया। मैंने दोबारा, फिर तिबारा प्रयास किया, लेकिन कामयाबी नहीं मिली। फिर मैंने रिया के ड्राइवर को फोन लगाया।

'मैं तो छुट्टी पर हूँ, मैडम किसी और ड्राइवर को अपने साथ ले गई होंगी,' उसने कहा। मैंने फोन रख दिया।

मैं सोचने लगा कि अब क्या करूँ। आखिर वह कहाँ जा सकती है? क्या उसे घर से कोई अर्जेंट कॉल आ गया? या फिर ऑफिस से? कहाँ होगी वो इस वक्त?

'माधव सर,' एक लड़की की आवाज ने मेरे विचारों की श्रृंखला को तोड़ा।

यह तीसरी कक्षा की स्टूडेंट शबनम थी। उसने कृष्ण वाली नाटिका में एक गांववाले का रोल निभाया था, इसलिए उसने धोती-कुर्ता पहन रखा था। उसके पीछे उसके माता-पिता खड़े थे।

मैंने हाथ जोड़कर उन्हें नमस्ते किया। उन्होंने एक शानदार कार्यक्रम के लिए मुझे धन्यवाद दिया।

'माधव सर, दीदी ये आपके लिए छोड़ गई हैं।' शबनम ने मुझे एक भूरा लिफाफा थमा दिया। 'रिया दीदी ने कहा कि फंक्शन पूरा होने के बाद मैं ये आपको दे दूँ। जब आप स्टेज पर थे, तभी वे चली गई थीं।'

'उन्होंने बताया वे कहाँ जा रही हैं?'

शबनम ने सिर हिलाकर मना किया।

'क्या वे किसी कार में गई थीं?'

शबनम ने हामी भरी और अपने माता-पिता के साथ चली गई। मैंने लिफाफा फाड़कर खोल लिया।

'तुम कहाँ हो?' माँ दूर से चिल्लाई।

'यहीं पर तो हूँ,' मैंने कहा और लिफाफे को जेब में रख लिया।

'यहाँ बहुत सारे लोग सेलिब्रेट करने के लिए लंच पर चलने को बोल रहे हैं। चलो, चलते हैं।'

33

हमारे वीआईपी मेहमान हवेली पर लंच करने आए थे।

'तुम खुशनसीब हो जो तुम्हें ऐसा बेटा मिला,' माँ की बचपन की एक सहेली कान्ता आन्टी ने कहा।

'ये असली राजकुमार है। इसको तो राजा होना चाहिए था,' माँ की तीसरी कजिन बेला चाची ने कहा।

मैंने इन कॉम्प्लिमेंट्स के लिए अपनी आन्टियों को धन्यवाद दिया।

'माँ, मुझे अपने कमरे में जाना है।'

'क्यों? और तुम्हारे लंच का क्या होगा?'

'मैं थक गया हूँ। मैं बाद में ले लूँगा।'

मैं दौड़कर ऊपर पहुँचा और अपने कमरे का दरवाजा लगा लिया। मैंने अपनी जेब से लिफाफा निकाला, जिसमें एक पत्र का कंप्यूटर प्रिंटआउट था।

डियर माधव,

मैं चाहती हूँ कि जब तुम यह पढ़ो तो शांत रहो। और अगर मुमकिन हो तो इसे पढ़ने के बाद भी शांत बने रह सको। मैं एक बहुत जरूरी चीज बताने के लिए तुम्हें यह पत्र लिख रही हूँ। मैं पटना छोड़कर जा रही हूँ।

मेरी हालत ठीक नहीं है, माधव। पिछले महीने के दौरान तुमने मुझे खाँसते हुए देखा है। वह एलर्जी नहीं है। ओन्कोलॉजिस्ट का कहना है कि वह लन्ग कार्सिनोमा है। फेफड़ों का कैंसर। पता नहीं यह मुझे कैसे हो गया। तुम तो जानते ही हो कि मैं स्मोक नहीं करती। लेकिन कभी-कभी यह कुछ नॉन-स्मोकर्स को भी हो जाता है और मैं उन्हीं में से एक हूँ।

मुझे पता नहीं कि मेरी जिंदगी में इतनी सारी चीजें क्यों हुईं। शायद, यह किसी क्रेजी प्लान का हिस्सा होगा, जो भगवान ने मेरे लिए सोच रखा होगा। शादी, डाइवोर्स और बीमारी, तीन साल के भीतर यह सब कुछ।

मजे की बात है कि तुम भी अलग-अलग वक्त पर मेरी जिंदगी में आए। शायद, तकदीर में हम दोनों का साथ नहीं लिखा था। माधव, मुझे तुम्हारा शुक्रिया अदा करना चाहिए कि

तुमने मुझे एक बार फिर अपना दोस्त माना। मैं खो चुकी थी। मैंने गलतियाँ की थीं, तुमसे बहुत कुछ छुपाया था, इसके बावजूद तुमने मेरा खयाल रखा। मैं जानती हूँ कि तुम मुझसे कुछ और चाहते थे, लेकिन सॉरी, मैं तुम्हें वह नहीं दे सकती थी। पहली बार, उसके लिए सही समय नहीं था। और दूसरी बार, वेल, मेरे पास कोई समय ही नहीं रह गया था।

मैंने पटना में जो दो महीने बिताए, उससे बेहतर वक्त मेरे लिए कोई दूसरा नहीं हो सकता था। तुम्हें अपनी स्पीच तैयार करने में मदद करना मेरे लिए बहुत अच्छा और खास एहसास था। सबसे अच्छी बात यह रही है कि चुनौती सामने होने के बावजूद तुमने पीठ नहीं दिखाई।

मैंने पिछली रात तुम्हें अपने घर पर रुकने को कहा था। मुझे ऐसा करने का कोई हक नहीं था। शायद मैं लालची और सेल्फिश हो गई थी। मैं चाहती थी कि तुम मेरा और खयाल रखो, जबकि मैं यह अच्छी तरह जानती थी कि मैं बदले में तुम्हें कुछ नहीं दे सकती थी।

मैं जानती हूँ कि मैं तुम्हारे लिए क्या मायने रखती हूँ और अगर मैं तुमसे कहूँ कि तुम मेरा खयाल रखो, लेकिन मैं तुम्हें बदले में कुछ नहीं दे पाऊँगी, तब भी तुम मेरा खयाल रखोगे। यही कारण है कि मैंने यहाँ से चले जाने का फैसला लिया। मैं तुम्हारे लिए हालात और मुश्किल नहीं बनाना चाहती।

मैं बहुत विस्तार के साथ अपनी बात कहने की आदी नहीं हूँ। इतना ही कहना काफी होगा कि मेरे पास अब जिंदगी में कुल-मिलाकर तीन महीने का ही वक्त बचा है। आखिरी महीना बहुत भयानक साबित हो सकता है। मैं उसके बारे में बात नहीं करूँगी। तुम भी उस बारे में जानना नहीं चाहोगे।

तुम्हारी जिंदगी में कुछ मीनिंगफुल चल रहा है। तुम्हारा स्कूल बहुत अच्छा है और अगर बिल गेट्स उसमें मदद करेंगे तो तुम उसे और भी अच्छा बना पाओगे। इसलिए मैं नहीं चाहती कि तुम अपना ध्यान अपने काम से भटकाओ। मैंने तुम्हारा प्यार देखा है। लेकिन मैं नहीं चाहती कि तुम मुझ पर तरस करो। मैं बास्केटबॉल गर्ल हूँ। मैं हमेशा इसी तरह तुम्हारे दिमाग में बनी रहना चाहती हूँ: तुम्हारी बास्केटबॉल गर्ल।

मैं तुम्हें तुम्हारे स्कूल और माँ के पास छोड़कर जा रही हूँ। मेरे पास जो थोड़ा-बहुत समय बचा है, उसमें मैं हर उस जगह की सैर कर लेना चाहती हूँ, जहाँ मैं जा सकती हूँ। अपनी जिंदगी के आखिरी महीने में मैं अपने लिए एक ऐसा कोना ढूँढ लूँगी, जहाँ पर मैं किसी को तंग ना करूँ। उसके बाद मैं चली जाऊँगी। पता है, अपने आखिरी दिन मैं तुम्हें याद करूँगी।

यहाँ से चले जाने के मेरे फैसले का एक अच्छा नतीजा यह निकला है कि मैं तुम्हें सबकुछ बता देने के लिए खुद को आजाद महसूस करती हूँ। अब मुझे खुद को रोकने और नपे-तुले शब्दों में अपनी बात कहने की जरूरत नहीं। मिसाल के तौर पर यह कि उस दिन मेरे घर पर केवल तुम ही पूरी रात नहीं सो सके थे, मुझे भी नींद नहीं आई थी। मैं सोच रही थी कि तुम्हें छोड़कर जाना कितना मुश्किल होगा। मजे की बात है कि दुनिया छोड़कर जाने के बारे में सोचते हुए मुझे कभी ऐसा नहीं लगता, लेकिन तुम्हें छोड़कर जाना, हाँ, यह मुश्किल है।

इसलिए, कोई रोना-धोना नहीं। मेरी खोजबीन मत करना। देवदास मत बन जाना। तुम इतने गुड-लुकिंग और केयरिंग बंदे हो कि तुम्हें कोई प्यारी-सी लड़की मिल ही जाएगी। एक ऐसी लड़की, जो मेरी तरह उलझनों में न हो। जो तुम्हें वह प्यार दे सके, जिसके तुम हकदार हो।

मैं कल के दिन का इंतजार नहीं कर सकती। मुझे यकीन है कि तुम एक बेहतरीन स्पीच दोगे।

मैं यह पत्र उस बात के साथ खत्म करना चाहती हूँ, जो मैं अपनी जिंदगी में किसी न किसी को कहना चाहती थी। और वो है:

आई लव यू, माधव झा। आई एब्सोल्यूटली, कम्प्लीटली लव यू। और मैं अपनी आखिरी साँस तक तुम्हें प्यार करती रहूँगी।

बाय, माधव। अपना खयाल रखना।
रिया।

मेरी आँखों से जैसे झरना फूट पड़ा। आँसुओं की धार मेरे गालों से होकर बह रही थी। मुझे लगा जैसे मैं सुन्न हो गया हूँ। मैं हिल भी नहीं पा रहा था। रिया का पत्र मेरे हाथों से नीचे गिर पड़ा। मैंने उसे

उठाया और फिर से पढ़ा। मेरे दिमाग में उस रात की यादें तैर गईं, जब मैं रिया की कार में बैठा हुआ था। मुझे उसका फैंसी वेडिंग कार्ड, वे ग्लूकोज बिस्किट और उसका वहाँ से कार से चले जाना याद आया। तब वह शादी करने के लिए मेरी जिंदगी से चली गई थी। अब वह अकेले मरने के लिए मेरी जिंदगी से चली गई है। और इन दोनों ही मौकों पर उसने एकतरफा फैसले लिए थे।

मैंने उसे फिर फोन लगाया। इस बार उसका फोन स्विच्ड-ऑफ था। शायद, वह पटना जा रही हो और एक नो-नेटवर्क एरिया से होकर गुजर रही हो। या फिर शायद उसने अपना सिम कार्ड निकालकर फेंक दिया हो।

मुझे ऐसा लग रहा था, जैसे किसी ने मेरे सिर पर हथौड़े से वार किया है। अब मेरे लिए किसी भी बात का कुछ मतलब नहीं रह गया था। मेरे घर पर मौजूद मेहमान, गेट्स फाउंडेशन की ग्रांट, कुछ भी नहीं। रिया को लन्ग कैंसर था और उसने मुझे बताया तक नहीं। वह मेरे साथ ऐसा कैसे कर सकती थी?

पटना, पटना चलो, मैंने खुद से कहा। जाहिर है, वह सबसे पहले अपने घर जाएगी।

मैं दौड़कर अपने लिविंग रूम में पहुँचा। वहाँ काफी लोग जमा थे।

'बधाई हो, माधव भाई, आपने भी क्या कमाल का भाषण दिया,' सरपंच ने कहा। शायद उन्हें इंग्लिश का एक शब्द भी नहीं आता था।

'हेलो सर, मैं दैनिक भास्कर से हूँ। हम अपनी संडे मैग्जीन के लिए आपकी प्रोफाइल लेना चाहेंगे,' एक रिपोर्टर ने कहा।

मैं माँ के पास गया।

'पटना? अभी?' उन्होंने कहा।

'फाउंडेशन के लोग मुझसे कुछ पेपर साइन करवाना चाहते हैं।'

'लेकिन वे तो एक दूसरा कार्यक्रम अटेंड करने गए हुए हैं।'

'उनमें से कुछ लोग गए हैं। चूँकि उन्होंने ग्रांट की घोषणा कर दी है, इसलिए मुझको कुछ पेपर साइन करने होंगे।'

'लंच के बाद चले जाना। अभी तो हमारे यहाँ इतने मेहमान आए हैं।'

'माँ, मुझे अभी जाना है,' मैंने कहा।

माँ समझ गईं कि कहीं कुछ गड़बड़ है।

'तुम्हारी वो तलाकशुदा दोस्त कहाँ है? उसने आज साड़ी वगैरह क्या पहन रखा था,' उन्होंने कहा।

'उसका नाम रिया है, माँ, तलाकशुदा दोस्त नहीं,' मैंने खीझते हुए कहा।

'मैंने तो उसका तलाक नहीं करवाया।'
'वो मर रही है,' मैंने कहा।
'क्या?'
मैंने उन्हें रिया की बीमारी के बारे में बताया।
'बेचारी लड़की। अभी उसकी उम्र ही क्या है।'
'मुझे पटना जाना होगा।'
'तुम मुझे बता रहे हो या मुझसे परमिशन माँग रहे हो?'
'मैं फोन लगाता हूँ,' मैंने कहा और वहाँ से चल दिया।

◆

रिया के घर पर ताला लगा था। पड़ोसियों को उसकी कोई खबर नहीं थी।
'मैडम भी अजीब हैं। मैंने इससे पहले ऐसा कोई क्लाइंट नहीं देखा,' ब्रोकर हेमंत ने कहा। मैंने उसे फोन लगाया था, इस उम्मीद में कि शायद उसको कुछ पता हो।
'क्यों क्या हुआ?' मैंने उससे पूछा।
'आप अभी कहाँ हैं?' उसने कहा।
'अपार्टमेंट पर। यहाँ पर ताला लगा हुआ है।'
'वहीं रुको। मुझे वैसे भी वहाँ पर आना है।'
हेमंत बीस मिनट में आया।
'रात को मुझे मैडम का फोन आया था। उन्होंने कहा कि चाबियाँ उनके लेटर-बॉक्स में मिलेंगी,' उसने कहा।
'चाबियाँ?'
हेमंत और मैं बिल्डिंग कंपाउंड में लगे लेटर-बॉक्सेस की ओर बढ़े। उसने उसमें से एक में अपना हाथ डाला और चाबियों का एक गुच्छा बाहर निकाला।
'मैडम कह रही थीं कि वे शहर छोड़कर जा रही हैं, इसलिए घर को सरेंडर करना पड़ेगा,' उसने हाँफते हुए कहा। हम सीढ़ियों से ऊपर जा रहे थे।
'सरेंडर?' मैंने उसकी बात को दोहरा दिया।
'मैंने उन्हें बताया कि अभी नोटिस पीरियड है, नहीं तो उनका सिक्योरिटी डिपॉजिट जब्त हो जाएगा।'
'और?'
'उन्होंने कहा कि उन्हें इसकी कोई परवाह नहीं, मकान मालिक चाहें

तो डिपॉजिट अपने पास रख सकते हैं।'

उसने अपार्टमेंट का दरवाजा खोला। हम भीतर गए। उसका फर्नीचर, टीवी सब वहीं पर था। हम किचन में गए। हर चीज अपनी जगह पर नजर आ रही थी, राशन और मसालों से लेकर रसोई के सामान तक। बर्तन और गैस स्टोव भी वहीं था। मैं उसके बेडरूम में गया। वहाँ मुझे केवल उसकी कपड़ों की अलमारी खाली मिली।

'वे अपना बहुत सारा सामान यहीं छोड़ गई हैं,' हेमंत ने कहा। 'उन्होंने कहा कि यदि मैं चाहूँ तो उन्हें बेच सकता हूँ।'

'उन्होंने ऐसा कहा?'

'बिलकुल, कहा,' हेमंत ने चिंतित होते हुए जवाब दिया कि कहीं मैं उसके सामान पर अपना दावा न ठोक दूँ। 'मैडम ने कहा कि लीज टूटने से हुए नुकसान या मकान मालिक के लिए नया किराएदार ढूँढने के लिए होने वाले खर्च की भरपाई के लिए मैं यह सामान बेच सकता हूँ।'

'उन्होंने और क्या कहा?' मैंने कहा।

'सर, क्या मैं यह सामान रख सकता हूँ?'

'हेमंत, मुझे ठीक-ठीक बताओ उन्होंने क्या कहा? क्या उन्होंने बताया कि वे कहाँ जा रही हैं?'

'नहीं, सर। सर, क्या मैं टीवी भी रख सकता हूँ?'

'हेमंत,' मैंने उसका कंधा थामते हुए कहा। 'उन्होंने और क्या कहा था?'

'उन्होंने बस इतना ही कहा कि उन्होंने नौकरी छोड़ दी है, इसलिए अब वे लौटकर नहीं आएँगी।'

'क्या उन्होंने बताया कि वे कहाँ जा रही हैं?' मैंने उसका कंधा झकझोरते हुए पूछा।

'नहीं, सर,' हेमंत ने कहा। वह अब डरा हुआ नजर आ रहा था। 'सर, क्या आपको इसमें से कोई सामान चाहिए? मैं उस तरह का आदमी नहीं हूँ। उन्होंने खुद ही कहा था कि मैं सामान रख सकता हूँ।'

मैं उसे नजरअंदाज कर बालकनी में चला गया। मैंने नीचे सड़क पर देखा। फिर मैंने अपनी जेब से पत्र निकाला और उसे फिर से पढ़ा।

'आई लव यू,' उसमें सबसे आखिरी में लिखा था। मैंने पटना तक आते-आते उस वाक्य को सैकड़ों दफे पढ़ा था।

'यह ठीक नहीं है, रिया,' मैंने जोर से कहा। 'यह ठीक नहीं है।'

'सर?' हेमंत बालकनी में चला आया।

'यदि तुम्हें उनकी कोई भी खोज-खबर मिले, उनकी कंपनी, उनके

दोस्त वगैरह, तो मुझे बताना,' मैंने कहा।

'बिलकुल, बता दूँगा, सर। सर, मैं उनके सामान को एक गोडाउन में ले जाऊँगा। मैं उन्हें बेचने से पहले कुछ वक्त इंतजार करूँगा, ताकि अगर कोई सामान लेने आए तो उसे वह मिल जाए।'

'तुम्हारी जो मर्जी आए, करो,' मैंने कहा।

34

**चेतन भगत का कमरा,
चाणक्य होटल, पटना।**

'तुम ठीक तो हो,' मैंने कहा।

वह अपने आँसू पोंछने के लिए रुक गया था। मैंने उसे संभलने का वक्त दिया। उसने खुद को संभालने की कोशिश की भी, लेकिन उसकी तमाम कोशिशें बेकार थीं। जल्द ही वह किसी दो साल के बच्चे की तरह रोने लगा था।

'पता नहीं, मैं अभी क्यों रो रहा हूँ। वह सब तो बहुत समय पहले हुआ था,' माधव ने रोते-रोते कहा।

'कितना समय हुआ?'

'दो साल और तीन महीने। तीन नहीं, साढ़े तीन महीने।'

'उसे यहाँ से गए हुए?'

'हाँ।'

उसने मुझे एक्सक्यूज मी कहा और टॉयलेट चला गया। मैंने दो कप ग्रीन टी बनाई। हम अपनी चाय का पहला कप काफी पहले ही खत्म कर चुके थे। वह चंद मिनटों बाद बाहर आया। उसने अपना चेहरा धो लिया था।

'सॉरी,' उसने कहा। 'मैं खुद पर काबू नहीं रख पाया था।'

'यह लो, थोड़ी और चाय।'

मैंने उसे एक कप दिया। उसने एक चुस्की ली।

'यह कैसी चाय है?'

'ग्रीन टी।'

'दूध नहीं? शक्कर नहीं?' उसने कहा और मेरी तरफ इस तरह देखा, मानो मैं कोई वेजीटेरियन वैम्पायर हूँ।

'यह तुम्हारे लिए अच्छी है,' मैंने कहा।

'ऐसा? खैर, शुक्रिया,' उसने कहा।

'तो माधव, उसके बाद क्या हुआ? तुम ब्रोकर से मिले, तुमने उसका खाली घर देखा, लेकिन उसके बाद क्या हुआ? क्या तुमने उसको खोजने की कोशिश की?'

उसने हामी भरी।

'मैंने कोशिश की थी। मैंने उसकी कंपनी में फोन लगाया। उन्होंने बताया कि वह इस्तीफा देकर चली गई है। छोटे नोटिस पीरियड के ऐवज में वह अपने तमाम बेनेफिट्स भी छोड़ गई।'

'उसने कब रिज़ाइन किया था?'

'लेटर लिखने से एक हफ्ता पहले।'

'तो उसे पता था कि वह जा रही है?' मैंने कहा।

'हाँ। जब उस रात मुझे अपने यहाँ रुकने को कहा, तब भी उसे यह पता था कि यह हमारी एक-दूसरे के साथ आखिरी रात होगी। उसने यह सब प्लान किया था।'

वह फिर से मायूस हो गया।

'तुमने इसके अलावा और क्या किया?'

'मैंने कंपनी से असाइन्ड डॉक्टरों की लिस्ट माँगी। मैं उनसे मिला। उन्होंने बताया कि रिया केवल एक बार आई थी, जब उसे पहले-पहल खाँसी आई थी। उसके बाद से वह अपने फैमिली डॉक्टरों से ही कंसल्ट करना बेहतर समझती रही।'

'दिल्ली में?'

'हाँ। इन फैक्ट, मैं ही दिल्ली गया था।'

'उसे खोजने के लिए?'

'मुझे अपना पेपरवर्क पूरा करने के लिए वैसे भी वहाँ जाना था। मैं उसके घर गया था, लेकिन वह वहाँ नहीं थी।'

'तुम उसके पैरेंट्स से मिले?'

'उसकी मम्मी से। उसके पापा तो एक महीना पहले ही चल बसे थे।'

उसने चाय की चुस्की ली और खामोश हो गया।

'क्या उसकी मम्मी को कुछ पता था?' मैंने कहा।

'नहीं, उन्हें तो मुझसे भी कम पता था। उनका कहना था कि रिया ने फोन करके बताया था कि वह एक मेडिटेशन कोर्स कर सकती है। उनके मुताबिक, शायद इसीलिए उसका फोन बंद आ रहा था।'

'तुमने उन्हें कैंसर के बारे में बताया?'

'मैं नहीं बता सका। मुझमें इतनी हिम्मत नहीं थी। मैंने बस उनके हसबैंड की मौत पर दुःख जताया और वहाँ से चला आया।'

'और तुम बिहार चले आए?'

'आखिरकार, हाँ। लेकिन उसके पहले मैंने दिल्ली के हर टॉप हॉस्पिटल

में फोन लगाकर रिया के बारे में पूछा। किसी को भी नहीं पता था कि वह कहाँ है। मैंने उसके फैमिली डॉक्टर से संपर्क किया। उनकी तो सालों से रिया से बात नहीं हुई थी। मैंने उसके कॉलेज के पुराने दोस्तों को फोन लगाया। वे भी उसके टच में नहीं थे। मैंने इंटरनेट पर खोजा, वह फेसबुक या किसी और साइट पर नहीं थी। मैंने फोन कंपनियों से बात की। देश के बड़े योगा आश्रमों से संपर्क किया। लेकिन नतीजा कुछ नहीं निकला।'

उसने अपना चेहरा नीचे झुका लिया। मैं देख सकता था कि यह बातचीत उसके लिए बहुत मुश्किल साबित हो रही है।

'मैं तीन महीनों तक कोशिश करता रहा। मुझे उम्मीद थी कि वह दुनिया छोड़ने से पहले एक बार फिर मुझे फोन लगाएगी। लेकिन उसने ऐसा नहीं किया।'

'तुम अब ठीक हो?'

'मैं ठीक था, लेकिन उसकी इन डायरियों के सामने आने से पहले तक। पिछले दो साल में मैंने अपना पूरा ध्यान स्कूल पर लगा रखा था। ग्रांट के कारण हमारा स्कूल इस इलाके के सबसे अच्छे स्कूलों में से एक बन गया है। आपको कभी उसे देखने के लिए आना चाहिए।'

'मैं आऊँगा। माधव, तुम उसको बेहद प्यार करते थे ना?'

'मैंने अपनी जिंदगी में केवल एक ही लड़की से प्यार किया है। मुझे पता नहीं कि मेरा प्यार बेहद था या नहीं। लेकिन मैं एक बात जरूर जानता हूँ।'

'क्या?'

'अब मैं कभी किसी से प्यार नहीं करूँगा। कभी नहीं।'

'क्यों?'

'मेरे भीतर कुछ टूट गया है। अब मेरे लिए यह मुमकिन नहीं रह गया है कि मैं एक बार फिर किसी से प्यार करूँ।'

मैं अपनी कुर्सी से उठकर बेडसाइड टेबल की ओर चला गया। वह बोलता रहा, मानो खुद से बात कर रहा हो।

'मेरा स्कूल है। माँ हैं। अब बस यही मेरी जिंदगी है।'

मैंने बेडसाइड टेबल से वे डायरियाँ उठा लीं। मैं उन्हें माधव के पास ले आया।

'और ये डायरियाँ तुम्हें कैसे मिलीं?'

'हेमंत ने मुझे फोन लगाया था। उसने रिया का पूरा सामान बेचने

के लिए गोडाउन में ले जाकर रख दिया था। लेकिन किचन की ताक में एक कोने में रखे लकड़ी के एक बक्से को ले जाना वह भूल गया था। वह ताक किचन का एक स्टोरेज स्पेस था, जहाँ पर राशन की चीजें रखी जा सकती थीं। रिया के जाने के बाद एक कंपनी ने उस घर को लीज पर ले लिया। वे उस अपार्टमेंट का इस्तेमाल गेस्ट हाउस के रूप में करने लगे। लेकिन उन्होंने किचन का लगभग बिलकुल भी इस्तेमाल नहीं किया था। दो साल बाद कंपनी ने अपार्टमेंट खाली कर दिया और चार लोगों का एक परिवार वहाँ किराए पे रहने चला आया। घर की एक महिला को किचन में वह बक्सा मिला तो उसने उसे हेमंत को दे दिया। हेमंत ने मुझे फोन लगाया और वह बक्सा मुझे दे दिया। उसी में ये डायरियाँ रखी थीं।'

मैंने डायरियों को माधव की गोद में रख दिया।

'इन्हें ले जाओ,' मैंने कहा।

'क्यों? मैंने कहा मैं इन्हें नहीं ले जाना चाहता। मैं ऐसा नहीं कर सकता।'

'जस्ट टेक देम,' मैंने थोड़ी सख्त आवाज में कहा।

उसने अपनी गोद में रखी डायरियों पर एक हाथ रख दिया।

'मैंने डायरी में छह ऐसी एंट्रीज को मार्क किया है, जिन्हें साफ-साफ पढ़ा जा सकता है। तुम्हें इन्हें पढ़ना चाहिए, बडी,' मैंने कहा।

'नहीं, नहीं, नहीं,' उसने कहा और डायरियों को फिर से डाइनिंग टेबल पर रख दिया। 'मैंने कहा ना, मैं ऐसा नहीं कर सकता। मैंने ये पिछले दो साल उसको भुलाने में बिताए हैं। अब उसकी इन डायरियों को पढ़ने का मतलब होगा, उस तमाम किए-कराए पर पानी फेर देना।'

'मेरी बात का यकीन मानो, माधव। तुम्हें उसकी डायरियों को पढ़ना ही चाहिए।'

रिया की डायरियाँ

एंट्री 1

1 नवंबर, 2002

यह डायरी मेरी तरफ से मुझको एक बर्थडे गिफ्ट है। आज मेरा पंद्रहवाँ बर्थडे है। हैप्पी बर्थडे टु मी। लेकिन मुझे अब बर्थडे मनाना

अजीब लगता है।

कहते हैं कि लोग अपनी डायरियों में अपने सीक्रेट्स लिखते हैं। तो क्या मुझे भी अपना एक राज लिखना चाहिए?

लोग कहते हैं कि मैं बहुत चुप-चुप रहती हूँ। वे मुझे साइलेंट रिया, मिस्टीरियस रिया, शाय रिया वगैरह-वगैरह कहकर बुलाते हैं।

मैं उनकी बात का जवाब नहीं देती। मैं बस इतना ही कहती हूँ कि अगर आप किसी फूल को खिलने से पहले ही कुचल दें तो क्या वह बाद में कभी पूरी तरह से खिल पाएगा?

मैं बचपन से ही ऐसी नहीं थी। लेकिन मैं ऐसी बना दी गई हूँ। डैड को पता है कि मैं बदल गई हूँ। डैड को पता है कि मुझे सबकुछ याद है। लेकिन वे इस तरह से जताते हैं मानो कुछ हुआ ही न हो। मैं भी ऐसा ही दिखावा करती हूँ।

उन्होंने पिछले तीन सालों से मुझे हाथ नहीं लगाया है। वे अब ऐसी हिम्मत नहीं कर सकते।

पता नहीं मैंने मॉम को इस बारे में क्यों नहीं बताया। शायद उस समय तक मुझे यह भी नहीं पता था कि यह सही है या गलत। वैसे भी वे क्या कर पातीं?

आज डैड ने मुझे एक गोल्ड नेकलेस दिया। लेकिन मैंने उसे लौटा दिया। मुझे उनसे बातें करना अजीब लगता है। वे मुझसे बातें करने की कोशिश करते हैं, लेकिन मैं उन्हें इग्नोर कर देती हूँ। वे कहते हैं कि मैं अब भी उनकी बेटी हूँ।

मुझे यह डायरी लिखना अच्छा लग रहा है। मैं इसमें वे बातें भी कह पा रही हूँ, जो मैं कभी नहीं कह पाती।

एंट्री 2

15 दिसंबर, 2005

सब खत्म हो गया। हमारे बीच जो कुछ भी था।

पता नहीं माधव और मेरे बीच में किस तरह का रिश्ता था, लेकिन वह जो भी था, अब खत्म हो गया है। उसने मुझे कितना चीप फील कराया! हिंदी में। चालू बिहारी हिंदी में। ही इज सिक। मुझे यह पता होना चाहिए था। पता नहीं, मेरी अक्ल को क्या हो गया था।

एक्चुअली, मैं पूरे एक साल तक उसकी दोस्त बनी रही। मैंने उसे मुझे किस करने दिया। छि:!

मेरे दोस्तों की बात सही थी। वह एक जाहिल गँवार है। शायद मेरा ही दिमाग खराब हो गया होगा, वरना मैं उससे बात ही क्यों करती?

शायद, यह वजह रही हो कि उसमें नकलीपन नहीं था।

बट, ऑल ही वांटेड वाज टु फक मी। रियली, मैं जानती हूँ कि यह सुनने में बहुत खराब लगता है, लेकिन वह मुझसे केवल यही चाहता था। और जरा सोचो अगर कोई आपसे यह बात हिंदी में कहे। कोई आपसे कहे कि फक मी ऑर फक-ऑफ!

वेल, मिस्टर, आई एम फकिंग-ऑफ फॉर गुड! तुम्हारी हिम्मत कैसे हुई कि मुझसे इस तरह से बात करो? मेरा जी कर रहा है कि बास्केटबॉल कोर्ट पर उसका सिर फोड़ दूँ।

मैंने उसे कहा था कि मुझे वक्त चाहिए। बहुत सारा वक्त। लेकिन वह वक्त जाया नहीं करना चाहता था, क्योंकि उसका असली मकसद सेक्स था। ताकि वह अपने दोस्तों के सामने जाकर डींगें हाँक सके कि उसने एक अमीरजादी के साथ वह सब कर डाला।

वेल, अब यह अमीरजादी ही तुमसे कहती है, फक-ऑफ!

एंट्री 3

4 सितंबर, 2006

मैंने रोहन को हाँ कह दिया है। एक महीना पहले जब प्रपोजल आया था तो मैंने कहा था कि इससे अजीबोगरीब बात कोई दूसरी नहीं हो सकती। रोहन भैया और मैं? क्या मेरी मॉम को कोई होश है भी? मैं उसको राखी बाँधती थी, फॉर गॉड्स सेक। और फिर मैं अभी उन्नीस साल की ही हूँ और कॉलेज में पढ़ रही हूँ।

लेकिन आज मैंने हाँ कह दिया।

मेरे पैरेंट्स को लगा कि मेरे लिए इससे बेहतर रिश्ता कोई और नहीं हो सकता। मॉम ने कहा कि मुझे और पढ़ाई करने की कोई जरूरत नहीं है, क्योंकि रोहन की फैमिली इतनी रिच जो है।

लेकिन पिछली रात तक मैंने ऐसा कोई मन नहीं बनाया था।

कल रोहन लंदन से दिल्ली आया। वह केवल चार घंटों के लिए

आया था। केवल मुझे देखने के लिए। हम दोनों के ही पैरेंट्स को इस बारे में नहीं पता था। वह मुझे लेने स्टीफेंस आया, अपनी बेंटले से, जो कि वह इंडिया में ही रखता है। हम एक लॉन्ग ड्राइव पर गए। उसने मुझे बताया कि उसे ट्रैवल करने का बहुत शौक है और मैं उसकी सबसे अच्छी ट्रैवल और लाइफ पार्टनर साबित हो सकती हूँ। उसने कहा कि वह जानता है कि अभी मेरी उम्र बहुत कम है, लेकिन उसने कहा कि मैं लंदन में भी तो अपनी पढ़ाई जारी रख सकती हूँ। उसने मॉम से यह पता लगा लिया था कि मैं म्यूजिक की स्टडी करना चाहती हूँ। वह अपने साथ लंदन के टॉप म्यूजिक स्कूल्स की लिस्ट लेकर आया था।

बाद में वह अपने घुटनों पर झुका। उसने एक ब्लू टिफनीज बॉक्स निकाला। उसमें एक बड़ी-सी तीन कैरेट की डायमंड रिंग थी।

'च्वॉइस अब भी तुम्हारे हाथों में है,' उसने कहा। उसने रिंग को बॉक्स में रख दिया और उसे मुझे थमा दिया। फाइनली, उसने कहा, 'मिस रिया सोमानी, द मोस्ट ब्यूटीफुल पर्सन आई नो, इनसाइड एंड आउटसाइड, सिंस माय चाइल्डहुड, विल यू मैरी मी?'

तो तुम्हीं बताओ मेरी प्यारी डायरी कि ऐसे में कोई लड़की भला क्या करे?

उस रात, मैंने उस ब्लू बॉक्स में से रिंग निकाली और पहन ली। मैंने उसे मॉम को बताया। वे अब भी फोन पर रोहन की मॉम से बातें कर रही हैं। वे तो जैसे मारे खुशी के पागल ही हो गई हैं।

हाँ, जल्दबाजी तो हुई, लेकिन इस बार यह अच्छे के लिए है।

एंट्री 4
(लंदन की अनेक एंट्रीज)

4 अप्रैल, 2007

मैं म्यूजिक स्कूल्स के एकेडमिक ईयर्स के बीच में लंदन पहुँची थी। फिर उनमें दाखिला लेना भी बहुत कठिन है। मुझे तैयारी करनी है, एप्लाई करना है, टेस्ट देना हैं। इसमें कम से कम आठ महीने लगेंगे।

रोहन की माँ चाहती हैं कि आज मैं डिनर पर उनके फ्रेंड्स से मिलूँ। हर रात किसी न किसी से मिलना ही होता है। ये

लोग बहुत सोशल हैं। मैंने उनसे कहा कि मुझे घर पर ही रहना चाहिए, क्योंकि रोहन अभी यहाँ नहीं हैं, लेकिन उन्होंने कहा कि मुझे आना ही होगा।

ओह वेल, एक और पार्टी। बोरिंग।

10 जुलाई, 2007

रोहन हमेशा ट्रैवल ही करता रहता है और वह भी लंबी-लंबी दूरियों की यात्राएँ। उसने अभी-अभी अपनी ट्रिप में दो हफ्ते का और इजाफा कर लिया है। मैं दो दिन के लिए उसके साथ गई थी और थोड़ा-बहुत इस्तान्बुल देखा। लेकिन वह तो पूरे समय मीटिंग्स में रहता है और कोई कब तक यूँ ही अकेला घूमता रहे। फिर, रोहन की मॉम ने मुझे वापस बुला लिया। वे एक और पार्टी की प्लानिंग कर रही थीं और उनकी नई डॉटर-इन-लॉ को तो उसमें मौजूद रहना ही था।

'कितनी सुंदर है,' उनकी एक दोस्त ने कहा था।

'आपने ये अच्छा किया कि इंडिया से लड़की लेकर आए। कम से कम वे आपकी सुनती तो हैं,' दूसरी ने कहा था।

6 सितंबर, 2007

वह शराब पीकर घर आया। उसने मुझ पर हाथ उठाने की भी कोशिश की।

'तुमने मेरे फोन क्यों नहीं उठाए?' उसने चिल्लाते हुए कहा।

मैं म्यूजिक क्लास में थी। मैंने उसे यह बता दिया था। मैंने वहाँ से छूटते ही उसे मैसेज भी किया था।

'आधी रात हो रही है, रोहन। इस समय कौन-सी बिजनेस मीटिंग्स होती हैं?'

'शट द फक अप, बिच। तुम्हें काम के बारे में क्या पता?'

'तुम मुझसे इस तरह बात नहीं कर सकते।'

मैं मुड़ी और वहाँ से जाने लगी।

'और तुम इस तरह यहाँ से जा नहीं सकतीं।'

'तुम तहजीब से बात करोगे तो मैं यहीं रहूँगी।'

'मैं नशे में नहीं हूँ,' उसने हिकारत से कहा।

मैं उसकी तरफ मुड़ी। 'तुम्हारी जानकारी के लिए, मैं बीस साल

की हूँ। मैं कॉलेज में पढ़ रही थी। तुमसे शादी करने के लिए मैंने उसे छोड़ दिया।'

'तुमने कॉलेज इसलिए छोड़ा ताकि रानियों जैसी जिंदगी बिता सको।'

'रोहन,' मैंने कहा और खुद को सम्भालने के लिए कुछ देर रुकी। 'मैं इंडिया में भी अच्छे-से ही रह रही थी।'

'कहाँ तीन भाइयों के बीच में एक सोमानी इंफ्रा और कहाँ मेरा बिजनेस? तुम तुलना किसकी कर रही हो?'

'मैं कोई तुलना नहीं कर रही हूँ। और मैं चाहती हूँ कि तुम मुझसे रुपये-पैसों की बात मत करो।'

वह थोड़ा लड़खड़ाया और ड्राइंग रूम में रखे एक बेडौल ओवरसाइज्ड सोफे पर बैठ गया।

'बैठो,' उसने अपने पास की सीट को थपथपाते हुए कहा।

मैं बैठ गई।

'मॉम का कहना है कि आज घर से जाते समय तुमने उनसे ठीक से बात नहीं की।'

'मैंने ठीक से ही बात की थी।'

'तो क्या वो झूठ बोल रही हैं?'

'मुझे क्लास के लिए देर हो रही थी। वे चाहती थीं कि मैं उनके साथ सेलून तक जाऊँ। मैंने कहा कि हम कल भी जा सकते हैं।'

'आज के बाद मेरी माँ से ऐसी बात मत करना।'

'रोहन, मेरी क्लास थी।'

'व्हाट क्लास? अभी तो तुम्हारा किसी कॉलेज में एडमिशन भी नहीं हुआ है।'

'हाँ, वो तो अगले साल है। लेकिन मैंने म्यूजिक की प्रेपरेशन क्लासेस ज्वॉइन की हैं। इन कॉलेजों में एडमिशन लेना इतना आसान नहीं है। मैं तुम्हें यह सब पहले भी बता चुकी हूँ।'

रोहन बार में गया और एक बॉटल निकाली।

'स्टॉप,' मैंने कहा और उससे बॉटल लेने की कोशिश की।

'व्हाट द फक?' रोहन ने कहा। 'छोड़ो इसे, अभी।'

उसने मुझे जोर से धक्का दिया। मेरा बैलेंस बिगड़ा और मैं फिसल गई। वह मुझ पर झुका।

'डोंट टच मी,' मैंने कहा और उसे दूर धक्का दे दिया।

मैं अपने घर को मिस करती हूँ। अपने कॉलेज को मिस करती

हूँ। मैं मिस करती हूँ कि मुझे यह न बताया जाए कि किसी की मॉम से किस तरह बात करनी है।

गुड नाइट, डायरी। तुम खुशनसीब हो जो तुम मैरिड नहीं हो।

7 सितंबर, 2007

उसने माफी माँगी। उसने कहा कि उस पर काम का तनाव बढ़ गया था। 'मुझे बहुत लंबा सफर तय करना है, रिया, दुनिया के बड़े होटल बिजनेसमेन के सामने मैं कुछ भी नहीं।'

'लेकिन तुम बहुत बड़ा होटल बिजनेसमैन बनना ही क्यों चाहते हो?' मैंने कहा।

पर वह तो अपनी माँ के बारे में बातें करने लगा। 'उन्होंने अपनी जिंदगी में बहुत कुछ झेला है। मेरे पापा ने उन्हें अच्छे-से ट्रीट नहीं किया था। मैं उन्हें कभी किसी बात की कमी नहीं महसूस करने देना चाहता।'

हैंगओवर उसे सेंटी बना देते हैं।

14 जनवरी, 2008

केवल इंडियन कपड़े पहनो। कैन यू बिलीव दिस? रोहन की माँ ने आज मुझसे यह कहा।

'यदि उन्हें इसी से खुशी मिलती है तो ऐसा ही करो। इससे तुम्हें क्या फर्क पड़ता है?' रोहन ने आज सुबह अपने दो दर्जन जोड़ी जूतों में से किसी एक को चुनते हुए कहा।

'क्यों?' सवाल यह नहीं है कि मुझे इंडियन कपड़े पसंद नहीं हैं। सवाल यह है कि वे मुझे यह क्यों बता रही हैं कि मुझे क्या पहनना चाहिए।

'तुम अपने लिए बेस्ट इंडियन डिजायनर कपड़े ले सकती हो। तुम कहो तो मैं होटल से किसी केयरटेकर को भिजवाऊँ? वह तुम्हें अच्छे से अच्छे बुटीक में ले जाएगा।'

'यह प्वॉइंट नहीं है, रोहन।'

'बहस मत करो। उनकी दोस्तों को अपनी बहू से कुछ एक्सपेक्टेशंस रहती हैं। तुम कल शॉर्ट ड्रेस पहनकर चली आई थीं।'

'वो एक रेगुलर ड्रेस थी, लगभग मेरे घुटनों तक। और अगर वो शॉर्ट भी हुई तो क्या? क्या यहाँ कोई फैमिली ड्रेस कोड है?'

उसने मेरे सामने अंगुलियाँ चटकाते हुए कहा, 'जो कहता हूँ वो करो। बहस मत करो।'

शायद, इसी को सुखी वैवाहिक जीवन कहते हैं!

18 मार्च, 2008

मैंने गलती कर दी है। एक बहुत-बहुत बड़ी गलती। मैं अब इस बात से इनकार नहीं कर सकती। मैंने रोहन से शादी करके गलती कर दी है।

11 जून, 2008

उसने अपनी माँ के सामने मुझे तीन बार तमाचे मारे। उन्होंने उसे रोका नहीं। उन्हें तो यह अच्छा ही लगा। उसने मेरे बाल भी खींचे।

क्या मैं डिटेल में बताऊँ? क्या फायदा? ड्रंक हसबैंड और हमेशा कोई न कोई शिकायत करने वाली मदर-इन-लॉ। इस बार उन्होंने कहा कि मैंने उन्हें साफ-साफ इग्नोर किया, क्योंकि उन्होंने मुझे पाँच बार बुलाया था (मैंने हेडफोन्स लगा रखे थे और अपने म्यूजिक टेप्स को सुन रही थी)। फिर दोनों माँ-बेटे मुझे लेक्चर देने लगे कि मैं कितनी लकी हूँ, कि रोहन मेरे डैड से बीस गुना ज्यादा अमीर है, कि मैंने अब भी अपने को नहीं सुधारा तो मुझे इसके नतीजे भुगतने होंगे।

लेकिन असल खबर तो यह है। रात तीन बजे जब रोहन का फोन बजा तो वह सो रहा था। वह नहीं उठा। फोन फिर बजा। मुझे डर था कि अगर वह उठ गया तो वह मुझसे फिर लड़ाई करेगा। मुझे रात की खामोशी अच्छी लग रही थी। तो मैं उठकर बेडसाइड टेबल पर गई, ताकि उसके फोन को साइलेंट कर सकूँ। लेकिन फोन फिर बजा। स्क्रीन पर एक मैसेज फ्लैश हुआ। किसी क्रिस्टीन का मैसेज था: मिस योर बॉडी हनी। विश आई हैड यू विद मी टुनाइट।

क्रिस्टीन ने एमएमएस से अपनी बॉडी की तस्वीरें भी भेजी थीं।

मैं बेड पर लौट आई। मुझे बुरा नहीं लग रहा था। मुझे तो उल्टे हल्कापन महसूस हो रहा था। मुझे एक सख्त फैसला करना था और वह फैसला लगभग कर लिया जा चुका था।

एंट्री 5

13 जून, 2008

शादी टूट गई।

मैं बिना किसी को बताए आज सुबह लंदन से दिल्ली चली आई। जब मैंने मॉम को सब कुछ बताया तो वे चाहती थीं कि मैं अगली फ्लाइट पकड़कर फिर से लौट जाऊँ। उन्होंने कहा कि उन्हें डैड को फोन लगाना पड़ेगा। मैंने कहा कि मैं फैसला कर चुकी हूँ और डैड चाहे जो कहें, मैं अब लौटकर नहीं जाने वाली।

'वह तो बहुत अच्छा लड़का था,' रात को डिनर के दौरान डैड ने मेरी तरफ देखे बिना कहा।

मैंने उन्हें समझाया कि रोहन क्या था। रोहन जीतना पसंद करता था, फिर चाहे होटल बिजनेस हो या उसकी वाइफ। जितना वह हासिल कर चुका है, उससे ज्यादा हासिल करने का थ्रिल वह पसंद करता है।

'चूँकि मैंने पहले उससे शादी करने से मना किया था, इसलिए वह मुझे हासिल करना चाहता था। मुझे हासिल करने के बाद उसे मेरी कोई परवाह नहीं रह गई थी।' मैंने कहा।

मैंने उन्हें सारी बातें नहीं बताईं। मैंने उन्हें नहीं बताया कि नशे में होने पर वह किस तरह से मुझे फोर्स करता था। मैंने उन्हें नहीं बताया कि किस तरह रोहन की माँ ने अपने बेटे से कहा कि वह मुझे सबक सिखाए। न ही मैंने उन्हें क्रिस्टीन के बारे में बताया।

मैंने बस इतना ही कहा कि 'रोहन की माँ उसे कंट्रोल करती हैं और वे मुझे पसंद नहीं करतीं।'

'लड़कियों को एडजस्ट करना सीखना पड़ता है, बेटा,' माँ ने कहा।

'एडजस्ट? लेकिन कोई वाइलेंस को एडजस्ट करना कैसे सीखे?'

मैंने अपना बायाँ हाथ उठाकर उन्हें उसमें सूजन दिखाई। रोहन ने मुझे धक्का दिया था और उससे मेरी कलाई टूट गई थी।

'लोग क्या कहेंगे?' माँ ने कहा।

देखते हैं, लोग क्या कहते हैं।

एंट्री 6

17 फरवरी, 2009

कभी-कभी हमें होश में आने के लिए एक बड़े झटके की जरूरत होती है। आज मुझे ऐसा ही एक झटका मिला। पता नहीं, कल मुझे क्या हो गया था। मैंने माधव की हवेली की छत पर उसे किस किया। मैं हकीकत को भूल गई और सपना देखने लगी।

और तब सपने चूर-चूर हो गए। जैसे ही मेरे मन में इस तरह की सिली फीलिंग्स घर करने लगी थीं कि यह रिश्ता मेरे लिए सही साबित हो सकता है, रानी साहिबा आईं और मुझे हकीकत से वाकिफ करा दिया।

'क्या तुम वही लड़की हो, जिसके साथ वह कॉलेज में इनवॉल्व था?' उन्होंने आज स्कूल स्टाफरूम में मुझसे पूछा। माधव अपनी क्लास लेने गया था। मुझे कुछ सूझा नहीं कि मैं क्या जवाब दूँ। मुझे नहीं पता था कि माधव ने उन्हें मेरे बारे में क्या बताया है।

'हाँ, हम अच्छे दोस्त थे,' मैंने कहा।

'और अब?' उन्होंने कहा।

'हम अब भी दोस्त ही हैं ऑन्टी, कुछ और नहीं है,' मैंने थोड़ा हकलाते हुए कहा।

'मैं अपने बेटे को जानती हूँ। वह तुम्हारे साथ फिर इनवॉल्व हो जाएगा।'

'ऑन्टी, हम एक-दूसरे को पसंद करते हैं, लेकिन...'

'उसकी जिंदगी से दूर रहो,' उन्होंने दो टूक कहा।

'ऑन्टी, लेकिन...'

उन्होंने मुझे घूरकर देखा।

'तुम्हारा डायवोर्स हो चुका है। तुम एक और मर्द के लिए तड़प रही होगी। मेरा बेटा हैंडसम है और यहाँ का प्रिंस है। मैं समझ सकती हूँ कि तुम्हारे प्लान्स क्या हैं।'

'प्लान्स?'

'तुम्हारी जैसी लड़कियों के लिए यह बहुत आसान है। एक से काम नहीं चला तो दूसरे को पकड़ो।'

यदि वो माधव की माँ नहीं होतीं तो मैं पलटकर जवाब देती। लेकिन मैंने खुद पर काबू किया।

'मुझे ऐसा करने की कोई जरूरत नहीं है,' मैंने कहा।

'तो उसे छोड़ दो। वह तुम्हारे सामने बहुत कमजोर है।'

'मुझे ऐसी किसी चीज की उम्मीद नहीं है,' मैंने कहा। जब उन्होंने मेरी आँखों में आँसू देखे तो मुझे एक टिशू थमा दिया।

'लेकिन उसको तो तुमसे उम्मीदें हैं।'

रानी साहिबा ने हाथ जोड़ लिए।

'मेरी इकलौती पूँजी वही है। यदि तुम यहाँ रही तो वह कभी आगे नहीं बढ़ पाएगा। तुम दिल्ली में बहुत बड़ी चीज हो सकती हो, लेकिन सिमराँव का प्रिंस एक तलाकशुदा मारवाड़ी लड़की के साथ रिश्ता नहीं जोड़ सकता। समाज में इज्जत भी कोई चीज होती है,' उन्होंने कहा।

शायद मैं इज्जतदार नहीं थी।

'आप क्या चाहती हैं, मैं उससे मिलना बंद कर दूँ?'

'इससे काम नहीं चलेगा। वह तुम्हारा पीछा करना नहीं छोड़ेगा। तुमने उस पर मायाजाल कर दिया है।'

इससे पहले कि मैं कोई जवाब देती, माधव वहाँ चला आया। उसने मेरी बाँह थामी और मुझे क्लासरूम की ओर ले गया।

मायाजाल! बहुत खूब, रानी साहिबा!

5 मार्च, 2009

मैं दिल्ली में हूँ। बीती रात डैडी चल बसे।

कल दोपहर मैंने उन्हें आईसीयू में देखा था। वे ठीक से बोल भी नहीं पा रहे थे। उन्होंने कहा कि मुझे उनके वकील गुप्ता अंकल से मिलना चाहिए।

मैं गुप्ता अंकल के पास गई। उन्होंने मुझे बताया कि मेरे पिता ने एक सीक्रेट अकाउंट में मेरे लिए कुछ पैसा जमा कर रखा है।

'अपने भाइयों या घर पर किसी को भी इस बारे में मत बताना। वे इस पर मुकदमा दायर कर सकते हैं और फिर मामला सालों तक अदालत में अटका रहेगा,' गुप्ता अंकल ने कहा।

मैंने कागजात पर दस्तखत कर दिए। डैडी के अंतिम संस्कार के दौरान मैं चुपचाप रही।

मैं ऊहापोह में थी। मैं जानती थी कि डैडी मुझे यह पैसा क्यों

दे रहे हैं। वह मेरा मुँह बंद रखने के लिए दिया गया पैसा था। वह इस बात के लिए भी दिया गया पैसा था, ताकि मैं जिस तरह से उनके जमीर पर एक बोझ की तरह थी, उसे वे अपने दिमाग से निकाल सकें और अपने अपराध-बोध से मुक्त हो सकें। लेकिन मैंने खुद से कहा कि मुझे प्रैक्टिकल होना चाहिए। मैं जहाँ जा रही हूँ, वहाँ मुझे पैसों की जरूरत होगी।

साथ ही, शायद मैं अब सबकुछ को भूलकर आगे बढ़ने को तैयार थी। माफ कर देने के लिए नहीं, बल्कि भूल जाने के लिए।

14 अप्रैल, 2009

मैं तीन दिनों बाद जा रही हूँ। अब और ड्रामा नहीं। अब एक और लड़के की माताश्री से आमना-सामना नहीं। मुझे किसी की दया की भी जरूरत नहीं है। मैं तलाकशुदा हूँ, अगर इससे मुझ पर दाग लगता है तो वही सही।

मैं रानी साहिबा से अपसेट नहीं थी। मैं पटना में अकेले रहने के लिए आई थी। यहाँ मुझे माधव मिल गया। हाँ, वह अच्छा लड़का है। मैं जानती हूँ कि वह मुझे प्यार करता है और मेरे लिए उसका प्यार दिन-ब-दिन बढ़ता ही जा रहा है। मैं भी उसे पसंद करती हूँ। क्या इसीलिए मैंने पटना में जॉब के लिए हाँ कर दी थी? क्या मैं यह उम्मीद कर रही थी कि मेरी उससे एक बार फिर मुलाकात हो? शायद।

किसी का प्यार हासिल करना और किसी को प्यार करना अच्छा है। लेकिन अभी मुझे प्यार से ज्यादा दिमागी शांति की जरूरत है।

माधव इसको नहीं समझ पाएगा। अगर मैं उसको यह सब समझाने बैठ गई तो वह मुझे कभी जाने नहीं देगा। ऐसा पहले भी हो चुका है, वह मुझे भुला नहीं पाएगा और मेरा पीछा लगातार करता रहेगा। ऐसे में सबसे आसान रास्ता यही होगा कि उसे यह बता दिया जाए कि मैं अब उसकी जिंदगी में नहीं हूँ।

मुझे सिमराँव में एक माइनर इंफेक्शन हो गया था। अभी तक तो मैं यही दिखावा करती रही हूँ कि मैं ठीक नहीं हुई हूँ। इसलिए यहाँ से जाने के लिए वह एक अच्छा बहाना साबित होगा। माना कि वह इससे अपसेट हो जाएगा, लेकिन कभी न कभी वह इससे

उबर ही जाएगा और देर-सबेर वह किसी प्रिंसेस से शादी भी कर लेगा, जिसका मेरे जैसा कोई पास्ट नहीं होगा।

यह लिखते समय मेरी अंगुलियाँ काँप रही हैं। मुझे मजबूत बने रहना होगा। मुझे एक खत लिखकर उसको अलविदा कहना होगा। मैं अपनी बीमारी के बारे में झूठ बोल रही हूँ, लेकिन शायद मैं इस आखिरी खत में सच भी कह पाऊँ। शायद मैं उसे बता सकूँ कि मैं उसके बारे में क्या फील करती हूँ...

वह फाइनल रिहर्सल के बाद मेरे घर आएगा। यह हमारी एक-दूसरे के साथ आखिरी रात होगी। अगर मैं उसे अपने घर पर रुकने को कहूँ तो वह गलत तो न होगा?

35

चाणक्य होटल, पटना

माधव इस आखिरी पन्ने को पढ़ने के बाद भी उसे देखता रहा। उसकी मुट्ठियाँ भिंची हुई थीं।

'व्हाट?' उसने आखिरकार कहा और फिर चुप हो गया।

उसने डायरी पर से अपनी नजरें उठाईं और मेरी तरफ देखा।

'ये क्या है, चेतन सर?' उसने कहा।

'तुम्हारी दोस्त की डायरियाँ। याद है?'

उसने जोर से नोटबुक्स को बंद किया और जल्दी-जल्दी छोटी-छोटी साँसें भरने लगा। उसने अपना चेहरा अपने हाथों में छुपा लिया, फिर वह अपनी अंगुलियों को अपने बालों में दौड़ाने लगा। मैंने उसके कंधे को छुआ।

'तुम ठीक हो ना?' मैंने कहा।

उसने मेरी तरफ हैरत से देखा। उसका चेहरा लाल-सुर्ख हो गया था।

'वो जिंदा है?' वह बुदबुदाते हुए बोला।

'लगता तो यही है,' मैंने कहा।

'वो जिंदा है,' उसने फिर कहा। उसका शरीर काँपने लगा था।

'तो, अब तुम समझे मैंने तुम्हें यहाँ क्यों बुलाया? तुमने कहा कि अब वह इस दुनिया में नहीं है। तुम तो इन डायरियों को भी फेंकने वाले थे।'

'वो मुझसे झूठ कैसे बोल सकती है? इतना बड़ा झूठ... द बिच!'

उसका गला रूँध गया।

'माधव, तुमने कहा था कि तुम उसको प्यार करते हो। तो फिर यह किस तरह की लैंग्वेज है?'

'मैं... मैं...' उसने कहा और रुक गया। वह अपनी बात पूरी करने में सक्षम नहीं था।

'तुम्हें झटका लगा है।'

'वह हमेशा ऐसा करती है। वह मुझसे दूर चली जाती है। उसको समस्याओं को सुलझाने का एक ही तरीका आता है कि उनसे दूर भाग जाओ।'

और फिर वह टूट गया। वह फूट-फूटकर रोने लगा। खिचड़ी दाढ़ी

वाले उसके चेहरे पर आंसुओं की धार थी।

'मुझे उससे उबरने में इतना वक्त लगा। मेरे जख्म अब भी नहीं भरे थे। आखिर वह ऐसा कैसे...?' उसने खुद से बातें करते हुए कहा।

'कम से कम तुम्हें हकीकत तो पता चल गई,' मैंने कहा।

'लेकिन वह तो ऐसा नहीं चाहती थी। वह तो मुझे फिर से डम्प करना चाहती थी।'

'वह अपने आपको और तुम्हें बचाना चाहती थी।'

'मुझको? उसने ऐसा करके मुझको कैसे बचाया?'

'वह तुम्हारी जिंदगी पर बोझ नहीं बनना चाहती थी।'

'रिया कभी भी मेरी जिंदगी पर बोझ नहीं बन सकती थी। वही तो मेरी जिंदगी थी,' माधव ने दो टूक शब्दों में कहा।

मैंने उसे एक टिशू थमाया, लेकिन उसने उससे अपने आँसू पोंछने के बजाय उन्हें अपने हाथ में लेकर मसल दिया।

'क्या तुम्हें इस बात की खुशी नहीं कि वो जिंदा है?'

'मुझे खुशी होनी चाहिए, लेकिन अभी तो मुझे बहुत गुस्सा आ रहा है।'

'मैं समझ सकता हूँ।'

'इन दो सालों में एक भी दिन ऐसा नहीं गया, जब मैंने उसके बारे में नहीं सोचा हो।'

'अब तुम क्या करोगे, माधव?' मैंने कहा।

उसने मेरे सवाल को नजरअंदाज कर दिया।

'जब वह मुझे छोड़कर चली गई तो मेरी यह हालत हो गई थी कि मुझे डिप्रेशन के लिए अपना इलाज करवाना पड़ सकता था,' उसने मानो अपने आपसे बतियाते हुए कहा।

'तुमने बहुत कुछ सहन किया है।'

'चेतन सर, आप ही बताइए उसने जो किया क्या वो सही था?'

'शायद नहीं। लेकिन जिंदगी अकसर बहुत पेचीदा हो जाती है। हो सकता है, उसके पास ऐसा करने की वजहें रही हों।'

'मेरी माँ? वो भला कैसे एक प्रॉब्लम हो सकती थीं? मेरी माँ तो खुद ही कहती हैं कि रिया की मौजूदगी में मैं जिस तरह खिल उठता था, वैसा किसी और की मौजूदगी में नहीं होता है।'

'रिया को एक बार एक बुरा अनुभव हो चुका था। वो कहते हैं ना, दूध का जला छाछ भी फूँक-फूँककर पीता है।'

'लेकिन मैं रोहन नहीं हूँ।'

जैसा कि मेरे साथ अकसर होता है, मैं इस सिचुएशन में भी कुछ जरूरत से ज्यादा ही इनवॉल्व हो गया था। मुझे अपने घर जाना था। आगे क्या करना है, यह प्लानिंग मुझे नहीं माधव झा को करनी थी।

वह सोच में डूबा हुआ था। मैं अपने बैग्स पैक करने के लिए उठ खड़ा हुआ।

'क्या मैं यहाँ कुछ देर और रुक सकता हूँ?' उसने कहा।

'श्योर,' मैंने कंधे उचकाते हुए कहा। वह एक फोन करने के लिए कोने में गया। मैंने अपना सूटकेस तैयार किया। वह चंद मिनटों बाद लौटा।

'मैंने दिल्ली में उसके घर पर फोन लगाया था। उसकी माँ का कहना है कि उन्हें सालों से अपनी बेटी की कोई खोज-खबर नहीं मिली है,' माधव ने कहा।

'वह तो सचमुच जैसे गायब हो गई है,' मैंने कहा।

मैंने बेड से अपना बैग उठाया और उसे नीचे रख दिया। फिर मैंने अपनी ट्रॉली की रॉड खींच ली।

'आई एम सॉरी, लेकिन मुंबई के लिए आज एक ही फ्लाइट है।'

'आपने मेरे लिए जो कुछ भी किया, उसके लिए थैंक्स।'

'मैंने तो कुछ भी नहीं किया।'

'क्या मैं एयरपोर्ट तक आपके साथ चल सकता हूँ?'

◆

हम कार में चुपचाप बैठे रहे। दो ट्रैफिक सिगनल्स निकल जाने के बाद उसने शांत किंतु ठोस आवाज में कहा, 'मैं उसे ढूँढ निकालूँगा।'

मैंने उसकी तरफ देखा।

'आर यू सीरियस?'

'यस।'

'वो कहाँ हो सकती है?'

'मैं अंदाजा लगा सकता हूँ। वह हमेशा अपने एक सपने के बारे में बात किया करती थी, न्यूयॉर्क के किसी छोटे-से बार में सिंगर बनना।'

'तो?'

'अगर उसने अपने आपको पूरी दुनिया से अलग कर लिया है तो क्या अब वह अपने सपने को पूरा नहीं करना चाहेगी?'

'तुम श्योर कैसे हो सकते हो? न्यूयॉर्क में कहाँ? या शायद वह किसी और शहर में चली गई हो? या शायद उसने कोई और काम

चुन लिया हो?' मैंने कहा।

'तो आपको लगता है कि मुझे उसकी तलाश नहीं करनी चाहिए?'

'मैं तो केवल रियलिस्टिक होने की कोशिश कर रहा था। अगर मैंने तुम्हें डिस्करेज किया है तो उसके लिए सॉरी।'

हम बाकी के पूरे समय चुप रहे। आखिरकार हम लोकनायक जयप्रकाश एयरपोर्ट पहुँचे। उसने ट्रॉली पर अपना बैग रखने में मेरी मदद की। मैंने खुद से कहा कि अब मुझे खुद को इस मामले से अलग कर लेना चाहिए। लेकिन मैं ऐसा कर नहीं पा रहा था।

'कीप इन टच,' मैंने कहा। एंट्रेंस पर सिक्योरिटी गार्ड मेरा फोटो आईडी और टिकट चेक कर रहा था।

'बिलकुल, सर।'

'तो क्या तुम सचमुच उसकी तलाश करोगे?'

'हाँ, सर।'

'फिर चाहे तुम उसको कभी खोज न पाओ और आखिरकार तुम्हें और तकलीफें उठानी पड़े?'

उसने हामी भरी।

'मैं पीछे नहीं हट सकता, सर। ऐसा करना हमारे खून में नहीं है।'

36

चेतन भगत के जाने के बाद मैं कुछ वक्त तक पटना में ही रहा। रिया के पास्ट से जुड़े जितने भी लोगों से मैं मिल सकता था, उन सभी से मैंने मुलाकात की।

सबसे पहले तो मैं उसके पुराने ऑफिस में गया।

'उसने रिजाइन कर दिया था, लेकिन किसी को भी अपने प्लान्स के बारे में नहीं बताया,' नेस्ले में उसकी एक्स-कलीग मोहिनी ने मुझे बताया।

'क्या वो बीमार लग रही थी?'

'नहीं तो,' मोहिनी ने कहा।

मैं ईस्ट इंडिया ट्रेवल्स के दफ्तर भी गया। नेस्ले का स्टाफ इसी एजेंसी की सेवाएँ लेता था।

'तुम्हें रिया सोमानी याद है? दो साल पहले वह नेस्ले के पटना ऑफिस में काम करती थी,' मैंने कहा।

'प्रिटी गर्ल,' ट्रेवल एजेंसी पर काम करने वाले युवा एजेंट अजय ने कहा।

'एक्सट्रीमली प्रिटी,' मैंने सुधारते हुए कहा।

'मैडम इसी एजेंसी को यूज करती थीं। उनके पिता बहुत बीमार पड़ गए थे। राउंड ट्रिप टु देल्ही, राइट?' अजय ने कहा।

'हाँ, लेकिन उसके बाद कुछ?'

अजय की अंगुलियाँ उसके की-बोर्ड पर दौड़ने लगीं। उसने कुछ बार अपना सिर हिलाया।

'एनीथिंग?'

'मैं कोशिश कर रहा हूँ,' अजय ने कहा और एक मिनट बाद बोला। 'कुछ मिला है। उन्होंने दिल्ली की एक और फ्लाइट पकड़ी थी। वन वे। 17 अप्रैल, 2009 को।'

मैंने स्क्रीन देखी। वह उसी दिन रवाना हुई थी, जिस दिन बिल गेट्स मेरे स्कूल में आए थे।

मैं कार-हायर कंपनी में गया, लेकिन चूँकि वो लोग पुराने रिकॉर्ड नहीं रखते हैं, इसलिए उन्हें इस बारे में कोई अंदाजा नहीं था।

मैं बैंक गया। यहाँ रिया की कंपनी द्वारा उसकी सैलेरी जमा की जाती थी। मेरी ब्रांच मैनेजर रोशन जोशी से भेंट हुई।

'क्लाइंट इंफॉर्मेशन इज कांफिडेंशियल,' उन्होंने कहा।

'वो कहीं गुम हो गई हैं। मैं उन्हें खोजने की कोशिश कर रहा हूँ।'
'क्या वे लापता हैं? आपके पास ऐसी कोई पुलिस रिपोर्ट है? तब जरूर हम आपकी मदद कर सकते हैं।'
'नहीं, वे अपनी मर्जी से गई हैं।'
'सर, तो फिर मैं किसी के बैंक अकाउंट की जानकारी आपको कैसे दे दूँ?'

मुझे ऐसा करना अच्छा तो नहीं लगा, लेकिन मैंने ब्रांच मैनेजर के ऑफिस से विधायक ओझा को फोन लगाया। ओझा को लोगों की मदद करना अच्छा लगता था, ताकि बदले में कभी उनकी भी मदद ली जा सके। उसने पटना सिटी विधायक को बोला कि रोशन को एक फोन लगाए।

पाँच मिनट बाद मेरे सामने रिया का अकाउंट था।

'सॉरी... मुझे नहीं पता था कि आप हमारे विधायक-जी को जानते हैं, सर...' रोशन ने कहा।

मैंने उसके स्टेटमेंट्स पर नजर दौड़ाई। 14 अप्रैल को रिया ने साढ़े तीन लाख रुपयों का अपना पूरा बैलेंस निकाल लिया था। ट्रांजेक्शन के सामने एफएक्स लिखा था।

'एफएक्स क्या होता है?' मैंने कहा।

रोशन ने अकाउंट स्टेटमेंट देखा।

'यह फॉरेन एक्सचेंज कन्वर्शन है। उन्होंने एक दूसरी करेंसी में अपना पैसा निकाला है।'

'किस करेंसी में?'

'यूएस डॉलर्स।'

'अमेरिका जाने के लिए?' मैंने कहा। मेरे भीतर उम्मीद की लौ जाग गई थी।

'पता नहीं। इंडिया के लोग चाहे किसी भी देश में जाएँ, आमतौर पर वे यूएस डॉलर ही लेते हैं और फिर वहाँ पहुँचकर वे उसे चेंज करवा लेते हैं।'

'वो विदेश गई हैं, ठीक?'

'ऐसा हो सकता है।'

मैं बैंक से निकला और ईस्ट इंडिया ट्रेवल्स वाले अजय को फोन लगाया।

'अजय, माधव झा हियर। मुझे दिल्ली की एक फ्लाइट बुक करानी है, प्लीज।'

'आह, लकी, लकी गर्ल,' सामंथा ने कहा।

'वाकई?' मैंने कहा। 'उन्नीस में शादी। बीस में डाइवोर्स।'

सामंथा और मैं दिल्ली के इंडिया हैबिटेट सेंटर के अमेरिकन डाइनर में बैठे थे। मैंने उसे रिया की कहानी सुनाई। वह ऑरेंज जूस में अपना स्ट्रॉ घुमाती रही।

'यह तो वाकई ट्रैजिक कहानी है,' उसने कहा। 'लेकिन वो लकी है कि तुम इसे इतना चाहते हो।'

मैं मुस्करा दिया।

'माधव, तुम्हारे जैसा एक लवर पाने के लिए बहुत-सी लड़कियाँ किसी की जान भी ले सकती हैं। मैं तो ऐसा कर सकती हूँ,' सामंथा ने कहा।

'थैंक्स,' मैंने कहा।

उसने एक गहरी साँस भरी। वेटर हमारा खाना ले आया - एक चिकन बर्गर और फ्रेंच फ्राइज का एक बड़ा ऑर्डर।

'एनीवे, तो मैं तुम्हारे लिए क्या कर सकती हूँ?' सामंथा ने एक फ्राय उठाते हुए कहा।

'मुझे उसको ढूँढना ही है। किसी को भी खबर नहीं है कि वह कहाँ है।'

'शुरुआत करने के लिए यह कोई बहुत अच्छी जानकारी तो नहीं की जा सकती। कोई क्लू?'

'मुझे कुछ-कुछ अंदाजा है।'

'जैसे इंट्यूशन?'

'वेल, आई गेस, और यह एक नपा-तुला गेस है, कि वो न्यूयॉर्क में हो सकती है।'

'ओह, रियली? वह तो मेरा शहर है।'

'आई एम नॉट श्योर। पहले तो मुझे कंफर्म करना पड़ेगा कि वह यूएस में ही है।'

'कैसे?'

'द यूएस कोंसुलेट। मुझे यह पता करना होगा कि क्या उन्होंने किसी रिया सोमानी को वीजा दिया है। तुम्हारे वहाँ कॉन्टैक्ट्स हैं, अपने अमेरिकन सर्कल के मार्फत दिल्ली में?'

'हैं तो, लेकिन इस तरह की जानकारियाँ कॉन्फिडेंशियल होती हैं।'

'मुझे ज्यादा जानकारी नहीं चाहिए। मैं बस इतना ही जानना चाहता हूँ कि क्या उन्होंने उसे वीजा दिया है और अगर हाँ तो कब।'

'यह...मुश्किल है।'

'इसीलिए तो मैं तुम्हारे पास आया हूँ।'

मेरी रिक्वेस्ट पर विचार करते-करते वह तमाम फ्राइज चट कर गई। उसने अपना फोन निकाला और कॉन्टैक्ट्स लिस्ट देखी।

'यूएस कोंसुलेट में एंजेला है। हम दोनों कभी-कभी साथ घूमने जाते हैं। लेकिन मैं कोई प्रॉमिस नहीं कर सकती।'

'ठीक है। जैसा, जो भी मुमकिन हो सके।'

◆

'दे बेस्ट रूरल स्कूल इन बिहार! यह तो सुपर न्यूज है, माधव। तुम्हारे पास ऐसे कोई डॉक्यूमेंट्स हैं, जो यह बता सकें कि सीएम ने ऐसा कहा?' गेट्स फाउंडेशन इंडिया के सीईओ माइकल यंग ने कहा।

मैं उनके रोशनी से भरे ऑफिस में बैठा था। यहाँ से लोधी रोड के दरख्तों की कतार नजर आती थी। पिछले दो सालों में मेरी माइकल से कई बार बात हो चुकी थी और मैं उनके स्थान पर अपने स्कूल आने वाले डेलीगेशंस को रिसीव कर चुका था।

'मेरे पास लोकल न्यूज पेपर्स के आर्टिकल्स हैं। मैं आपको उनकी स्कैन्ड कॉपी भेज सकता हूँ,' मैंने कहा।

'यह तो बहुत अच्छा होगा। और अगर उसमें थोड़ा-बहुत मेरा भी जिक्र हो तो न्यूयॉर्क में बैठे मेरे बॉसेस को भी यह अच्छा लगेगा,' माइकल ने कहा और मुझे देखकर आँख मारी। अमेरिकंस आपको यह महसूस करा सकते हैं कि पूरी दुनिया में आप ही उनके सबसे अच्छे दोस्त हैं।

'मुझे एक मदद चाहिए, माइकल,' मैंने कहा।

'श्योर।'

'मुझे कुछ समय के लिए न्यूयॉर्क जाना है। क्या फाउंडेशन मुझे चंद माह के लिए कोई जॉब या कोई इंटर्नशिप या ऐसा कुछ भी दे सकता है?'

माइकल ने अपनी भौंहें उठाईं, 'रियली?'

'हाँ, मुझे वहाँ जाना तो है ही। यह काम हो जाए तो वहाँ रहना मेरे लिए थोड़ा आसान हो जाएगा।'

'बिहार से न्यूयॉर्क? सब ठीक तो है? तुम अपने स्कूल के लिए

बहुत पैशनेट नजर आते हो।'

'मैं बिलकुल पैशनेट हूँ। पर मुझे न्यूयॉर्क में किसी को खोजना है। बस इतना ही। यकीनन, इंटर्नशिप मेरे लिए एक बहुत अच्छा तजुर्बा होगी।'

माइकल ने अपने निचले होंठ को एक झटका दिया।

'वेल, मैं यूएस में बैठे लोगों से तुम्हारा संपर्क करवा दूँगा,' माइकल ने कहा। 'और अपनी ओर से भी तुम्हारे बारे में उन्हें कुछ बता दूँगा।'

'थैंक्स, माइकल,' मैंने कहा और उससे हाथ मिलाया।

'नो प्रॉब्लम। मुझे स्कैन्ड आर्टिकल्स भेजना मत भूलना,' माइकल ने कहा।

◆

'तुम भी मुझसे क्या-क्या चीजें करवाते हो,' सामंथा ने कहा। उसने मुझे कागजों की एक शीट थमाई। लोधी गार्डन के पास स्थित उसके ऑफिस में अभी सुबह का वक्त था। सुबह की सैर करने वाले लोग तेज कदमों से हमारे पास से होकर गुजर रहे थे।

मैंने शीट को देखा। वह एक यूएस वीजा की कॉपी थी।

'असने अप्लाई किया था, और कोंसुलेट ने उसे 5 अप्रैल को वीजा दिया।'

'थैंक्स, सामंथा।'

'मेरी दोस्त इसके लिए बहुत मुश्किल में फँस सकती थी।'

'मैं तुम्हारा कर्जदार रहूँगा,' मैंने कहा।

उसने अपनी गहरी ग्रे आँखों से मुझे देखा।

'नहीं, तुम्हें मेरा कर्जदार रहने की जरूरत नहीं। आई होप, यह तुम्हारे लिए मददगार साबित होगा।'

'इससे मुझे पता चलता है कि मैं सही-सही अंदाजा लगा सकता हूँ।'

'लेकिन इससे हमें यह पता नहीं चलता कि वह यूएस के किस शहर में है। या फिर वह यूएस गई भी है या नहीं।'

'वह न्यूयॉर्क में है। वह हमेशा से वहाँ जाना चाहती थी।'

'आह, इसीलिए माइकल बता रहा था कि तुमने वहाँ एक इंटर्नशिप के लिए अप्लाई किया है।'

अध्याय 3

न्यूयॉर्क

37

'नाम?' इम्मिग्रेशन काउंटर पर बैठे ऑफिसर ने पूछा।

'माधव झा,' मैंने कहा। मैं सोच रहा था कि उसने पासपोर्ट पर ही मेरा नाम क्यों नहीं पढ़ लिया।

'मिस्टर झा, आपकी यूएस यात्रा का क्या मकसद है?'

उसने मेरे पासपोर्ट के पेजेस पलटे। मेरे नए यूएस वीजा को छोड़ दें तो वह पूरी तरह से खाली पड़ा था।

मेरी यात्रा का मकसद है अपनी मोहब्बत की तलाश करना, मैं कहना चाहता था।

'मैं न्यूयॉर्क में गेट्स फाउंडेशन के लिए इंटर्नशिप कर रहा हूँ,' मैंने कहा।

'डॉक्यूमेंटेशन, प्लीज।'

मैंने अपने बैग में से एक प्लास्टिक फोल्डर निकाला। उसमें मेरी इंटर्नशिप का ऑफर लेटर था, जिसके चलते मुझे हर महीने तीन हजार डॉलर की छात्रवृत्ति मिलने वाली थी। मेरे पास माइकल के ऑफिस की ओर से दिया गया सर्टिफिकेट, मेरे वीजा डॉक्यूमेंट्स और फाउंडेशन द्वारा मुझे दिया गया कैश एडवांस भी था।

इम्मिग्रेशन ऑफिसर ने मेरी फाइल का मुआयना किया।

'आप न्यूयॉर्क में कहाँ रुकेंगे, सर?'

'अपने दोस्तों के साथ। अपर ईस्ट साइड, 83वीं स्ट्रीट और थर्ड एवेन्यू।'

ऑफिसर चंद सेकंड तक मेरे पासपोर्ट को उलटता-पुलटता रहा। उसने एक स्टाम्प उठाया।

उसके द्वारा लगाया गया ठप्पा मुझे गोली की धाँय की तरह सुनाई दिया, जिसका यह मतलब था कि रिया की खोज के लिए मेरी दौड़ शुरू हो चुकी है।

◆

मैंने जेएफके एयरपोर्ट से एक टैक्सी पकड़ी ओर मैनहैटन की ओर बढ़ चला। यह मेरी देश के बाहर पहली यात्रा थी और जो सबसे पहली चीज मैंने नोटिस की, वह थी आकाश का रंग। आकाश पूरी तरह से साफ और चमकीले नीले रंग का था। भारत में हमें ऐसा आकाश कभी नजर नहीं आता।

दूसरी जिस चीज की तरफ मेरा ध्यान गया, वह थी खामोशी। हमारी टैक्सी भरपूर ट्रैफिक वाले एक रोड से होकर गुजर रही थी, इसके बावजूद कोई हॉर्न नहीं बजा रहा था, सिगनल्स पर भी नहीं। इतनी खामोशी से लगभग मेरे कान दर्द करने लगे।

'वेलकम टु द बिग एप्पल,' टैक्सी ड्राइवर ने अमेरिकन एक्सेंट में कहा।

'तुम यहीं के हो?' मैंने कहा।

'अभी तो यहीं का हूँ। वैसे मैं ओरिजिनली अमृतसर से हूँ,' उसने कहा।

मैंने उसका नाम देखा: बलविंदर सिंह।

'आप अपर-ईस्ट जा रहे हैं ना?'

'यस, प्लीज,' मैंने कहा और उसे एड्रेस थमा दिया।

◆

'माधव झा, तो तुम यहाँ पहुँच ही गए,' शैलेष ने दरवाजा खोलते हुए रोमांच से चीखते हुए कहा।

मैं हाँफ रहा था। मुझे अपना बैग और भारी सूटकेस लेकर तीन मंजिल चढ़ना पड़ी थी।

'ये प्री-वॉर बिल्डिंग्स हैं,' शैलेष ने कहा।

शैलेष ने स्टीफेंस के बाद हार्वर्ड से एमबीए किया था। उसने वॉल स्ट्रीट का एक टॉप इंवेस्टमेंट बैंक गोल्डमान सैश ज्वॉइन कर लिया था। वह अपनी गर्लफ्रेंड ज्योति के साथ अपार्टमेंट शेयर करता था। ज्योति से उसकी मुलाकात हार्वर्ड में हुई थी और वह मोर्गन स्टेनले में काम करती थी, जो कि वॉल स्ट्रीट का एक और इंवेस्टमेंट बैंक था।

मैं बहुत जल्दी यहाँ आ गया था और अभी सुबह के साढ़े छह बजे थे। लेकिन शैलेष काम पर जाने के लिए तैयार था।

'सॉरी, मुझे जल्दी जाना है,' शैलेष ने कहा। 'ज्योति और मुझे काम पर जाने के लिए 7 बजे वाली सब-वे पकड़ना है। शाम को मिलते हैं, ओके?'

'नो प्रॉब्लम,' मैंने कहा। 'वैसे भी मुझे आराम की जरूरत है। मैं बहुत थक चुका हूँ।'

'लेकिन सोने की कोशिश मत करना। इससे तुम्हें जेट-लैग के हिसाब से अपने को एडजस्ट करने में आसानी रहेगी,' शैलेष ने कहा।

'ज्योति,' शैलेष ने आवाज लगाई।

'कमिंग,' एक बेडरूम में से मोटे अमेरिकन एक्सेंट में एक महिला की आवाज सुनाई दी।

'शैलेष, यदि तुम किसी रीयल-एस्टेट ब्रोकर से मेरी मुलाकात करवा सको...' मैंने अपनी बात शुरू की, लेकिन शैलेष ने मुझे बीच में ही रोक दिया। 'आर यू क्रेजी? तुम यहाँ कुछ वक्त के लिए ही तो आए हो। कोई इंटर्नशिप है ना?'

'तीन महीने। मैं तुम्हारे साथ इतने समय नहीं रह सकता।'

'क्यों नहीं रह सकते? तुम यहाँ रिलैक्स करो। मुझे कल लंदन जाना है, लेकिन आज रात तो हमारी मुलाकात होगी ही।'

ज्योति आई। वह पांच फीट छह इंच की एक दुबली-सी लड़की थी। उसने एक फॉर्मल ब्लैक स्कर्ट और जैकेट के साथ शर्ट पहन रखी थी।

'हाय, माधव, मैंने तुम्हारे बारे में बहुत कुछ सुन रखा है,' ज्योति ने कहा और अपना हाथ आगे बढ़ाया। वह मुझे सामंथा जैसी लगी, फर्क इतना ही था कि उसकी चमड़ी का रंग भूरा और आँखों का रंग काला था।

'मैंने भी तुम्हारे बारे में सुना है। जब तक मुझे अपना अपार्टमेंट नहीं मिल जाता, तब तक तुम्हें तंग करने के लिए सॉरी।'

'तुम यहाँ जब तक चाहो रह सकते हो। हम लोग तो दिनभर काम में लगे रहते हैं। कम से कम कोई तो इस जगह का इस्तेमाल रहने के लिए कर सकता है,' ज्योति ने कहा और शैलेष की ओर मुड़ी। 'यू रेडी टु गो, हनी?'

शैलेष ने सिर हिलाकर हामी भर दी।

♦

मैनहैटन की बनावट एक ग्रिडनुमा है। यहाँ उत्तर से दक्षिण तक हमें नंबर्ड स्ट्रीट्स मिलेंगी। चौड़े एवेन्यू पूर्व से पश्चिम की ओर फैले हुए हैं। थर्ड एवेन्यू और 83वीं स्ट्रीट पर मौजूद शैलेष का घर सेंट्रल पार्क के पास था, जिसकी ईस्टर्न साइड फिफ्थ एवेन्यू पर थी।

सेंट्रल पार्क इस शहर का एक लैंडमार्क है।

सेंट्रल पार्क ने इस भूलभुलैया के रास्तों को समझने में मेरी मदद की। उसके दक्षिणी छोर पर कुछ दुकानें थीं, जहां से मैं अपना सिम कार्ड खरीद सकता था।

मैं थर्ड और फिफ्थ एवेन्यू से पश्चिम दिशा में बढ़ा और फिर दक्षिण

में 83वीं स्ट्रीट से 60वीं स्ट्रीट तक 23 ब्लॉक पार किए। बीस मिनट बाद मैं पार्क के दक्षिणी कोने पर पहुँच गया था। वहाँ मुझे अनेक दुकानें नजर आईं, जिनमें से एक पर लिखा था 'टी-मोबाइल।'

♦

टी-मोबाइल सेल्सपर्सन ने मुझे थ्री-जी डेटा प्लान वाली एक सिम दिखाई।

मैं एक टचस्क्रीन फोन किराए पर लेने को तैयार हो गया, जिसमें एक वॉइस और डेटा प्लान था।

'इसे एक्टिवेट होने में बीस मिनट लगेंगे,' सेल्सपर्सन ने कहा। मैं शॉप से बाहर निकल आया और फिर उत्तर दिशा में सेंट्रल पार्क की ओर चलने लगा। मैंने कई घंटों से कुछ नहीं खाया था।

मैंने क्रीम-चीज, टोमैटो और अनियन्स के साथ एक बेगल लिया, जिसके साथ मुझे एक बड़ा-सा कोक मिला।

मेरे फोन की स्क्रीन के कोने में नजर आ रहा 3जी साइन यह बता रहा था कि मुझे नेटवर्क मिल गया है। मैंने अपनी पहली गूगल सर्च में लिखा: 'लाइव म्यूजिक वेन्यूज इन न्यूयॉर्क सिटी।'

इंटरनेट बहुत अच्छा चल रहा था, लेकिन सर्च रिजल्ट बहुत अच्छा नहीं था। हजारों नाम मेरे सामने आ गए। पहली लिंक मुझे 'टाइम आउट' मैग्जीन की वेबसाइट पर ले गई। उस साइट पर ही शहर के बेस्ट लाइव म्यूजिक वेन्यूज की टॉप-100 लिस्ट थी। पटना में अगर आपको ऐसी एक जगह मिल जाए, जहाँ लाइव म्यूजिक बजाया जाता है तो खुद को खुशनसीब समझिए। और सिमराँव में तो आपको बार में लाइव म्यूजिक तभी सुनने को मिल सकता है, जब आप खुद गाने वाले हों। लेकिन न्यूयॉर्क सिटी में ऐसी जगहों का कोई ओर-छोर न था।

एक शहर में लाइव म्यूजिक वेन्यू खोजना क्या मुश्किल होगा, मैं खुद से यह कहकर यहाँ आया था। लेकिन अब यह कतई आसान नहीं लग रहा था।

तुम बहुत स्टुपिड हो, माधव, मैंने अपने आपसे कहा। मैं पार्क के सहारे-सहारे फिफ्थ एवेन्यू पर उत्तर दिशा की ओर बढ़ रहा था। मैं बस यूँ ही अपनी सनक के चलते बैग उठाकर इस सर्दीले शहर में चला आया था। हवा के एक झोंके ने मेरे चेहरे को सुन्न कर दिया।

'मैं यह नहीं कर सकता,' मैंने कहा।

मैंने गहरी साँस लीं। मैंने अपने आपको उन पुराने बास्केटबॉल मैचों

की याद दिलाई, जिनमें मैंने केवल अपनी विल पॉवर के दम पर जीत हासिल की थी।

एक बार में एक स्ट्रीट, एक एवेन्यू और एक बार, माधव!

'तुम गेट्स फाउंडेशन की ग्रांट हासिल करने में कामयाब रहे? इनक्रेडिबल!' ज्योति ने कहा। न्यूयॉर्क में अपनी पहली रात के दौरान हम शैलेष के घर पर चपातियाँ और चना मसाला खा रहे थे।

'ग्रांट मुझे नहीं, मेरे स्कूल को मिली है। हमारी टीम ने जो अच्छा किया था, वही उन्हें पसंद आया,' मैंने कहा।

'नहीं, यह इसने ही किया है,' शैलेष ने कहा। 'इसी ने यह कारनामा कर दिखाया। खुद बिल गेट्स ने इसका स्कूल देखा और ग्रांट की पेशकश रखी।'

'लेकिन क्या इस इंटर्नशिप से तुम्हें न्यूयॉर्क में एक फुलटाइम जॉब मिल जाएगा?' ज्योति ने कहा।

'मुझे जॉब नहीं चाहिए,' मैंने कहा।

'तो क्या तुम यह एक्सपीरियंस के लिए कर रहे हो?' शैलेष ने कहा।

'नहीं, यह...वेल, इसकी कोई और वजह है,' मैंने कहा और चुप हो गया। फिर मैंने ज्योति की ओर देखा।

शैलेष मेरी हिचकिचाहट को समझ गया।

'तुम मुझे बाद में बताना चाहोगे?' उसने कहा।

'दोस्तों की राज की बातें?' ज्योति ने मुस्कराते हुए कहा। मैं भी मुस्करा दिया। ज्योति किचन में जाने के लिए उठ खड़ी हुई।

'लेकिन तुम जो भी मुझे बताओगे, वह मैं ज्योति को बता ही दूँगा,' शैलेष ने कहा और उसकी ओर देखा। ज्योति ने उसे हवा में एक किस दिया।

'ठीक है। बैठो, ज्योति,' मैंने कहा।

ज्योति फिर से बैठ गई। वह बहुत उत्सुक लग रही थी।

'मैं यहाँ किसी की तलाश करने आया हूँ,' मैंने कहा।

'तलाश करने?' ज्योति ने कहा। 'तुम्हारे पास उस आदमी का कॉन्टैक्ट नंबर नहीं है?'

'आदमी नहीं, एक लड़की। नहीं, मेरे पास उसका कॉन्टैक्ट नहीं है। मुझे तो पक्के तौर पर यह भी नहीं पता कि वह यहाँ है।'

'आह, तो ये लड़की का मामला है। इस तरह के मामले हमेशा किसी न किसी लड़की से ही जुड़े होते हैं ना?'

'कौन-सी लड़की?' शैलेष ने पूछा।

'रिया,' मैंने कहा।

'रिया? कौन? रिया सोमानी?' शैलेष ने कहा।

'वेल, हाँ वही,' मैंने कहा।

शैलेष ने एक सीटी बजाई।

'व्हाट द फक,' शैलेष ने कहा। 'रियली? तुम रिया सोमानी को तलाशने के लिए न्यूयॉर्क आए हो?'

वह हँसने लगा।

'कौन है रिया सोमानी? क्लीयरली, उसने यहाँ पर कुछ एक्साइटमेंट तो क्रिएट कर ही दी है,' ज्योति ने कहा।

'वो इसकी...वेल, कैसे कहूँ? वो एक तरह से तुम्हारी एक्स-गर्लफ्रेंड है ना?'

'हाफ-गर्लफ्रेंड। एक्स-हाफ-गर्लफ्रेंड,' मैंने कहा।

'ये युगों-युगों पुरानी कहानी है,' शैलेष ने कहा, लेकिन वह कंफ्यूज नजर आ रहा था। 'उसकी शादी लंदन में अपने कजिन से हो गई थी ना? उसने कॉलेज छोड़ दिया था, राइट?'

'नहीं, वह उसका कजिन नहीं था। रोहन, फैमिली फ्रेंड और राखी-भाई था, लेकिन कजिन नहीं।'

जब कॉलेज की अफवाहों में बेसिरपैर की बातें जुड़ जाती हैं तो मुझे बहुत बुरा लगता है।

'सॉरी, मुझे ज्यादा डिटेल पता नहीं हैं। वह तो तुम्हारी जिंदगी की ऐसी-तैसी करके अपने हसबैंड के साथ लंदन उड़ गई थी,' शैलेष ने कहा।

मैं मुस्करा दिया।

'लेकिन कहानी इतनी ही नहीं है। कहानी इससे भी बहुत आगे है। सुनना चाहोगे?'

ज्योति और शैलेष दोनों ने हामी भर दी। वे पूरा ध्यान लगाकर मेरी कहानी सुनने लगे।

मैंने उन्हें सबकुछ बताया। मेरी कहानी रात दस बजे पूरी हुई।

ज्योति शैलेष की ओर मुड़ी।

'मुझे नहीं पता था कि भारतीय पुरुष इतने रोमैंटिक भी हो सकते हैं,' उसने कहा।

'क्या मतलब?' शैलेष ने कहा।

'तुम सब-वे स्टॉप से मेरे ऑफिस तक मेरे साथ पैदल चलकर नहीं जाते', ज्योति ने कहा। 'और यहाँ लोग आधी दुनिया का सफर करके

अपने प्यार की तलाश करने आ रहे हैं।'

'कमऑन ज्योति, तुम भी हर बात में मुझे तंग करने का एक एंगल ढूँढ लेती हो,' शैलेष ने कहा और मेरी ओर मुड़ा। 'लेकिन बॉस, तुम तो बहुत कमाल हो। सात साल बाद भी उसी लड़की के पीछे पड़े हो?'

'दैट्स सो रोमैंटिक,' ज्योति ने खोए-खोए स्वर में कहा।

'हाँ, लेकिन यह स्टुपिड भी है,' शैलेष ने कहा।

'शैलेष!' ज्योति ने कहा।

'मैं तो बस अपने दोस्त के बचाव में बोल रहा था।'

'वह सही कह रहा है,' मैंने कहा। 'मैं स्टुपिड ही हूँ, लेकिन अब इस पर मेरा जोर नहीं। वह मेरे लिए सबकुछ है।'

'सबकुछ? तुम्हें तो लगता था कि वह अब इस दुनिया में नहीं है। फिर भी तुम जिंदा तो थे ही ना?' शैलेष ने कहा।

'हाँ, मैं जिंदा तो था, लेकिन मैं जी नहीं रहा था।'

ज्योति ने आह भरी। शैलेष ने हार मान ली। वह एक रेड वाइन की बॉटल और तीन गिलास ले आया। 'तुम लोगों को जल्दी उठना है,' मैंने एक घूँट भरते हुए कहा। 'सोने जाना हो तो मेरे लिए रुकना मत।'

'चिंता मत करो,' शैलेष ने कहा। 'लेकिन तुम क्या करोगे?'

'मैं बाहर जाऊँगा।'

'अभी?' ज्योति ने अपनी वाइन का घूँट भरते हुए कहा।

'दस बजे के पहले तो वैसे भी कुछ शुरू नहीं होता,' मैंने कहा।

मैंने अपना गिलास खत्म किया और उठ गया।

'यह न्यूयॉर्क सिटी है। यहाँ के हर ब्लॉक में बार हैं, जिनमें लाइव म्यूजिक चलता रहता है,' शैलेष ने कहा।

'तब तो शायद मुझे हर ब्लॉक में जाना होगा,' मैंने कहा।

'तुम पागल हो,' शैलेष ने कहा।

'यह इस पर डिपेंड करता है कि हमारा नजरिया क्या है,' मैंने कहा।

'क्या मतलब?'

'मतलब यह कि तुम सुबह छह बजे उठ जाते हो और सूट पहन लेते हो। तुम सुबह साढ़े सात बजे ऑफिस पहुँच जाते हो और दिन में तेरह घंटे काम करते हो। कुछ लोगों को यह बड़ा पागलपन लग सकता है।'

'लेकिन इसके लिए मुझे रिवार्ड भी तो मिलता है, डॉलरों में।'

'मेरे लिए रिया ही सबसे बड़ा रिवार्ड है,' मैंने कहा। शैलेष के पास कोई जवाब नहीं था।

'तुम्हें एक गर्म जैकेट की जरूरत होगी। एक मिनट रुको,' ज्योति ने कहा। उसने एक कबर्ड को खंगाला और उसमें से एक लेदर जैकेट निकाल लाई, जिसमें फर भरे हुए थे।

'थैंक्स,' मैंने कहा। मैं अपार्टमेंट के बाहर चला आया और दरवाजा बंद कर दिया। मैंने शैलेष को कहते सुना कि, 'तुम्हें क्या लगता है, इसे किसी दिमाग के डॉक्टर को दिखाना चाहिए?'

◆

लेकिन गूगल मैप्स पागल प्रेमियों के लिए इस तरह के खयालात नहीं रखता। जब मैंने अपने आसपास लाइव म्यूजिक बार्स के बारे में जानना चाहा तो उसने मुझे कुछ रिजल्ट्स दे दिए। पहला सजेशन था 84वीं स्ट्रीट पर मौजूद ब्रांडीज पियानो बार। यह दूसरे और तीसरे एवेन्यू के बीच था और शैलेष के घर से महज पाँच मिनट में वहाँ पैदल पहुँचा जा सकता था।

मैं ब्रांडीज में पहुँचा। यह बार इतना छोटा था कि यदि हम उसे खोज नहीं रहे हों तो उसे बड़ी आसानी से चूक सकते हैं। यहाँ सभी कस्टमर्स के लिए दो ड्रिंक मिनिमम की पॉलिसी लागू है। लेकिन मैं यहाँ ड्रिंक करने नहीं आया था। मैं केवल मैनेजमेंट से मिलकर यहाँ गाने वाले सिंगर्स के नाम जानना चाहता था।

'सर, आपको दो ड्रिंक्स ऑर्डर करनी होंगी,' वेट्रेस ने च्युइंगगम चबाते हुए मुझसे कहा। मैं समझ गया कि मुझे इससे बेहतर कोई तरकीब खोजनी होगी। फिलहाल तो मैंने मेनु में सबसे सस्ती ड्रिंक खोज निकाली।

'दो बडवाईज़र बीयर, प्लीज।'

एक मेकशिफ्ट स्टेज पर पियानो रखा हुआ था। मैं ब्रेक के दौरान वहाँ पहुँचा था। दस मिनट बाद मैट नामक एक सिंगर आया और अपनी जगह पर बैठ गया।

'हाय गाईज, लवली टु सी यू ऑल अगेन। लेट्स स्टार्ट विद एरोस्मिथ,' मैट ने कहा।

दर्शकों ने चीयर किया। मैंने अनुमान लगाया कि शायद एरोस्मिथ कोई पॉपुलर बैंड होगा। मैट धीमी, साफ आवाज में गाने लगा। अपनी इंग्लिश प्रैक्टिस के कारण मैं उसके कुछ शब्दों को समझ पा रहा था: 'आई कुड स्टे अवेक जस्ट टु हियर यू ब्रीदिंग। वॉच यू स्माइल व्हाइल यू आर स्लीपिंग।'

कस्टमर अपने सिर को एक तरफ से दूसरी तरफ हिलाने लगे। मैट गा भी रहा था और पियानो भी बजा रहा था। 'डोंट वाना क्लोज माय आईज, आई डोंट वाना फॉल अस्लीप। कॉज आई वुड मिस यू, बेबी। एंड आई डोंट वाना मिस अ थिंग।'

मैं भी सो जाना नहीं चाहता था। मैं पूरी रात जागकर जितने बारों में हो सके, उनमें रिया की खोज करना चाहता था। मैंने अपना गूगल मैप्स एप्प फिर से खोला। फोन की स्क्रीन पर मैनहैटन की सड़कें मैनेजेबल लग रही थीं, जबकि हकीकत में यह लाखों लोगों की एक मेगा-सिटी थी।

बहुत मुमकिन है कि वह न्यूयॉर्क में ही न हो, मेरे दिमाग में एक हल्की-सी आवाज गूँजी। शायद, मेरे पास इकलौती वही एक समझदार आवाज बाकी रह गई थी। लेकिन मैंने हमेशा की तरह उसको इग्नोर कर दिया। मैं म्यूजिक पर फोकस कर रहा था। मैं गीत के बोलों में छिपे दर्द को महसूस करने लगा, जिसमें सिंगर इसलिए नहीं सोता था, ताकि कहीं वह इस तरह अपने लवर के साथ चंद और लम्हे बिताने का मौका न गँवा दे।

मैं कैशियर पर गया और मैनेजर के बारे में पूछा। जब वे आए तो मैं अपने पहले से तयशुदा सवालों को उन पर दागने लगा।

'मैं इंडिया से आया हूँ और एक खोए हुए दोस्त को तलाश रहा हूँ। मुझे केवल इतना ही पता है कि वह शायद न्यूयॉर्क के किसी बार में एक सिंगर है। क्या आप मुझे अपने सिंगर्स के नाम बता सकते हैं?'

'बहुत सारे हैं, माय फ्रेंड। नोटिसबोर्ड पर शेड्यूल टंगा है। तुम्हें उसका नाम पता है?' मैनेजर ने कहा।

'उसका रीयल नेम है रिया।'

'यहाँ पर इस तरह का तो कोई नाम नहीं है, इतना तय है।'

'शायद उसने स्टेज के लिए अपना नाम बदल लिया हो,' मैंने कहा।

'तब तो उसको ढूँढना तुम्हारे लिए बहुत मुश्किल साबित होगा, माय फ्रेंड।'

'वह टॉल, स्लिम और प्रिटी है। उसके लंबे बाल हैं, वेल, जब मैंने आखिरी मर्तबा देखा था, कम से कम तब तो थे।'

'यह शहर टॉल, स्लिम और प्रिटी लोगों से भरा हुआ है।'

'लेकिन वह इंडियन है। न्यूयॉर्क के बार में एक इंडियन सिंगर।'

'वह बॉलीवुड के गाने गाती है? तब मैं इंडियन रेस्तरां में चेक कर

सकता हूँ।'

'नहीं, ऐसा लगता तो नहीं। उसे वेस्टर्न म्यूजिक पसंद था। क्या आपको अपने बार में गाने वाली किसी इंडियन सिंगर की याद है?'

मैनेजर ने कुछ पल सोचा और फिर सिर हिलाकर ना कह दिया।

'सॉरी, मेट। शेड्यूल वहाँ टंगा है। देखो, अगर उसमें कुछ मिल जाए।'

मैं नोटिसबोर्ड के पास गया। वहाँ पूरे महीने होने वाले कार्यक्रमों का टाइमटेबल था। लेकिन सिंगर्स के ब्योरों में किसी रिया का नाम नहीं था।

वेट्रेस ने मुझे दो बीयरों का बिल दिया। उसने इसमें 20 प्रतिशत की टिप भी जोड़ ली।

'20 परसेंट?'

'ये न्यूयॉर्क है,' उसने मुझको घूरकर देखते हुए कहा। मुझे बाद में पता चला कि न्यूयॉर्क में टिपिंग ऑप्शनल नहीं होती है।

ब्रांडीज से निकलने के बाद मैं आसपास के चंद और बार में गया। 87वीं स्ट्रीट और दूसरे एवेन्यू में मार्टी ओ'ब्रायन्स है। यहाँ सिंगर्स से ज्यादा रॉक बैंड्स थे। 88वीं स्ट्रीट पर बसे अपटाउन रेस्तरां और लाउंज के दरवाजों पर उनका शेड्यूल चिपका था। इनमें मुझे केवल दो महिला सिंगर्स के नाम मिले और डोरमेन ने बताया कि दोनों ही अमेरिकन थीं। 76वीं स्ट्रीट पर मौजूद पोश कार्लाइल होटल में बीमेलमान्स नामक एक बार था। यहा एक ड्रिंक की कीमत 15 डॉलर थी। टिप अलग से। मैं बार के कोने में एक काउच पर बैठ गया। मैं वेटर से दूर रहना चाहता था, ताकि ऑर्डर देने से बच सकूँ।

सिंगर, जो कि एक खूबसूरत, छह फीट ऊँची और सुनहरे बालों वाली अमेरिकन महिला थी, एक लव-सॉन्ग गा रही थी: 'आई हैव लव्ड यू फॉर अ थाउजेंड ईयर्स, आई विल लव यू फॉर अ थाउजेंड मोर।'

एक वेटर ऑर्डर लेने के लिए मेरे पास आया। मैंने उससे कहा कि मुझे कुछ जरूरी काम से जाना होगा। मैं उठ खड़ा हुआ।

'बाय द वे, तुम्हारे यहाँ और फीमेल सिंगर्स हैं?' मैंने पूछा।

'कुछ हैं। वे बारी-बारी से गाती हैं।'

'क्या उनमें से कोई इंडियन नजर आती है?'

'मैं बता नहीं सकता, सर,' वेटर ने कहा। अमेरिकन्स उन सवालों के जवाब देने में दिलचस्पी नहीं लेते, जिनके बारे में उन्हें कुछ पता न हो। भारतीय इसके ठीक विपरीत होते हैं। उन्हें तो हर चीज के बारे में सबकुछ पता होता है।

'कोई टॉल, रियली प्रिटी गर्ल, जो इंडियन नजर आती हो?'

'नो सर, हमारे यहाँ दो ब्लैक सिंगर्स हैं और दो कॉकेशियाई हैं।'

आधी रात होने वाली थी और सप्ताह के कामकाज के दिन थे, फिर भी बार पूरा भरा था। मेरे आसपास मौजूद हर शख्स बहुत खुश नजर आ रहा था। वे जाम टकरा रहे थे और जोक्स पर हँस रहे थे। शायद, उन्होंने बिहार का नाम भी न सुना होगा। ना ही उन्हें यह अंदाजा होगा कि एक हजार सालों तक किसी को प्यार करने का क्या मतलब होता है, जैसा कि वह सिंगर गा रही थी।

मुझे पता था।

39

अपने काम के पहले दिन मैं लेक्सिंगटन एवेन्यू पर 86वें स्ट्रीट स्टेशन तक चलकर पहुँचा। मैंने चार नंबर की ट्रेन पकड़ी और 42वीं स्ट्रीट पर ग्रांड सेंट्रल पर उतर गया। विशालकाल यूनाइटेड नेशन्स प्लाजा कॉम्प्लेक्स तक मैं आधा मील चलकर पहुँचा। तीन स्तरों की सिक्योरिटी प्रोसेस से गुजरने के बाद मैं यूनाइटेड नेशन्स पॉपुलेशन फंड या यूएनएफपीए के दफ्तर पहुँचा।

'मिस्टर झा, वेलकम। कम इन,' रिसेप्शन एरिया में मुझे कोई चालीसेक साल का एक ब्लैक व्यक्ति मिला, जिसकी चौड़ाई मुझसे कोई दोगुना होगी।

मैंने किताबों और रिपोर्टों से भरे एक ऑफिस में प्रवेश किया।

'यूगांडा से ओलारा लोकेरिस। मैं पॉपुलेशन फंड के साथ पिछले दस सालों से काम कर रहा हूँ। मैं तुम्हारा मेंटर रहूँगा।'

गेट्स फाउंडेशन ने यूएनएफपीए को 57 मिलियन डॉलर की ग्रांट दी थी, जिसकी मदद से वह अफ्रीकी देशों में एचआईवी-एड्स पर रोक लगाने के लिए युवाओं को शिक्षित कर सके। मुझे इस प्रोजेक्ट की प्रोग्रेस पर एक रिपोर्ट बनानी थी। जाहिर है, मुझे न तो अफ्रीका का कोई अनुभव था और न ही रिपोर्ट्स बनाने का।

'मैं इंडिया के बिहार में एक स्कूल चलाता हूँ। आई एम सॉरी, लेकिन यह अफ्रीका और एचआईवी रिसर्च मेरे लिए एकदम नई है।'

ओलारा मुस्करा दिया। उसके सफेद दाँत उसके बड़े-से चेहरे पर चमकने लगे।

'डोंट वरी, स्कूल चलाने की तुलना में रिपोर्ट बनाना कहीं अधिक सरल है,' उसने कहा।

इसके बाद ओलारा पूरी दोपहर मुझे प्रोजेक्ट में मेंटेन किए गए विभिन्न डेटाबेस के बारे में समझाता रहा।

'घाना, यूगांडा, तंजानिया और बोट्सवाना, हमें मुख्यतः इन चार देशों पर फोकस करना है,' उसने कहा।

फिर उसने मुझे अपनी इंटर्नशिप से संबंधित अन्य व्यावहारिक और प्रशासकीय मुद्दों के बारे में बताया। उसने मुझे यह भी बताया कि काम का समय सुबह नौ से शाम पाँच बजे के दरमियान रहेगा और बीच में एक लंच ब्रेक रहेगा।

'पहली बार न्यूयॉर्क आए हो?'

'हाँ।'
'गुड, मैं तुम्हें काम के बाद ड्रिंक पर ले जाऊँगा।'
'श्योर,' मैंने कहा।
'किसी खास जगह पर जाना चाहोगे?'
'कहीं भी, जहाँ लाइव म्यूजिक बजाया जाता हो,' मैंने कहा।

◆

एक माह बाद

'डूड, नो। प्लीज। मैं इसे नहीं ले सकता,' शैलेष ने मुझे लिफाफा लौटाते हुए कहा।

लिफाफे में एक हजार डॉलर थे।

'एक महीना हो गया, शैलेष। मुझे लगता है, जैसे मैं तुम पर बोझ बन रहा हूँ,' मैंने कहा।

'अगर मैं कभी सिमराँव आऊँ तो क्या तुम्हें किराया दूँगा?' उसने कहा।

'नहीं, लेकिन तुम यहाँ तो रेंट चुका रहे हो ना। तो मुझे उसमें कॉन्ट्रीब्यूट करने दो।'

'डोंट बी स्टुपिड। तुम यहाँ बामुश्किल ही रहते हो। तुम रोज रात तीन बजे घर आते हो और सुबह आठ बजे निकल जाते हो। हमें तो लगता ही नहीं कि तुम यहाँ हो भी।'

शैलेष सच कह रहा था। एक ही घर में रहने के बावजूद पिछले पूरे हफ्ते हमारी मुलाकात ही नहीं हुई थी।

'काम कैसा चल रहा है?' उसने पूछा। 'तुम्हारा प्रोजेक्ट एग्जैक्टली किस बारे में है?'

'बोट्सवाना में एड्स अवेयरनेस इनिशिएटिव्ज की प्रोग्रेस रिपोर्ट बनाना।'

'काम तो नेक है।'

'मुझे नेकी वगैरह के बारे में नहीं पता। मुझे केवल इतना ही पता है कि मेरे पास अब केवल दो महीने बाकी रह गए हैं और रिया का अब भी कोई पता नहीं चला है।'

शैलेष ने अपने सीरियल के बॉक्स को झुकाया। बॉक्स के लेबल पर लिखा था 'सिनेमॉन टोस्ट क्रंच।' छोटे-छोटे शुगर-कोटेड स्क्वेयर्स उसके दूध में गिर पड़े।

'तुम एक वहम का पीछा कर रहे हो,' उसने कहा।
'हो सकता है।'
'पिछले एक महीने में तुम कितने बार जा चुके हो?'

मैंने अपनी नोटबुक के पन्ने पलटाए, जिसमें मैंने अपनी तमाम विजिट्स को दर्ज कर रखा था।

'सौ से ज्यादा। दो सौ के करीब,' मैंने कहा।

विजिट्स के अलावा मैंने तकरीबन पाँच सौ अन्य म्यूजिक वेन्यूज पर फोन भी लगाया था। उनमें से किसी ने रिया नाम की किसी सिंगर के बारे में नहीं सुना था।

शैलेष खाँसने लगा। उसने अपने मुँह पर हाथ रखा, ताकि खाना नीचे न गिर पड़े। उसे चबाने के लिए वह कुछ सेकंड रुका, फिर उसने कहा, 'माधव, मैं तुम्हें अपने एक दोस्त के रूप में चाहता हूँ, इसलिए यह बात कह रहा हूँ। तुम्हें यह सब बंद करना होगा। वह जा चुकी है। उसकी खुशियों के लिए दुआ करो और जिंदगी में आगे बढ़ो।'

'मैं ऐसा ही करूँगा, लेकिन केवल तभी, जब मुझे महसूस हो कि मैंने अपनी तरफ से तमाम कोशिशें कर ली हैं। बस दो महीने और।'

'मैं तो कहूँगा कि यह सब आज ही बंद कर डालो। और दो महीने बाद लौटकर क्यों जाना? यूएन के साथ किसी फुलटाइम असाइनमेंट का कोई चांस है क्या?'

'पता नहीं। मैंने तो उसमें कभी ज्यादा दिलचस्पी नहीं दिखाई।'

'अतीत में जीना बंद करो। नई जिंदगी शुरू करो। यहाँ कोई काम तलाशो और नए दोस्त बनाओ।'

मैंने मुस्कराते हुए सिर हिला दिया। वह समझदारी भरी बातें कर रहा था। लेकिन मेरी समझदारी में कोई दिलचस्पी नहीं थी। उसने अपना नाश्ता खत्म किया। जूते पहनते हुए उसने कहा, 'कभी-कभी हमारे साथ घूमने चला करो। ज्योति की कई प्यारी दोस्त ऐसी हैं, जो सिंगल हैं।'

'श्योर। अगर तुम लोग किसी लाइव म्यूजिक वेन्यू पर जाओ, तो मुझे जरूर बताना।'

शैलेष ने मेरी तरफ देखा और हँस पड़ा। 'तुम पागल हो,' उसने कहा। 'एनीवे, अब मुझे चलना चाहिए, नहीं तो मैं अपनी ट्रेन चूक जाऊँगा।'

◆

स्टारबक्स पर मुझे एक फिक्स्ड कॉर्नर सीट मिल गई थी, जहाँ से मैं

फोन लगाया करता था।

'हाय, इस दिस द वेस्ट विलेज टैलेंटहाउस?' मैंने कहा।

'येस, इट इज,' भारी अमेरिकी एक्सेंट वाली किसी अधेड़ महिला ने कहा।

'मैं एक सिंगर की तलाश कर रहा हूँ।'

'हमारे यहाँ तो बहुत सिंगर हैं। आपने हमारी वेबसाइट देखी?'

'हाँ, देखी। लेकिन मैं एक खास शख्स की तलाश कर रहा हूँ, जिसका नाम वहाँ दर्ज नहीं है।'

'वो एक लड़की है। इंडियन-ओरिजिन। अपनी अर्ली ट्वेंटीज में। उसका रीयल नाम रिया है। मुझे नहीं लगता कि वह स्टेज पर इस नाम का इस्तेमाल करती होगी।'

'इतनी-सी जानकारी में तो मैं तुम्हारी कोई मदद नहीं कर सकती। क्या तुमने उसे कहीं परफॉर्म करते देखा है?'

'वेल, नो। एक्चुअली, वो मेरी पुरानी दोस्त है और मैं उसे खोज रहा हूँ।'

'सॉरी, मुझे एक और कॉल आ रहा है, बाय।'

मैंने कुछ और बार और एक टैलेंट एजेंसी पर फोन लगाया। सबसे अंत में मैंने शाम को ट्राइबेका एरिया के आसपास छह बार में जाने का रूट-प्लान तैयार किया।

40

डेढ़ महीने बाद

‘तो पायलोस पर मिलते हैं। 7वीं स्ट्रीट, फर्स्ट एवेन्यू पर। आठ बजे,’ शैलेष ने फोन रख दिया।

पायलोस ईस्ट विलेज में स्थित एक शानदार ग्रीक रेस्तरां है। छत से टेराकोटा के पॉट्स झूल रहे थे और उन पर स्पॉटलाइट थी। बिहार में कोई सोच भी नहीं सकता कि मिट्टी की मटकी भी झूमर का काम कर सकती है।

शैलेष और ज्योति ने मुझे डिनर के लिए इनवाइट किया था। ज्योति मुझे बिना बताए अपनी एक दोस्त प्रिया को साथ ले आई थी।

‘प्रिया एक जर्नलिस्ट है और वह न्यूयॉर्क में “अल जजीरा” के लिए काम करती है। हम हाईस्कूल साथ-साथ पढ़े हैं,’ ज्योति ने कहा। प्रिया को देखकर लग रहा था कि वह अभी अपनी अर्ली ट्वेंटीज में ही है। फैशनेबल ग्लासेस, स्लिम फिगर, अट्रैक्टिव। उसने व्हाइट पेंसिल स्कर्ट पर एक नेवी ब्लू टॉप और एक लंबी-सी सिल्वर चेन पहन रखी थी, जो कि उसकी नाभि तक लटक रही थी।

‘दिस इज माधव। ये यहाँ यूनाइटेड नेशन्स के एक प्रोजेक्ट पर आए हैं,’ शैलेष ने कहा। इसका मतलब यह था कि अब प्रिया और मैं हाथ मिलाएँ और मुस्कराएँ।

मैंने उसे अपनी इंटर्नशिप और इंडिया में अपने स्कूल के बारे में बताया।

‘तुम एक रूरल इंडियन स्कूल चलाते हो? दिस इज सो कूल,’ उसने कहा।

‘थैंक्स,’ मैंने कहा।

हमने ग्रीक वाइन की एक बॉटल ऑर्डर की। हमने मॉस्साका भी बुलाया। यह डिश एगप्लांट और टोमैटो की लेयर्स को तलकर बनाई जाती है, जिनके ऊपर कैरेमलाइज्ड अनियन, हर्ब्स और चीज सॉस डाला जाता है। हमारी टेबल पर पहाड़ के आकार की एक डिश आई, जो सब्जियों से भरी हुई थी।

मैंने एक चम्मच भरकर उसे चखा।

‘यह तो चोखे जैसी है।’ मैंने कहा।

'चोखा?' प्रिया ने कहा।

'यह बिहार में एक पॉपुलर डिश है। तुम इंडिया के किस पार्ट से हो?'

'मैं मिनेसोटा से हूँ,' उसने कहा। मुझे समझ आ गया कि अमेरिका में जन्मे एनआरआई खुद को इंडियन कहलाना पसंद नहीं करते।

'ओह,' मैंने कहा। 'एनीवे। तो यह डिश हमारी उस लोकल डिश जैसी है।'

'मेरे पैरेंट्स आंध्र प्रदेश से हैं,' उसने कहा।

शैलेष ने मेरा वाइन का गिलास फिर से भर दिया।

ज्योति ने और खाना बुलाया। अब हमारे सामने तीन ग्रीक डिप्स थीं। त्जातजिकी, जो कि एक थिक योगर्ट डिप थी, तारामोसालाता, जो कि मछली के अंडों से बनाई गई डिप थी, और मेलित्जानोसालाता, जो कि चार-ग्रिल्ड एगप्लांट्स और एक्स्ट्रा-वर्जिन ग्रीक ऑलिव ऑइल से बनाई थी। इसके साथ में एक पीता ब्रेड भी आई।

'आई एम सॉरी, लेकिन यह ब्रेड भी हमारी चपाती की तरह है,' मैंने कहा।

'येस, इनडीड। ये तमाम फ्लैटब्रेड्स हैं। ग्रीस और टर्की से लेकर मिडिल ईस्ट और साउथ एशिया तक फ्लैटब्रेड्स ही पॉपुलर हैं,' प्रिया ने कहा।

'क्या ये विकीपीडिया है?' शैलेष ने ज्योति से पूछा और हम सब हँस पड़े।

'वो सचमुच में विकीपीडिया ही है। गनीमत है कि हम ग्रीक प्लेस में आए हैं, इसलिए वह ग्रीक इकोनॉमिक क्राइसिस के बारे में बात नहीं कर रही है,' ज्योति ने कहा।

'ओह नो, प्लीज। मुझे बैंक में पहले ही जरूरत से ज्यादा इकोनॉमिक रिपोर्ट्स पढ़नी पड़ती हैं,' शैलेष ने कहा।

'हे, मैं पढ़ाकू इंसान हूँ और मुझे इस पर गर्व है। चीयर्स,' प्रिया ने अपना गिलास उठाया। हम सभी ने भी अपने-अपने गिलास उठा लिए।

'डोंट वरी, यूएन बॉय, अब मैं तुम्हें अपनी अक्लमंदी के सबूत देकर बोर नहीं करूँगी,' प्रिया ने कहा। उसने अपना गिलास मेरे गिलास से टकराया।

लड़कियों ने लेडीज रूम में जाने का फैसला किया। आखिर एक सोलो एक्टिविटी के लिए लड़कियाँ हमेशा साथ-साथ क्यों जाती हैं?

'पसंद आई?' लड़कियों के जाने के बाद शैलेष ने पूछा।

'हुं?'

'प्रिया। तुम उसकी नजर में हो। वो हॉट है ना?'

'क्या?' मैंने कहा।

'अगर तुम अपने पत्ते ठीक से खेलो तो वो तुम्हारी हो सकती है।'

मैंने सिर हिलाकर मना कर दिया।

'मैं मजाक नहीं कर रहा हूँ,' शैलेष ने कहा।

'मेरी दिलचस्पी नहीं।'

'मैं तुम्हें कौन-सा उससे शादी करने को बोल रहा हूँ। उसे घुमाने ले जाओ, मौज-मस्ती करो। थोड़ा-सा खुलो।'

'वेरी फनी। लेकिन मेरे पास अब न्यूयॉर्क में बहुत कम समय रह गया है। केवल दो हफ्ते।'

'इसीलिए तो कह रहा हूँ। कोई रोमांस वगैरह किए बिना या कोई स्कोर किए बिना लौटकर मत जाओ।' उसने मुझे आँख मारी।

'मुझे अपनी फाइनल रिपोर्ट फिनिश करनी है। मैंने अभी पैकिंग भी शुरू नहीं की। फिर, मुझे बहुत सारे बार में भी जाना है।'

'तुम अपनी ये रिया नॉनसेंस नहीं छोड़ोगे?'

मैं चुप रहा और शराब का अपना तीसरा गिलास पूरा किया।

'तुम अभी तक एक हजार से ज्यादा जगहों पर या तो जा चुके हो या कॉल कर चुके हो,' शैलेष ने कहा।

'दो हफ्ते बाद यह सब वैसे भी खत्म हो जाएगा। मैं थक रहा हूँ, लेकिन आखिरी बार जोर मार लेना चाहता हूँ।'

'तुम बेवकूफ हो,' शैलेष ने कहा।

हमें खिलखिलाहट की आवाज सुनाई दी। लड़कियाँ लौट आई थीं।

'मेरी दोस्त को लगता है कि तुम थोड़े सीरियस हो। लेकिन जब तुम गहरी सोच में डूब जाते हो तो बड़े हॉट लगते हो,' ज्योति ने आते ही बताया।

प्रिया ने ज्योति को अपनी कोहनी मारी।

'शट अप। तुम एक प्राइवेट बातचीत को यहाँ रिपीट नहीं कर सकतीं,' प्रिया ने बैठते हुए कहा।

शैलेष ने मुझे पैर पर किक मारी। कुछ करो बडी, वह कहना चाह रहा था।

वेटर हमारे लिए एक बॉटल वाइन और ले आया। मैंने अपना चौथा गिलास तैयार किया।

'डेजर्ट के लिए मैं रिकमेंड करूँगा कि आप सूखा ग्रीक योगर्ट लें, जिसे फ्रेश चेरीज, सुगंधित शहद और अखरोट के साथ सर्व किया जाता

है,' वेटर ने कहा। लड़कियाँ यह डिस्क्रिप्शन सुनकर चकरा गईं और दो सर्विंग्स ऑर्डर की।

'यहाँ से हम कहाँ जाएँगे?' प्रिया ने पूछा।

'वेल, हम तो बोरिंग बैंकर कपल्स हैं। हमें जल्दी उठकर काम पर जाना है,' शैलेष ने कहा। 'इसलिए हम तो सीधे घर जाएँगे। माधव और तुम आस-पड़ोस में कुछ और अच्छी जगहों को क्यों नहीं आजमाकर देखते?'

'श्योर, आई डोंट माइंड। मैं माधव को पायलोस के आसपास ईस्ट विलेज एरिया दिखा सकती हूँ। मैं पहले वहीं रहा करती थी।'

'एक्चुअली, मुझे कुछ दूसरी जगहों पर जाना है,' मैंने कहा। आज मेरी लिस्ट में पाँच जगहों के नाम थे।

'माधव, ये लेडी तुम्हारे साथ घूमने जाना चाहती है,' शैलेष ने कहा। उसने मुझे टेबल के नीचे एक बार फिर किक मारी।

'मुझे लात मारना बंद करो,' मैंने कहा। शराब के कारण मेरी आवाज पुरजोर हो गई थी।

मेरी आवाज में आए बदलाव से ज्योति चौंक गई।

'मुझे जाना है। डिनर के लिए शुक्रिया। मेरा शेयर क्या है?' मैं उठ खड़ा हुआ।

मेरा सिर भारी हो रहा था। मैंने जरूरत से ज्यादा पी ली थी।

'बैठ जाओ, माधव। हम तुम्हारी मदद करने की कोशिश कर रहे हैं,' शैलेष ने कहा।

'मैं कौन हूँ? एक फकिंग पेशेंट, जिसे मदद की दरकार है?'

मेरे हाथ से मेरा वाइन का गिलास नीचे गिरा। फर्श पर शीशे के टुकड़े बिखर गए थे।

'तुम्हें सचमुच मदद की दरकार है, माधव। तुम्हारा दिमाग खराब हो गया है,' शैलेष ने कहा।

दूसरी टेबलों पर बैठे कस्टमर हमारी तरफ देखने लगे। एक वेटर आया और टूटे गिलास के शीशे चुनने लगा।

'अब हमें चलना चाहिए। शैलेष, तुमने बिल चुका दिया?' ज्योति ने कहा।

'क्या मैंने कुछ गलत कह दिया?' प्रिया ने पूछा।

'नहीं,' ज्योति ने प्रिया से कहा।

'तो फिर आखिर हुआ क्या?' प्रिया ने कहा।

'ये दोनों बहुत पुराने दोस्त हैं। उनका बातचीत करने का अपना तरीका

है। चिंता मत करो।'

शैलेष ने मेरी बाँह पकड़ी और मुझे रेस्तरां से बाहर खींच लाया। दिसंबर की सर्द हवा हम सभी को चुभने लगी थी।

'यू आर ड्रंक,' शैलेष ने धीमी और शांत आवाज में कहा। 'एक कैब पकड़ते हैं और घर चलते हैं। हम प्रिया को रास्ते में ड्रॉप कर देंगे।'

'मैं नशे में नहीं हूँ,' मैंने कहा, हालाँकि बर्फ भरी सड़क पर संतुलन बनाकर चलना मेरे लिए मुश्किल साबित हो रहा था।

'तुमने पानी की तरह शराब पी है,' शैलेष ने कहा।

हमारे पास एक येलो कैब आकर रुकी। लड़कियाँ उसमें बैठ गईं। शैलेष ने मुझे फ्रंट सीट पर धकेला और खुद पीछे वाली सीट पर लड़कियों के पास जाकर बैठ गया।

'एटी थर्ड एंड थर्ड प्लीज। बीच में हमें थर्टी सेवंथ फर्स्ट पर रुकना है,' ज्योति ने कहा।

मैंने कार का फ्रंट डोर खोला।

'मुझे पाँच बार जाना है,' मैंने कहा और बाहर निकल आया।

प्रिया ने कंफ्यूज होकर ज्योति की ओर देखा।

'तुम नशे में हो। भीतर आ जाओ, ताकि हम यहाँ से चल सकें। बाहर बहुत सर्दी है,' शैलेष ने ठोस आवाज में कहा, लेकिन अब वह झुंझलाने लगा था।

'मैं नशे में नहीं हूँ,' मैं जोर से चिल्लाया। फिर मैं सड़क पर लड़खड़ाया और औंधे मुँह जा गिरा। मेरी दाईं ऐड़ी मुड़ गई और उसमें बेहद दर्द होने लगा।

'तुम ये ड्रामा बंद करके भीतर आओगे?' शैलेष ने कहा।

लड़कियाँ बाहर निकलने वाली थीं, लेकिन शैलेष ने उन्हें रोक दिया।

'तुम आ रहे हो या नहीं, अब मेरा सब्र जवाब दे रहा है,' उसने कहा।

'मुझे पाँच बार जाना है,' मैंने कहा। मुझे गिरने से पैर में दर्द हो रहा था।

'चुतिया!' शैलेष ने कहा और जोर से कैब का दरवाजा लगा लिया। वह वहाँ से चली गई। मेरे चेहरे पर कुछ ठंडी बूँदें गिरीं। मैंने सिर उठाकर आकाश की ओर देखा। रूह के फाहों जैसी बर्फ गिर रही थी। एक बेघर आदमी ने मुझे सहारा देकर उठाने के लिए अपना हाथ बढ़ाया। सबसे दुखियारे लोग ही सबसे दुखियारे लोगों की मदद कर सकते हैं।

'मुझे पाँच बार जाना है,' मैंने उस बेघर इंसान से कहा।

41

'मैं इतना शर्मिंदा हूँ कि मैं तुम लोगों से नजरें भी नहीं मिला सकता,' मैंने झुकी हुई नजरों के साथ कहा। मैं शैलेष के घर में डाइनिंग टेबल पर बैठा था। मैं पड़ोस की एक शॉप डीन एंड डेल्यूसा से मफिन्स, बेगल्स, क्रीम चीज, फ्रेश ऑरेंज जूस, टेकअवे कॉफी और फल लेकर आया था।

शैलेष ने मेरी बात का कोई जवाब नहीं दिया।

'तुम कब आए थे? और ये इतना सारा खाने का सामान कब ले आए?' ज्योति ने पूछा।

'मैं सुबह छह बजे आया। मैंने सोने की कोशिश की, लेकिन गिल्ट के कारण सो नहीं पाया। तो मैं बाहर चला गया और ये नाश्ता ले आया।'

ज्योति ने कहा, 'तुम उस बारे में ज्यादा मत सोचो। हम कल रात तुम्हारी बहुत चिंता कर रहे थे।'

'नहीं, हम कोई चिंता-विंता नहीं कर रहे थे,' शैलेष ने उसकी बात काटते हुए कहा।

मैंने ज्योति से कहा, 'सॉरी, मैंने तुम्हारी दोस्त के सामने उजड्डों की तरह बर्ताव किया। मेरी वजह से तुम लोगों को शर्मिंदगी का सामना करना पड़ा। शुक्र है कि मैं अब जल्द ही यहाँ से जाने वाला हूँ।'

शैलेष ने कुछ नहीं कहा। वह बस मुझे चुपचाप देखता रहा।

'शैलेष, आई एम सॉरी। मैंने बहुत ज्यादा शराब पी ली थी। मुझे नहीं पता था कि ग्रीक वाइन इतनी ताकतवर होती है।'

'प्वॉइंट यह नहीं है, माधव। हम सभी नशे में बहक जाते हैं, लेकिन तुमने हमारी बेइज्जती की। प्रिया को बहुत खराब लगा। तुमने एक स्पेशल शाम बरबाद कर दी।'

'आई एम सॉरी। तुम सही कह रहे हो।'

'तुमने खुद नतीजा देख लिया? सड़क पर खड़े होकर चिल्लाना कि "मुझे पाँच बार जाना है।" तुम्हें हो क्या गया है?'

'धीरे-धीरे मुझे असलियत का अहसास होता जा रहा है। शायद मैं अब रिया से कभी न मिल सकूँ। शायद, कल रात मैं इस हकीकत का सामना करने पर ही अपना आपा खो बैठा था।'

'लेकिन तुम अब भी उसकी खोज करते रहते हो। पाँच बार, पाँच बार चिल्लाते रहते हो। व्हाट द फक, माधव?'

'कल तो मैं कहीं नहीं गया। जा ही नहीं पाया।'

'पर तुम घर कैसे पहुँचे?'

'मैं सर्दी से काँप रहा था। एक बस स्टॉप के नजदीक मेरी नींद खुली तो मैंने एक कैब पकड़ी और यहाँ आ गया।'

शैलेष और ज्योति ने एक-दूसरे की ओर देखा।

'शायद तुम्हारी बात सही है, शैलेष। मुझे किसी दिमाग के डॉक्टर को दिखाने की जरूरत है,' मैंने कहा।

शैलेष मुस्करा दिया। उसकी मुस्कराहट में कटाक्ष था।

ज्योति ने क्रीम चीज लिया और उसे तीनों बेगल्स पर लगाने लगी। मैंने एक घूँट ब्लैक कॉफी पी।

'एनीवे, गाईज। आई एम सॉरी कि मैं अपना आपा खो बैठा। तुम लोगों ने मेरे लिए इतना सब किया, इसके बावजूद मैंने तुम्हें चोट पहुँचाई। बहुत हुआ। अब म्यूजिक वेन्यूज में जाना बंद।'

'रियली? प्रॉमिस?' शैलेष ने अपने बेगल की एक बाइट खाते हुए कहा।

'यस। मैं अपनी फाइनल रिपोर्ट पूरी करना चाहता हूँ। थोड़ा-सा न्यूयॉर्क घूम लेना चाहता हूँ, बर्फबारी और सर्दीले मौसम के बावजूद। सबसे बढ़कर मैं अपना बाकी का खाली समय तुम दोनों के साथ बिताना चाहता हूँ, क्योंकि कौन जाने, इसके बाद हमारी कब मुलाकात हो।'

ज्योति मुस्करा दी। उसने शैलेष की ओर देखकर इशारा किया कि अब वह मुझे माफ कर दे।

'और अगर प्रिया में मुझसे एक बार फिर मिलने की हिम्मत बाकी हो तो मैं उससे भी माफी माँगना चाहूँगा।'

शैलेष उठ खड़ा हुआ और मुझे एक बियर-हग देने आगे बढ़ा।

'अब तो ठीक है? कुछ कहो?' मैंने उससे कहा।

'तुम इडियट हो, और क्या?' शैलेष मुस्करा दिया।

बाय, रिया सोमानी, मैंने मन ही मन कहा।

◆

न्यूयॉर्क में अपने आखिरी शनिवार के दिन मैंने टूरिस्टों को लुभाने वाली जगहों पर जाने का निर्णय लिया। मैं सुबह के वक्त रॉकफेलर सेंटर, एंपायर स्टेट बिल्डिंग और स्टेच्यू ऑफ लिबर्टी देखने गया। दोपहर के वक्त मैंने कुछ पैसे उड़ाने की सोची और एक एनबीए गेम देखने चला गया।

'वन टिकट फॉर द निक्स गेम, प्लीज,' मैंने टिकट काउंटर पर कहा।

मेडिसन स्क्वेयर गार्डन को बनाने में तकरीबन एक अरब डॉलर का खर्च आया था। इस तरह यह दुनिया के सबसे महंगे स्टेडियम्स में से है। मैं भीतर गया और वहाँ का नजारा देखकर दंग रह गया। मैंने अपने जीवन में इससे अच्छा बास्केटबॉल कोर्ट और इससे शानदार स्टेडियम नहीं देखा था।

मैं अपनी सीट पर जाकर बैठ गया। मुझे उस विशालकाय एरिना और उसके बहुत पेचीदा स्कोरबोर्ड्स को एक नजर घुमाकर देखने में ही एक मिनट का वक्त लगा। कोई बीस हजार दर्शक हर प्वॉइंट पर शोर मचा रहे थे।

मैं न्यूयॉर्क में था, फिर भी मैं एलए लेकर्स को सपोर्ट कर रहा था। उनके पास कोब ब्रायंट थे, दुनिया के सबसे अच्छे बास्केटबॉल खिलाड़ियों में से एक और मेरे फेवरेट। उन्होंने गेम में सबसे ज्यादा लगभग चालीस प्वॉइंट स्कोर किए। मैं सोचने लगा कि क्या कभी कोई इंडियन प्लेयर एनबीए को ज्वॉइन कर पाएगा।

अंत में लेकर्स ने एक आसान जीत दर्ज की। खेल और माहौल से रोमांचित दर्शक धीरे-धीरे गार्डन से बाहर निकलने लगे। मैं भी उनके पीछे-पीछे एग्जिट की ओर बढ़ा।

मैं जैसे ही एमएसजी के बाहर आया, मैंने कुछ अधेड़ लोगों को देखा। उन्होंने जैकेट्स पहन रखी थी, जिस पर न्यूयॉर्क सिटी टूरिज्म का लोगो लगा था। वे एग्जिट के बाहर ही खड़े प्रतीक्षा कर रहे थे। एक अधेड़ हिस्पानिक महिला धीरे-धीरे मेरी तरफ बढ़ी।

'टूरिस्ट?' उसने पूछा।

'अम्म, हाँ, कुछ मायनों में,' मैंने कहा।

'आपकी ट्रिप कैसी साबित हो रही है? मैं डेजी हूँ, सीनियर सिटीजन्स फॉर एनवायसी टूरिज्म से। सॉरी, मेरी इंग्लिश बहुत अच्छी नहीं है। मैं ओरिजिनली मैक्सिकन हूँ।'

'मेरी ट्रिप अच्छी गुजर रही है, थैंक यू,' मैंने कहा। 'और आपकी इंग्लिश एकदम दुरुस्त है।'

मैं यकीन नहीं कर पा रहा था कि मैं किसी और की इंग्लिश पर अपनी राय व्यक्त कर रहा था। उसके हाथ में चंद ब्रोशर्स थे।

'क्या आप मेरी एक मदद करेंगे? क्या आप महज पाँच मिनटों के लिए मेरी इंग्लिश की प्रैक्टिस करवाएँगे?' डेजी ने कहा।

मैंने इंग्लिश सीखने के लिए एडल्ट स्कूल ज्वॉइन किया है। उसकी

प्रैक्टिस करने के लिए मैं यहाँ टूरिज्म डिपार्टमेंट की ओर से वालंटियर करती हूँ।'

'मुझे एक्चुअली घर जाना है।'

डेजी के साथ मौजूद एक बुजुर्ग व्यक्ति मुझे एक तरफ ले गया।

'हाय, मेरा नाम डग है। सीनियर सिटीजन्स फॉर एनवायसी वालंटियर प्रोग्राम का सुपरवाइजर।'

मैंने उससे हाथ मिलाया।

'प्लीज, उसके लिए पाँच मिनटों का वक्त निकालो। वह अकेली रहती है। उसे अपनी इंग्लिश की प्रैक्टिस करने की जरूरत है,' डग ने कहा।

'सर, मेरी इंग्लिश भी बहुत अच्छी नहीं है। मैं इंडिया से हूँ।'

'इंडिया वाले तो बहुत अच्छी इंग्लिश बोल लेते हैं।'

'सभी लोग नहीं। मैं भी अभी उसे सीखने की कोशिश ही कर रहा हूँ।'

'लेकिन तुम अभी तो अच्छी इंग्लिश बोल रहे हो। शायद, तुम्हें किसी ने अच्छे-से सिखाया है।'

मैंने हामी भर दी।

डग मुझे डेजी के साथ छोड़कर चला गया।

'हेलो, मैडम डेजी, आप किस बारे में बात करना चाहेंगी?'

'आपको ब्रोशर्स चाहिए? ताकि आप वीकेंड के अट्रैक्शंस के बारे में जान सकें।'

'एक्चुअली, शायद मैं उन्हें नहीं देखना चाहूँगा, क्योंकि मैं जल्द ही यहाँ से जा रहा हूँ...' मैंने कहा, लेकिन उसने बीच में ही मुझे टोक दिया।

'दे फ्री। हैव लुक। कुछ डिस्काउंटेड ब्रॉडवे शोज हैं, फूड फेस्टिवल है, जैज और म्यूजिक फेस्ट है...'

'मैं आपकी गलती सुधारना चाहूँगा। प्लीज कहिए: दे आर फ्री। हैव अ लुक,' मैंने कहा।

'सॉरी, सॉरी। अब मैं ऐसे ही कहूँगी।'

'मैं मंडे को यहाँ से रवाना हो रहा हूँ, तो मुझे डर है कि शायद मैं आपके लिए ज्यादा कुछ न कर पाऊँ,' मैंने कहा।

वह निराश नजर आई। मैं समझ गया कि उसे अपना टूरिज्म जॉब भी अच्छे-से करने की जरूरत होगी। शायद उसके पास ब्रोशर्स का एक कोटा होगा, जिसे उसे रोज लोगों को बाँटना पड़ता होगा।

'फाइन, मैं इन्हें ले लेता हूँ। थैंक यू।'

'ओह, थैंक यू,' उसने कहा। वह फिर से चहक उठी थी। 'आप मेरे लिए एक छोटा-सा सर्वे भरेंगे? बस दो मिनट लगेंगे।'

मैंने ब्रोशर्स अपनी जैकेट के पॉकेट में रख लिए। उसने मुझे एक फॉर्म दिया, जिसमें मेरी अमेरिका यात्रा और मेरे बारे में कुछ बुनियादी बातें पूछी गई थीं।

'क्या अब मैं जा सकता हूँ, मैडम?' मैंने अतिशय विनम्रता के साथ पूछा।

'एन्जॉय रेस्ट ऑफ स्टे,' उसने कहा और मुझे गुडबाय वेव किया।

'यस, यस, थैंक यू।'

मैं एमएसजी कंपाउंड से बाहर स्ट्रीट पर चला आया। पीक ऑवर्स होने का यह मतलब था कि कैब्स ट्रैफिक में फँसी रहेंगी। मैंने वक्त देखा। सात बज गए थे। मैंने तय किया कि मेडिसन स्क्वेयर गार्डन से शैलेष के घर तक का चार किलोमीटर का सफर पैदल ही तय करूँगा।

42

'सरप्राइज!'

जैसे ही मैं शैलेष के घर में घुसा, कई लोग एक साथ चिल्ला पड़े। ज्योति ने मेरे लिए एक सरप्राइज फेयरवेल पार्टी अरेंज की थी।

'वॉव,' मैंने अपार्टमेंट में दाखिल होते हुए कहा। मैंने पाया कि कोई बीस लोग, जो कि शैलेष और ज्योति के दोस्त थे, मेरा इंतजार कर रहे थे।

'हे प्रिया, तुम्हें देखकर अच्छा लगा,' मैंने कहा। मैं सोच रहा था कि कहीं वह मुझे एक थप्पड़ तो नहीं जड़ देगी।

'हाय,' उसने कहा।

'उस रात के लिए मैं सच में बहुत शर्मिंदा हूँ।'

'उस वाली शराब को जरा संभलकर ही पिया करो,' उसने कहा और हँस पड़ी। मैं भी मुस्करा दिया। वह सचमुच अट्रैक्टिव थी। पार्टी में मौजूद अनेक पुरुषों की नजरें उस पर जमी हुई थीं।

एक ब्लैक मैन मेरी तरफ आया।

'ओलारा,' मैंने कहा और उसे गले लगा लिया।

'तुम्हारे दोस्त तो बहुत ही कमाल हैं। उन्होंने मेरा नंबर कहीं से खोज निकाला और मुझे इस पार्टी में इनवाइट किया।'

'मुझे बहुत खुशी है कि तुम आए।'

ज्योति मुझे ओलारा के पास से खींचकर ले गई, ताकि मैं एक शॉर्ट स्पीच दे सकूँ।

'मैं शैलेष और ज्योति का शुक्रिया अदा करना चाहता हूँ, जिन्होंने मुझे रहने की जगह दी और परिवार के सदस्य जैसा माना,' मैंने कहा।

'रहने दो, चलो पार्टी करते हैं,' शैलेष ने मुझे बीच में ही टोक दिया। उसने सभी को टेकीला ऑफर की और म्यूजिक प्लेयर का वॉल्यूम तेज कर दिया। हालत यह हो गई कि बातचीत करने के लिए भी लोगों को चिल्लाना पड़ रहा था। पुरुष बैंकर्स एक झुंड बनाकर उस बोनस के बारे में बात कर रहे थे, जिसे कि उन्हें पाने की उम्मीद थी। लड़कियाँ दूसरे झुंड में मौजूद थीं और वे यह बतिया रही थीं कि मैनहैटन में बेस्ट वैल्यू ऑफर्स कहाँ पर मिल रहे हैं, नेटफ्लिक्स में या संडे ब्रंच डील्स में। मैं भी कुछ लोगों के साथ बतियाया।

'गेट्स फाउंडेशन। ये तो कमाल की बात है, मैन,' एक बैंकर ने मुझसे कहा।

'मैं केवल एक छोटा-सा स्कूल चलाता है, जिसकी वे फंडिंग करते हैं,' मैंने कहा।

'मुझे भी गेट्स फाउंडेशन की ग्रांट्स चाहिए। क्या वे मैनहैटन में अपार्टमेंट लेने के इच्छुक बैंकर्स को पैसा देते हैं?' एक अन्य बैंकर ने कहा। सभी हँस पड़े।

मैंने वहाँ मौजूद अधिकतर लोगों से बात की, लेकिन उनमें से किसी से भी मुझे कोई खास जुड़ाव महसूस नहीं हुआ। मैं लोगों की भीड़ से अलग चला आया और एक सोफे पर बैठ गया। मैंने वे तस्वीरें देखने के लिए अपना फोन निकाल लिया, जो मैंने दिनभर में खींची थीं। कुछ तस्वीरें मैंने एमएसजी में भी खींची थीं।

'तुमने निक्स गेम देखा?' मुझे पीछे से प्रिया की आवाज सुनाई दी।

'हाँ, मैं आज वहाँ गया था।'

'नाइस पिक्चर्स। क्या मैं देख सकती हूँ?'

वह मेरे करीब बैठ गई। मैं तस्वीरें दिखाने लगा।

मेरा फोन वाइब्रेट हुआ। एक मैसेज आया था।

'प्रिया, जस्ट अ सेकंड। मुझे एक रिप्लाई भेजना है।'

'ओह, श्योर। तब तक मैं एक ड्रिंक ले आती हूँ, लेकिन तुम्हारे लिए नहीं' वह मुस्कराई और मेरी तरफ अपनी एक अंगुली लहराई। मैं भी मुस्करा दिया।

मैंने फोन बंद किया और अपनी जैकेट की पॉकेट में रख लिया। तब मुझे याद आया कि उनमें वे ब्रोशर्स रखे थे, जो डेजी ने मेडिसन स्क्वेयर गार्डन के बाहर मुझे दिए थे। मैं उन्हें एक-एक कर पढ़ने लगा।

'कैट्स - द लॉन्गेस्ट रनिंग ब्रॉडवे म्यूजिकल,' पहले कार्ड पर लिखा था।

'ब्लू मैन कॉमेडी शो - कंबाइनिंग म्यूजिक, टेक्नोलॉजी एंड कॉमेडी,' दूसरे पर लिखा था।

एक ब्रोशर ए-5 साइज में सोलह पेज की बुकलेट जैसा था। इस पर लिखा था, 'न्यूयॉर्क म्यूजिक एंड जैज फेस्टिवल वीकेंड।'

कमरे की लाइट्स डिम कर दी गई थीं, जिसकी वजह से मैं ठीक से पढ़ नहीं पा रहा था। मैं कॉफी टेबल के पास जल रही एक मोमबत्ती के पास जाकर बैठ गया। '123 परफॉर्मर्स, 25 वेन्यू, 3 दिन, 1 शहर,' बुकलेट के कवर पर लिखा था।

बुकलेट की शुरुआत दो पेज के एक स्प्रेड के साथ हो रही थी, जिसमें परफॉर्मेंसेस का शेड्यूल लिखा हुआ था। उसे तीन तालिकाओं में

बाँटा गया था, शुक्रवार, शनिवार और रविवार के लिए एक-एक। हर तालिका में अलग-अलग टाइम स्लॉट्स की पंक्तियाँ भी बनी हुई थीं। कॉलम्स में सिंगर का नाम, वेन्यू, उसका म्यूजिक और टिकटों की कीमतों के बारे में लिखा हुआ था। अगले दो पन्नों पर हर वेन्यू के डिटेल्स थे। बाकी के पेजों पर हर सिंगर के बारे में चंद शब्दों में बताया गया था। ऐसे कोई सौ से भी अधिक सिंगर्स थे।

मैं एक के बाद एक नाम पढ़ता गया, महज वक्त काटने के लिए। मेरे लिए आयोजित की गई पार्टी में मेरा ही मन नहीं लग रहा था। अल्फाबेटिकल रूप से बनी इस लिस्ट पर मैं नजर दौड़ाता गया। सभी पुरुष सिंगर्स के नामों को मैंने नजरअंदाज कर दिया। बीस मिनट बाद मैं 'आर' अक्षर पर पहुँचा।

रे विलेज वॉइस के मुताबिक न्यूयॉर्क में आई एक बेहतरीन नई आवाज। रे की दिलचस्पी यह बताने में नहीं कि वे कहाँ से आई हैं, लेकिन वे यह जरूर बताना चाहती हैं कि वे कहाँ जाना चाहती हैं। डेली न्यूज के मुताबिक यह टॉल एग्जॉटिक ब्यूटी जितनी अच्छी दिखती हैं, उतना ही अच्छा गाती भी हैं।

मैं इस पर ठहर गया। मैंने उसे तीन बार पढ़ा। फिर मैंने पेज पलटाकर देखा कि रे का गाना किस दिन था। मैं शनिवार के दिन पर पहुँचा, जो कि आज का दिन था। मेरी अंगुली शेड्यूल पर पहुँची।

'ब्ल्यूज, सोल एंड कंटेंपरेरी, रात दस से बारह बजे तक। स्टेफनी, रोजर और रे, कैफे व्हा? एंट्री आठ डॉलर, दो ड्रिंक्स मिनिमम।'

मैंने फिर पन्ने पलटाए और कैफे व्हा? के बारे में पढ़ने लगा। बारीक अक्षर होने के कारण मुझे पढ़ने में बहुत दिक्कत आ रही थी।

'कैफे व्हा? न्यूयॉर्क का एक ओल्ड क्लासिक बार, जहाँ पर अनेक लीजेंड्स ने अपने स्ट्रगलिंग डेज में परफॉर्म किया है। मैक्सिकन और अमेरिकन फूड ऑप्शंस। 115, मैकडॉगल स्ट्रीट, वेस्ट विलेज। सब-वे 4, 5, 6। ब्लीकर स्ट्रीट एफ, वेस्ट फोर्थ स्ट्रीट।'

'क्या कर रहे हो, बिरादर?' शैलेष ने जोर से मेरा कंधा पकड़ा।

'हुंह,' मैं चौंक गया।

'ये पार्टी तुम्हारे लिए रखी है। तुम क्या पढ़ने लग गए?'

मैंने ब्रोशर एक तरफ रख दिया और मुस्कराने लगा।

'कुछ नहीं, बस कुछ टूरिस्टी चीजें,' मैंने कहा।

'तुम ड्रिंक नहीं कर रहे?' उसने म्यूजिक की रिदम के मुताबिक

अपनी जांघ पर थपकियाँ देते हुए कहा।

'नहीं, तुम तो जानते ही हो मेरा और अल्कोहल का नाता।'

'मैं घर पर तुम्हें हैंडल कर सकता हूँ। रुको, मैं तुम्हारे लिए एक ड्रिंक बना लाता हूँ।'

शैलेष बार में गया। मैंने फोन पर समय देखा। ग्यारह बजकर पाँच मिनट हो रहे थे।

मैंने गूगल से कैफे व्हा? का नंबर निकाला और वहाँ फोन लगाया।

उन्होंने फोन उठाने में तीस सेकंड का समय लिया। मुझे लगा जैसे एक घंटा बीत गया।

'हेलो, कैफे व्हा?' मुझे एक पुरुष की खुशगवार आवाज सुनाई दी। बैकग्राउंड में बज रहे म्यूजिक के कारण उसे सुन पाना मुश्किल हो रहा था।

'हाय, मैं आज रात आपके यहाँ चल रही म्यूजिक एंड जैज फेस्ट परफॉर्मेंसेस के लिए इंट्रेस्टेड हूँ।'

'परफॉर्मेंसेस अभी चल ही रही हैं, सर। आठ डॉलर कवर चार्ज, दो ड्रिंक्स मिनिमम,' दूसरे छोर पर मौजूद व्यक्ति ने रटी-रटाई बात कह दी।

'मैं यह जानना चाहता हूँ कि क्या रे नाम की सिंगर आज रात परफॉर्म कर रही है?'

'वेल, लेट मी सी। हाँ, आज हमारे यहाँ तीन सिंगर्स परफॉर्म कर रहे हैं। आखिरी परफॉर्मेंस रे की है। यह किसी भी वक्त शुरू हो सकती है। अब मुझे फोन रखना होगा। आज यहाँ बहुत काम है और यहाँ के चुनिंदा सर्वर्स में से एक हूँ।'

'सॉरी, बस एक और सवाल। क्या वो अभी वहाँ है? क्या आप उसे देख सकते हैं?'

'हुंह?' सर्वर ने कंफ्यूज होते हुए कहा। 'वेल, स्टेज के पास मुझे सिंगर्स नजर आ रहे हैं। शायद वे भी उन्हीं में से एक हैं।'

'वे कैसी दिखती हैं?'

'सॉरी, सर। मैं रूड नहीं होना चाहता, लेकिन अगर आप मुझे अपना नाम रिजर्वेशंस वगैरह के लिए लिखवाना चाहें तो बताइए। बाकी बातों में मैं आपकी ज्यादा मदद नहीं कर सकता।'

'बस, आखिरी सवाल। क्या वे इंडियन दिखाई देती हैं? यह बहुत जरूरी है, प्लीज।'

'होल्ड ऑन,' सर्वर ने कहा।

इसी दौरान शैलेष मेरे पास चला आया। उसने मुझे शैम्पेन का एक गिलास दिया। मैंने इशारे से उसे थैंक्स कहा। उसने मुझे हैरत से देखा। वह सोच रहा था कि मैं इस वक्त किससे फोन पर बात कर रहा हूँ।

लग रहा था कि मेरा यह इंतजार कभी पूरा ही नहीं होगा।

'कुछ नहीं, मैं अपना रिटर्न टिकट बुक करने वाली ट्रेवल एजेंसी से बात कर रहा हूँ,' मैंने शैलेष से फुसफुसाते हुए कहा। उस वक्त मैं इससे बेहतर कोई झूठ नहीं सोच पाया था।

'लेकिन इतनी रात गए?' उसने हैरत से कहा। मैंने कंधे उचका दिए और उससे माफी माँगते हुए एक कोने में चला गया।

'सर? यू देयर?' वह व्यक्ति फिर से फोन पर था।

'यस, यस, आई एम।'

'वे कॉकेशियन व्हाइट तो यकीनन नहीं हैं। वे ब्लैक भी नहीं हैं। वे इंडियन हो सकती हैं। या शायद पता नहीं। उनका रंग बहुत साफ है, तो वे शायद स्पैनिश या मिक्स्ड रेस की भी हो सकती हैं। सॉरी, मैं कुछ कह नहीं सकता...'

मैंने उसे टोका।

'थैंक्स। इतना काफी है। मैं वहाँ आ रहा हूँ। क्या आप मेरे लिए एक जगह बुक कर सकते हैं? मेरा नाम माधव है।'

'व्हाट?'

'केवल एम. लिख लीजिए। मैं आ रहा हूँ।'

'बेहतर होगा अगर आप जल्दी करें। बारह बजे परफॉर्मेंस खत्म हो जाएँगी।'

शैलेष ठीक मेरे सामने खड़ा था।

'तुम्हारे टिकट को लेकर सब ठीक है ना?' उसने कहा।

'हाँ, ठीक है,' मैंने कहा और कुछ देर रुका। फिर मैंने कहा, 'शैलेष, मुझे बाहर जाना होगा।'

'व्हा...?'

'एग्जैक्टली,' मैंने कहा। 'मुझे ठीक इसी नाम की जगह पर जाना है।'

'कहाँ?'

'मुझे थोड़ी ताजा हवा चाहिए।'

'तुमने देखा कि बाहर बर्फ गिर रही है? ऐसे में तुम कहाँ जाओगे?'

उसने अपनी बालकनी की ओर इशारा किया। वहाँ बर्फ के छोटे-छोटे कण जमा थे। अपार्टमेंट के बाहर आकाश से लगातार बर्फ के गोले

बरस रहे थे।

'मेरे पास एक जैकेट है,' मैंने कहा।

शैलेष को समझ नहीं आ रहा था कि मुझे अचानक रात को बाहर घूमने की क्या सूझी।

'माधव, मैं अपने मेहमानों को क्या बोलूँगा?' उसने कहा।

'उन्हें मेरी कमी बिलकुल नहीं खलेगी,' मैंने कहा और वहाँ से चल दिया।

43

मैं अपार्टमेंट बिल्डिंग से बाहर निकला। ठंडी हवा मेरे चेहरे से टकरा रही थी। मेरा फोन बता रहा था कि अभी 11 बजकर 12 मिनट हुए हैं और तापमान 20 डिग्री फारेनहाइट या -6.6 डिग्री सेल्सियस है। लोग ग्लोव्ज, कैप्स और जैकेट्स में लिपटे हुए थे। मैंने देखा कि मेरे आगे-आगे चार दोस्तों का एक समूह चल रहा है, जो कि 86वीं स्ट्रीट सब-वे की ओर बढ़े जा रहे हैं।

ताजा बर्फ के चूरे से पेवमेंट्स सफेद हो गए थे। हम पाँचों सब-वे स्टॉप पर पहुँचे। हम मेट्रो पकड़ने के लिए नीचे उतरने लगे। दूसरी तरफ से कुछ एफ्रो-अमेरिकन ऊपर आ रहे थे।

'वू...हू... आज कोई ट्रेन नहीं आने वाली,' उनमें से एक ने नशे में डूबी आवाज में कहा।

'तो मैं अपनी तशरीफ को ब्रुकलिन कैसे ले जाऊँगा?' उसके दोस्त ने कहा।

'हंड्रेड डॉलर कैब राइड, बेबी। तुम्हारी तशरीफ इसके लायक है,' उसके एक और दोस्त ने कहा। सभी हँस पड़े।

मैं कस्टमर सर्विस काउंटर पर गया। मेट्रोपोलिटन ट्रांजिट अथॉरिटी या एमटीए की एक थुलथुल एफ्रो-अमेरिकन महिला भीतर बैठी थी। उसने माइक्रोफोन पर एक घोषणा की:

'लेडीज एंड जेंटलमेल, भारी बर्फबारी के चलते हमें सभी लाइन्स पर डिले का सामना करना पड़ रहा है। एक ट्रेन ग्रांड सेंट्रल के पास वाले नेटवर्क में अटकी हुई है। हम इस समस्या को सुलझाने की कोशिश कर रहे हैं, लेकिन हम सजेस्ट करेंगे कि आप अपने लिए वैकल्पिक ट्रेवल अरेंजमेंट्स कर लें।'

मैंने स्टेशन क्लॉक देखी: 11 बजकर 19 मिनट हो रहे थे।

गूगल मैप्स के मुताबिक सब-वे मुझे सत्तह मिनट में ब्लीकर स्ट्रीट तक पहुँचा सकती थी। फिर वहाँ से कैफे तक नौ मिनट का पैदल रास्ता था।

'कितनी देर लगेगी?' मैंने कस्टमर सर्विस ऑफिसर से पूछा।

'क्या पता, हनी,' उसने कहा। 'बर्फ गिर रही है। आधा घंटा लग जाए, एक घंटा लग जाए, दो घंटे लग जाएँ। तुम अपना बंदोबस्त कर लो।'

मैंने दौड़ते हुए सीढ़ियाँ चढ़ीं और स्टेशन से बाहर निकल आया। सर्द हवा मेरी जैकेट के कॉलर से मेरी गर्दन के नीचे घुस रही थी। सड़क

पर न के बराबर ट्रैफिक था। मैं इंतजार करता रहा, लेकिन कोई भी खाली कैब वहाँ से नहीं गुजरी।

मैंने एक राहगीर से पूछा, 'मुझे अर्जेंटली वेस्ट विलेज जाना है। मुझे कैब कहाँ से मिलेगी?'

'मैं खुद एक कैब की खोज कर रहा हूँ।'

मैंने समय देखा: 11 बजकर 25 मिनट।

'वेस्ट में फिफ्थ एवेन्यू की तरफ जाओ। तुम सेंट्रल पार्क पहुँच जाओगे। वहाँ ट्राय करना,' किसी ने कहा।

मैं फिफ्थ एवेन्यू की तरफ तेज कदमों से बढ़ चला। मैं सेंट्रल पार्क के अहाते तक मेट्रोपोलिटन म्यूजियम ऑफ आर्ट के करीब पहुँच गया। म्यूजियम की बिल्डिंग पीली बत्तियों से दमक रही थी। बर्फबारी के कारण सबकुछ धुँधला-सा नजर आ रहा था।

समय: 11 बजकर 31 मिनट।

यदि मुझे कोई कैब नहीं मिलती है तो मैं आधी रात से पहले वेस्ट विलेज नहीं पहुँच पाऊँगा। मुझे कहीं कोई कैब नजर नहीं आ रही थी। मैंने ईश्वर से प्रार्थना करने के लिए ऊपर देखा तो बर्फ के फाहे मेरे चेहरे पर गिर पड़े।

'गॉड, प्लीज, प्लीज,' मैंने कहा।

मैंने अपने आसपास देखा। कम से कम छह और लोग कैब का इंतजार कर रहे थे। मेरा दिल बैठने लगा। मैं रुआँसा हो गया।

वन कैब प्लीज, मैंने मन ही मन कहा। मैं इस चमत्कार की प्रतीक्षा कर रहा था कि कहीं से कोई कैब प्रकट हो जाए।

लेकिन कहीं कोई कैब नहीं थी।

समय: 11 बजकर 34 मिनट।

मैंने फिर से गूगल मैप्स खोला। मैंने यह पता करने की कोशिश की कि मेरी मौजूदा लोकेशन यानी मेट्रोपोलिटन म्यूजियम से कैफै व्हा? तक की दूरी कितनी है। मैंने पैदल दूरी का विकल्प बनाने को कहा।

गूगल मैप्स दिखा रहा था: 4 मील की पैदल दूरी। समय लग सकता है, 1 घंटा 10 मिनट।

रास्ता सरल था। 4 में से 3.8 मील तक मुझे फिफ्थ एवेन्यू पर दक्षिण की ओर जाना था और फिर दाएँ हाथ की ओर मुड़ जाना था।

'4 मील यानी 6.4 किलोमीटर,' मैंने बुदबुदाते हुए खुद से कहा।

एक घंटा दस मिनट तो पैदल चलने के लिए है। यदि मैं दौड़कर

जाऊँ तो समय इससे कम लगेगा। और यदि मैं किसी ऐसे पागल कुत्ते की तरह दौड़ लगाऊँ, जिसके पीछे भेड़ियों का झुंड लग गया हो तो मैं इससे भी कम समय में वहाँ पहुँच जाऊँगा।

'माधव झा,' मैंने खुद से फुसफुसाते हुए कहा। 'लगाओ दौड़।'

मुझे बास्केटबॉल की याद आई। हम कोर्ट पर हमेशा दौड़ते और ड्रिबल करते रहते थे।

बच्चू, बास्केटबॉल कोर्ट पर खेलने और माइनस सिक्स डिग्री टेंप्रेचर में साढ़े छह किलोमीटर दौड़ लगाने में फर्क होता है, मेरे भीतर मौजूद समझदार व्यक्ति ने कटाक्ष करते हुए कहा।

'सोचो मत, समझदारी भरी बातों पर ध्यान मत दो, बस दौड़ लगाओ', मैंने खुद से कहा और दौड़ने लगा।

मैं इतना तेज दौड़ा कि मेरे आसपास मौजूद इमारतें और चीजें धुँधला गई। मेरे दाएँ तरफ सेंट्रल पार्क और बाएँ तरफ अपर ईस्ट साइड के घर तेजी से पीछे छूटते जा रहे थे। सर्द हवा के चलते मेरा चेहरा सुन्न हो गया था। और जब जैकेट के भीतर बर्फ घुसने लगी तो जैकेट भी बहुत भारी लगने लगी।

मैं तकरीबन आज का पूरा दिन चलते हुए बिता चुका था, चाहे शॉपिंग के लिए हो, मेडिसन स्क्वेयर गार्डन तक चलकर जाना हो या फिर वहाँ से शैलेष के घर तक पैदल चलकर आना हो। मैंने दिनभर कुछ ज्यादा खाया भी नहीं था। मेरे पैर दर्द करने लगे थे।

'कमऑन, माधव,' मैंने हाँफते हुए कहा। 'कमऑन।'

कभी-कभी, जब आपके साथ कोई न हो, तो आपको खुद ही अपना हौसला बढ़ाने के लिए आगे आना पड़ता है।

मैंने एक नकली ड्रिबल किया। मैंने एक गेंद की कल्पना की और उसे पकड़ने के लिए मैं तेज दौड़ने लगा।

मैंने स्ट्रीट साइन देखा: 67वीं स्ट्रीट। कैफे व्हा? चौथी स्ट्रीट के करीब था।

'स्ट्रीट साइन्स को मत देखो। जस्ट रन, माधव,' मैंने जोर से कहा।

60वीं स्ट्रीट पर मैं एक होटल के पास से गुजरा, जो कि मेरे बाएँ तरफ थी। उसके मेन पोर्च के ऊपर भारत का झंडा लहरा रहा था।

'द पियर: अ ताज होटल,' उस पर लिखा था।

तिरंगा झंडा देखकर मुझमें जैसे नई ऊर्जा जाग उठी।

'दौड़ो,' मैंने खुद से कहा। 'तुम यह कर सकते हो।'

मैं फिफ्थ एवेन्यू के सबसे मशहूर हिस्से से गुजरा, जिसके दोनों तरफ डिजाइनर स्टोर्स थे। 57वीं स्ट्रीट पर टिफनीज, 51वीं पर लुई विटन। रिया की डायरियों में इन ब्रांड्स का जिक्र किया गया था।

50वीं स्ट्रीट पर अचानक मेरे पेट में मरोड़ आ गई। मुझे रुकना पड़ा। मैं बैठ गया और कुछ गहरी साँसें लीं।

समयः 11 बजकर 44 मिनट।

'डैम, मेरे पास बिलकुल वक्त नहीं है। दर्द बाद में महसूस कर लेना' मैंने खुद से कहा।

लेकिन मैं उठ ही नहीं सका। मैंने सड़क पर नजरें दौड़ाई कि कहीं कोई कैब मिल जाए। कहीं कोई अता-पता नहीं था। मैं दर्द से ऐंठने लगा।

अपने दाईं ओर मुझे एनबीए स्टोर नजर आया। स्टोर तो बंद था, लेकिन उसके बाहर कोबे ब्रायंट का एक बड़ा-सा पोस्टर लगा था। 'एनबीए - व्हेयर अमेजिंग हैप्पंस,' उस पर लिखा था।

'कमऑन, माधव। बी अमेजिंग।'

मैं उठ खड़ा हुआ और बिना सोचे दौड़ने लगा।

मेरी टाँगें और पेट जैसे मारे दर्द के कराह रहे थे। मेरी नाक सर्दी में जमकर कुल्फी बन चुकी थी।

लेकिन मेरे दिमाग में जैसे शोले सुलग रहे थे। मैं दौड़ रहा था। दौड़ भी नहीं, बल्कि हर कदम के साथ लगभग छलांग भर रहा था। मैं केवल अपनी नाक की सीध में देख रहा था। मेरे स्नीकर्स में बर्फ घुस गई थी, जिससे मेरे पैर ठंडे और गीले हो गए थे।

'रन, रन, रन,' मैं हर साँस के साथ फुसफुसा रहा था। आखिरकार मैं वॉशिंगटन स्क्वेयर पार्क पर एक बंद रास्ते के सामने जा खड़ा हुआ।

'रास्ता बंद। यहाँ से दाएँ मुड़ो।'

समयः 11 बजकर 56 मिनट।

मैं बस एक मिनट के लिए सुस्ता लेना चाहता था।

'आराम हराम है,' मैंने खुद को झिड़कते हुए कहा।

मैं दाएँ मुड़ा और फिर दौड़ने लगा।

म्यूजिक सुनकर और कुछ लोगों को देखकर मैं रुका।

'कैफे व्हा?' चमचमाते साइन-बोर्ड ने अपने ब्राइट येलो अक्षरों के साथ मेरा स्वागत किया। मैंने हवा में मुट्ठियाँ लहराईं।

मैंने बार के बाहर बैठे व्यक्ति की डेस्क पर अपनी कोहनियाँ टिकाईं। मैंने बोलने की कोशिश की, लेकिन मेरे मुँह से बर्फ गिर पड़ी।

'एम,' मैंने कहा। 'मैंने एम नाम से एक बुकिंग कराई है।'

मैं खाँसने के लिए झुका। खाँसने के दौरान जब-जब मेरा शरीर हिलता, उसमें से बर्फ के कतरे बाहर निकलने लगते।

'ईजी देयर, एम। आप ठीक तो हैं?'

मैंने सिर हिलाकर हाँ कहा।

'आपके होंठ बैंगनी हो गए हैं। ऐसा लगता है, जैसे वे टूटकर अभी नीचे गिर पड़ेंगे,' उसने कहा।

मैंने हाथों को रगड़ा और अपने मुँह पर रख दिया। लेकिन ठंडे हाथों से मेरे सर्द हो चुके चेहरे को न के बराबर गर्माहट मिली।

'मिस्टर एम., यस। लेकिन शो तो तकरीबन खत्म होने वाला है। आधी रात हो रही है। शायद आखिरी परफॉर्मेंस चल रही हो।'

समय: 12 बजकर 01 मिनट।

'लेकिन सिंगर्स तो अभी भीतर ही हैं ना?' मैंने कहा। मैं अब भी हाँफ रहा था।

'हुम्म, हाँ। शायद वे कोई बोनस सॉन्ग गा रहे होंगे। एंट्री फीस आठ डॉलर है और आपको कम से कम दो ड्रिंक्स लेना होंगी। क्या वाकई आप भीतर जाना चाहते हैं?'

मैंने उसकी डेस्क पर बीस डॉलर का एक नोट फेंका और भीतर चला गया। मैं बार एरिया में चला आया।

'आपकी दो ड्रिंक्स, सर?' एक महिला बार्टेंडर ने पूछा।

'केवल पानी।'

उसने मुझे दो बोतल पानी दिया। मैं उन्हें पलभर में गटागट पी गया।

'परफॉर्मेंस कहाँ हो रही हैं?' मैंने पूछा।

'बाईं तरफ सीधे कॉन्सर्ट एरिया में चले जाइए। म्यूजिक की आवाज का पीछा कीजिए।'

मैं लड़खड़ाते हुए आगे बढ़ा। मेरे पैर जवाब दे चुके थे। मैंने खुद को गिरने से बचाने के लिए बार स्टूल्स और कुर्सियों का सहारा लिया।

कॉन्सर्ट एरिया में मद्धम रोशनी जल रही थी और वह लोगों से खचाखच भरा हुआ था। मेरे आगे मौजूद लोगों के कारण मैं स्टेज को

देख नहीं पा रहा था।

मैं लोगों को अपनी कुहनियों से धक्के मारते हुए आगे बढ़ा।

मुझे एक लड़की की आवाज सुनाई दी।

'यू आर ब्यूटीफुल। यू आर ब्यूटीफुल।

यू आर ब्यूटीफुल। इट्स ट्रु।'

कॉन्सर्ट एरिया की मद्धम रोशनी के उलट स्टेज पर तेज रोशनी थी। मेरी आँखें चौंधिया जाने के कारण मुझे सिंगर को पहचानने में चंद पलों का वक्त लगा।

यह वो थी।

रिया।

पानी की बोतल मेरे हाथ से नीचे गिर पड़ी।

वह अपने गाने में पूरी तरह डूबी हुई थी और उसकी आँखें बंद थीं। उसने एक फुल-लेंग्थ ब्लैक गाउन पहन रखा था, जिस पर सितारे जड़े हुए थे। वह इतनी खूबसूरत नजर आ रही थी कि खुदा भी उसका बयान नहीं कर सकते थे।

येस, रिया सोमानी। मैंने तुम्हें ढूँढ निकाला!

उसके हाथों में एक अकॉउस्टिक गिटार थी। एक पुरुष अमेरिकी पियानिस्ट स्टेज पर उसके साथ संगत कर रहा था। वह गाती रही।

'आई सॉ योर फेस इन अ क्राउडेड प्लेस,

एंड आई डोंट नो व्हाट टु डु

कॉज आ'ल नेवर बी विद यू।'

मेरी थकान जैसे गायब हो गई। मेरे शरीर में कहीं कोई दर्द और तकलीफ नहीं थी। मेरे भीतर फिर से खून दौड़ने लगा था। एक मिनट पहले मेरा चेहरा बर्फ हुआ जा रहा था, लेकिन अभी वह जैसे लाल सुर्ख हो गया था और दहक रहा था।

वह अपने दिल की गहराइयों से गा रही थी। ऑडियंस को उसका गाना बहुत अच्छा लग रहा था और वे उसे चीयर कर रहे थे। पंक्तियों के बीच-बीच में वह अपनी आँखें खोलती और ऑडियंस की प्रतिक्रिया देखकर मुस्करा उठती। उसकी निगाह अभी तक मुझ पर नहीं पड़ी थी।

मैंने अपनी जैकेट निकाली और उसे टेबल पर रख दिया। मैं सीधे स्टेज पर गया और उसके सामने जाकर खड़ा हो गया।

'यू आर ब्यूटीफुल। यू आर ब्यूटीफुल।

यू आर ब्यूटीफुल। इट्स...'

जैसे ही उसकी नजर मुझ पर पड़ी, उसकी आवाज जैसे गुम हो गई। पियानिस्ट उसे हैरत से देख रहा था और सोच रहा था कि वह अपनी लाइन्स क्यों भूल गई।

रिया उठ खड़ी हुई। गिटार उसके हाथ में बेढंगे तरीके से लटकी हुई थी।

पियानिस्ट इंस्ट्रूमेंटल इंटरल्यूड के साथ इस अंतराल को पाटने की कोशिश करने लगा।

रिया ने अपनी गिटार धीमे-से एक तरफ रख दी। मैं उसे देखता रहा।

हम एक-दूसरे के सामने खड़े थे: खामोश और स्थिर। श्रोताओं में खुसफुसाहट होने लगी थी। वे समझ नहीं पा रहे थे कि यह क्या हो रहा है।

पियानिस्ट समझ गया कि कुछ गड़बड़ है। उसने रिया के हाथ से माइक ले लिया और खुद गाने लगा।

'यू आर ब्यूटीफुल। इट्स ट्रू।'

मैं उसे अपलक देखता रहा।

'तुम्हारी वजह से मुझे किन-किन हालात का सामना करना पड़ा, रिया सोमानी,' मेरी आँखें कह रही थीं।

'आई एम सॉरी,' उसकी आँखें मुझ से कह रही थीं। एक आँसू उसके गाल पर दौड़ पड़ा। मेरे गाल पर भी।

मैंने सोचा था कि जब उससे मेरी आखिरकार मुलाकात होगी तो मैं उससे बहुत कुछ कहूँगा। मैंने मन ही मन इसकी कई बार रिहर्सल भी की थी। मैंने सोचा था कि मैं पहले गुस्सा करूँगा। शायद उस पर चिल्लाऊँगा भी। मैं शायद उसे बताता कि उसकी वजह से मुझे क्या-क्या सहना पड़ा। फिर मैं उससे कहता कि वह मेरे लिए क्या मायने रखती है। कि मैं रोहन की तरह नहीं था। या कि दूसरों ने भले ही उसे मायूस किया हो, लेकिन मैं ऐसा कभी नहीं कर सकता। और यह कि अगर मैं खुश हूँ तो मेरी माँ भी खुश ही होंगी। मैंने अपनी यह पूरी स्पीच तैयार कर रखी थी। लेकिन हम दोनों के मुँह से एक शब्द भी नहीं फूटा।

हम बस एक-दूसरे की ओर देखते रहे और रोते रहे, रोते रहे। कुछ देर बाद वह आगे बढ़ी। रिया सोमानी बस इतना ही करती है। वह आपको एक छोटा-सा इशारा करती है कि वह तैयार है। आपको सावधान रहना होता है और उसके इस इशारे को समझना होता है। मैंने अपनी

बाँहें फैला दीं। जैसे ही वह मेरे करीब आई, मेरे हाथ काँपने लगे। मैंने उसे बाँहों में भर लिया।

'आई...आई एम सॉरी...' उसने कहा।

'शश्श,' मैंने कहा। 'याद है तुमने पिछली बार एक शर्त लगा दी थी कि तुमसे कोई भी सवाल दो बार नहीं पूछा जाएगा? मेरे पास अब एक सवाल है।'

'क्या?' उसने हल्के-से जैसे फुसफुसाते हुए कहा।

'कोई भी सवाल नहीं। इन फैक्ट, यदि मुमकिन हो तो एक लफ्ज भी नहीं।'

उसने अपना चेहरा मेरे सीने में धँसा दिया। मैंने अपने हाथों से उसके चेहरे को उठाया।

'रिया सोमानी, मैं तुम्हें प्यार करता हूँ। मैंने हमेशा तुम्हें प्यार किया है और हमेशा करता रहूँगा। प्लीज, इसके बाद मुझे कभी छोड़कर मत जाना।'

उसने अपना सिर हिलाया। 'मैं कहीं नहीं जाऊँगी...मैं कहीं भी नहीं जा सकती।'

मैंने अपनी बात जारी रखी, 'शश्श...क्योंकि अगली बार मैं तुम्हें फिर खोज निकालूँगा और तुम्हारी जान ले लूँगा।'

वह मुस्करा रही थी और रो भी रही थी। भीड़ में मौजूद कुछ लोगों ने चीयर किया, हालाँकि उन्हें कुछ समझ नहीं आ रहा था कि आखिर हो क्या रहा है। पियानिस्ट ने गाना पूरा किया। रेस्तरां के स्टाफ ने कॉन्सर्ट रूम की बत्तियाँ बुझा दीं। लोग बाहर जाने लगे।

मैं उसे अपनी बाँहों में थामे रहा।

'सॉरी, मैं इसलिए चली गई, क्योंकि मैं डर गई थी...' उसने कहा।

'मैं जानता हूँ।'

'लेकिन तुम्हें कैसे पता चला...?' उसने कहा।

'मैंने कहा, कोई सवाल नहीं।'

'बस एक आखिरी सवाल।'

'क्या?'

'तुम्हारी कमीज इतनी गीली और ठंडी क्यों है?' उसने कहा।

मैं हँस पड़ा।

'क्या?' उसने कहा।

'कुछ भी नहीं।'

45

'अपर वेस्ट, सेवंटींथ एंड सिक्स्थ,' उसने कहा।

हम एक ब्लैक लिंकन कार में थे, जो कि ऑर्गेनाइजर्स द्वारा सिंगर्स को दी गई थी। कार हमें उसके अपार्टमेंट में ले गई, जो कि सेंट्रल पार्क के पश्चिम में अपर वेस्ट साइड में था। मुझे उस सफर के बारे में कुछ याद नहीं, सिवाय इसके कि बदलती हुई लाइट्स में उसका चेहरा कैसा नजर आता है। और यह कि पिछले तीन महीनों में यह शहर किसी भी रात को इतना खूबसूरत नजर नहीं आया था। मैंने उसके हाथ को कसकर पकड़ रखा था। मैं सीट में पीछे की तरफ धँसकर बैठा था और बस उसको निहारे जा रहा था।

◆

उसने चाबी घुमाई और हम उसके अपार्टमेंट में थे। दीवारें म्यूजिक पोस्टर्स से भरी हुई थीं। कमरे की खिड़कियाँ सेंट्रल पार्क की तरफ खुलती थीं, जो अभी अंधेरे में डूबा हुआ था और केवल स्ट्रीटलाइट्स नजर आ रही थीं। वह अपना मेकअप निकालने के लिए बेडरूम में चली गई।

बाथरूम में मैंने जब कपड़े निकाले तो पाया कि मेरे पैरों पर खरोंचें हैं और वे जहाँ-तहाँ से फट गए हैं। मेरी नाक और कान भी लाल नजर आ रहे थे। मैंने एक हॉट शॉवर लिया। मुझे लगा जैसे मैं बर्फ में जमे हुए मटर के दानों का एक पैक था, जो अब धीरे-धीरे पिघल रहा है।

शॉवर लेने के बाद मुझे ध्यान आया कि मेरे पास ताजा कपड़े नहीं थे। बाथरूम में डोरा कार्टून वाली एक पिंक ओवरसाइज्ड टी-शर्ट टंगी थी। शायद रिया उसे नाइटवियर की तरह इस्तेमाल करती थी। मैंने उसे पहना, कमर पर तौलिया लपेटा और बाहर चला आया।

मुझे लड़कियों की टी-शर्ट में देखकर रिया हँस पड़ी।

'सॉरी, मेरे पास...' मैंने कहा।

उसने एक किस से मेरा मुँह बंद कर दिया। मुझे उसके होंठ गर्म शहद जैसे लगे। वह मेरे चेहरे को अपने हाथों में थामे मुझे देर तक चूमती रही। हमारी जीभें ऐहतियात से एक-दूसरे से टकराईं। मैंने उसके गाल पर अपना बायाँ हाथ रख दिया। दाएँ हाथ से मैं अपना टॉवेल संभाले हुए था।

उसने मेरा दायाँ हाथ उठाकर अपनी पीठ पर रख दिया। उसका गाउन

बैकलेस था और मुझे उसकी नर्म त्वचा का एहसास हुआ।

उसने मेरी पिंक टी-शर्ट निकाल दी। मैंने उसका गाउन उतारने की कोशिश की, लेकिन मुझे समझ नहीं आ रहा था कि उसे खोलूँ कैसे। मैंने कुछ देर कोशिश करने के बाद हार मान ली।

उसने गाउन के साइड में लगा एक जिपर खोला और उसमें से बाहर आ गई।

हमने एक-दूसरे को बाँहों में भर लिया। हम एक-दूसरे को चूमते रहे, छूते और सहलाते रहे। हम बेडरूम में गए, और फिर बेड पर। हमारे होंठ रुकने का नाम नहीं ले रहे थे, हमारे हाथ ठहरने का मतलब नहीं जानते थे।

जब हमने प्यार किया तो उसका हर लम्हा खास था। जब मैं उसके भीतर दाखिल हुआ तो हमारी आँखें मिलीं। उस वक्त हम खुद को एक साथ बहुत ताकतवर और बहुत कमजोर महसूस कर रहे थे। मैंने देखा उसकी आँखों में आँसू थे।

'तुम ठीक हो,' मैंने कहा।

उसने सिर हिला दिया। और फिर अपना सिर मेरे कानों के करीब लाकर धीमे-से कहा, 'ठीक से बहुत ज्यादा, मैं बहुत खुश हूँ,' उसने कहा। 'और तुम?'

'बहुत खुश से भी बहुत ज्यादा,' मैंने कहा।

हम एक-दूसरे से लिपट गए। वह सो गई, लेकिन मैं जागता रहा। मैं पूरी रात उसे देखता रहा। इसका पता मुझे केवल तभी चला, जब खिड़की से दिन की रोशनी कमरे के भीतर आई। मैं उसकी तरफ मुड़ा। सुबह की रोशनी में उसकी त्वचा दमक रही थी। उसकी आईब्रोज अब भी परफेक्ट थीं। उसकी आँखें बंद थीं।

'सो रही हो?' मैंने कहा।

उसने सिर हिलाकर हामी भरी।

उपसंहार

साढ़े तीन साल बाद

'यकीनन, यह मेरे द्वारा देखे गए सबसे अच्छे स्कूलों में से एक है,' मैंने कहा।

'सात साल पहले यह ऐसा नहीं था,' माधव ने कहा।

मैंने सिमराँव रॉयल स्कूल का अपना टूर पूरा किया। मुझे माधव ने अपने एन्युअल डे फंक्शन में चीफ गेस्ट के रूप में इनवाइट किया था।

मैं एक म्यूजिक क्लास के सामने से गुजरा, जिसमें से हाई-पिच्ड नोट्स सुनाई दे रहे थे। माधव ने उसके दरवाजे पर दस्तक दी।

'रिया, चेतन सर,' माधव ने फुसफुसाते हुए कहा।

'प्लीज, मुझे सर मत बोलो,' मैंने कहा।

'सॉरी,' माधव ने कहा।

रिया बाहर आई। माधव ने उसके लुक्स के बारे में झूठ नहीं कहा था। उसके फीचर्स क्लासिक थे और उसमें एक खास किस्म की नजाकत थी।

'चेतन सर, फाइनली। माधव ने मुझे आपके बारे में कितना कुछ बताया है,' रिया ने कहा।

'नो सर। और यकीन मानो, माधव ने मुझे तुम्हारे बारे में भी बहुत कुछ बताया है।'

वह हँस पड़ी। माधव ने उससे अपनी क्लास फिनिश कर हमसे बाहर मिलने को कहा।

'इट्स लवली हियर,' मैंने कहा। हम मेन बिल्डिंग से बाहर निकलकर गार्डन में चले आए थे। स्टूडेंट्स ने नए बास्केटबॉल कोर्ट को फूलों से सजाया था। इसी शाम को कोर्ट के उद्घाटन का भी कार्यक्रम रखा गया था।

'हम आपको पहले भी बुलाना चाहते थे, लेकिन बाद में हमने सोचा कि आपको तभी बुलाना ठीक रहेगा, जब हमारे पास यहाँ एक बास्केटबॉल कोर्ट हो,' माधव ने कहा।

'कोर्ट तो बहुत खूबसूरत है।'

'सभी इक्विपमेंट्स यूएस से आए हैं,' माधव ने कहा। 'रिया और मैं वहाँ हर साल तीन महीने बिताते हैं। वह वहाँ कुछ म्यूजिकल परफॉर्मेंस

देती है। मैं यूएन में काम करता हूँ और अपने रूरल टूर्स की थोड़ी मार्केटिंग भी करता हूँ।'

माधव ने बताया कि उन्होंने रूरल स्कूल टूर्स कैसे शुरू किए, जिसमें हवेली में स्टे भी शामिल था। दुनियाभर से लोग यहाँ आते थे, जिससे स्कूल को डॉलरों में रेवेन्यू मिलता था।

'टूरिस्ट यहाँ पर हमारे स्कूल के बच्चों के साथ एक दिन बिताते हैं। वे उन्हें एक क्लास पढ़ाते हैं, उन्हें अपने देश की तस्वीरें दिखाते हैं या उसके बारे में बात करते हैं। वे कहते हैं कि उन्होंने अपने जीवन में जो भी मीनिंगफुल काम किए हैं, यह उनमें से एक है।'

'दैट्स इनोवेटिव।'

'स्टूडेंट्स को यह सब बहुत अच्छा लगता है। उन्हें दुनिया के बारे में जानने का मौका मिलता है। बाद में अनेक टूरिस्ट स्कूल को रेगुलरली ग्रांट्स या गिफ्ट्स भेजते हैं।'

'तुम्हारी माँ कहाँ हैं?'

'वे जल्द ही आ जाएँगी। अब वे स्कूल को ज्यादा समय नहीं दे पातीं। रिया और मैं ही मिलकर अब इसे चलाते हैं। रानी साहिबा को श्याम को संभालने से ही फुर्सत नहीं मिल पाती,' माधव हँस पड़ा।

'उन्हें अब रिया से तो कोई प्रॉब्लम नहीं?'

'आप भूल रहे हैं कि उन्होंने देखा था रिया के बिना मेरी क्या हालत हो गई थी। अब उनका कहना है कि वे खुश हैं, जो उन्हें उनका बेटा फिर से मिल गया है। बेटा ही क्या, उन्हें तो अब एक पोता भी मिल गया है, जो कि उनका चहेता है।'

'तुम्हारा बेटा कितना बड़ा है?'

'जल्द ही वह दो साल का हो जाएगा,' माधव ने कहा। 'लीजिए, वे लोग आ गए।'

मैंने देखा कि एक बुजुर्ग महिला हमारी तरफ चले आ रही है। उन्होंने एक हाथ से एक छोटे-से लड़के का हाथ पकड़ रखा है और उनके दूसरे हाथ में एक बड़ा-सा टिफिन बॉक्स है।

स्कूल की घंटी बजी। बच्चों का झुंड बाहर निकला। रिया अब हमारे साथ आ खड़ी हुई।

'यहाँ तो सब लोग हैं,' उसने कहा।

श्याम ने दादी माँ के हाथ से अपना हाथ छुड़ाया और दौड़कर अपने माता-पिता के पास चला आया। वह रिया का बेबी वर्ज़ान लग रहा था।

'श्याम अपनी उम्र के लिहाज से बहुत टॉल और शरारती है,' माधव द्वारा हमारा परिचय कराए जाने के बाद रानी साहिबा ने कहा।

हम बास्केटबॉल कोर्ट की एम्फीथिएटर सीट्स पर बैठ गए। रिया ने टिफिन में से निकालकर सभी को दाल, चपाती और गाजर-मटर की सब्जी परोसी।

श्याम को कोर्ट पर एक बास्केटबॉल नजर आई तो वह दौड़कर उसे उठाने चला गया।

'जरा संभल के,' रानी साहिबा ने कहा।

'वह आपका ही बहादुर पोता है,' रिया ने कहा।

श्याम ने गेंद अपने हाथों में ले ली।

'शूट,' रिया ने कहा।

श्याम ने शॉट मारा। उसके नन्हे हाथों द्वारा उछाली गई गेंद बास्केट के इर्द-गिर्द भी नहीं पहुँच पाई। उसने दो बार फिर कोशिश की और दोनों बार नाकाम रहा।

उसने अपने पिता की ओर देखा।

'नहीं हो रहा है,' उसने कहा।

'तो क्या हुआ? मैदान मत छोड़ो। एक न एक दिन जरूर होगा,' माधव ने कहा।